Horst Schoch

Das Geheimnis des Himmels

Historischer Roman

BRUNNEN
Verlag Giessen · Basel

Für Friederike

MIX
Papier aus verantwortungsvollen Quellen
FSC® C014496

www.brunnen-verlag.de
Lektorat: Eva-Maria Busch
Umschlaggestaltung: Ralf Simon
Umschlagmotiv: Bridgeman Art
Herstellung: DTP Brunnen
Druck: GGP Media GmbH, Pößneck
ISBN 978-3-7655-1576-7

1527

Eine kleine Universitätsstadt
an der Elbe zwischen Magdeburg
und Leipzig

I

Jäh durchbrach das Zerbersten der Scheibe die unberührte Stille der Nacht.

Magister Leonhard Bernhardi zuckte erschrocken zusammen. Aber seine Erstarrung währte nur kurz, schnell raffte er die vor ihm auf einem Schreibpult liegenden Papiere zusammen und suchte Deckung hinter einer breiten steinernen Säule.

Hatte das ihm gegolten?

Im Schreibsaal der Universität war es wieder still geworden, nur das Flackern des Kerzenlichtes erzeugte bewegte Schatten an den Wänden und am Boden.

Von draußen drangen nun durch die zerborstene Scheibe die Unbilden des Wetters in den langen Saal. Die frische Luft brachte die Flamme der Kerze nach kurzen unruhigen Zuckungen zum Erlöschen. Nur noch der heulende Wind vermischt mit prasselndem Regen war zu hören.

Bernhardi beruhigte sich langsam und war bald schon wieder in der Lage, klare Gedanken zu fassen. Seine rechte Hand ruhte auf dem Knauf des Langdolches, den er, wie es beim Lehrpersonal üblich war, immer bei sich trug.

Er wartete.

Als er außer dem windgepeitschten Regen nichts vernahm, versuchte er vorsichtig, von seinem Versteck aus den Saal zu überblicken. Seine Augen hatten sich inzwischen an die Dunkelheit gewöhnt. Allein der Vollmond warf etwas Licht in den Raum.

Nichts geschah.

Trotzdem hielt Bernhardi es für ratsam, den Schreibsaal schnellstmöglich zu verlassen. Er schätzte den Weg bis zur Tür ab, den er ohne weitere Deckung durchqueren musste. Dann schlich er so vorsichtig und leise, wie er nur konnte, zur schweren Eichentür und drückte den mächtigen Riegel herunter. Mit leisem Knarren gab die Tür den Weg frei, aber Bernhardi glaubte, sich die Ohren zuhalten zu müssen. Unbehelligt trat er in den Vorraum.

Gerade hatte er sich etwas beruhigt, da begann sein Herz erneut wie wild zu pochen. Denn nun hörte er in der Ferne leise Schritte, die sich auf ihn zu bewegten.

Bernhardi fühlte sich mit seinen fünfzig Jahren eigentlich zu alt für derartige Abenteuer, aber es blieb ihm keine andere Wahl. Er überlegte nur kurz, dann zog er seinen Langdolch und suchte hinter einem mächtigen Regal Schutz.

Für einen Einbrecher verhält sich unser Gast aber sehr ungeschickt, dachte Bernhardi noch, als die Schritte plötzlich laut wurden und die Tür auf der anderen Seite des Vorraumes polternd aufgestoßen wurde. Erleichtert nahm er zur Kenntnis, dass sein Diener, Johannes Treber – von allen Hannes genannt – mit einer Fackel in der Hand den Raum betreten hatte.

Bernhardi verstaute seinen Dolch wieder, trat hinter dem Regal hervor und ging Hannes entgegen. Dieser schien über den komischen Aufzug seines Herrn nicht einmal verwundert. Der Magister konnte sogar wieder schmunzeln. Gewöhnlich bedeutete das Auftauchen seines Dieners, dass seine Herrin, wie Bernhardi liebevoll seine Gattin Elisabeth nannte, eine klare Auskunft über sein Verbleiben erwartete. Und so kam es auch.

„Einen gesegneten Abend, Meister!“ Hannes trat auf Bernhardi zu.

„Guten Abend, Hannes. Na, mit welchen Befehlen hat die Meisterin dich zu mir gesandt?“

Hannes war zwar geistig nicht der Regsamste, dafür aber treu und loyal. Nach so vielen Dienstjahren bei den Bernhardis verstand er die eingeschliffenen Sprachspiele der gebildeten Familie und deren unterschwellige Neckereien. Manchmal gelang es ihm sogar, ein wenig auf dieser Ebene mitzuspielen, nicht ohne gehörigen Respekt vor seinem Herrn.

„Die Meisterin lässt anfragen, ob mit Eurem Erscheinen zu Hause noch zu rechnen ist, denn es ist schon recht spät. Sie lässt ausrichten, dass sie Euch in einer wichtigen politischen Angelegenheit zu sprechen wünscht. Sollte eine schleunigste Rückkehr ausgeschlossen sein, würde sie die Audienz auf morgen verlegen ... Allerdings hättet Ihr Euch dann ihrer knappen Zeit zu fügen!“

Meister Bernhardi schmunzelte wieder. Das war Elisabeth, seine kluge Frau. Sie wusste genau, wie sie ihn ansprechen musste, damit er wieder ganz von ihr eingenommen wurde. Mit einer gewählten Sprache hatte sie ohnehin keine Probleme, da sie eine intensive Ausbildung in einer bedeutenden Klosterschule absolviert hatte. Wenn sie es arg trieb, konnte sie ihm sogar eine Botschaft in Latein zukommen lassen.

„Danke, Hannes, für deinen Botendienst. Sag deiner Herrin, dass ich nur noch meine Papiere ordne und in kürzester Zeit zu Diensten sein werde!“

Auf dem Gesicht von Hannes leuchtete es kurz auf. Er würde den Spaß mitmachen und diese Botschaft des Meisters gleich mit den richtigen Worten überbringen. Und so wollte er gerade schnellen Schrittes den Rückzug antreten, als Bernhardi ihn zurückhielt.

„Einen Moment noch, Hannes.“

„Ja, Meister?“

„Sag, ist dir auf dem Weg hierhin nichts aufgefallen? Irgendwelche Personen, die sich hier herumtreiben oder andere ungewöhnliche Dinge?“

„Nein, Meister, warum fragt Ihr?“

„Ach, nichts weiter, ich meinte, heute Nacht hier noch jemanden zu vermuten. Aber das waren wohl der Wind und meine Einbildung."

„So wird es sein, Meister." Damit trat Hannes endgültig den Rückweg an.

2

Als Hannes gegangen war, fragte sich Bernhardi, ob der Steinwurf ins Fenster etwas mit dem seltsamen Manuskript zu tun haben könnte, dessen Entzifferung er sich für diese Nacht vorgenommen hatte.

Seine Gedanken wanderten zurück. Zum wiederholten Mal vergegenwärtigte er sich, wie er an das seltsame und unverständliche Manuskript gelangt war ... Die Anzahl der Studenten hatte sich in den letzten Jahren mehr als verzehnfacht und das hatte zu dem Entschluss geführt, die Räume der alten Universität endlich zu erweitern. Ein völliger Neubau wurde vom Herzog wegen notorischen Geldmangels zwar abgelehnt, aber schließlich wurde doch ein Anbau an die bestehenden Räumlichkeiten genehmigt. Bei den Vorbereitungen für Mauerdurchbrüche stellte sich jedoch heraus, dass die Wände der alten Gebäude durch Nässe stark in Mitleidenschaft gezogen waren. Baumeister Wilhelm weigerte sich daraufhin, seine Arbeiter der Gefahr auszusetzen, von herabstürzenden Bauteilen erschlagen zu werden.

So wurde erst einmal der alte Bestand erforscht und zum Teil abgetragen, damit die Fundamente verstärkt werden konnten.

Bei diesen Arbeiten erwies es sich, dass Mauerreste eines älteren Fundamentes sichtbar wurden. Erst nachdem eifrig in den spärlichen Notizen der Universitäts- und Stadtchronik geforscht worden war, ergaben sich Hinweise darauf, dass an der Stelle, an der sich die Universität befand, zuvor ein altes Franziskanerkloster gestanden haben musste. Dieses war offenbar aufgegeben worden, da die Mönche in ein größeres und repräsentativeres Gebäude umgezogen waren.

Dieses Ereignis hätte fast zu einem neuen Armutsstreit innerhalb des Ordens geführt, denn die nach außen offen zur Schau gestellte Größe des neuen Konventes fand nicht die Zustimmung aller Insassen. Sie argumentierten mit einem gewissen Recht, dass ihr Ordensgründer, der heilige Franziskus, eigentlich das genaue Gegenteil angestrebt und gelebt hätte. Magister Bernhardi konnte sich den Gedanken nicht verkneifen, dass man Ähnliches auch von der Prachtentfaltung des päpstlichen Hofes sagen konnte – verglichen mit der Besitzlosigkeit unseres Erlösers.

Nachdem das alte Franziskanerkloster längere Zeit unbenutzt dem Verfall preisgegeben war und sich keine neue Nutzung fand, überließ der Konvent das Gelände der Stadt. Diese wiederum köderte mit dem Grundstück den damaligen Herzog Arnulf, der nun sein Prestigeobjekt – eine Universitätsneugründung – mit erheblich weniger Mitteln in Angriff nehmen konnte. Kurzum, das alte Kloster wurde abgetragen.

Teile der Fundamente waren für den Universitätsneubau verwendet worden, andere Reste, wie die Klosterkirche, hatte man in den Neubau integriert, da eine vollständige Beseitigung viel zu kostspielig gewesen wäre.

Bei diesen Arbeiten zum Erweiterungsbau, die nun schon seit Monaten abgeschlossen waren, hatte man mehrere Reste der alten Einrichtung gefunden. Nicht nur Mauerreste der Fundamente, sondern auch Einrichtungsgegenstände, zum Teil in einem sehr verkommenen Zustand, wurden ans Tageslicht befördert.

Der amtierende Prior der Franziskaner, Johannes von Cleve, wurde eingeladen, sich diese Überreste abzuholen. Aber da er ein Aufflammen der unseligen Diskussion über die Armut unbedingt vermeiden wollte, beauftragte er Bruder Remigius, seinen Stellvertreter, die Sachen zu begutachten und zu entscheiden, was damit geschehen solle. Bei der Besichtigung war schnell klar geworden, dass sich die Mühe nicht lohnte: altes, zum größten Teil zerbrochenes Geschirr, einige Stoffreste, alles in erbarmungswürdigem Zustand. Nicht einmal der Inhalt einer Truhe weckte sein Interesse. Man fand vergilbte Papiere, ruinierte Fetzen von Pergamenten und einen verschlissenen Rosenkranz. Bruder Remigius, der einen Blick für Wertgegenstände hatte, erkannte schnell, dass hier keine Schätze zu finden waren.

Ein kleiner Stapel beschriebener Blätter befand sich zwar ungewöhnlicherweise in einem Leinensäckchen, aber die ersten Seiten enthielten, wie Bruder Remigius nur mühsam entziffern konnte, Aufzeichnungen über die Bestände der Klosterküche. Geringschätzig hatte er den kleinen Stoffbeutel zu den Dingen geworfen, die er für den Unrat bestimmt hatte. Die Papier- und Pergamentreste flogen in hohem Bogen hinterher.

Magister Bernhardi war seinerzeit bei dieser Visitation dabei gewesen. Der Rektor der Universität hatte ihn beauftragt, Bruder Remigius genau auf die Finger zu schauen, denn er traute diesen Klosterbrüdern nicht über den Weg, zumindest dann nicht, wenn es um materielle Dinge ging.

Als Remigius seine Begutachtung beendet hatte und den kleinen Haufen zur Beseitigung freigab – nicht ohne vorher umständlich die Aktion zu Protokoll zu bringen –, folgte eine förmliche Verabschiedung des Visitators durch Magister Bernhardi. Lange noch, nachdem Bruder Remigius gegangen war, hatte Bernhardi auf diesen kleinen Haufen entbehrlicher Gegenstände gestarrt.

Gedankenverloren hatte er seine Hand nach dem kleinen Stapel Papier ausgestreckt, der von der Feuchtigkeit zusammengeklumpt war, und dann das winzige Bündel an sich genommen. Er wusste selbst nicht genau, warum er so gehandelt hatte. Einerseits wäre es ihm als Magister ohnehin schwergefallen, an beschriebenem Papier vorbeizugehen, andererseits stieg in seinem Innersten eine noch ungeformte Ahnung auf, hier gäbe es vielleicht noch etwas an Erkenntnis zu gewinnen. Eine neue Aufgabe vielleicht, die ein bisschen von dem Alltag des Studienbetriebes ablenken könnte.

Seinen kleinen Fund hatte er in einer winzigen Truhe in seiner Bibliothek aufbewahrt. Auch seiner Frau Elisabeth und seinen fünf Töchtern hatte er zunächst nichts erzählt. Die wenigen Stunden, die er täglich mit seiner Familie zu Hause verbrachte, waren mit häuslichen Pflichten gefüllt. Daneben verbrachte er oft noch freie Zeit mit Studenten, denen er gegen eine kleine Gebühr zusätzlichen Unterricht anbot.

Und so hatte er für viele Monate seinen Fund regelrecht vergessen. Erst als er eines Tages zur Vorbereitung auf ein entlegenes philosophisches Thema seine Bibliothek durchstöberte, fand er das kleine Leinensäckchen wieder, das er hinter zwei dicken, schweinsledernen Folianten versteckt hatte. Also hatte er sich eines Tages entschlossen, den Fund in seine Studierstube in der Universität zu bringen und sich dort die Freiheit zu nehmen, den Dingen, die vor ihm lagen, auf den Grund zu gehen.

Auf die Frage, was er denn so Besonderes an der Universität erlebt habe, hatte er nach längerer Zeit auch Elisabeth von seiner kleinen Entdeckung berichtet. Diese wiederum quittierte seine ewige Suche nach Geheimnissen mit einem Lächeln. Männlicher Spieltrieb.

Und deswegen verbringe ich meine kostbare freie Zeit hier in der Universität, während zu Hause Frau und Kinder auf mich warten, seufzte Bernhardi leise in seinen dünnen Bart. Nach einigen Minuten folgte er seinem Diener nach Hause.

Der Regen durchnässte seinen Mantel und der Wind peitschte ihm unangenehm ins Gesicht. Die Gassen waren leer und der Magister drückte sich an den Hauswänden entlang, um wenigstens etwas Schutz vor dem Regen zu haben. Dabei bemerkte er nicht, dass in einem Torbogen eine dunkel gekleidete Gestalt kauerte.

Der Mann sprang ihn von der Seite regelrecht an. Normalerweise hätte Bernhardi die Situation als Überfall verstanden. So etwas passierte in den letzten Jahren immer häufiger, weil die Obrigkeit nicht in der Lage war, die Sicherheit im Inneren der Stadtmauern zu gewährleisten. Aber ihm fiel auf, dass die Gestalt schwer atmete und sich ungelenk bewegte. Also nichts, was auf einen ernst zu nehmenden Überfall hindeutete. Das Gesicht des Unbekannten war von einer Kapuze verhüllt.

„Verzeiht meinen Überfall!", keuchte die Gestalt.

„Was wollt Ihr von mir?", entgegnete Bernhardi kühl. „Wieso schleicht Ihr Euch wie ein Dieb in der Nacht an mich heran?"

Der Fremde konnte aus Atemnot nicht sofort antworten. Er hatte den Mantel des Magisters, an den er sich zunächst geklammert hatte, als wollte er seine Beute nicht mehr hergeben, inzwischen wieder losgelassen.

„Verzeiht, ich sah keine andere Möglichkeit, Euch zu treffen."

„Ihr kennt mich?"

„Ja, und es spielt jetzt keine Rolle, woher und warum. Ich muss Euch etwas mitteilen!"

„Für eine Mitteilung habt Ihr Euch aber eine ungewöhnliche Stunde und einen noch ungewöhnlicheren Ort ausgesucht. Sei's drum: Wenn Ihr mir etwas zu sagen habt, so beeilt Euch, ich werde erwartet. Und wenn es noch lange dauert, kann ich gleich in der Elbe baden gehen, so nass bin ich bereits."

„Ich weiß, dass Ihr das Manuskript habt!" Seine Stimme zitterte, was nicht nur an dem anscheinend hohen Alter des Mannes lag.

„Wovon redet Ihr? Wenn Ihr mich kennt, wie Ihr behauptet, dann müsstet Ihr wissen, dass ich mit vielerlei Manuskripten zu tun habe!"

„Ihr wisst schon, welches Manuskript ich meine."

„Ihr sprecht in Rätseln, und ich habe jetzt keine Zeit, Rätsel zu lösen."

„Doch, die habt Ihr. Und die müsst Ihr euch nehmen, ich beschwöre Euch!"

„Sprecht weiter!"

„Mir ist zu Ohren gekommen, dass Ihr es gefunden und an Euch genommen habt."

„Was? Gerüchte!"

„Es handelt sich doch um ein Leinensäckchen mit einem Bündel Papiere darin, nicht wahr?"

„Hmm."

„Und eingeschlagen waren diese Papiere in … wartet, ja! In alten Küchenrezepten. Stimmt's?"

„Woher wisst Ihr …"

„Ich habe sie nie gesehen. Und ich war mir nicht einmal sicher, ob diese Dinge auch wirklich existierten. Aber seitdem ich erfahren habe, an was für einem Fund Ihr da arbeitet, ist mir alles klar geworden."

Magister Bernhardi schluckte. Wodurch war bekannt geworden, dass er diese Papiere nicht dem Unrat übergeben hatte? Und dass er nun an deren Entzifferung arbeitete, oder besser gesagt, herumrätselte?

Ohne eine Antwort abzuwarten, sprach der Fremde nun mit etwas ruhigerem Atem weiter.

„Ich kann Euch nicht mehr dazu sagen, bevor Ihr den Text entschlüsselt habt. Erst dann bin ich mir restlos sicher. Ihr werdet wieder von mir hören. Aber ich beschwöre Euch: Ihr müsst herausfinden, worum es sich dabei handelt. Und noch ein letztes: Seid auf der Hut! Wenn es sich um das Manuskript handelt, das ich meine, ist es gefährlich wie Gift."

„Ich betreibe keine Giftmischerei!"

„Wenn Ihr Euch da nur nicht irrt!"

Magister Bernhardi hatte genug von dem Alten. „Habt Ihr mir noch etwas zu sagen?", stieß er hervor.

„Nein, außer dass Ihr Euch vorsehen sollt. Und dass ich sehr hoffe, ihr mögt das Rätsel bald lösen."

Als Bernhardi bemerkte, dass der Alte sich schnell entfernen wollte, war er es diesmal, der ihn zurückhielt. „Jetzt müsst Ihr mir aber auch eine Frage beantworten!"

„Fragt!"

„Seid Ihr es gewesen, der mich vorhin mit einem Steinwurf verletzen wollte?"

„Nicht verletzen, sondern aufmerksam machen. Und erreichen, dass Ihr herauskommt." Damit verschwand der Alte endgültig.

Die Nässe nicht bemerkend, starrte Bernhardi der Gestalt hinterher.

Nur noch wenige Schritte, dann betrat der Magister sein Haus. Nicht Hannes, sondern Elisabeth höchstpersönlich empfing ihn.

„Leonhard! Schön, dass du meinem Ruf folgen konntest!"

„Wenn schöne und kluge Frauen rufen, dann bedarf es schwerwiegender Gründe, nicht zu folgen. Und ich gestehe gerne, weit und breit keinen solchen Grund gefunden zu haben."

„Alter Schmeichler, aber ich höre es gern. Wie du siehst, habe ich trotz meiner Vergangenheit noch nicht das Laster des Hochmuts abgelegt."

Elisabeth spielte immer wieder gerne und nicht ohne eine gewisse Ironie auf ihre Vergangenheit an. Sie war als junges Mädchen nur knapp dem Schicksal entgangen, ihr Leben in einem Kloster verbringen zu müssen. In der kinderreichen Familie war es die einzige Möglichkeit gewesen, für sie eine lebenslange Versorgung zu erreichen. Im letzten Moment hatte sich ein Onkel für sie verwendet, der nicht ganz ohne Vermögen war und dem Pfaffenwesen äußerst kritisch gegenüberstand.

Zunächst hatte ihr Vater nur sehr widerstrebend eingewilligt, als er jedoch bemerkte, dass sein Bruder mit allen Kräften für das kleine Mädchen sorgte und sogar das immens teure Schulgeld für den Unterricht in einer der besten Adeligenschulen des Landes bezahlte, war sein Widerstand gänzlich dahingeschmolzen. Elisabeth hatte sich als äußerst kluges und wissbegieriges Kind erwiesen.

„Was ist geschehen?“, wandte Elisabeth sich verwundert an ihren Mann. „Du wirkst gehetzt. Hat Hannes dich aufgeschreckt? So eilig sollte er es doch nicht machen!“

„Aber nein, Liese, ich hatte vorhin nur eine seltsame Begegnung. Erst sah es nach einem Überfall aus, aber es war nur der Versuch eines alten, vermummten Mannes, der mich anscheinend warnen wollte. Und zwar im Zusammenhang mit meinem Fund. Ich solle unter allen Umständen den Inhalt der Papiere erforschen und mich gleichzeitig vor diesem Inhalt in Acht nehmen.“

„Hast du eine Ahnung, woher er davon weiß?“

„Nein, ich hatte ihn auch gefragt. Er fand es unerheblich. Ich allerdings nicht.“

„Dann ist damit zu rechnen, dass sich mindestens eine, wahrscheinlich sogar noch mehrere Personen für den Inhalt der Schriften interessieren!“

„Damit müssen wir rechnen. Und es macht den Umgang mit dem Fund nicht leichter.“

„Leo, ich mache mir Sorgen! Versprich mir, dass du äußerste Vorsicht walten lässt!“

„Liebe Elisabeth“, Bernhardi benutzte immer ihren kompletten Vornamen, wenn er feierlich wirken wollte, „ich verspreche es dir, gestehe aber auch, dass so ein Vorfall mich neugierig macht. Aber jetzt gestatte mir bitte, mich meiner nassen Kleidung zu entledigen. Heute hat es nämlich so geschüttet, dass man langsam über den Bau einer neuen Arche nachdenken müsste ... Hoffentlich will der Herr uns nicht wieder einmal ersäufen, Gründe gäbe es genug dafür!“

„Leonhard!“

„Wie geht es den Kindern?“, fragte Bernhardi, als er in trockenen Sachen wieder bei seiner Frau erschien. Eine Sorgenfalte stand auf seiner Stirn.

„Bis auf Katharina, die ihren hartnäckigen Husten einfach nicht los wird, und Lenchen, um die ich mir große Sorgen mache, sind alle anderen wohlauf.“

Lenchen war das jüngste Kind und von Anfang an schwächlich und zart. Es war eine schwere Geburt gewesen, auch für die Mutter, die schon nicht mehr die Jüngste war. Bernhardi war damals, vor vier Jahren, so erschrocken gewesen über die Gefahr, nicht nur das Kind, sondern womöglich auch seine innig geliebte Elisabeth zu verlieren, dass er sich geschworen hatte, sie niemals wieder dieser Gefahr auszusetzen – mit allen Konsequenzen für ihr Eheleben. Aber Elisabeth sorgte trotzdem dafür, dass Leonhard nicht auf einmal wie ein Mönch leben musste.

Insgeheim hatte er immer gehofft, Elisabeth könne ihm vielleicht eines glücklichen Tages doch noch einen Sohn schenken. Aber dass ein solcher Wunsch fast dazu geführt hätte, dass er seine geliebte Frau verloren und dazu noch alleine vier oder fünf kleine Töchter großzuziehen hätte, das hatte in ihm eine

Wunde ausgelöst, die nicht heilen wollte. Dabei war er auf seine Töchter sehr stolz und hatte eine Hochachtung vor dem weiblichen Geschlecht, die seinesgleichen suchte. Selbst die Anfeindungen und spöttischen Bemerkungen von Kollegen und Bekannten über seinen Frauenhaushalt hatten ihn nie aus der Ruhe gebracht.

„Hast du Dr. Martens konsultiert?"

„Ja, und er ist auch schnell hier gewesen. Aber auch er hat nur sorgenvoll geschaut und eine Arznei hiergelassen, ein stärkendes Tonicum, wie er sagte. Uns bleibt nur, zu beten und uns in das Schicksal zu fügen. Aber, und das ist die gute Nachricht, Lenchens Zustand ist besser, als es nach außen den Anschein hat."

„So lasst uns hoffen. Schläft sie schon?"

„Ja, jetzt brauchst du nicht zu ihr. Und ich meine das nicht vorwurfsvoll, auch wenn du dich durchaus einmal zu früherer Stunde bei deinen Kindern einfinden könntest. Und natürlich auch bei mir!" Der Schalk war bei Elisabeth wieder eingekehrt.

„Ich verspreche, nein, ich gelobe Besserung." Bernhardi verbeugte sich mit einer Demutsgeste. „Wolltest du mich wegen der Kinder sprechen oder ..." Bernhardi zögerte.

„Nein, nicht deswegen alleine. Der Grund ist ein anderer. Ich mache mir, gelinde gesagt, Sorgen."

„Um wen oder was?"

„Um dich!"

Bernhardi schaute seiner Frau überrascht in die Augen. „Um mich? Warum das denn? Was besorgt dich denn?"

„Ich bin zwar nur eine Frau, aber dafür *deine* Frau. Und ich habe Augen im Kopf. Ich habe sehr wohl bemerkt, dass du in letzter Zeit etwas zu tragen hast, was dich mehr niederdrückt, als du zugeben willst. Auch wenn du dich hinter deinen Büchern verkriechst und mehr Zeit mit deinen Studenten und Kollegen verbringst als mit uns. Hat das eigentlich etwas mit deinem geheimnisvollen Fund zu tun?"

Wenn Bernhardi je geglaubt hätte, seiner Frau etwas vorspielen zu können, dann war dieser Glaube jetzt restlos zerstört. Vor dieser Instanz musste er kapitulieren. Zögernd versuchte er, sich zu rechtfertigen.

„Du hast recht, Liese, mich beschäftigt in der letzten Zeit vieles. Ich frage mich, ob und wie ich hier an der Universität weiter lehren kann oder will oder soll. Wir sind keine wirkliche Glaubens- und Lehrgemeinschaft mehr. Einzelne von uns profilieren sich auf Kosten der anderen. Vor den Studenten muss man sich jetzt auch mehr in Acht nehmen als früher. Wahrheit wird nicht mehr um ihrer selbst willen gesucht, sondern um des eigenen Vorteils willen. Oder, was noch viel schlimmer ist, da dies ja geradezu einen Verrat an dem darstellt, was wir gelobt haben: Statt der Wahrheit und der Mehrung der Erkenntnisse zu dienen, wird nach einer Erkenntnis gesucht, die vorher feststehende Meinungen bestärken soll. Doch damit führen wir unser eigenes Lehren ad absurdum. Wie sich das auf die Abwehr der neuen lutherischen Lehre auswirkt, kannst du dir vorstellen. Wir beschäftigen uns gar nicht mehr inhaltlich mit ihr. Wir zeigen ihren Irrtum nur noch anhand der päpstlichen Autorität oder mithilfe von Väterzitaten auf, anstatt Hand an die Wurzel zu legen und zu zeigen, worin sie irrt. Und außerdem könnten wir das auch kaum, da ja die Schriften dieses Luthers verboten sind und zuhauf ins Feuer wandern. Ich bin überzeugt, dass dies ein großer Fehler ist. Denn selbst wenn dieser Martin Luther einen Ketzerhut auf dem Kopf hat, wovon ich überzeugt bin, dann reicht es nicht aus, nur zu *verbieten* – nein, es muss verstanden werden, *warum* verboten wird. Gerade deshalb bedarf es einer gründlichen Erforschung, damit eine genauso gründliche Widerlegung erfolgen kann. Nichts dergleichen geschieht. Dabei bin ich vereidigt worden, um genau das zu tun.“

Bernhardi hatte selten eine so lange Rede außerhalb seiner Studentenschaft gehalten. Elisabeth konnte er mit seinen Sonntagsreden ohnehin nicht imponieren, deshalb unterließ er sie auch bei ihr. Aber eben hatte sie mit ihrer geschickten Dosierung aus Besorgnis und Anfrage alle Dämme geöffnet. Und so sprach Bernhardi noch weiter.

„Und die Sache mit meinem kleinen Fund. Das, was mir zu Anfang als nette Abwechslung in meinem Alltag erschienen ist, als kleine Knobelaufgabe, das ist mir jetzt auch zum Gegenstand meiner Ratlosigkeit geworden. Ich komme mit dieser unheimlichen Aneinanderreihung griechischer Buchstaben nicht weiter."

Bernhardi schwieg abrupt.

Elisabeth wusste nur zu genau, wie schwer der Zwiespalt war, in dem ihr Mann sich befand. Auf keinen Fall konnte er einfach so weitermachen, sich nur auf seine Pflichten zurückziehen und möglichst viel an sich abprallen lassen. Nach einer Weile zog sie ihre rechte Augenbraue hoch. Bernhardi ahnte, dass Elisabeth eine vernünftige und hilfreiche Antwort geben würde, und fürchtete sich gleichzeitig davor.

„Was deine Stellung an der Universität betrifft, so solltest du dich nicht verstecken. Was du als falsch erkennst, wirst du auch ablehnen. Wenn du das ehrlich tust, wird auch der Respekt dir gegenüber steigen. Es kommt nicht darauf an, immer der beliebteste Magister zu sein, sondern der ehrlichste und gewissenhafteste. Sonst musst du dich umsehen und vielleicht eine andere Möglichkeit der Entfaltung suchen." Verschmitzt fügte sie noch hinzu: „Auch wenn du nicht mehr der Jüngste bist!" Dann sprach sie leise weiter: „Der Herzog wird so schnell nicht auf deine Dienste verzichten können. Vielleicht erreichst du ja so etwas wie eine Stelle als Ratgeber am Hof, wer weiß? Es muss nur geschickt eingefädelt werden. Aber lote erst deine Freiheiten an der Universität aus."

„Du hast sicher recht, aber alleine werde ich es auf Dauer

nicht schaffen. Wie du weißt, Liese, haben sich die Zeiten an dieser Lehranstalt geändert. Aber versuchen will ich es. Hast du vielleicht auch einen klugen Rat bezüglich meines Fundes?"

Die letzte Frage war mit einem leicht ironischen Unterton ausgesprochen, was Elisabeth aber großzügig übersah.

„Mir ist da eine Idee gekommen, von der ich allerdings nicht weiß, ob sie glücklich ist. Erinnerst du dich, Leo, als ich dir von meiner Zeit im adligen Damenstift erzählte?" Bernhardi nickte. „Einer unserer Lehrer war ein Dr. Samuel Praetorius. Er unterrichtete uns in Mathematik und Logik. Immer wenn wir über die Fallstricke des Rechnens stolperten, sah er uns so mitleidig an. Vermutlich dachte er, dass einige von uns besser in einem Haushalt aufgehoben wären, aber er versuchte immer wieder, unsere Stärken, die auch wir in der Logik hatten, zu fördern. Er schien also nicht dem Glauben anzuhängen, das Weib habe von Natur aus einen Mangel an Denkvermögen … womit er, unter uns gesagt, eine Ausnahme bildete. Doch ich schweife ab. Dieser Dr. Praetorius pflegte uns regelmäßig zu Beginn seiner Stunden mit Rätselaufgaben zu überraschen, wie er sagte, um unser Denken geschmeidig zu machen. Es waren viele lehrreiche Rätsel dabei. Einmal zeigte er uns, wie man mit einfachen Mitteln einen Text so verändern kann, dass er nur von denjenigen, die den rechten Schlüssel besitzen, gelesen werden kann. Das war eine sehr praktische Stunde! Einige meiner Mitschülerinnen fanden übrigens schnell heraus, dass sie auf diese Weise ihre Abenteuer einander unbehelligt mitteilen konnten, ohne dass es bemerkt wurde. Was mich aber wirklich verblüffte, war seine Demonstration der Verschlüsselung längerer Texte, auch wenn diese auf Latein verfasst worden waren."

„Ihr Frauen wisst ohnehin immer alles auf seine Nützlichkeit hin zu untersuchen", warf Bernhardi schmunzelnd ein. „Ich ahne, worauf du hinauswillst, Elisabeth … Lebt dieser Praetorius denn noch?"

„Das weiß ich leider nicht. Wenn, dann müsste er schon hochbetagt sein, an die achtzig Jahre dürfte er schon auf dieser Erden wandeln."

„So bitte ich dich, nach … ja, wohin eigentlich, zu schreiben?"

„Damals wohnte er in Magdeburg, nicht weit von unserem Stift entfernt."

„Aha. Wärest du denn so lieb, in Erfahrung zu bringen, ob Meister Praetorius noch unter den Lebenden weilt? Hoffen wir, dass er auf seine alten Tage nicht noch den Wanderstab in die Hand genommen hat."

3

Der Tumult hinter den geschlossenen Türen war nicht zu überhören. Auf dem Gang, der zu den Sälen führte, in denen die Vorlesungen und Übungen abgehalten wurden, stutzte der Rektor der Universität, Magister Reinhardus. Plötzlich wurde dicht neben ihm eine Tür aufgerissen. Dr. Wenzel stürmte mit hochrotem Kopf heraus, dabei hätte er fast den völlig überraschten Rektor umgerannt. Aus der offen stehenden Tür drangen lebhaftes Stimmengewirr, einzelne Zwischenrufe und Gelächter. Es schien, als würde die Situation da drinnen eskalieren.

„Aber werter Herr Kollege, was ist denn geschehen? Ihr seid ja völlig außer Euch! Und was soll der Tumult hier bedeuten? Aufruhr?"

„Das ist eine Ungeheuerlichkeit! Man macht sich über Aristoteles und die scholastischen Meister lustig! Während ich über

Meister Gabriel Biel las und aus seinem Collectorium über die natürlichen Kräfte zum Guten dozierte, wagte man es, mir zu widersprechen! Gerade an der Stelle, wo erklärt wird, in welcher Weise der Wille frei ist, gute und verdienstliche Werke zu tun, die zur Seligkeit führen, eine Lehre, die mich immer mit Stolz erfüllt hat und die ich als Freiheit zur Suche nach dem Tun des Guten ausgelegt habe, gerade an dieser Stelle erschollen Zwischenrufe! Als ich denjenigen, der am lautesten dagegen protestierte, aufforderte, sich zu erkennen zu geben, standen gleich mehrere auf und schrien mich nieder!"

Dr. Wenzel war völlig außer Atem. Ob vor Wut oder wegen der Hitze des Gefechtes – das war für Reinhardus nicht zu erkennen.

„Dann ist es also wahr …", entfuhr es dem Rektor.

„Ja, wir werden von den Lutherischen unterwandert. Und zwar nicht mehr im Stillen, sondern ganz offen. Das könnt Ihr doch nicht zulassen!"

„Das werde ich auch nicht zulassen. Ich wollte es nicht ernst nehmen, aber anscheinend war das ein Fehler."

„Was gedenkt Ihr jetzt zu tun?"

„Jetzt ist schnelles Handeln geboten. Seid Ihr in der Lage, wieder in den Hörsaal zu gehen und die Aufrührer noch eine Zeit lang zu beschäftigen?"

Dr. Wenzel zögerte.

„Das soll ich mir weiter bieten lassen?", fragte er, sich wieder stark verfärbend.

„Nur zum Schein. Ich werde unterdessen Hilfe von der herzoglichen Wache herbeiholen. Wie Ihr wisst, bin ich als Rektor dazu befugt. Sorgt nur dafür, dass kein Student so lange den Saal verlässt. Da Ihr wisst, wozu es dient, werdet Ihr die Situation leichter überstehen. Am besten, Ihr provoziert zurück. Je übler der Zustand im Saal, desto leichter wird sich meine Maßnahme rechtfertigen lassen."

Nachdenklich nickte Wenzel und trat langsam den Weg zurück in den Hörsaal an, während Reinhardus, der kurzen Prozess zu machen gedachte, zur herzoglichen Wache eilte.

Der Lärm im Hörsaal hatte sich nicht gelegt. Als Dr. Wenzel ihn wieder betrat, wogte im Raum eine handfeste Diskussion. Es war ersichtlich, dass auch Anhänger der herkömmlichen Lehre, oder zumindest die, die sich keine Störung des Unterrichts gefallen lassen wollten, das Wort ergriffen hatten.

Alle akademische Tugend schien wie fortgeblasen zu sein, keiner hörte mehr auf die Argumente der anderen. Und selbst wenn noch einige dazu bereit gewesen wären – durch den ohrenbetäubenden Lärm war dies unmöglich. Da der Hörsaal zudem aus allen Nähten platzte, war die Verwirrung vollkommen. Als die Studenten bemerkten, dass ihr Professor wieder im Raume war, ebbte der Lärm für eine kurze Zeit ab. Man hatte nicht mit seiner Rückkehr gerechnet.

Wenzel sprach zunächst kein Wort. Durch dieses geschickte Auftreten – oder war es einfach Hilflosigkeit? – erlangte er zumindest für eine kurze Zeit wieder die Aufmerksamkeit der Anwesenden.

„Meine Herren! Ich verwahre mich gegen diese Störung meines Unterrichts. Wer etwas gegen meinen Vortrag einzuwenden hat, wird bei den pflichtgemäßen Disputationsübungen ausreichend Gelegenheit dazu bekommen, darauf könnt Ihr Euch verlassen!“

Mit diesen Worten versuchte Wenzel Souveränität auszustrahlen. Vergeblich.

„Alles Lüge!“ Die Stimmen erhoben sich wieder. Ein großgewachsener Student mit Dolch und Federhut ergriff das Wort. „Bei den Disputationen bekommen wir Eure, jawohl, *Eure* Propositionen vorgegeben und müssen diese verteidigen. Das Ergebnis steht bereits fest. Wir selbst könnten Thesenreihen aufstellen und gegen Eure verstaubten Ansichten verteidigen, aber das werdet Ihr niemals zulassen!"

„Meine Kollegen und ich haben Eure Fähigkeit zu gelehrter Disputation zu beurteilen und nicht Eure Meinungen!", schrie Wenzel zurück.

Als seine Anhänger unter den Studenten merkten, dass ihr Professor auf dem besten Wege war, sich der Lächerlichkeit preiszugeben, ergriffen sie die Initiative: „Lernt doch erst einmal den gebührenden Respekt vor der Autorität – und dann, wie man im Disputationsstuhl ficht. Nicht wer am lautesten schreit, hat recht!"

Zustimmendes Gemurmel der bisher schweigenden Mehrheit machte sich breit. Die Aufrührer waren erkennbar in der Minderheit, machten ihre quantitative Unterlegenheit jedoch durch Lautstärke und Säbelrasseln wieder wett.

„Wer seid ihr denn, uns zu belehren?" Wieder hatte der hagere, hoch aufgeschossene junge Mann das Wort ergriffen. „Weder mit den Waffen des Geistes noch mit den anderen", bei diesen Worten berührte er wie zufällig den Kurzdolch an seiner Seite, „noch mit den anderen, sage ich, seid ihr uns gewachsen."

„Das wollen wir doch mal sehen!", scholl es zurück.

Dr. Wenzel wünschte sich sehnlichst, aus dieser misslichen Lage befreit zu werden. Wo blieb nur die herzogliche Wache? Seine Sorge war indes unbegründet, denn in dem allgemeinen Tumult hatten es die Stadtsoldaten geschafft, unbemerkt in den Hörsaal zu gelangen und die Türen zu verschließen. Dr. Reinhardus stand auf einmal neben dem Katheder, umringt von Uniformierten. Als die verfeindeten Gruppen bemerkten, dass sie einer Macht höherer Ordnung gegenüberstanden, wurde es schlagartig still im Saal.

„Kraft meines Amtes als Rektor dieser Universität beende ich diesen Aufruhr", begann Reinhardus seine Rede. „Ihr werdet nun geschlossen diesen Saal hier verlassen und Euch in der Amtsstube des Bürgermeisters einfinden. Um Euch diesen Schritt zu erleichtern, stehen draußen weitere Wachen, die Euch begleiten werden. Flucht wird als Verrat ausgelegt! Dort werdet Ihr Euch einzeln für Euer Verhalten rechtfertigen. Jede weitere Störung der Ordnung wird hart geahndet und gegebenenfalls zum Verweis von unserer hochgelobten Universität führen ..."

Die Rede versetzte die Studenten augenblicklich in einen Schockzustand. Die meisten waren der Ansicht, dass diese Reaktion von Reinhardus völlig überzogen war. Selbst wenn man die Vorladung unbeschadet überstand – welcher Eindruck musste entstehen, wenn man in aller Öffentlichkeit unter strengster Bewachung über den großen Rathausplatz zur Bürgermeisterei geführt würde? Da war man dem Spott der Bevölkerung ausgesetzt, die sich nur zu gern für die nächtlichen Ruhestörungen und Trinkgelage der Studenten revanchieren würde. Ganz zu schweigen von der Sorge, ob diese aufsehenerregende Aktion den Eltern verborgen bleiben würde – die immerhin das übermütige Treiben finanzierten.

Inzwischen hatten sich weitere Lehrkräfte der philosophischen und theologischen Fakultät eingefunden. Der Aufruhr und seine obrigkeitliche Bekämpfung waren nicht unbemerkt geblieben. Auch Magister Bernhardi wurde Augenzeuge der Aktion. Er schaffte es, an den Rektor heranzutreten.

„Aber lieber Dr. Reinhardus, wozu dieser Aufwand? Hier war doch wohl kein Umsturz im Gange?", fragte er den mit versteinerter Miene dastehenden Rektor.

„Doch, genau das war es! Bin ich denn der Einzige, der durchschaut, was sich hier abspielt? Schon lange hatte ich den Verdacht der Unterwanderung unserer Einrichtung – jetzt ist es offenbar geworden. Das werde ich nicht dulden!"

„Aber seid Ihr nicht der Ansicht, dass Ihr mit dieser harten Reaktion Öl ins Feuer gießt?"

„Lieber Dr. Bernhardi“, der Rektor sprach mit ruhiger, fester Stimme, „Ihr habt doch früher einige Semester Medizin studiert, bevor Ihr in die philosophische Fakultät gewechselt seid. Habt Ihr da nicht gelernt, dass eine Krankheit manchmal erst voll zum Ausbruch kommen muss, bevor die Behandlung mit handfesten Arzneien richtig beginnen kann? Seht Ihr, genau das habe ich getan.“

„Verzeiht meine Einschätzung der Lage nur aus dem Augenschein“, gab Bernhardi zurück. Reinhardus schien seine feine Ironie nicht bemerkt zu haben. „Seid Ihr Euch aber der herzoglichen Unterstützung für Euer wohlüberlegtes Handeln sicher?“

„Genau darüber will ich mit allen Kollegen gleich sprechen. Bitte teilt dem Lehrkollegium mit, dass ich für heute Nachmittag um vier eine Versammlung aller Professoren und Lehrkräfte dieser Universität ins Rektorat einberufe. Alle zu dieser Zeit liegenden Veranstaltungen werden abgesetzt. Ich werde dann eine Erklärung vorlegen. Und noch etwas. Wenn Ihr dieses ausgerichtet habt, wäret Ihr dann so freundlich, mit Dr. Wenzel und mir eine Inspektion des Hörsaales vorzunehmen?“

Magister Bernhardi blieb keine Wahl. Also machte er sich auf die Suche nach den anderen Kollegen, um ihnen die Anordnung ihres Rektors weiterzugeben.

Eine Viertelstunde später kehrte Bernhardi mit Dr. Wenzel in den leeren Hörsaal zurück.

„Wir werden jetzt untersuchen, was sich unter den Bänken, Tischen und Ablagen befindet. Ich wette, wir haben am Ende genug Beweise für die lutherische Unterwanderung und für einen geplanten Aufruhr. Also los, meine Herren!“ Bernhardi ließ keinen Zweifel daran, dass er das Heft des Handelns selbst in die Hand nehmen wollte.

Reihe für Reihe gingen sie die Bänke durch, allerdings fand sich erstaunlich wenig verwendbares Material. Blätter mit Kritzeleien der Studenten, mit lateinisch formulierten Stoßseufzern über den Unterricht, satirische Zeichnungen, aber kein Hinweis auf einen Unterwanderungsversuch der Studenten. Plötzlich bemerkte Dr. Wenzel, dass unter einer Bank der Rand eines kleines Büchleins hervorschaute. Neugierig zog er es heraus und erbleichte.

„Was ist, mein lieber Wenzel?“, fragte Bernhardi besorgt.

„Ich habe hier etwas gefunden … Eure Magnifizenz, Ihr hattet mit Eurer Maßnahme völlig recht“, hauchte der blass gewordene Wenzel und beachtete Bernhardi gar nicht.

„Davon könnt Ihr wohl ausgehen. Zeigt her!“, gab Reinhardus kühl zurück.

Wenzel reichte ihm das kleine gebundene Bändchen. Der Titel lautete: *Von der Freyheyt eyniß Christenmenschen. Martinus Luther, Vittembergae, Anno Domini 1520.*

„Na also. Ich habe es doch geahnt.“ Der Triumph in Reinhardus’ Stimme war nicht zu überhören. „Ich werde jetzt auf das Bürgermeisteramt eilen und der Examination der Delinquenten beiwohnen. Mal sehen, wie sie auf diesen Fund reagieren. Ach, Magister Bernhardi, wäret Ihr so freundlich, dieses Exemplar hier zu vernichten? Nein, wartet, vielleicht wird dieses Beweisstück noch gebraucht. Vorerst reicht es aber, wenn Ihr den Fund mit mir bezeugt. Würdet Ihr so freundlich sein, dieses giftige Buch erst einmal in Verwahrung zu nehmen? Ach, und Dr. Wenzel, ich bitte Euch, mich jetzt zu begleiten, um bei der amtlichen Untersuchung die Wortführer zu identifizieren.“

Eiligen Schrittes entfernte sich Reinhardus. Mit etwas Abstand und durchaus zögerlich verließ auch Dr. Wenzel den Saal.

Schon wieder ist von Gift die Rede, dachte Bernhardi und erinnerte sich an die Worte des Alten bei seinem nächtlichen Überfall. Ihm war gar nicht wohl bei dem Gedanken, auf einmal Teil des Vollstreckungsapparates zu sein, den Reinhardus da in Gang gesetzt hatte.

4

Das Rektorat füllte sich langsam. Die Nachricht von den Vorkommnissen im Hörsaal hatte sich wie ein Lauffeuer herumgesprochen. Die sich versammelnde Professorenschaft ahnte, dass ihr Rektor die Pflöcke für die künftige Politik an ihrer Bildungseinrichtung tiefer einzuschlagen gedachte, als bisher geschehen.

Magister Bernhardi hatte sein Kommen so weit herausgezögert, wie es ihm nur möglich war. Er traf als einer der letzten ein, nur Magister Caspar Heinrich, ein unmittelbarer Fachkollege von Leonhard Bernhardi, fehlte. Er hatte sich wegen Unpässlichkeit entschuldigen lassen. Angesichts seines Alters, er übertraf alle anderen an Lebensjahren, wurde ihm dies nachgesehen.

Zu guter Letzt betrat Reinhardus den Raum, nicht ohne sich zuvor durch die offene Tür von der Anwesenheit seines Kollegiums überzeugt zu haben. Würdevoll trat er in das Rektorat und schloss geräuschvoll die Tür hinter sich.

Bernhardi gesellte sich zu Magister Einhard Auerbach, einem langjährigen Kollegen von der philosophischen Fakultät, der die wichtigen Fachbereiche Mathematik und Astronomie vertrat. Mit ihm verstand sich Bernhardi noch am besten von allen Kollegen. Auerbach war ein freundlicher Mensch, für jedes Gespräch offen, zeigte allerdings manchmal einen Hang zu magischen Praktiken – jedenfalls bezeichnete Bernhardi es so. Genauer gesagt war Auerbach ein Anhänger der Astrologie und der Alchemie. In seiner freien Zeit experimentierte der Junggeselle gern in seiner Werkstatt herum. Beide Männer liebten einen ironisch-heiteren Gedankenaustausch, der ungefähr einmal im Monat zusammen mit weiteren Gelehrten im Wirtshaus oder auch zu Hause gepflegt wurde. Bernhardi nickte Auerbach freundlich zu, aber da begann auch schon die Ansprache des Rektors.

„Meine sehr verehrten Kollegen! Mit Bestürzung haben wir alle von dem Vorfall heute Morgen bei der Vorlesung unseres geschätzten Kollegen Dr. Wenzel erfahren. Wie bekannt sein dürfte, hat unser großer Gelehrter Erasmus gründlich und grundsätzlich der lutherischen Häresie widersprochen, und damit ist die Behauptung eines unfreien Willens hinreichend widerlegt. Das steht auch jetzt nicht zur Diskussion. Viel wichtiger ist die Frage, wie wir mit dieser und mit künftigen Formen der versuchten Unterwanderung unserer hochgelobten Universität umzugehen haben. Ich als der verantwortliche Rektor habe mich schon seit Längerem mit den Beratern unseres gütigen Herzogs Georg ins Vernehmen gesetzt. In einer zunächst geheimen Order hat unser Fürst angeordnet, jegliche Versuche, die lutherische Lehre an unserer Universität eindringen zu lassen, als politischen Aufruhr zu beurteilen und mit der Verbreitung von Lehren, die gegen unsere Mutter Kirche gerichtet sind, gleichzustellen. Um die Reinheit des Glaubens und der Lehre zu bewahren, wird der weltliche Arm beauftragt, jeden Anflug von Infiltration oder Irrlehre auch in dieser Bildungseinrichtung abzuwehren. Daraufhin wurde mir die Anweisung und Erlaubnis gegeben, uneingeschränkt die Unterstützung des weltlichen Armes in Anspruch zu nehmen, um diese teuflischen Angriffe auf unseren Glauben und die Lehre zu verhindern. Alle Irrlehrer sollen mithilfe dieser Unterstützung angezeigt und dem weltlichen und auch dem geistlichen Gericht zugeführt werden."

Nach diesem vorläufigen Höhepunkt seiner Rede machte er eine kurze Pause.

Auerbach knuffte Bernhardi in den Arm. „Aha, der Bursche hat also hinterrücks die polizeiliche Gewalt auf seine Seite gebracht!"

„Leise! Und er hat das Kollegium nicht darüber in Kenntnis gesetzt!", flüsterte Bernhardi zurück.

Reinhardus redete weiter: „Heute Morgen also habe ich zum ersten Male mein Recht und meine Pflicht in Anspruch genommen."

Bernhardi tuschelte Auerbach zu. „Eine schöne Umschreibung ... Um eine so schnelle und gezielte Verhaftungsaktion durchzuführen, bedarf es im Voraus schon sehr konkreter Planungen, von der Bereitstellung der vielen Wachen einmal abgesehen."

„Darf ich um Ruhe bitten!", fuhr Reinhardus gereizt fort.

Das allgemeine Getuschel legte sich.

„Das Verhör hat ergeben, dass drei Studenten, die an diesem Aufruhr beteiligt waren, identifiziert werden konnten. Einer hat gestanden und wird nun einem herzoglichen Richtergremium vorgeführt. Die beiden anderen haben geleugnet, aber da sie durch unseren geschätzten Kollegen Wenzel eindeutig identifiziert worden sind, werden sie jetzt von unserer Universität entfernt. Leider ist es mir nicht gelungen, weitergehende Strafen für sie zu erwirken." Reinhardus blickte ernst und würdevoll in die Runde. „Ich hoffe, dass damit Ruhe und Ordnung in unserem Lehrbetrieb wiederhergestellt sind. Ich habe angeordnet, vor den Hörsälen über diese Vorkommnisse zu informieren, und gehe davon aus, dass diese Warnung ausreicht, um eine Wiederholung solchen Tumultes zu verhindern. Euch, meine verehrten Kollegen, ersuche ich hiermit, Euch an mich zu wenden, falls Ihr Zeugen eines erneuten Aufflammens lutherischen oder anderen Geistes werdet. Ich hoffe aber, dass das heutige Exempel ein solches Vorgehen unnötig machen wird. Gibt es noch Fragen?"

Nach dieser deutlichen Klarstellung gab es für die Anwesenden keinen Grund mehr, Fragen zu stellen. Niemand wollte in den Verdacht geraten, Kritik an den Maßnahmen zu üben oder gar Sympathie mit den Aufrührern zu zeigen.

„Ich wünsche uns eine ungestörte Fortsetzung unserer Tätigkeit im Dienste der göttlichen und weltlichen Wissenschaften und bitte darum, wieder zur Normalität zurückzukehren. Vielen Dank!“

Leises Gemurmel begleitete den Schluss der Rede, aber niemand ergriff das Wort. Im Vorbeigehen schnappte Bernhardi einige Wortfetzen auf, aus denen er bei manchen vorbehaltlose Zustimmung heraushörte, teilweise aber auch leichte Kritik – nicht an den Maßnahmen selbst, sondern an deren Vorbereitung und Geheimhaltung. Sie konnte durchaus als Furcht des Rektors vor dem eigenen Lehrpersonal gedeutet werden. So brauchte er seine Ansichten nicht zu diskutieren und vor keinem zu rechtfertigen.

„Einhard, hast du Lust, noch auf einen Schluck zu mir zu kommen? Elisabeth wird sich bestimmt freuen, dich wiederzusehen. Ich würde auch gerne wissen, was du von dieser Sache hältst“, sprach Bernhardi seinen Kollegen an.

„Ja, gern. Aber warte, bis wir ein Stück entfernt sind.“

Eine Weile gingen sie schweigend nebeneinander, dann unterbrach Auerbach die Stille: „Da hat unsere Magnifizenz aber nicht nur einigen vorwitzigen und übermütigen Studenten einen bösen Streich gespielt, findest du nicht auch?“, begann er bedächtig.

„Wenn es sich bloß um einen Fall von jugendlichem Leichtsinn gehandelt hat … Aber in dem anderen hast du vollkommen recht. Reinhardus hat das ganze Kollegium überrumpelt.“

„Früher wäre das so nicht möglich gewesen. Offenbar sind unserem Rektor gute Beziehungen zum Hof wichtiger als die zu seinem Lehrpersonal.“

Bernhardi stimmte ihm zu. „So wird es sein. Aber jetzt frage ich dich, lieber Einhard: Was soll ich mit dem zweifelhaften Giftgebräu anstellen, das hier in meiner Tasche verborgen ist?“

„Wie bitte? Ist das dein Ernst? So schlimm ist Reinhardus

nun auch wieder nicht, dass er ein solches Risiko einginge!" Auerbachs erstaunter Blick war zu komisch, sodass Bernhardi kurz auflachte.

„Der Herr bewahre! Ich hatte vergessen, dass du davon ja nichts mitbekommen hast. Wir sehen uns eben zu selten. Nach der aufsehenerregenden Wegführung einer ganzen akademischen Klasse hatten Wenzel und ich das zweifelhafte Vergnügen, weitere Handlangerdienste für unseren Rektor zu verrichten. Wir sollten den Hörsaal nach verdächtigen Objekten durchsuchen und Wenzel hat das hier gefunden."

Bernhardi kramte kurz in seiner Tasche und zog das kleine Büchlein heraus. Als Auerbach das Titelblatt sah, zupfte er erschrocken am Wams seines Kollegen und drückte das dünne Buch wieder in seine Tasche zurück.

„Vorsicht! Wer weiß, welche Spitzel hier noch rumlaufen."

„Na ja, immerhin habe ich bloß einen Auftrag von höherer Stelle ausgeführt", schmunzelte Bernhardi. „Manchmal muss man einfach die Chance ergreifen, wenn sich eine solche zufällig bietet."

„Das heißt?", fragte Auerbach zögernd.

„Dass ich dieses Giftfässchen zu Hause öffnen werde und in Ruhe einen Selbstversuch starte. Mal sehen, ob ich ihn überlebe."

„Du hast Nerven!"

„Ja, ich spiele eben mal kurz die Rolle der Inquisitoren. Aber jetzt im Ernst: Irgendetwas muss für die Universität, ja sogar für die Herrschaft Herzog Georgs entweder sehr unangenehm oder sogar gefährlich sein, sonst würde wegen der lutherischen Sache nicht so viel Aufhebens gemacht. Und da möchte ich schon sehr gerne wissen, was hinter den Vorwürfen an Rom steckt, die dieser Luther erhebt. Immerhin scheinen seine Argumente einen erheblichen Teil der Gelehrtenwelt zu beeindrucken."

„Wie immer … Bernhardi, der edle Sucher nach der Wahrheit!“, spöttelte Auerbach.

„Soweit ich kann. Aber wo wir schon bei dem Thema Suche sind: Was machen denn deine Studien?“

„Leonhard, ich weiß ja, dass du meine Versuche in der Alchemie belächelst. Glaub mir, da steckt eine Menge tiefes Verständnis der Dinge an sich drin. Aber ich würde dir gerne etwas zeigen, wenn du mich einmal in meiner Giftküche besuchst. Denn auch ich habe eine kleine Schrift erhalten, die, wenn sich ihr Inhalt bewahrheiten sollte, ähnliche Folgen für unsere Welt haben kann … genau wie die lutherische Ketzerei.“

Bernhardi wurde ernst. „Ist das wahr?“

„Ja, so wahr ich lebe.“

„Ja, löst sich denn alles auf? Gibt es keinen festen Grund mehr für unser Wissen und Glauben?“

„Vielleicht sieht der Grund nur anders aus, als wir es uns immer vorgestellt haben.“

Tief ins Gespräch versunken, erreichten die beiden Kollegen das Haus der Familie Bernhardi. Leonhard hatte sich einen Moment lang gefragt, ob er Auerbach in das Geheimnis seines Fundes einweihen sollte. Aber dann hatte er beschlossen, es doch nicht zu tun. Auerbach war des Griechischen nicht mächtig, also konnte er ihm bei der Lösung des Rätsels nicht behilflich sein. Vielleicht war es sogar gut, wenn sein Kollege keine Ahnung von dem Text hätte, um ihn nicht auch noch einer Gefahr auszusetzen.

Als Bernhardi die Tür öffnete, wurde er fast von der Schar seiner Töchter umgerannt, die ihn stürmisch begrüßten. Es kam nicht oft vor, dass ihr Vater schon so früh zu Hause war. Lächelnd kam Elisabeth, mit der Kleinsten auf dem Arm, hinterher. Nach einem innigen Begrüßungskuss ergriff Elisabeth gewohnt souverän das Wort.

„Ah, Meister Auerbach! Schön, Euch nach so langer Zeit wieder bei uns begrüßen zu können. Welch eine Freude!"

Auerbach wurde verlegen und verbeugte sich höflich: „Ich muss Euch um Vergebung bitten. Die Einladung Eures Gatten erging so plötzlich, dass ich keine Gelegenheit mehr hatte, Euch, wie es sich ziemt, einen Strauß der jetzt blühenden Blumen zu überreichen. Wenn Ihr meine Abbitte annehmt, dann werde ich das Versäumte beim nächsten Mal mit besonderer Freude nachholen."

„Es sei Euch gerne gewährt", lachte Elisabeth laut auf.

„Hannes, bitte sorge für ein weiteres Gedeck. Wir haben heute lieben Besuch. Aber jetzt kommt in die gute Stube, dort erwartet uns ein erfrischender Trunk. Und nach dem Mahl erwarte ich mit Spannung, was ihr von den Ereignissen dieses Tages zu berichten habt."

5

Trotz aller Warnungen nahm Bernhardi sich am nächsten Tag vor, die Ketzerschrift näher anzusehen. Womöglich verlangte ja Reinhardus, dass man sie an ihn auslieferte oder gar vernichtete. Für den kurzen Prozess, der mit den aufrührerischen Studenten gemacht worden war, hatte die kleine Schrift keine Rolle mehr gespielt.

Gleich nach seiner letzten Vorlesung über das zweite Buch der *Nikomachischen Ethik* hatte er seine Studenten, die ihn mit Fragen bestürmten, auf morgen vertröstet und zielstrebig den Heimweg angetreten. Elisabeth traf er zu Hause nicht an. Hannes informierte ihn, sie mache einige Besorgungen und um die Töchter kümmere sich die Tante.

Nach einer ausgiebigen Begrüßung der fünf Mädchen zog sich Bernhardi in seine Arbeitsstube zurück. Er warf einen kurzen Blick aus dem Fenster in den Garten, doch dann ging er entschlossen auf die große Bücherwand zu und ergriff einen Band der Oden des Horaz, öffnete ihn und zog die kleine Freiheitsschrift heraus. Noch einmal ging er kurz zur Tür und vergewisserte sich, dass kein Unbefugter davorstand. Dann setzte er sich an seinen Arbeitstisch. Jetzt erst bemerkte er, dass in dem schmalen Band ein gefalteter Zettel lag. Behutsam entfaltete Bernhardi das schon etwas abgegriffene Papier. Sein Atem ging etwas schneller als gewöhnlich, als er die eng gedruckten Zeilen des lateinischen Traktes überflog. Die Überschrift lautete: *Disputatio contra scholasticam theologiam.* Disputation gegen die scholastische Theologie. Wie gut, dass Kollege Wenzel das nicht gesehen hat, es hätte wohl einen sehr ungesunden Zornesausbruch zur Folge gehabt, dachte sich Bernhardi. Mit blasser Handschrift war am Rande angefügt: M. Luther, AD 1517.

Nun habe ich ihn, triumphierte Bernhardi, nun werde ich in der Lage sein, diese Irrlehren aus ihren Quellen widerlegen zu können. Und er vertiefte sich in die Thesen des Buches.

Drei Stunden später klopfte es an der Tür zu seinem Arbeitszimmer. Bernhardi schrak auf. Blitzschnell zog er das Buch und das gefaltete Blatt unter sein riesiges griechisches Wörterbuch.

„Ja bitte?"

„Ich bin's, Elisabeth. Störe ich?"

„Aber nein, komm doch herein!"

Elisabeth stand vor ihm, noch in ihrer Ausgehkleidung. „Ich bin wieder zurück und habe gehört, dass du schon zu Hause bist."

„Wenn ich dich sehe, frage ich mich, wieso ich überhaupt noch aus dem Haus gehe", erwiderte Bernhardi charmant.

„Willst du, dass ich erröte wie ein junges Mädchen?“, lachte Elisabeth.

„Das wirst du schon nicht. Du weißt um deine Qualitäten.“

„Ist alles in Ordnung mit dir? Du bist zu so früher Stunde hier, Leo, was mich freut, aber – zugegebenermaßen – es ist ungewöhnlich.“

„Ja, allerdings. Und du findest mich in einem einigermaßen verwirrten Zustand.“

„Das ist ebenso ungewöhnlich. Möchtest du mit mir darüber sprechen?“

„Ich weiß nicht, ob ich es jetzt schon kann. Du erinnerst dich an die Verhaftungsaktion unseres Rektors, von der ich gestern berichtete?“

„Wie sollte ich das vergessen haben!“

„Heute habe ich zum ersten Mal einen Blick in das kleine Buch geworfen ... Du weißt schon, die Schrift, die Wenzel aus einem Pult hervorgezogen hat.“ Bernhardi bemühte sich, ruhig zu formulieren.

„Auch daran erinnere ich mich“, gab Elisabeth mit fester Stimme zurück.

„In dem Buch, das ja bereits vor sieben Jahren erschienen ist, lag ein gedruckter Zettel mit Disputationsthesen des gleichen Autors, die er bereits drei Jahre früher veröffentlicht hat, und zwar ganz kurz vor der Veröffentlichung seiner 95 Ablassthesen. Ich werde gewiss noch einige Zeit brauchen, um alles zu erfassen, aber ...“, Bernhardi zögerte kurz, doch dann fuhr er fort: „... aber ich muss bereits jetzt gestehen, dass diese Thesen sauber und logisch formuliert sind. Dieser Luther weiß, wovon er redet. Ich kann überhaupt nicht verstehen, dass sich weder eine unserer Fakultäten noch die Universitäten von Köln oder Paris ernsthaft damit auseinandergesetzt haben. Ich gebe zu, das Verteilen von Ketzerhüten ist erheblich leichter, als auf solche grundsätzliche Kritik einzugehen und zu versuchen, sie zu widerlegen. Selbst ich habe diesem Urteil vertraut. Nicht dass ich innerhalb weniger Stunden zum Anhänger Luthers mutiere – aber auf seine Angriffe gegen das alte theologische System gar nicht zu reagieren, war fahrlässig! Sein Buch *Von der Freiheit eines Christenmenschen* werde ich mir demnächst genauer ansehen. Es beginnt übrigens mit einer Widmung an Papst Leo X., es klingt also nach einem Versöhnungsangebot, da bin ich wirklich gespannt. Aber, meine liebe Liese, bin ich denn nun selbst ein Ketzer?"

Diese Frage wurde von ihm mit großer Ernsthaftigkeit gestellt. Elisabeth bemerkte das sofort.

„Wenn die aufrichtige Suche nach der Wahrheit Ketzerei sein soll, dann stimmt etwas nicht. Viel wichtiger scheint es mir für dich zu sein, wie du in der Öffentlichkeit, der du dich nicht entziehen kannst, weiter auftreten willst, ohne dich zu sehr zu verbiegen. Du erinnerst dich, wir sprachen bereits darüber."

„Gewiss. Und du hast sicher wieder einmal recht. Ich werde also noch mehr als sonst darauf dringen, inhaltlich Rechenschaft über die Dinge zu geben, um die wir streiten. Mir ist aber auch klar, dass es schwer sein wird, über Dinge zu disputieren, die in den Augen von Kirche und Obrigkeit bereits als entschieden gelten. Aber genug davon. Wie war dein Tag, meine liebe Elisabeth?"

„Ausgefüllt mit all den Pflichten, die ein großer Haushalt mit sich bringt. Ich war auf dem Markt, wie du weißt, und habe dabei den Boten getroffen, der meine Anfrage nach Dr. Praetorius überbracht hatte und nun heimgekehrt ist. Der Weg scheint staubig gewesen zu sein, denn sein Durst war kaum zu stillen. In der Schenke hatte er sich schon mit einigen Kannen Einbecker Bieres versorgt. Er war aber noch in der Lage, mir eine Antwort zu übergeben."

„Darf ich sehen?", fragte Bernhardi eifrig.

„Der Brief ist an mich!" Elisabeth antwortete nicht ohne Stolz.

„Verzeih, du hast natürlich recht."

Elisabeth erbrach das kleine Wachssiegel und las ihrem Gatten den Inhalt vor.

„Gnade und Friede in Christo! Meine liebe Frau Elisabeth Bernhardi! Gerne bin ich unserer ehemaligen Schülerin und großzügigen Gönnerin unseres Stiftes bei ihrer Anfrage behilflich. Bezüglich des Dr. Praetorius muss ich Euch leider in Kenntnis setzen, dass unser hochverehrter Lehrer und Kollege vor drei Jahren vom Herrn abberufen worden ist. Vielleicht ist Euch die Anmerkung von Nutzen, dass einer seiner Söhne, Andreas Praetorius, hierselbst noch wohnt. Er ist Jurist und erteilt in der Nachfolge seines Vaters an unserer Anstalt einige Stunden Unterricht. Er ist sicherlich bereit, Anfragen bezüglich seines seligen Herrn Vaters zu beantworten.

Mit den allerbesten Wünschen für Euer Wohlergehen und herzlichen Grüßen an Leonhard Bernhardi verbleibe ich mit hochachtungsvollen Grüßen Euer Reinhard Eccius, Vorsteher des Stiftes zur seligen Jungfrau."

„Sind wir damit ein Stück weitergekommen?", fragte Bernhardi.

„Wir sind", lautete die ebenso knappe Antwort Elisabeths.

„Wenn du mit deinem geheimnisvollen Text weiterkommen willst, dann solltest du dich an den Sohn wenden. Es wäre doch sehr gut möglich, dass sein seliger Herr Papa ihn vielleicht in einige seiner Geheimnisse eingeweiht hat", führte Elisabeth weiter aus.

„Also werde ich diesem Andreas Praetorius in Magdeburg wohl bald höchstpersönlich einen Besuch abstatten."

„Genau. Aber jetzt stattest du bitte deiner Familie einen Besuch ab, sonst werden deine Töchter mit dir nur noch schriftlich verkehren."

6

An einem Abend, lange nach Sonnenuntergang, klopfte es an der von wildem Wein umrankten Pforte des Auerbachschen Hauses. Erst nach einiger Zeit wurde die Holztür geöffnet.

„Ach, du bist es, Leonhard! Schön, dass du die Einladung annehmen konntest.“ Einhard Auerbach stand in seinem Kittel, der schon lange einer Säuberung bedurft hätte, vor Bernhardi.

„Ja, guten Abend, Einhard. Wie angekündigt, kann ich dir heute Abend für einige Stunden Gesellschaft leisten“, entgegnete der Gast in freundlichem Ton.

„Komm doch herein!“

Bernhardi hatte das Haus seines Kollegen zwar nicht häufig betreten, aber immerhin wusste er sich in den dunklen Räumen sicher zu bewegen. Auerbach führte ihn zunächst in die für einen allein lebenden Mann etwas zu groß geratene Wohnstube. Für anregende Gespräche mit Kollegen und Studenten war sie allerdings bestens geeignet.

„Steht zu Hause alles wohl?“, fragte er seinen Gast.

„Ja, bis auf die Gesundheit unseres Lenchens. Aber da es sich langsam bessert, sind wir schon zufrieden“, antwortete Bernhardi zurückhaltend.

Beide Männer einigten sich darauf, zunächst mit einem Glas Wein den Abend zu beginnen. Jeder ahnte, dass der andere heute etwas Bedeutsames mitzuteilen hätte, aber der Anfang war noch nicht gemacht. Bei ihren letzten Begegnungen schien immer etwas mitzuschwingen, das jedoch nie direkt ausgesprochen wurde.

„Du wolltest mir doch einmal deine Hexenküche zeigen“, ging Bernhardi geschickt in die Offensive. „Ich bin schon sehr gespannt darauf, mit welchen Experimenten du dich beschäftigst … Falls es sich nicht um Geheimnisse höherer Ordnung handelt und du dich zum Schweigen verpflichtet hast, vor wem auch immer", neckte Bernhardi.

„Ach so, ja natürlich, komm mit!", forderte Auerbach ihn auf, und ein besonderer Glanz trat in seine Augen. Er musste sich sehr zusammenreißen, um nicht vor Aufregung und Stolz herauszuplatzen. Für ein gelehrtes Mitglied der hiesigen Universität war Eile unziemlich. Auerbach führte seinen Kollegen durch einige dunkle Gänge, dann ging es auf einer steilen Stiege in den Keller hinunter. Einige wenige Talglampen, die in windgeschützten Gehäusen an der Wand befestigt waren, spendeten Licht. Unten öffnete der Hausherr eine niedrige Tür und sie traten in einen dunklen Raum, der deutlich wärmer als die Umgebung erschien.

„Warte, ich mache Licht!" Auerbach ging zielsicher zu einem Tisch und entzündete einen großen Leuchter, den er mitten auf den Tisch stellte.

Überall standen Gefäße der verschiedensten Art, Tiegel, Retorten, Kupellen, Serpentinen, Mörser und Stößel sowie ein riesiger Alembik, ein Helmaufsatz, der einen Destillierkolben abschloss. Bernhardi erblickte den Grund für die erstaunliche Wärme dieses Raumes, denn nicht nur ein großer Ofen stand in einer Ecke, sondern es gab auch mehrere Feuerstellen für die Erhitzung der Proben, so vermutete er wenigstens. Was ihn jedoch am meisten beeindruckte, waren die Bücher, die überall aufgestapelt waren. Wo sich noch ein freies Plätzchen fand, lagen Zettel mit Aufzeichnungen. Wortlos sah sich Bernhardi einige der Bücher etwas näher an. Die Verfasser waren ihm nur zum Teil bekannt. Er nahm einen Band in die Hand. *De occulta philosophia* von Heinrich Cornelius Agrippa von Nettesheim.

„Das sollte aber nicht unbedingt vor die Augen unseres Reinhardus und schon gar nicht vor den Klerus kommen", sagte Bernhardi, erstaunt über seinen Fund.

„Ich hoffe, dass es vor deinen Augen Gnade findet."

„Ich habe noch nichts von ihm gelesen. Okkulte Schriften meide ich eher, nicht nur, weil sie in zweifelhaftem Ruf stehen, sondern weil ich eher an luziden Wissenschaften interessiert bin", Bernhardi sprach alles ohne den Hinterton eines Vorwurfes aus.

„Ja, die helle und klare Wissenschaft. Auch die, sei versichert, ist mein Thema. Aber es gibt offenbar eine Beziehung zwischen Verborgenem und Offenbarem. Es könnte sogar sein, dass dies nur Erscheinungsweisen ein und desselben Gegenstandes sind. Im Übrigen kann ich nicht alles, was dieser hochverehrte Autor von sich gibt, teilen. Er hängt mir zu sehr an platonischen Kategorien und vermengt heidnische mit göttlichen Wahrheiten. Aber seine Beschreibung des Wesens der Elemente hat auch eine praktische Bedeutung für die Alchemie. Ich versuche durch Experimente herauszufinden, inwieweit sich diese Erkenntnisse in praktische Ergebnisse ummünzen lassen."

Auerbach sprach leise und vorsichtig. Seine kurz aufgeflammte Begeisterung, etwas von dem zeigen zu dürfen, was ihn bewegte, war einer gewissen Anspannung gewichen. Nicht dass er Bernhardi misstraute, aber von einer Grundsympathie zueinander abgesehen, hatten sie bis jetzt noch nicht wirklich ihre tiefsten Überzeugungen ausgetauscht.

„Hier arbeite ich gerade an der Verwandlung der Elemente, wenn auch nicht erfolgreich. Irgendwas entbehrt noch einer ausreichenden Bestimmung, na ja, manchmal hilft ja auch der Zufall, auch wenn der in der Alchemie eigentlich keine Rolle spielt", erklärte Auerbach verschmitzt seinem staunenden Kollegen. Ob dessen Verwunderung allerdings durch die Ansammlung wundersamer Gerätschaften oder durch die nicht minder wundersame Begründung seines Kollegen ausgelöst wurde, war ihm selbst nicht klar.

Ohne eine Antwort Bernhardis abzuwarten, fuhr Auerbach

fort: „Viele behaupten, dass in dieser Wissenschaft die Magie – oder vielmehr die schwarze Magie – am Werke sei. Das ist ausgemachter Unsinn. Allerdings glauben ebenfalls nicht wenige, den Alchemisten sei nur an der Vermehrung ihres Besitzes gelegen und sie würden sich hauptsächlich mit der Verwandlung unedler Stoffe in Gold beschäftigen. Leider hat dieser Vorwurf eine gewisse Berechtigung, auch in meinem Zirkel sind es nicht wenige, die sich darin betätigen. Als Entschuldigung muss ich aber hinzufügen, dass bei vielen meiner Kollegen die blanke Not herrscht – die Hoffnung auf Gewinn ist also verständlich. Einer hat sich sogar bei seinem Fürsten so hoch verschuldet, dass er sich darauf eingelassen hat, binnen einer festgesetzten Zeit Gold herzustellen, andernfalls landet er im Schuldturm … Wie du siehst: Auch hier kommt die reine Wissenschaft nie so ganz rein vor, sondern ist immer mit den Übeln des Alltags behaftet. Verfasser wie Agrippa haben immer versucht, sich davon nicht beeindrucken zu lassen, sondern sich der reinen Sache zu widmen."

Dann sah er seinen Kollegen an und bemerkte: „Übrigens hat sich Agrippa auch mit Luther und seiner Lehre beschäftigt!"

„Womit deutlich wird, dass wir zwar an unterschiedlichen Orten, aber doch an einem gemeinsamen Problem arbeiten", antwortete Bernhardi. „Ich habe inzwischen die Disputationsthesen zu den 95 Thesen gelesen. Und auch die Schrift *Von der Freiheit eines Christenmenschen*. Ich bin erschüttert. Hier ist eine neue Welt entstanden. Wenn es stimmt, was dieser Kollege aus Wittenberg da schreibt, dann ist unsere römische Kirche, zumindest in ihrer heutigen Form, ein reines Menschenfündlein und entbehrt in fast allen Dingen einer hinreichenden Begründung. Ich habe vorher nie wirklich verstanden, wie ein so gelehrter Mann wie dieser Doktor der Theologie, auch wenn er nur ein Mönch ist, gegen einen grundsätzlich freien Willen sein kann. Immer stellte ich dagegen, dass nur der freie Wille ein verantwortbarer und zur Verantwortung zu ziehender Wille sei. Aber Luther meint ja gar nicht den freien Willen, dies oder das zu tun, sondern dass der freie Wille sich nicht die Gnade Gottes verdienen kann. Und ich las bei Paulus nach und fand es Punkt für Punkt bestätigt! Das heißt weiter, dass selbst die heilige Kirche niemals über Heilsmittel verfügt, die sie nach eigenem Gutdünken über die Menschen austeilen könnte. Weil selbst die Heiligen noch genauso Sünder vor Gott waren wie wir. Und deshalb haben sie auch keine überschüssigen guten Werke erbracht, die die Kirche glaubt, verwalten zu können. Das ist, mit Verlaub, ein himmelweiter Unterschied zur philosophischen Betrachtung des freien Willens."

„Das musst du mir einmal näher erklären, doch nicht jetzt. Wenn es aber so ist, dass selbst du, ein engagierter Gegner der Wittenberger, das Lager wechselst – oder sagen wir, dass du die eigene Position infrage zu stellen bereit bist –, dann wird etwas dran sein! Leonhard, wenn sich die Dinge so verhalten, kann einem schwindlig werden." Auerbach schwankte tatsächlich etwas und musste sich am Tisch abstützen.

„Was ist mit dir?", fragte Bernhardi besorgt.

„Es ist nicht nur die eine Sache, es ist nicht nur die eine Sache", stammelte Auerbach, seine Worte wiederholend, vor sich hin. „Unsere Welt verändert sich. Wir verlieren die Einheit im Glauben, wir verlieren die bisher bekannten Grenzen unserer Welt. Seitdem Kolumbus einen neuen Kontinent entdeckt hat, der Florentiner Amerigo Vespucci uns eine Vorstellung von der tatsächlichen Größe eines Teils der neuen Welt vermittelt hat, wird alles noch viel mehr durcheinandergewirbelt. Und dann das."

„Was denn noch?", fragte Bernhardi verblüfft zurück, als gäbe es noch etwas, das aus den Angeln gehoben werden könnte.

Auerbach wankte zu einem seiner Bücherstapel. Er suchte kurz und zog dann ein kleines dünnes Heft heraus. Es war kein gedruckter Text, sondern eine Handschrift. „Das hier wollte ich dir zeigen, nach unserem letzten Gespräch."

Bernhardi nahm das Heft in die Hand und überflog den Titel. *Nicolai Copernici: De Hypothesibus Motuum Coelestium A Se Constituis Commentariolus.*

„Eine kleine Abhandlung über die Erklärungsgrundlagen der Bewegungen am Himmel, von ihm selber aufgestellt", übersetzte Bernhardi. „Was ist denn daran so ungewöhnlich? Du lehrst doch auch Astronomie und weißt über die Erklärung von Himmelsbewegungen Bescheid?", gab er in Richtung Auerbach weiter.

„Lies weiter!" Auerbachs Worte klangen wie ein Befehl.

Bernhardi las weiter. Auch wenn er nicht alles verstand, so war ihm doch klar, dass hier jemand den Versuch unternommen hatte, die stillstehende Erde zu bewegen und die bewegte Sonne stillstehen zu lassen. Nach einiger Zeit gab er Auerbach das Buch zurück.

„Was ist das Gefährliche an diesem Werk?"

„Zwei Dinge. Zum einen verbannt dieser Kopernikus die Erde aus dem Mittelpunkt der Welt. Er macht das mit einer äußerst effizienten Methode, indem er die vielfältigen Erscheinungen der Himmelskörper einfacher erklärt als bisher – und zwar auf mathematischer Grundlage. Wie du dich sicher erinnern wirst, hat bereits Wilhelm von Occham den Satz aufgestellt, dass von zwei Erklärungen eines Phänomens fast immer die einfachere Erklärung die richtigere ist. Was folgt daraus? Genau! Und jetzt kommt das Zweite. Angenommen, Kopernikus hat recht – sicher ist es ja noch nicht, er schreibt ja selbst, dass er ein exakter begründendes Werk noch erstellen will –, also angenommen, dass es sich so verhielte: Was hätte das für Folgen? Es hätte zur Folge, dass unser menschliches Dasein aus der Mitte der Welt genommen wäre. Dann ließe sich auch nicht erklären, warum die Erlösungstat Gottes in Christus an einer völlig unbedeutenden Stelle der Welt stattgefunden haben soll. Die Erlösung wäre also nicht mehr als Endzweck des Ganzen zu begreifen … Verstehst du das?“

Auerbach war ganz gegen seine Art lauter geworden. Bernhardi erlebte ihn zum ersten Mal derart aufgelöst.

„Und es hätte zur Folge, dass wir unseren Augen nicht mehr trauen könnten, wenn gegen allen Augenschein die Erde sich bewegte und der Himmel stillstünde“, ergänzte Bernhardi trocken. „Sei beruhigt, lieber Einhard, so weit sind wir noch nicht. Das muss ja erst noch bewiesen werden, und daran scheint dieser Kopernikus noch zu arbeiten. Es wird nicht einfach sein, gegen die allgemeinen Überzeugungen der Wissenschaft und der Kirche solche Beweise zu erbringen.“ Jetzt lächelte Bernhardi sogar. „Ich verstehe zwar nicht so viel von der Astronomie wie du, mein lieber Freund, aber mir ist gerade ein Gedanke gekommen. Wenn es sich so verhielte und die Sonne und die Wandelsterne die Sonne umlaufen würden, dann, ja dann müsste sich diese Bewegung doch an den Fixsternen widerspiegeln oder?“

„Nicht unbedingt, wenn sie nur weit genug entfernt sind.“ Auerbach hatte sehr leise geantwortet. Er ahnte tief im Inneren, dass die großen Verunsicherungen ihre beiden Leben gehörig durcheinanderwirbeln, wenn nicht sogar ins Wanken bringen konnten.

Bernhardi ließ nicht locker. „Darf ich fragen, wie du in den Besitz dieses umstürzlerischen Werkes gekommen bist und ob du Näheres über diesen Kopernikus hast in Erfahrung bringen können?“

„Nikolaus Kopernikus ist hier nicht allzu bekannt, aber in seiner Heimat, in Frauenburg im Ermland, hat er eine bedeutende Stellung und einen guten Ruf als Arzt und als Leiter der Münze erworben. Er beschäftigte sich von Jugend an mit vielen Wissenschaften, darunter auch Mathematik und Astronomie.

Vor kurzer Zeit hat er seine neuartigen und revolutionären Hypothesen vom Umlauf der Planeten um die Sonne in einem kleinen Kommentar – das ist der, den du da in den Händen hältst – an seine engsten Freunde und Mitarbeiter geschickt. Aber so geheim, wie er sich das dachte, ist sein kleines Werk dann nicht geblieben. Das konnte es wohl auch nicht bleiben. Viele Abschriften davon, wenn ich recht informiert bin, wurden angefertigt. Bei einem Treffen mit einigen Interessenten der Alchemie wurde mir diese Abschrift unter der Hand angeboten. Ganz bestimmt ist die Verbreitung dieses Werkes kompliziert gemacht worden, um die Beteiligten zu schützen. Denn auch wenn es sich nur um Hypothesen handelt, können sie für den Autor und seine Freunde doch gefährlich werden. Wir haben ja über die Gründe gesprochen."

Bernhardi hatte schweigend und in Gedanken versunken Auerbachs Worten gelauscht. Zu viel ging in seinem Kopf vor, als dass er seine Gedanken klar hätte äußern können. Auch Auerbach verfiel in ein längeres Schweigen.

Trotz der Wärme im Raum war beiden Männern kalt geworden. Und so beschlossen sie, den Abend oben in der großen Stube zu beenden. Kurz vor dem Abschied vertraute Bernhardi dem Kollegen seine nächsten Pläne an.

„Im Übrigen, Einhard, ich werde die nächsten zwei Wochen eine kleine Reise unternehmen."

„Wo geht die Reise denn hin?", fragte Auerbach neugierig.

„Nicht weit, nach Magdeburg. Ich will dort einen Besuch machen." Bernhardi scheute sich plötzlich, den Kollegen über seinen Fund und all die Merkwürdigkeiten, die damit zusammenhingen, zu informieren. Er hoffte inständig, dass nicht noch weitere Verunsicherungen herauskommen würden, wenn, ja wenn er dieses Rätsel eines Tages gelöst hätte. Auerbach fragte nicht weiter und so verabschiedeten sie sich um Mitternacht.

7

Die ganze Familie war an der Pforte von Bernhardis Anwesen versammelt, um sich vom Hausherrn zu verabschieden. Selbst Hannes, der Diener, stand dabei und schaute besorgt, ob denn sein Meister auch mit allem, was für die Reise benötigt wurde, ausgestattet war.

Bernhardi hatte zunächst eine Bootspassage nach Magdeburg geplant, aber seit einigen Tagen führte die Elbe ein beträchtliches Hochwasser. Nach wochenlangen Regenfällen war der Fluss auf die doppelte Breite angeschwollen, und die reißende Strömung ließ keinen regulären Schiffsverkehr auf ihr mehr zu. Notgedrungen hatte er sich an einen bekannten Händler, Friedrich Gesenius, gewandt, der ebenfalls nach Magdeburg wollte, um für sein Geschäft Delikatessen und feines Tuch einzukaufen.

Seitdem der Maler Lucas Cranach riesige Erfolge mit dem Vertrieb seiner Bilder hatte, konnte sich jeder, der modisch auf der Höhe der Zeit sein wollte, davon überzeugen, was in der Stadt getragen wurde. Und so stieg auch hier in der Provinz die Nachfrage nach eleganter Bekleidung, die auf den Bildern zu sehen war. Da spielte es gar keine Rolle, dass dieser Meister Cranach seinen Wohnsitz, seine Werkstatt und seine Apotheke in jener verpönten Stadt Wittenberg hatte, dem Zentrum der neuen Ketzerbewegung. Den Damen war das egal. Sie waren glücklich, wenn sie sich eines dieser wunderschönen Kleider leisten konnten, das ihnen bei feierlichen Anlässen bewundernde Blicke und den Neid der Nachbarinnen sicherte. Aber auch die Herren nahmen sich gern ein Beispiel an der Kleidung der vornehmen Bürger.

Die Händler profitierten von der steigenden Nachfrage und

verzeichneten gute Gewinne. Für den Transport der Güter wurden die Handelswege befestigt – zumindest jene, die in die größeren Städte führten. Auch das lästige Räuberunwesen wurde durch bewaffnete Eskorten eingedämmt, die man zu günstigem Preis anmieten konnte. Vor allem ehemalige Landsknechte und Söldner verdienten sich dadurch ihren Unterhalt, wenn sie überhaupt einer ehrbaren Arbeit nachgingen. Nach den Bauernaufständen vor zwei Jahren gab es viele, die darauf angewiesen waren. Aber man musste schon wachsam sein, wen man sich als Begleiter wählte. Vor einigen Monaten war ein Kaufmann just von seiner eigenen Eskorte ausgeraubt worden.

Bernhardi hatte sich also bei Gesenius als zahlender Reisegefährte angemeldet. Dieser bog mit seinem großen, zweispännigen Wagen gerade um die Ecke und hielt genau vor dem Haus der Familie Bernhardi.

„Seid gegrüßt“, rief Gesenius, der neben seinem Kutscher auf dem Bock des großen Gefährtes saß, der wartenden Schar zu.

„Seid gegrüßt“, antwortete Bernhardi freundlich und herzte zum Abschied seine Töchter Sophia, Anna, Barbara und Katharina. Die Jüngste, Lenchen, wurde von Elisabeth hoch auf den Arm genommen und schaute ihren Vater mit großen braunen Augen an. Bernhardi drückte ihr und Elisabeth einen besonders herzlichen Kuss auf Stirn und Wange und sah seiner Frau intensiv in die Augen. Dann trat er einen Schritt zurück, drehte sich zu seinem Reisegefährt, stieg auf und rief seinem Diener zu: „Hannes, passe mir gut auf meine Familie auf!“

Dieser zog seine Mütze, verneigte sich und bekundete, dieses Amt mit aller ihm zur Verfügung stehenden Macht ausüben zu wollen. Daraufhin zog der Kutscher an, und das Gefährt begann seine Reise. Durch die starken Regenfälle der letzten Zeit waren die Wege nicht so staubig wie üblich, und Elisabeth konnte dem Wagen noch lange hinterherschauen. Doch dann verschwand die Kutsche hinter einer Biegung.

Bernhardi hatte rechts auf dem Kutschbock Platz genommen. Neben ihm, in der Mitte, saß Gesenius. Es war etwas eng zu dritt, aber immer noch besser, als im ungemütlichen, weil nicht für den Personentransport hergerichteten Frachtraum zu sitzen. Die Ladefläche, die jetzt auf der Hinfahrt leer war, wurde von einer Plane notdürftig abgedeckt, damit sie bei dem regnerischen Wetter einigermaßen trocken blieb. Ein Gespräch war bei dem Wind und dem kleinen Regenschutz, den die Insassen angezogen hatten, kaum in Gang zu bringen.

Während Bernhardi seinen Gedanken nachhing, gab es plötzlich einen heftigen Ruck. Der Kutscher hatte sein Gefährt vor einer Weggabelung zum Stehen gebracht. Gesenius fluchte leise vor sich hin. Normalerweise hätten sie rechts abbiegen müssen, um den Uferweg nahe der Elbe zu befahren. Dies wäre der kürzeste und damit auch schnellste Weg nach Magdeburg gewesen. Aber ein junger Mann, der wie ein Knecht gekleidet war, versperrte ihnen den Weg.

„Guten Tag, meine Herren, verzeiht die Störung, aber Ihr könnt hier nicht weiterfahren!"

„Warum nicht? Ich hoffe, Ihr könnt mir einen guten Grund für dieses Auftreten nennen", brummte Gesenius zurück.

„Aber sicher. Die Elemente haben sich in Aufruhr versetzt, die Elbe ist innerhalb weniger Stunden ein reißender Strom geworden, mehr als doppelt so breit wie gewöhnlich. Der Uferweg ist völlig überschwemmt, hier kommt niemand mehr durch."

„Auch das noch!" Gesenius fluchte leise vor sich hin. „Sagt mir, wer hat Euch beauftragt, die Reisenden hier fernzuhalten?"

„Unsere Gemeinde, die zum Erzbistum Magdeburg gehört, ist dazu ermächtigt worden, um Schaden von den Händlern, die hier oft verkehren, abzuwenden. Ich erhalte eine kleine Vergütung für diesen Dienst. Die setzt sich zusammen aus einigen Münzen, die ich vom Rat der Stadt Magdeburg und von den gewarnten Reisenden zu erhalten habe.“ Damit hielt er auch schon die Hand auf. „Im Preis inbegriffen ist die ständige Kontrolle, wann der Weg nach Magdeburg wieder in einem Zustand ist, der den Handel ungehindert zulässt“, ergänzte der junge Mann, ohne einen Preis für seine Dienste genannt zu haben.

„Da, reicht Euch das?“ Gesenius übergab dem Wärter ein paar Münzen.

„Jawohl, vielen Dank, gnädiger Herr!“

Gesenius hieß den Kutscher, sich nach links zu halten. „Da müssen wir wohl einen Umweg machen“, seufzte er und fügte besorgt hinzu: „Ich kann nicht garantieren, ob wir auf diesem Hohlweg Magdeburg heute noch erreichen. Früher wäre das nicht vorgekommen.“

Bernhardi fragte sich, ob das Hochwasser früher nicht so kräftig oder einfach seltener vorgekommen war. Aber es gelang ihm nicht, den Sinn hinter den Worten des Kaufmanns zu deuten. Pfeif was auf deine ewige Logik, dachte er bei sich und hoffte, doch noch abends sein Ziel zu erreichen.

Es hatte wieder stärker zu regnen begonnen und das Gefährt rumpelte vorwärts. Die Pferde mussten sich tüchtig ins Zeug legen, das Befahren des morastigen Hohlweges forderte viel Kraft. Aber auch der Wagen selbst wurde stark beansprucht. Nach zwei Stunden mühsamer Fahrt knickte der Wagen unter gewaltigem Krach zur Seite und ließ sich nicht mehr bewegen. Jetzt war Gesenius völlig verärgert.

„Heute ist wohl der Leibhaftige unser Begleiter“, fluchte er laut und forderte Bernhardi zum Absteigen auf. Dieser war dankbar für die Gelegenheit, sich wenigstens die Füße etwas vertreten zu können, wenn schon das Ziel heute kaum noch zu erreichen wäre. Gesenius ging um den Wagen herum und stellte fest, dass das rechte Hinterrad gebrochen war.

„Was jetzt?“, fragte Bernhardi, der die Situation sofort erfasste.

„Es hilft nichts, wir müssen ausspannen und hoffen, noch vor Anbruch der Nacht ein Gasthaus zu erreichen“, sagte Gesenius. „Wenn ich mich nicht irre, lag früher einmal auf dieser Strecke eine ganz ordentliche Schankwirtschaft, die auch eine Herberge anbot.“

„Früher?“, fragte Bernhardi. „Seid Ihr denn schon einmal auf diesem Weg nach Magdeburg gefahren?“

„Ja“, brummte Gesenius, „vor ein paar Jahren hatten wir schon einmal nach der Schneeschmelze ordentliches Hochwasser. Und da habe ich auch diesen Hohlweg genommen. Früher war der aber in einem besseren Zustand!“

„Dann lasst uns versuchen, diese Herberge zu erreichen.“ Bernhardi wollte unbedingt vor Anbruch der Dunkelheit ein Dach über dem Kopf haben.

Nach nur einer halben Stunde, in der sie hintereinander den Weg entlanggetrottet waren – Gesenius zuerst, dann Bernhardi und zum Schluss der Kutscher mit den beiden Pferden –, sahen sie ein Licht durch das Geäst der Bäume scheinen.

„Na endlich“, brummte Gesenius.

Der Weg verbreiterte sich und gab den Blick auf ein kleines Gasthaus frei samt danebenliegender Stallung.

„Ich würde sagen, wir haben Glück gehabt, dass wir nicht allzu weit von hier unser Missgeschick erlitten haben“, versuchte Bernhardi, das Positive an ihrer Lage herauszustellen.

Nachdem der Kutscher die Pferde angebunden hatte, betraten sie das Haus. Innen saßen bereits etliche Gäste an Tischen. Einige unterhielten sich laut mit nicht mehr besonders fester Stimme, andere saßen stumm vor ihren Kannen und wiederum andere unterhielten sich im Flüsterton. Der rundliche kleine Wirt kam auf die Neuankömmlinge zu, während er sich die Hände an seiner fleckigen Schürze abwischte.

„Wir benötigen Logis für drei Personen und etwas Futter und Wasser für die Pferde", begann Gesenius seine Wünsche vorzutragen.

„Das lässt sich wohl einrichten", entgegnete der Wirt, „wenn Ihr mit einem Raum vorliebnehmen wollt. Ihr seht ja, wie voll es bei uns ist. Die Elbe hat nicht nur viel Wasser, sondern auch viele Gäste hier angespült."

„Das geht in Ordnung", brummte Gesenius. „Heinrich, du lässt dir zeigen, wo du die Pferde versorgen lassen kannst. Dann komm und richte dich in unserer Kammer ein", ergänzte der stämmige Kaufmann in Richtung des Kutschers, der sich daraufhin zu den Stallungen begab.

Bernhardi und Gesenius wurden zu ihrer Kammer geführt. Sie mussten eine schmale Stiege hochklettern, um dann am Ende eines düsteren Flures rechts durch eine niedrige Türe in eine kleine Kammer zu treten.

„Ihr habt Glück, eine richtig schöne Kammer kann ich Euch anbieten", versuchte der Wirt die Tatsache schönzureden, dass es sich hier um eine bessere Abstellkammer handelte. In normalen Zeiten wurde sie bestimmt als solche genutzt. Ein winziges Fenster spendete kaum Licht, aber da es ohnehin schon zu dämmern begann, wurde eine Talglampe auf einem alten, wackligen Tisch entzündet. Von Betten war keine Spur zu sehen. Auf dem Boden war Stroh ausgelegt und einige grobe Decken lagen in der Ecke bereit.

„Einverstanden, wir bleiben über Nacht hier", erläuterte der Kaufmann. Mit einem kurzen Kopfnicken trat der Wirt seinen Rückzug an.

Dann wandte sich Gesenius an Bernhardi: „Ich werde mich ein wenig mit Speis und Trank in der Wirtsstube laben. Kommt Ihr mit?"

„Nein danke, meine Frau hat mich bestens versorgt. Es ist wohl besser, wenn ich angesichts der anstrengenden Tage, die mir bevorstehen, mich heute etwas früher zur Ruhe begebe. Eine Frage habe ich aber noch: Wie werden wir unseren Schaden beheben können?"

Gesenius kratzte sich nachdenklich am Kopf. „Ich werde den Wirt fragen, ob in der Nähe ein Stellmacher oder ein Schmied seinem Handwerk nachgeht. Davon hängt alles ab. Und verzeiht, die Kosten für Logis und die ungewollte Verlängerung unserer Reise werde ich Euch anteilig in Rechnung stellen müssen."

„Das geht schon in Ordnung", erwiderte Bernhardi müde.

„Gut, dann mache ich mich auf den Weg nach unten. Mal sehen, ob Heinrich mit seiner Aufgabe fertiggeworden ist." Er polterte mit schweren Schritten die Treppe zur Schankstube hinunter.

Bernhardi entledigte sich seiner Reisekleidung, nur den langen Dolch behielt er in seiner Nähe. Nicht dass er sich besonders unsicher fühlte, aber er war immer darauf gefasst, eventuell wegen eines Feuers oder anderer Unannehmlichkeiten schnell seinen Ort verlassen zu müssen. Und in einem solchen Falle wollte er bereit sein. Nach einiger Zeit gelang es ihm tatsächlich, in den wohlverdienten Schlaf hinüberzudämmern. In seinen Träumen verfolgten ihn monströse Bilder. Reinhardus tauchte mit schäumenden Lippen auf. Sein wutverzerrtes Gesicht verwandelte sich in ein spöttisches, arrogantes Grinsen … Und dieses wiederum löste sich in einer Orgie griechischer Buchstaben auf, die ihn überschütteten und ihm die Luft nahmen. Er hatte nur eine Säge bei sich und versuchte, sich einen Ausgang aus den Buchstaben, die sich über ihm auftürmten, freizusägen. Dann wurde er wach.

Er glaubte immer noch, die Säge zu hören, und drehte sich zur Seite. Dort lag Gesenius und neben ihm Heinrich, der Kutscher. Das, was er im Traum als Säge gehört hatte, entpuppte sich als das hemmungslos laute Schnarchen des Kaufmanns. Es war noch dunkel, aber an Schlaf war nun nicht mehr zu denken.

Zuerst wälzte Bernhardi sich noch eine Weile hin und her, dann gab er es auf. Er erhob sich leise von seinem Lager. Anzukleiden brauchte er sich nicht weiter, da er bis auf den Reisemantel alles am Leibe trug. Er öffnete die knarrende Tür, aber keiner seiner Begleiter wurde davon wach. Das Magdeburger Bier hatte seine Wirkung getan.

Als er auf den langen Flur trat, meinte Bernhardi leise Stimmen zu hören, die aus dem Schankraum nach oben drangen. Langsam ging er bis zum Absatz der Treppe und stieg einige Stufen hinunter. Wenn er sich bückte, konnte er zwei Gestalten an einem Tisch sitzen sehen, die sich angeregt unterhielten. Eine Diele knackte unter Bernhardis Füßen.

„Still, hast du auch etwas gehört?“, fragte der eine junge Mann, der recht vornehm gekleidet schien.

„Nein, aber soll ich mal nachsehen?“

„Ja, mach schon.“

Bernhardi wusste in diesem Augenblick nicht, wie er sich verhalten sollte. Aber die Entscheidung, ob er sich offenbaren oder leise den Rückzug antreten sollte, wurde ihm abgenommen. Der andere junge Mann stand so ungeschickt von seinem Platz auf, dass er seinen Becher umwarf. Der rote Wein lief ihm über die Kleidung, die genau wie die seines Gegenübers einen gediegenen Eindruck machte.

„O nein, dreimal verflucht!“

„Komm, bleib ruhig! Trockne dich erst einmal ab. Ich weiß schon, warum solche Kerle wie du immer mit doppelter Ausstattung unterwegs sein müssen. Entweder ihr verliert etwas oder ihr verderbt es. Morgen – oder besser in ein paar Stunden – wirst du wohl dein anderes Wams anziehen müssen, mit dem du eigentlich den schönen Magdeburgerinnen imponieren wolltest.“

Der so Angesprochene errötete und wusste nicht recht zu entscheiden, worüber er sich mehr ärgern sollte: über sein Ungeschick oder die Anzüglichkeiten seines Genossen. Die knarrende Diele hatten beide vergessen.

Der Erste, der seinen prächtigen Federhut neben sich platziert hatte, wurde wieder ernster: „Wie ich dir eben schon sagte, wir müssen umsichtig sein. Mir ist von meinem Meister zugetragen worden, dass die Möglichkeit besteht, dass das große Blendwerk doch nicht vom Erdboden vertilgt wurde."

„Wie das?", entgegnete sein Begleiter, der immer noch versuchte, sein Gewand zu reinigen.

„Es hat den Anschein, als wüsste Bruder Konrad etwas, das er aber verborgen halten will."

„Wer ist Bruder Konrad?"

„Ein alter Franziskaner. Er dürfte siebzig Lenze bereits überschritten haben, oder vielleicht sogar noch mehr. Er kannte den Verursacher des großen Blendwerks."

„Um was handelt es sich bei dem Anschein?"

„Als den Verursacher des großen Blendwerks sein gerechtes Ende ereilt hat, hatte Konrad kaum noch gesprochen. Alle meinten, sein Verstand wäre durch die Ereignisse verwirrt worden. Seit ein paar Wochen verhält er sich auffällig anders. Er hat sogar seit Jahrzehnten zum ersten Mal sein Kloster verlassen."

„Kann das nicht eine ganz natürliche Ursache haben?"

„Unwahrscheinlich. Er hatte keine Verwandten oder Bekannten mehr. Nichts, wodurch er mit der Welt draußen hätte in Berührung kommen können. Das hat sich mit einem Male geändert. Er bekam Besuch von einem Unbekannten. Das wäre normalerweise nicht der Erwähnung wert, aber gerade weil es unwahrscheinlich war, ist es eben doch bemerkt und vom Prior sogar verzeichnet worden. Wer der Unbekannte war, scheint keiner zu wissen. Was wir aber wissen, ist dies: dass Bruder

Konrad sich seitdem völlig verändert hat. Er hat wieder Interesse an dem, was im Kloster und in der Welt geschieht. Und, wie gesagt, er hat sogar sein Kloster schon einmal verlassen. Alles deutet darauf hin, dass es mit dem großen Blendwerk zu tun hat. Ich habe den Auftrag erhalten, das zu untersuchen. Und du wirst deine Ohren offen und den Mund verschlossen halten, nicht wahr, Albert?" Die letzten Worte klangen wie eine Drohung.

Die weiteren Worte wurden wieder in einem Flüsterton gesprochen, sodass sie Bernhardi nicht mehr verstehen konnte. Lange hatte er auf den Stufen regungslos verharrt. Ihn schmerzte seine unangenehme, weil gebückte Haltung, aber das, was er zu hören bekommen hatte, war dazu angetan, seinen Puls zu beschleunigen. Er konnte den Wortführer der beiden nicht richtig erkennen, aber er ahnte, dass das Geheimnis, um das es hier ging, mit seinem Fund in Beziehung stehen konnte. Wenn der Unbekannte, der ihn überfallmäßig aufgesucht hatte, mit diesem Bruder Konrad identisch war, dann konnte er, Bernhardi, ein Problem bekommen. Gesetzt den Fall, diese Überlegungen würden der Wahrheit entsprechen, dann konnte er vielleicht sogar das Geheimnis ein wenig lüften, wenn sein Besuch bei Andreas Praetorius von Erfolg gekrönt sein sollte. Dann waren aber schon zwei Personen in Gefahr: dieser Bruder Konrad und er selbst.

Ganz langsam, ohne das geringste Geräusch zu erzeugen, bewegte Bernhardi sich wieder zurück nach oben und schlüpfte in seine Kammer. Er brauchte kein Licht, die Geräusche der schlafenden Begleiter wiesen ihm den Weg. Ohne wieder in tiefen Schlaf zu verfallen, wartete Bernhardi das Ende der Nacht ab.

8

Elisabeth und ihre Töchter sahen dem kleiner werdenden Wagen nach, bis er hinter einer Kurve verschwunden war.

„Wann kommt Vater wieder?", erkundigte sich Sophia bei der Mutter.

„Vielleicht in einer Woche, vielleicht in zehn Tagen, das wissen wir noch nicht. Es hängt davon ab, wie erfolgreich seine Reise verläuft", antwortete Elisabeth und strich Sophia über den Kopf. Sophia fragte nicht weiter und die Familie ging langsam ins Haus zurück.

„Was haltet ihr davon, wenn Barbara, Anna und Sophia sich auf die Suche nach Kräutern machen würden, solange es nicht wieder zu regnen beginnt", schlug Elisabeth vor, wobei sie ihre Kinder genau in der Reihenfolge ihres Alters nannte. „Ich brauche etwas Salbei, Bärlauch und Liebstöckel. Damit koche ich für unser Lenchen eine Medizin gegen den Husten und zur Stärkung. Wenn ihr auch noch Ringelblumen findet, dann bringt die bitte auch mit. Wir wollen doch mal sehen, ob wir Dr. Martens nicht mit guten Fortschritten bei Lenchen überraschen können. Wenn ihr genug findet, kann ich damit auch unser Essen würzen."

Die drei ältesten Mädchen stimmten gerne zu. Einerseits wollten sie der Enge ihrer Stube entfliehen und andererseits kümmerten sie sich rührend um das Wohlergehen des Nesthäkchens der Familie.

„Ach, noch etwas, fast hätte ich es vergessen: Haltet euch von der Elbe fern! Seitdem sie wieder Hochwasser führt, ist es am Ufer zu gefährlich für die Suche, auch wenn dort noch so viel schöne Pflanzen zu finden sind!"

Barbara verzog etwas das Gesicht und blickte wie verzweifelt mit den Augen nach oben, als wolle sie vom Himmel Geduld mit ihrer Mutter erbitten.

„Wir sind schon groß genug. Und ich passe auf die beiden auf", erwiderte sie in einem Ton, als wäre sie empört, dass man sie an ihre Vernunft und Verantwortung auch noch extra erinnern müsste. Das wiederum ließen sich Anna und vor allem Sophia nicht so ohne Weiteres gefallen.

„Wir sind selbst alt genug, ich bin doch schon zwölf geworden", beeilte sich Sophia die Sorgen ihrer Mutter zu zerstreuen.

„Ja, natürlich, wie konnte ich das vergessen?" Elisabeth schmunzelte. „Und nun ab mit euch, damit ihr nicht vom Wetter überrascht werdet!"

Draußen machten sich die drei mit schnellen Schritten auf den Weg zu den Stellen, die sie von ihrer Mutter kannten und die immer einen guten Ertrag versprachen.

„Ich habe gestern ein wenig in dem großen Buch geblättert, das Mutter immer so gerne liest, das mit dem schönen Bild auf der Vorderseite", begann Sophia das Gespräch.

„Du meinst das große Herbarium?", fragte Barbara zurück.

„Ja, ich glaube, das war es. Weil Mutter ja oft den Liebstöckel braucht, wollte ich einmal wissen, was man damit alles so anstellen kann. Außerdem finde ich den Namen so lustig."

„Und was hast du herausgefunden?"

„Eigentlich nur das, was uns Mutter schon beigebracht hat. Aber eines habe ich nicht verstanden, was ist ein Aphrodiacum oder Aphrodisiacum, oder wie das heißt?"

Barbara konnte nicht verhindern, dass ihr die Röte ins Gesicht schoss. „Ähemm, das wirkt … krämpfelösend …", versuchte Barbara die Sache mehr oder weniger erfolgreich abzubiegen. Hoffentlich würde Sophia diesen Schwindel nicht bemerken. Anna prustete kurz los, konnte sich aber schnell wieder fangen und half Barbara mit der Auskunft, dass das jetzt die neueste Erkenntnis in der Medizin sei.

Damit war Sophias Wissensdurst erst einmal gestillt. Sie hatte es glücklicherweise nicht mitbekommen, wie Barbara leise vor sich hin murmelte: „Also diese Wirkung braucht Lenchen ja noch nicht in Anspruch zu nehmen. Ich wüsste schon damit etwas anzufangen."

Sie hatte vor einigen Wochen den jungen Friedrich kennengelernt, als sie auf dem Markt Besorgungen machte. Durch eine ungeschickte Bewegung hatte sie einen Korb mit Äpfeln umgestoßen, da war dieser junge Mann sofort hinzugesprungen. „Darf ich Euch behilflich sein, schöne Frau?", hatte er sie angesprochen und mit seinen hellen blauen Augen angelacht. Ohne eine Antwort abzuwarten, hatte er alles wieder an Ort und Stelle gebracht.

Barbara hatte sich artig bei Friedrich mit einem Knicks bedankt und war dann schnell weitergegangen. Aber schon nach ein paar Schritten hatte sie sich wieder umgedreht. Als sie bemerkte, dass er sich ebenfalls nach ihr umgedreht hatte und sogar winkte, war ihr das Blut in den Kopf geschossen. Schnell war sie um eine Ecke gebogen.

In den folgenden Tagen war sie immer die Erste, die sich meldete, wenn es darum ging, kleinere Aufträge zu erledigen. Auch jetzt war die Hoffnung auf eine zufällige Begegnung ein nicht unbedeutender Antrieb zur Kräutersuche gewesen.

Die drei Mädchen erreichten die Wiese nahe am Waldrand, bei der sie annehmen konnten, erfolgreich ihre Körbe mit den gewünschten Kräutern zu füllen. Nach einer guten Stunde setzten sich die drei ins Gras und begutachteten das Ergebnis ihrer Bemühungen.

„Was uns noch fehlt, sind die Ringelblumen", stellte Sophia fest.

„Ich weiß eine Stelle, an der sie bestimmt zu finden sind", gab Anna zum Besten.

„Und die wäre?" Jetzt war auch Barbara neugierig geworden.

Die Aussicht, bei Erfolg mit Lob und besonderen Freiheiten bedacht zu werden, lockte sie sehr.

„Da, ein Stück weiter zur Elbe hinunter." Anna wirkte sehr selbstbewusst und sicher.

„Du weißt doch, da sollen wir nicht hin", hielt Sophia vorwurfsvoll entgegen."

„Ja, natürlich, aber die Stelle liegt ja ein gutes Stück vom Ufer weg. Dort gibt es ein sonniges und sandiges Plätzchen, ideal für Ringelblumen. Dort habe ich sie immer gefunden."

Ihre Schwestern zögerten erst, dann entschlossen sie sich, mit Anna in Richtung Elbufer zu gehen. Sie hatten keine Lust, als Angsthasen zu gelten. Bald hatten sie den Pfad erreicht, der zu der Lichtung führte, die Anna absuchen wollte. Der Weg schlängelte sich, leicht abwärts führend, durch ein kleines Wäldchen. Dann trat er aus den Bäumen heraus und führte direkt Richtung Elbe. Das Rauschen des stark angeschwollenen Flusses war schon von hier oben zu hören. Aber nur in Richtung der anderen Uferseite konnten sie den Strom fließen sehen, ihre eigene Seite lag noch zu hoch. Außerdem verhinderte das hochgewachsene Gras die Sicht auf das Wasser. Barbara und Sophia blieben stehen, ihnen war das laute Rauschen des Flusses unheimlich.

Anna fand gleich am Beginn der Lichtung ein paar schöne Ringelblumen, die sie abpflückte. Aber sie wollte noch einige besonders schöne Exemplare finden. Die beiden Schwestern sahen ihr nach, wie sie langsam hinter der Böschung verschwand. Schließlich waren nur noch Annas blonde Zöpfe zu sehen, bis auch diese nicht mehr sichtbar waren.

„Anna ist ja wohl die Mutigste von uns", bemerkte Sophia.

„Oder die Leichtsinnigste – das ist ein Unterschied!", entgegnete Barbara, die sich überhaupt nicht wohlfühlte. „Wie gut, dass Mutter nicht weiß, wo wir sind."

„Da, hast du das gehört? Es klang wie ein kurzer Schrei!"

„O Gott, sie wird doch nicht …“, Barbara vollendete ihren Satz nicht. Die beiden sahen sich nur kurz an. Dann liefen sie, die Gefahren nicht beachtend, den Weg weiter, den Anna genommen hatte.

Endlich erreichten sie die Böschung, die die Sicht auf die Elbe freigab. Von Anna war nichts zu sehen. Sophia rutschte mit einem lauten Schrei aus, und schon war sie mit dem rechten Bein fast bis zur Hälfte im Wasser versunken. Die Strömung, die sich sogar hier noch stark bemerkbar machte, drohte sie mitzureißen. Barbara schrie auf und ergriff ihre Schwester. Sie konnte sie gerade noch fest an ihrem linken Arm fassen, während sie selbst verzweifelt versuchte, Halt auf dem rutschigen Gelände zu finden. Mit einem Ruck, der so kräftig war, dass Barbara auf ihren Rücken fiel, gelang es ihr, die jüngere Schwester aus der Gefahr zu befreien. Von Anna und ihrem roten Kleid war nichts mehr zu sehen.

Langsam robbten sie die Böschung wieder hinauf. Oben angekommen, wurde ihnen klar, dass sich ihre Schwester in großer Lebensgefahr befinden musste. Den Mädchen wurde schwindlig zumute. Sie wussten, hier konnten sie nichts mehr tun, jetzt mussten sie Rettung organisieren. Halb ohnmächtig vor Angst und völlig aufgelöst nach Anna schreiend, rannten sie zurück durch das Wäldchen zu den ersten Häusern der Stadt.

Sie trafen dort auf Kaspar Jungheinrich, der seine Ziegen vom Markt nach Hause trieb. Als er die völlig aufgelösten Mädchen sah, ahnte er, dass etwas Schlimmes passiert sein musste. Endlich gelang es ihm, aus den Wortfetzen, die zwischen dem Schluchzen hervorgestoßen wurden, die Situation zu erfassen. Er ließ sofort seine kleine Herde im Stich und lief zum Ortsvorsteher, der augenblicklich alle verfügbaren Männer zusammentrommelte, die sich auf die gefährliche Suche nach dem Mädchen machten.

Die Kirchenglocke, die bei Feuer, Wasser oder sonstigen

Unglücken als Alarmgerät diente, wurde geläutet. Viele Bürger versammelten sich, teils aus Neugier, teils aus Bereitschaft, ihre Hilfe anzubieten. Für viele kam dieser Einsatz nicht ganz unerwartet. Jedes Jahr ertranken Menschen in der Elbe, nicht nur bei Hochwasser oder Eisgang. Der Fischreichtum des Flusses verführte viele Bewohner der kleinen Stadt dazu, selbst auf Fischfang zu gehen, auch wenn sie nicht gut ausgerüstet waren. Die Strömung der Elbe wurde oft unterschätzt, und die Aussicht auf ein gutes Mittagsmahl war verlockend. Schnell waren genügend Männer beisammen, sodass der Ortsvorsteher sie in Gruppen einteilen konnte, die an verschiedenen Stellen, vor allem aber flussabwärts, nach Anna suchen sollten.

Sophia und Barbara standen völlig in Tränen aufgelöst vor dem Haus des Ortsvorstehers. Keiner der zur Hilfe Eilenden konnte sich um sie kümmern.

„Mutter, was wird Mutter sagen?“, schluchzte völlig verzweifelt Barbara vor sich hin, während Sophia starr und stumm in sich versank.

Plötzlich spürte Barbara, wie sich ganz sanft eine Hand auf ihre Schulter legte. Sie blickte auf und erkannte trotz ihrer von Tränen verquollenen Augen, dass der Besitzer dieser Hand Friedrich war. Er sagte zunächst nichts und fragte dann ganz vorsichtig: „Kann ich Euch beiden helfen? Ich sehe Euch in einem aufgelösten Zustand.“

Ohne ein Wort zu sagen und ohne an die sonst gebotene Schicklichkeit zu denken, warf sich Barbara an Friedrichs Hals und schluchzte. Nach einer Zeit brachte sie es fertig, stockend von dem Unglück zu berichten – und dass sie sich nicht mehr nach Hause trauten.

„Wenn Ihr gestattet, werde ich Euch und Eure Schwester nach Hause begleiten. Wenn Ihr wollt, werde ich Eure Mutter von dem Unglück unterrichten“, sagte er mit seiner ruhigen, mitfühlenden Stimme.

„Ich traue mich nicht mehr heim. Nie mehr", schluchzte Barbara weiter.

„Ich werde dafür sorgen, dass Ihr keine Angst haben müsst. Ich kenne Eure Mutter, sie wird Euch keine Vorwürfe machen", versuchte Friedrich zu beruhigen. So gelang es ihm, sie aus ihrer scheinbar unentrinnbaren Selbstzerknirschung ein kleines bisschen herauszuholen.

„Woher wisst Ihr, wer ich bin, und woher kennt Ihr meine Mutter?", unterbrach Barbara ihr Weinen.

„Denkt nicht, Ihr wäret mir damals, bei unserer kurzen Begegnung auf dem Markt, nicht im Gedächtnis geblieben. Ich habe meine Beziehungen und habe mich nach Euch erkundigt. Dabei stellte ich fest, dass Eure Mutter Elisabeth Bernhardi ist, eine Frau, die mit mir und anderen Bürgerinnen und Bürgern zusammen für die Errichtung von Schulen für Mädchen und Jungen hier im Lande und in der Stadt kämpft. Etwas, das nicht ganz leicht ist, da es im Rufe steht, eine Forderung dieses Luthers zu sein. Nicht alles kann so schlecht an seiner Lehre sein, das habe ich bereits gemerkt, aber das ist nur schwer zu vermitteln. Aber was rede ich da, Ihr habt ganz andere Sorgen! – Entschuldigt, es wird Zeit, dass ich mich vorstelle, ich bin Friedrich von der Aue, Student beider Rechte an der hiesigen Universität. Ich hatte auch bereits das Vergnügen, Euren Vater in der Logikvorlesung erleben zu dürfen. Zu meinem Unglück ist mir bis zu unserer letzten Begegnung entgangen, dass zur Familie Bernhardi auch mehrere schöne Töchter gehören. Aber jetzt bitte ich Euch, lasst uns zu Eurer Mutter gehen. Sie muss erfahren, was geschehen ist, und sie braucht Beistand, genau wie Ihr und Eure Schwester."

Die weinenden Mädchen ließen sich widerstandslos zu ihrem Elternhaus führen. Elisabeth kam ihnen bereits entgegen. Sie hatte das Läuten der Glocken gehört und war, von innerer Unruhe getrieben, auf die Straße gelaufen, um zu erfahren, was dieser Alarm zu bedeuten hatte. Erschrocken erblickte sie ihre beiden völlig aufgelösten Töchter – dazu noch in Begleitung eines jungen Mannes.

Als die Mädchen ihre Mutter sahen, rissen sie sich von Friedrichs Hand los und stürmten zu Elisabeth, wieder hemmungslos weinend. In diesem Moment wusste Elisabeth, dass ihr Leben nicht mehr so sein würde wie zuvor.

9

Bernhardi saß auf der harten Marmorbank unter dem gotischen Gewölbe und sah sich interessiert das Gemäuer an. Hier hat also meine Elisabeth ihre Schulzeit verbracht, dachte er bei sich. Aus einem Raum klang helles, fröhliches Mädchenlachen. Dann hallten eilige Schritte durch den langen Flur. Ein vornehm gekleideter Mann mittleren Alters begrüßte ihn.

„Gestatten, Eccius, Reinhard Eccius. Ich vermute, Ihr seid Magister Bernhardi, der Ehemann unserer ehemaligen Schülerin Elisabeth. So hat man es mir wenigstens gemeldet."

Bernhardi stand auf und deutete eine Verbeugung an.

„Ganz recht, Leonhard Bernhardi. Ich bin erfreut, Euch anzutreffen, und dankbar, dass Ihr die Zeit erübrigen konntet, mich zu empfangen."

„Aber das ist doch selbstverständlich. Elisabeth war eine gute Schülerin, manchmal etwas wild, aber sie wusste immer genau, was sie wollte und konnte. Und sie ist eine der wenigen, die unsere Bildungsanstalt nach dem Verlassen nicht vergessen hat. Für Eure Unterstützung sind wir sehr dankbar. Aber kommt doch mit, wir müssen nicht auf dem Gang sprechen."

Mit diesen Worten führte Eccius ihn an vielen Türen vorbei bis zu einem stattlichen Raum am Ende des Ganges. Eccius bot seinem Gast einen bequemen sesselartigen Stuhl an.

„Ich nehme an, dass Euer Besuch nicht nur den Grund hat, zu sehen, in welcher Umgebung Elisabeth ihre Schuljahre verbracht hat. Ihr wollt Euch gewiss selbst einen Eindruck verschaffen, ob die Zuwendungen der Familie Bernhardi gut angelegt wurden? Oder sucht Ihr für eine Eurer Töchter eine fundierte pädagogische Ausbildung?"

Bernhardi glaubte, bei seinem Gegenüber eine kleine Unsicherheit bemerkt zu haben. Vielleicht lag es daran, dass Eccius um das Ansehen des Stifts besorgt war. Fürchtete er eine Kürzung der Stiftsgelder? Oder irritierte ihn der ungewöhnliche Umstand, dass ein Magister der Philosophie seine Aufwartung machte, der vielleicht in geheimem Visitationsauftrag unterwegs war? Es konnte nicht schaden, ihn wenigstens ein wenig in diesem Glauben zu belassen.

„O nein, wenn es aber einmal notwendig sein sollte, komme ich gerne auf Eure Einrichtung zurück. Elisabeth empfand ihre Jahre hier als eine glückliche und gute Zeit." Bernhardi versuchte zu schmeicheln, um Eccius für sich zu gewinnen. Falls dieser einmal den wahren Grund seiner Anwesenheit erfahren sollte, dann war es besser, den Eindruck eines unauffälligen und seriösen Gebildeten hinterlassen zu haben. Dann fuhr er fort: „Wie Ihr wisst, haben Elisabeth und ich uns bei Euch nach Herrn Dr. Praetorius senior erkundigt. Ihr wart so freundlich, uns mitzuteilen, dass Dr. Praetorius inzwischen verschieden ist, dass aber sein Sohn Andreas Praetorius Eurem Hause noch als Lehrkraft zur Verfügung steht."

„So ist es."

„Dann wage ich es, Euch mit einer Bitte zu belästigen. Ich will einem Wunsch Elisabeths entsprechen und Herrn Dr. Praetorius junior besuchen. Meine Frau möchte einige wichtige Erinnerungen aus ihrer Zeit hier auffrischen, und da könnte er vielleicht noch aus dem Nachlass seines Vaters Informationen beisteuern. Leider ist Elisabeth zurzeit sehr unpässlich und kann selbst nicht kommen. Da ich aber aufgrund meiner Arbeit als Lehrer an unserer Universität sowieso nach Magdeburg reisen musste, wollte ich – neben der Freude, Euch und Eure Einrichtung kennenzulernen – auch diesen Besuch bei Dr. Praetorius erledigen. Ich wäre Euch äußerst verbunden, wenn Ihr mir seinen Aufenthaltsort mitteilen könntet und ein kleines Empfehlungsschreiben ausfertigen würdet, damit ich Zugang zu ihm finde."

Bernhardi hatte diese Halbwahrheit ohne zu Zögern ausgesprochen. Wie hätte er wissen können, dass er bezüglich Elisabeths Unpässlichkeit näher an der Wahrheit war, als er es sich vorstellen konnte.

„Aber gern. Ich hoffe nur, dass Eure Frau an keinen ernsthaften Beschwerden leidet." Damit zog Eccius, glücklicherweise keine Antwort erwartend, auch schon zwei Bogen Papier aus dem Sekretär heraus. Auf dem einen Blatt setzte er ein kurzes Schreiben auf, das Bernhardi als einen dem Stift verbundenen Universitätslehrer empfahl; von dem anderen Blatt trennte er ein kleines Stück ab und notierte die Adresse von Andreas Praetorius. „So, das war schnell erledigt." Er händigte Bernhardi das Gewünschte aus. „Bleibt Ihr noch etwas?"

„Leider drängt die Zeit, aber ich hoffe, beim nächsten Male mit Elisabeth zusammen hier einen Besuch machen zu können."

„Zu meiner und des Hauses Freude." Der Abschied fiel wieder sehr förmlich aus.

Auf der Straße ging Bernhardi ein paar Schritte, dann hielt er an und entfaltete zuerst das Empfehlungsschreiben. Es war knapp formuliert, aber immerhin so, dass es im Zweifelsfalle seine Wirkung erfüllen würde, nämlich die Öffnung der Wohnung von Andreas Praetorius. Auf dem anderen kleinen Stück Papier stand die Anschrift:

Dr. Andreas Praetorius
Weidengasse, Magdeburg

Bernhardi hoffte, dass die Weidengasse in Magdeburg nicht allzu lang sein würde und dass dieser Praetorius junior dort den Nachbarn bekannt war. Den Besuch wollte er auf morgen verschieben. Da sein Magen knurrte, beschloss er, ein nahe gelegenes Gasthaus zu besuchen.

Die Wirtsstube war gut gefüllt. Von den anderen Tischen erklang lautes und erregtes Stimmengewirr bis zu Bernhardis Platz herüber, das er zunächst aber nicht beachtete. Er bestellte einen deftigen Braten, dazu eine Kanne hiesiges Bier und nutzte die Zeit, um zu überlegen, wie er seinen Besuch bei Andreas Praetorius gestalten könnte. Ein wenig hatte er sich schon darauf vorbereitet. Vor allem war ihm klar, dass er nicht zu viel von seinen Texten offenlegen sollte. Darum hatte er sich eine Abschrift von einer Seite gemacht, die aussah wie der Beginn eines neuen Kapitels. Bewusst wollte er nicht die erste Seite seines Textbündels mitnehmen, denn die könnte eventuell gefährliche Rückschlüsse auf den ganzen Text ermöglichen. Bernhardi wollte von Praetorius nur Bemerkungen zur Verschlüsselung erhalten, aber nichts über den Inhalt seiner Schrift verraten.

Ihm war klar, dass er darauf achten musste, hier in Magdeburg inkognito zu bleiben. Erst vor wenigen Jahren war die Stadt zum neuen Glauben übergetreten, und er wollte weder als Vertreter der Altgläubigen erkannt werden noch vor den eigenen Universitätsangehörigen als Sympathisant der Lutherischen gelten. Als ihm der Trubel in der Gaststube zu laut wurde, bezahlte er sein Mahl und verließ das Haus.

In seiner Pension erkundigte sich Bernhardi beim Wirt nach

der Weidengasse. Anschließend begab er sich auf sein Zimmer und setzte einen kurzen Brief an seine Frau auf. Er beschrieb die von Hindernissen durchzogene Reise und bestätigte die glückliche Ankunft in Magdeburg sowie das Ergebnis seines Gesprächs mit Eccius. Obwohl es noch nicht so spät war, löschte Bernhardi alsbald das Licht und begab sich zur Ruhe.

Am nächsten Morgen brach er schon frühzeitig auf und lenkte seine Schritte in Richtung Weidengasse. Erstaunt nahm Bernhardi den Unterschied zwischen seiner kleinen Universitätsstadt und dieser recht großen Handelsstadt wahr. Allein schon der Dom übertraf in seiner Größe alles, was er – mit Ausnahme von Köln und Erfurt – bisher gesehen hatte. Aber ihm fiel auf, dass auch die Stadt Magdeburg bedeutende Probleme mit der Sauberkeit und Begehbarkeit ihrer Wege hatte. Glücklicherweise hatte sich das Wetter endlich gebessert. Am liebsten hätte er gleich den Dom betreten, aber dann beschloss er, doch erst das Haus von Andreas Praetorius zu suchen. Er folgte der Beschreibung seines Wirtes, um zur Weidengasse zu gelangen.

Die Gasse war erstaunlich breit, und Bernhardi erkannte sofort, woher sie ihren Namen hatte. Mehrere große Weidenflechtereien hatten hier ihren Betrieb. Vor den Werkstätten arbeiteten die Gesellen an ihren Erzeugnissen. Bernhardi trat an einen von ihnen heran.

„Guten Morgen. Ihr seid ja schon früh bei der Arbeit."

Der ältere Mann sah kurz von seinem Geflecht auf und brummte mehr vor sich selbst hin: „Sobald es hell ist, muss man ran. Der Winter war lang und die Tage kurz, da kriegt man nichts geschafft."

„Dann will ich Euch nicht aufhalten. Aber kennt Ihr einen Dr. Andreas Praetorius? Er soll hier in dieser Gasse wohnen."

„Jawohl", brummte der Geselle, ohne aufzusehen, „da hinten das große gelbe Haus mit dem Vorbau. Aber ich bezweifle, dass der jetzt schon Kundschaft empfängt. Der hat es nicht wie unsereins nötig, beim ersten Hahnenschrei zur Arbeit zu schreiten."

„Danke und einen schönen Tag", erwiderte Bernhardi und stellte dabei fest, dass die Zeit des ersten Hahnenschreis nun auch schon etliche Stunden vorbei sein musste. Er ging bis zum bezeichneten Haus, trat vor die Tür und klopfte.

Eine Frau mittleren Alters in Dienstkleidung öffnete. „Herr Praetorius empfängt noch keine Klienten. Kommt doch heute Nachmittag wieder!"

„Guten Morgen, gute Frau." Bernhardi versuchte, ihrer schroffen Art seine ihm eigene Höflichkeit entgegenzusetzen. „Ich begehre keine Rechtsberatung, sondern einen Besuch etwas privaterer Natur. Mein Name ist Leonhard Bernhardi, Magister der Philosophie. Wenn Ihr dem gnädigen Herrn bitte mein Empfehlungsschreiben überbringen würdet." Er hielt ihr den kleinen Brief entgegen.

Die Dienstmagd schaute ihn erstaunt an und wusste nicht so recht, wie sie mit dieser Anfrage umgehen sollte. „Ja, aber ... ich weiß nicht, ob ich meinen Herrn schon stören darf und ob er überhaupt ..."

„Versucht es doch bitte", unterbrach Bernhardi.

Etwas überrumpelt zog sich die Magd ins Haus zurück. „Na gut, wartet hier."

Nach einer Weile kehrte sie zurück. „Kommt bitte herein, Dr. Praetorius wird Euch gleich empfangen. Folgt mir in die gute Stube und wartet dort." Ihr Ton war um eine Nuance freundlicher geworden.

Sie führte den Magister in die Stube und er nahm Platz. Dabei hatte er Gelegenheit, sich in dem großen Raum umzusehen. Beeindruckend viele Bücher standen in einem Schrank hinter einem riesigen Tisch. Alles war so eingerichtet, dass ein Besucher gleich in Ehrfurcht erstarren musste. Bernhardi befürchtete, es wieder mit einem eitlen Vertreter seiner Zunft zu tun zu haben.

Dann wurde die Tür geöffnet und ein kleiner, drahtiger Mann mittleren Alters trat schwungvoll ein. Er hatte eines dieser neuartigen Gläser auf der Nase, mit denen man, gegen gutes Geld natürlich, die Schwäche seiner Augen kräftigen konnte.

„Guten Tag, Dr. Bernhardi", begann dieser die Begrüßung, wobei er bei der Nennung des Namens auf das Empfehlungsschreiben schielte, das er in der Hand hielt.

„Ich danke Euch, dass Ihr Euch die Mühe macht, meinen Besuch entgegenzunehmen", antwortete Bernhardi.

„Wenn Eccius ein Empfehlungsschreiben ausstellt, dann ist es mir eine Ehre, den Empfohlenen zu empfangen. Wie ich sehe, muss mein Vater doch ein beliebter Lehrer am Stift gewesen sein, wenn nach so langer Zeit sich noch die Schülerinnen an ihn erinnern …" Er schmunzelte. „Ob ich allerdings noch etwas zur Erinnerung beitragen kann, fürchte ich verneinen zu müssen."

„Ich will ganz ehrlich sein. Meine Frau hat zwar sehr gute Erinnerungen an ihre Zeit im Stift und an den Unterricht, vor allem an den Eures seligen Vaters, aber der Anlass meines Besuches ist doch ein anderer. Es stimmt zwar alles, was Eccius hier von mir geschrieben hat, doch der eigentliche Grund meines Besuches ist eine Hilfe, die ich benötige. Meine Frau hat mir berichtet, dass Euer seliger Herr Vater seinen Unterricht damit zu würzen pflegte, dass er hin und wieder Aufgaben verteilte, die eine gewisse Raffinesse zu ihrer Lösung benötigten."

Praetorius lachte. „Jawohl, das hat er mit seinem Sohn auch so gemacht. Ich wurde dadurch schon früh in Logik geschult, und das war mir auf dem Weg zu meinem Beruf schon oft von Nutzen."

„Das kann ich mir gut vorstellen", schmunzelte nun auch Bernhardi. „Waren auch kleine Übungen dabei, wie man Botschaften verschlüsselt?" Er wusste selbst nicht, woher er die

Kühnheit nahm, Praetorius so direkt auf sein Anliegen anzusprechen.

„Ja, natürlich. Das war eine seiner beliebten und gefürchteten Spielereien."

„Seht Ihr, ich will direkt zur Sache kommen. Ich bin, durch welche Umstände auch immer, in den Besitz eines anscheinend verschlüsselten Textfragmentes gekommen, wenn es denn ein Fragment ist. Mir ist noch keine Möglichkeit in den Sinn gekommen, dieses Buchstabengewirr zu entziffern. Aber meine Frau, die ja das Glück hatte, den Unterricht Eures seligen Vaters zu genießen, hat mich auf die Idee gebracht, bei Euch nachzufragen, ob Ihr mir vielleicht einen Hinweis geben könntet, mit der Entzifferung weiterzukommen."

Jetzt wurde Praetorius ernster und zurückhaltender.

„Seid Ihr sicher, dass es sich hierbei nicht um politische oder diplomatische Informationen handelt, die streng geheim bleiben sollten?"

Bernhardi hatte Verständnis für die Vorsicht des Juristen. „Ausschließen kann ich es selbstverständlich nicht. Aber die Umstände, unter denen der Text in meinen Besitz gelangt ist, machen es eher unwahrscheinlich. Sollte es sich trotzdem als eine solche Information erweisen, werde ich sie vernichten."

„Dann zeigt mir das Fragment."

„Da gibt es noch etwas."

„Bitte?"

„Es handelt sich um einen Text in griechischer Schrift. Allerdings ergeben die Buchstabenfolgen keinen Sinn. Satzzeichen oder Worttrennungen sind nicht zu erkennen."

„Das kommt vor." Praetorius schien gar nicht verwundert.

Bernhardi überreichte ihm seine Abschrift.

„Hmm", brummte sein Gegenüber, „das sieht ja aus, als hätte sich jemand mit Buchmalerei versucht."

„Ja, und auch mit Griechischkenntnissen entwirrt sich diese

Anordnung scheinbar willkürlich aneinandergereihter Buchstaben nicht."

„Ich bin zwar des Griechischen nicht mächtig, aber mir scheint so, als hätte ich so etwas Ähnliches schon einmal gesehen. Wartet bitte einen Moment!"

Er verschwand kurz im Nebenzimmer und kam nach einiger Zeit mit einem Bündel Aufzeichnungen zurück. Er setzte sich wieder seinem Besucher gegenüber und blätterte in seinen Papieren. „Mein Vater hat mir hier seine Verschlüsselungsmethoden hinterlassen. Allerdings, und das hat er mir immer wieder versichert, handelt es sich dabei um Übungen oder vielmehr Spielereien, also nicht um so gewichtige Verschlüsselungen, wie sie im Militärwesen gebraucht werden. Er wollte damit seine Schülerinnen und Schüler anregen, ihren Verstand zu nutzen und manchmal auch weniger ausgetretene Wege zu beschreiten. Das würde bedeuten, wenn wir den Zugang zu Eurem Text finden sollen, müsste die Verschlüsselung so beschaffen sein, dass sie den Text zwar verbirgt, aber sie dürfte nicht so kompliziert sein, da er eines Tages verstanden werden soll."

„Dem kann ich folgen", erwiderte Bernhardi. Die Sache wurde ihm langsam unheimlich. Er war heilfroh, dass Praetorius kein Griechisch konnte, sodass er nicht verfrüht zu einem unfreiwilligen Mitwisser werden konnte.

„Dann versuche ich hier etwas Ähnliches zu finden." Praetorius gab sich alle Mühe, musste aber einsehen, dass er für diese Aufgabe mehr Zeit benötigte. „Es tut mir leid, ich muss mich noch intensiver in die Materie einarbeiten. Gestattet Ihr mir einen Aufschub?"

Bernhardi war zwar enttäuscht, sah aber ein, dass es nicht anders ging. Außerdem wusste er, dass er sich nicht beklagen durfte – war er doch schon erfolgreicher gewesen, als er gehofft hatte.

„Ja, das sehe ich ein. Wann, glaubt Ihr, werdet Ihr weitergekommen sein?"

„Lasst mich nachdenken. Wäre es Euch übermorgen Abend recht? Bis dahin werde ich Euch zumindest sagen können, ob es eine Möglichkeit der Entzifferung gibt, ob der Schatz meines Vaters dabei helfen kann.“

„Gut, dann werde ich übermorgen wiederkommen.“

„Überlasst Ihr mir bitte Euer Schriftstück?“

Bernhardi zögerte einen Augenblick. Das war einer der Momente, die er so gefürchtet hatte. Er musste blitzschnell eine Entscheidung treffen. Auch seine beste Beraterin, Elisabeth, konnte ihm jetzt nicht helfen. Wenn er seine Abschrift, beziehungsweise einen Teil seiner Abschrift, aus der Hand gab, dann bestand das Risiko, dass sie nicht mehr geheim blieb. Wenn er es nicht tat, dann käme er mit der Erforschung der Schrift nicht weiter.

Er räusperte sich. „Selbstverständlich. Aber ich bitte um Vertraulichkeit.“

„Genauso selbstverständlich“, antwortete Praetorius mit einem Lächeln, das nur durch ein kurzes Anheben der Mundwinkel erkennbar war. Und dann, als hätte er die Gedanken seines Gegenübers erraten, fügte er hinzu: „Versteht bitte: Ihr müsst mir vertrauen, dass ich die Sache nicht weitergebe, und ich muss Euch vertrauen, dass Ihr mich nicht in eine unhaltbare Lage bringt.“

Bernhardi lächelte zurück. „Ja, so wird es sein. Ich bedanke mich für Eure bereitwillige Mitarbeit und werde übermorgen Abend wiederkommen. Übrigens, ich wohne zurzeit im Gasthaus zum Roten Löwen. Und noch eine Bitte: Ich wäre Euch zusätzlich dankbar, wenn Ihr Eccius nicht den wahren Grund meiner Magdeburgreise offenbaren würdet.“

„Ich habe nichts anderes als Erinnerungen mit Euch ausgetauscht“, antwortete Praetorius verschmitzt.

Die beiden verabschiedeten sich und Bernhardi nutzte die Gelegenheit, sich die Stadt anzusehen. Er fand eine Stelle, an der er seinen Brief an Elisabeth befördern lassen konnte. Anschließend lenkte er seine Schritte erneut dem Dom zu.

Als er das Kirchenschiff betrat, wehte ihn zunächst die Frömmigkeit an, in der er selbst groß geworden war. Weihrauch, die vielen Seitenaltäre, der Kreuzgang mit Innenhof. Im Hintergrund hörte er einen Chor altkirchliche Gesänge üben. Er kam am aufwendigen Grabmal Ottos des Großen vorbei. Für einen Moment fühlte er wieder festen Grund unter seinen Füßen, alles war so vertraut. Dann aber stellte er fest, dass er nicht mehr so tun konnte, als hätte er die Schriften Luthers – wenigstens die, die er nun kannte – nicht gelesen. Wie gern hätte Bernhardi die Überzeugung gehabt, dass dies alles in Frieden und in akademischen Disputationen geläutert und geklärt werden könnte. Und doch spürte er, wie gegen seinen Willen die Ahnung in ihm aufkeimte, dass der Gegensatz, der sich hier auftat, vielleicht doch zu groß sein könnte, um ihn in seinem Sinne durch reine Logik zu überwinden. Was der Wittenberger letztendlich tat, war doch das Zerschlagen aller Hilfsmittel, die die Mutter Kirche zur Seligkeit des Menschen anbot.

Luthers Gedanken wirbelten in seinem Kopf herum: Es gibt keine äußerlichen Mittel, keine Heilseinrichtungen, die Gott zwingen könnten, den Menschen zur Seligkeit zu führen … Nein, das kann nicht sein … Und wenn es doch so wäre? Bernhardi musste sich festhalten, er ließ sich auf eine steinerne Bank am Rande des Kirchenschiffes nieder. Was wird da von dem Menschen verlangt? Keine äußeren Sicherungen mehr. Kein Halt, auf den man sich verlassen kann! Auf was ist denn noch Verlass? Wenn die andere neue Lehre, die noch im Verborgenen schlummert, die des Kopernikus, sich auch noch durchsetzen sollte, dann wehe uns!

Und doch wusste Bernhardi genau, dass es mit der einstigen Sicherheit vorbei war.

10

Am nächsten Morgen begann Bernhardi den neuen Tag mit einem ausgedehnten Frühstück. Er wollte sich mit eigenen Augen ein Bild machen, inwieweit der eingedrungene neue Glaube die Menschen zum Abfall gebracht hatte und welche Folgen daraus entstanden waren. Am Nachbartisch der kleinen Gaststube saß ein weiterer Einzelreisender, ein korpulenter Mann, etwa Mitte vierzig. Da sonst noch niemand von den Gästen anwesend war, bemerkten die beiden einander.

Der Fremde begann das Gespräch: „Guten Morgen, wir gehören wohl zu der Zunft der Frühaufsteher."

Bernhardi zögerte erst einen Moment. Aber dann besann er sich auf seine Absicht, Stadt und Leute näher kennenzulernen, und ließ sich auf ein Gespräch ein. „Guten Morgen, ja, es scheint so. Seid Ihr auch fremd hier in Magdeburg?"

„Ja und nein. Ich bin hier aufgewachsen, aber dienstliche Geschäfte haben mich in die Ferne geführt. Eher zufällig bin ich wieder hier. Wenn Ihr erlaubt, mein Name ist Wilhelm Fabricius, Reisender in Sachen Handel."

„Erfreut, Leonhard Bernhardi. Ich bin auf einen kurzen Besuch hier und muss dann wieder ins Herzogtum zurück."

„Nach Eurer Kleidung zu urteilen, gehört Ihr wohl der nahen Universität des Herzogs an."

„Genau. Dass man es von Weitem erkennt, überrascht mich allerdings."

„Alles Erfahrung und Menschenkenntnis. Ich habe lernen müssen, die Menschen einzuschätzen, sonst hätte ich es nicht so weit bringen können. Wie gefällt Euch die Stadt?"

„Überraschend gut", antwortete Bernhardi, „soweit ich sie bereits kenne. Aber viel habe ich noch nicht gesehen."

Fabricius schmunzelte. „Na, da Ihr von der herzoglichen Universität kommt, werdet Ihr Euch sicher vorgesehen haben, ob hier nicht der schwarze Geselle mit dem Pferdefuß sein Unwesen treibt."

Bernhardi errötete. Dieser Fabricius schien wirklich Menschen zu durchschauen. „Ich habe mich mit einer besonders großen Portion geweihten Wassers auf den Weg gemacht. Nötigenfalls steht alles für einen Exorzismus bereit." Das klang frivoler, als es gemeint war, aber Fabricius ließ sich dadurch nicht beeindrucken.

„Na, dann seid Ihr ja bestens geschützt. Kennt Ihr die jüngsten Ereignisse hier?"

Bernhardi verneinte.

„Seit mehreren Jahren haben sich Streitigkeiten zwischen dem Domkapitel und dem Rat der Stadt zugespitzt. Besonders eskaliert ist die Situation, als die ersten lutherischen Prediger hier eingetroffen sind. Wusstet Ihr übrigens, dass Luther es sich verbeten hat, die Gläubigen nach seinem Namen zu benennen?"

„Im Ernst? Und ich dachte, genau das sei ein Beweis für seine Überheblichkeit."

„Seht Ihr, Parteilichkeit macht blind. Nein, er hat – genau wie Paulus bei den Korinthern – seinen Anhängern entgegengeschleudert, nicht er sei für uns gekreuzigt worden; sein heilloser Name und sein alter, stinkender Madensack seien es nicht wert, dass die Christenheit nach ihm benannt würde … Aber lassen wir das. Wir waren bei den Streitigkeiten zwischen Rat und Domkapitel. Wie gesagt, vor wenigen Jahren traten die ersten Prediger des neuen Glaubens auf und innerhalb kürzester Zeit wandten sich alle Pfarrkirchen der neuen Lehre zu. Bis auf den Dom und das Domkapitel. Allerdings waren die ersten Vertreter der Lehre Luthers nicht alle aus einem Holz geschnitzt. Einige gingen recht ungestüm vor und waren tatsächlich im

Begriff, auch die äußerliche Ordnung auflösen zu wollen, was nicht allen gefiel. Da hat ihn der Rat der Stadt nach Magdeburg gerufen – und er ist gekommen."

„Luther war hier?"

„Ja, vor drei Jahren. Und er hat hier gepredigt. Aber nicht im Dom, das hat das Kapitel nicht zugelassen, sondern in St. Johannis. Seine Predigt, ich war dabei, war zugegebenermaßen beeindruckend. Er hat, glaube ich, zwei Jahre zuvor, als in Wittenberg während seiner Abwesenheit die Dinge aus dem Ruder liefen, in ähnlicher Weise mit seinen Predigten die Ruhe wiederhergestellt. Auch hier in Magdeburg waren Rat und Gemeinde sich innerhalb kürzester Zeit einig. Abgesehen vom Domkapitel ist Magdeburg eine völlig lutherische Stadt geworden. Inwieweit sich die weltliche Obrigkeit das bieten lässt, bleibt abzuwarten. Aber nach dem letzten Reichstagsabschied voriges Jahr in Speyer besteht Anlass zur Annahme – ich habe nicht ‚Freude' gesagt –, dass dem neuen Glauben nicht gewehrt wird."

„Das war mir so im Detail nicht bekannt. Euch erfüllen diese Geschehnisse nicht mit Freude?"

Fabricius sah Bernhardi prüfend ins Gesicht. „Ich nehme an, Ihr seid nicht im Auftrage der Inquisition hier. Meine Stellung zu den Geschehnissen ist erstens ambivalent und zweitens nicht so wichtig. Aber so viel kann ich Euch verraten: Die Art und Weise, wie nicht nur hier wegen des Glaubens sich beide Parteien aufführen, ist mir äußerst zuwider. Bis jetzt scheint Ihr noch nicht mit den harten und uneinsichtigen Vertretern des jeweiligen Glaubens in Berührung gekommen zu sein. Ich muss schon sagen: Was deren Verhalten noch mit dem Namen unseres Erlösers zu tun haben soll, dafür fehlt mir jedes Verständnis. Solange die jedoch meine Geschäfte nicht behindern, soll's mir egal sein."

Bernhardi hatte einen ersten Eindruck von Fabricius gewonnen. Hier war ihm ein völlig neuer Typus von Mensch begegnet. Die Religion schien für ihn keine existenzielle Frage zu sein, die den Grund des Daseins betraf, sondern eine rein pragmatische. Eine gewisse Hochachtung, ja sogar Verteidigungsbereitschaft Luther gegenüber war ihm deutlich anzumerken. Aber ein tieferes Einlassen auf die Gründe des Glaubens schien er sich zu verwehren.

„Das, was ich an unserer Universität in jüngster Zeit erlebt habe, reicht auch mir. Ich wünschte, das wäre an Eifer genug."

Jetzt lachte Fabricius kurz auf. „Seht Ihr, nun versteht Ihr, was ich gemeint habe. Aber was rede ich, die Zeit eilt davon. Da ich erst heute Abend meinen Geschäften nachgehen muss, hätte ich etwas Zeit, Euch die Stadt zu zeigen. Aber nur, wenn es Euch gelegen kommt. Ich will Euch nicht aufhalten."

„Nein, keineswegs. Ich schließe mich Euch gern ein wenig an."

Mit diesen Worten beendeten sie ihr Morgenmahl und begannen ihren Rundgang durch die Stadt.

II

Im Hause der Bernhardis war es ruhig geworden. Elisabeth, in tiefem Schock, war so verzweifelt wie noch nie in ihrem Leben. Sie, die ihrem Mann und den Kindern immer eine feste Stütze gewesen war, geriet nun selbst ins Wanken. Ihre Tränen flossen erst, nachdem sie ihre verzweifelten Kinder so weit beruhigt hatte, dass sie wimmernd ihre Stube aufsuchen konnten – aber sie waren nicht imstande, ihre Wut über die Ungerechtigkeit des Lebens zu dämpfen.

Es war ihr durchaus klar, dass sie selbst bisher eine ungewöhnlich glückliche Zeit mit ihren Kindern gehabt hatte. Bis auf Lenchens Geburt waren alle Schwangerschaften und Geburten unkompliziert verlaufen. Sie hatte noch keines ihrer Kinder verloren, wie es bei den anderen Frauen schon zur Normalität gehörte. Keiner ihrer verheirateten Bekannten war das Schicksal einer Totgeburt oder eines frühen Kindstodes erspart geblieben. Aber jetzt, da sie selbst betroffen war, wollte sie selbst nicht getröstet werden. Die Tatsache, dass Annas Leiche noch nicht gefunden war, machte es ihr keineswegs leichter. Schwere Vorwürfe sich selbst und dem Allmächtigen gegenüber wechselten sich mit Zeiten tiefster Depression ab. Dabei musste sie ihren Töchtern gegenüber noch die Rolle der Trösterin übernehmen – eine unmenschliche Aufgabe!

Als sei es damit noch nicht genug, erschwerte die Abwesenheit Leonhards ihre Lage zusätzlich. Auch auf ihn richtete sich ihre wütende Trauer. Warum hatte er nur wegen dieser Papierfetzen, die vielleicht nichts anderes als Schreibübungen eines murrenden Schülers gewesen waren, die Stadt verlassen? So nötig wie jetzt hatte sie ihn noch nie gebraucht. Sie fühlte sich schuldig und gleichzeitig bestraft, weil sie ihn ja selbst zu dieser Reise ermuntert hatte.

Sie wollte, dass es Lenchen besser ging. Um ihr zu helfen, hatte sie die Kinder ausgeschickt. Und nun war aus dieser Segenstat ein Fluch geworden. Aber mit keinem Wort maßregelte sie Barbara und Sophia, dass sie Anna nicht zurückgehalten hatten. Elisabeth wusste, dass sie ihren Töchtern niemals diese Hypothek ins Leben mitgeben durfte. Nein, sie hatte die Alleinschuld zu tragen, wie sie glaubte.

Zwei Tage nach dem Unglück klopfte es nachmittags an der Pforte. Draußen stand der Schultheiß und drehte verlegen seinen Hut in der Hand.

„Frau Magister empfängt heute nicht!", ergriff Johannes das Wort.

„Wenn die gnädige Herrin zu Haus weilt, dann ist es von äußerster Dringlichkeit, dass ich sie sprechen kann. Ich handle im Auftrag der Obrigkeit."

Das wirkte. „Ja, wenn es so ist, einen Moment bitte. Ich werde versuchen, Frau Magister zu holen."

Einige Minuten vergingen und Elisabeth erschien an der Tür.

„Es tut mir leid, Euch in Eurer Trauer zu stören. Aber ich muss Euch bitten, mich zum Leichenhaus zu begleiten. Etliche Meilen nördlich von hier wurde ein Mensch aus der Elbe gezogen, und ich kann es Euch nicht ersparen, Euch zu fragen, ob es sich dabei um Eure Tochter Anna Bernhardi handelt."

Elisabeth nickte stumm und begleitete den Schultheiß bis zu dem kleinen Schuppen, in dem die Leichen des Ortes vor ihrer Beisetzung aufgebahrt wurden. Sie wusste später selbst nicht mehr, wie sie die Kraft gefunden hatte, diese Schritte zu gehen. Ihr war, als würde sie ihre innere Leere körperlich spüren. Es dämmerte bereits, als sie das Gebäude erreichten.

Ein älterer Knecht trat hinzu, öffnete das verschlossene Tor und entzündete eine Laterne. In der Mitte des Raumes befand sich ein hoher Tisch und darauf, unter Tüchern verborgen, eine menschliche Gestalt. Als der Schultheiß die Decke etwas anhob, fiel Elisabeths Blick auf das rote Kleid, das sie so gut kannte. Noch konnte sie sich beherrschen, aber als das Gesicht der Toten aufgedeckt wurde und sie trotz des schrecklichen Zustandes Anna erkannte, schwankte sie und fiel in Ohnmacht. Im letzten Moment konnte der Knecht sie auffangen und auf Heu betten.

Ihre Schwäche war nur von kurzer Dauer. Mit einem Ruck setzte Elisabeth sich wieder auf und erklärte mit versteinerter Miene: „Ja, das ist Anna." Mehr konnte sie nicht sagen.

„Sollen wir Euch nach Hause begleiten?", fragte der Schultheiß besorgt.

Elisabeth schüttelte den Kopf. Ohne sich noch einmal umzudrehen, verließ sie die Hütte und ging hinaus in die Dunkelheit.

Daheim begrüßte Hannes seine Herrin verlegen. Früher hätte sie einen Scherz gemacht, jetzt aber wollte sie sich wortlos in ihre Kammer begeben. „Gnädige Frau, eben hat ein Bote einen Brief für Euch abgegeben."

„Danke, Johannes."

Ohne weitere Worte ließ sie sich das Kuvert reichen, dann ging sie zu ihrer Kammer und verschloss die Tür hinter sich. Erst nach einiger Zeit nahm sie den Brief wieder zur Hand und bemerkte, dass er von Leonhard stammte. Sie zögerte, ihn zu öffnen. Konnte der Inhalt jetzt noch von Bedeutung sein, da sich alles durch den Lauf der Ereignisse verändert hatte? Sie ahnte, dass dieser Brief ihren Schmerz nicht würde lindern können, da er eine Situation voraussetzen musste, die von der Wirklichkeit längst überholt war. Schließlich brach sie das kleine Wachssiegel, entfaltete das Blatt und las.

Leonhard berichtete von seiner umständlichen, aber schließlich doch erfolgreichen Reise und Ankunft in Magdeburg, seinem Besuch bei Eccius und dass er bald schon Andreas Praetorius aufsuchen würde. Dann würde er sofort die Rückreise antreten. Er hatte nicht einmal die Anschrift seines Gasthauses angegeben, weil er ohnehin früher wieder zu Hause sein würde, als eine schriftliche Antwort Elisabeths überhaupt in Magdeburg eintreffen konnte. Mit dem Ausdruck der Freude, sie bald wieder in die Arme schließen zu können, und einem herzlichen Kuss an alle Kinder endete der Brief.

„... an alle Kinder", murmelte Elisabeth. Wieder schossen ihr die Tränen ins Gesicht.

12

Am späten Nachmittag des folgenden Tages erschien Leonhard Bernhardi wieder vor dem Haus von Dr. Andreas Praetorius. Diesmal öffnete der Hausherr persönlich.

„Ah, Dr. Bernhardi, kommt herein, ich glaube, ich habe gute Nachrichten für Euch."

„Das freut mich zu hören."

„Bitte folgt mir in mein Arbeitszimmer. Es hat seinem Namen gestern alle Ehre gemacht. Ich muss sagen, Euer Anliegen hat mir in der Tat etwas Mühsal bereitet."

„Ich bedaure, Euch zur Last gefallen zu sein. Wie kann ich das wiedergutmachen?"

„Kein Grund zur Besorgnis, ich bin dadurch wieder etwas in Übung gekommen. Und der schönste Lohn ist doch der Erfolg, nicht wahr? Meine Anwaltskanzlei wirft glücklicherweise genug ab, um mir auch ein paar zweckfreie Arbeiten zu erlauben."

Sie erreichten den Raum, den Bernhardi schon kannte. Nachdem sie Platz genommen hatten, machte Praetorius seinen Gast mit dem Ergebnis seiner Bemühungen bekannt.

„Ganz einfach war die Sache nicht, schließlich bin ich des Griechischen nicht mächtig. Aber glücklicherweise funktionieren solche Verschlüsselungen prinzipiell in jeder Sprache." Praetorius kam gleich zur Sache. „Seht hier, diese Buchstabenfolgen scheinen, wenn sie schon weder Worttrennung noch Interpunktion aufweisen, doch zumindest eine Unterteilung in größere Abschnitte, sprich Kapitel zu haben." Mit diesen Worten reichte er Bernhardi die Textabschrift wieder zurück. „Ich erkenne das daran, dass hier eine Art Überschrift steht. Seht Ihr: ω-π, und da, an anderer Stelle: ω-ν. Zuerst glaubte ich, diese griechischen Buchstaben, immerhin kenne ich das griechische Alphabet, würden so etwas bedeuten wie von Omega bis Pi oder von Omega bis Ny. Aber das ist ja insofern unsinnig, als dass Omega meines Wissens nach der letzte Buchstabe des griechischen Alphabetes ist."

„So ist es", pflichtete Bernhardi bei.

„Daraufhin habe ich mir noch einmal alle Verschlüsselungsspiele meines Vaters vorgenommen, um zu sehen, ob er etwas Ähnliches auch einmal gebraucht hatte. Und siehe da, er hatte! Zwar mit lateinischen Buchstaben und Wörtern, aber das ist, wie gesagt, nicht entscheidend. Macht bitte einmal Folgendes: Schreibt die Buchstaben des griechischen Alphabetes einmal hintereinander auf. Hier habt Ihr ein Stück Papier." Mit diesen Worten zog er aus der Lade seines Tisches ein Blatt und reichte es Bernhardi zusammen mit einer Feder. Dieser schrieb in einer langen Reihe das Gewünschte auf.

„Schön. Und jetzt nummeriert die Buchstaben von Anfang bis Ende durch und schreibt jeweils die Zahl unter den Buchstaben."

Bernhardi notierte:

α	β	γ	δ	ε	ζ	η	θ	ι	κ	λ	μ	ν	ξ	ο	π	ρ	ς	τ	υ	φ	χ	ψ	ω
1	2	3	4	5	6	7	8	9	10	11	12	13	14	15	16	17	18	19	20	21	22	23	24

„Schön", kommentierte Praetorius die Arbeit. Und jetzt nehmen wir die Überschrift, ω-π zum Beispiel. Nehmen wir einmal an, sie sei keine wirkliche Überschrift, sondern nur eine Anleitung zur Entschlüsselung, dann bedeutete sie nicht Omega bis Pi, sondern Omega minus Pi. Und das würde bedeuten, dass Ihr von jedem geschriebenen Buchstaben in diesem Falle neun Buchstaben zurückzählen müsst und den dann gefundenen Buchstaben als den richtigen einsetzt." Stolz lehnte sich Praetorius zurück. „Na, mein lieber Bernhardi, was sagt Ihr dazu?"

Der Magister der Philosophie sagte erst einmal gar nichts, so verblüfft war er. Dann begann er die Probe aufs Exempel zu machen und versuchte, ein paar Buchstaben seines mysteriösen Textes mithilfe dieses Schlüssels zurückzuverwandeln. Was er dann vor sich sah, machte ihn sprachlos. Die Interpunktionen fehlten zwar noch immer, aber sofort konnte Bernhardi sinnvolle Worte erkennen.

„Das Einzige, das mich ärgert, ist natürlich, dass ich selbst nichts von dem Text verstehe“, schmollte Praetorius. „Könnt Ihr schon etwas verstehen?“

„Leider nein. Außer dass es sich jetzt um sinnvolle griechische Sätze handelt. Leider benötigt diese Buchstabenverschieberei eine ganze Menge Zeit, und außerdem fehlt mir ein Wörterbuch. Da wartet eine Menge Arbeit in der Studierstube auf mich.“

„Schade. Vielleicht gönnt Ihr mir die Freude, mich über das Ergebnis Eurer Studien auf dem Laufenden zu halten. Wenn es sich nicht um ein Staatsgeheimnis handelt …“

„Selbstverständlich, Ihr habt ja den entscheidenden Hinweis geliefert. Aber es ist doch ein seltsamer Schlüssel, nicht wahr?“

„Ja und nein. Seltsam ist für mich eigentlich nur die Benutzung der griechischen Sprache. Das weist darauf hin, dass der Schreiber aus humanistisch gebildeten Kreisen stammen könnte. Einerseits hat er durch die Verschlüsselung verhindert, dass der Text sofort verstanden werden kann, andererseits hat er sie nicht so schwierig gemacht, dass sie nicht aufzulösen wäre, wie wir gesehen haben. Da wollte jemand, dass sein Text doch gelesen wird.“

„Etwas gibt mir aber doch zu denken. Der unbekannte Schreiber hat vorausgesetzt, dass irgendjemand diese seltsame Verschlüsselungstechnik beherrschen würde. Wie konnte er sich da so sicher sein?“

Praetorius zögerte kurz. „Mein Vater hatte mit einigen Freunden einen Zirkel gebildet. Eine Art Bund der Freunde der Erkenntnis. Sie haben sich regelmäßig selbst mit solchen

Knobeleien unterhalten. Einladungen zu gemeinsamen Treffen gingen übrigens nur in verschlüsselter Form heraus. Es könnte ja sein, dass unser unbekannter Schreiber diesen Zirkel kannte oder vielleicht sogar selbst Mitglied darin war."

„Habt Ihr Zugang zu den Namen der Mitglieder?" Bernhardi bemerkte im selben Augenblick, dass er mit dieser Frage zu weit gegangen war, und fuhr fort: „Verzeiht, Dr. Praetorius, das war jetzt meinem Übereifer geschuldet. Selbstverständlich leite ich keine Untersuchungsbehörde. Außerdem ergibt die Übersetzung des Textes ja vielleicht selbst alle Antworten, die ich zu finden erhoffe."

„Macht Ihr den ersten Schritt, dann sehen wir weiter. Aber selbst wenn ich wollte, dürfte es sehr schwierig sein, die Namen der Mitglieder dieses Zirkels ausfindig zu machen. Mein Vater hat nicht viel darüber berichtet und die Leute wollten sich, wie man sieht, nicht in die Karten schauen lassen."

„So wird es sein. Darf ich Euch als kleines Zeichen meiner Dankbarkeit zu einem Mahl einladen?"

„Angenommen."

Als die beiden Männer das Haus von Praetorius verließen, bemerkten sie nicht, dass ihnen in sicherem Abstand eine Person unauffällig folgte.

13

Leonhard Bernhardi beschloss, noch einen weiteren Tag in Magdeburg zu bleiben. Die Entschlüsselung seiner Dokumente hatte Zeit. Womöglich lagerten sie schon Jahrzehnte in der alten Universität – da kam es auf ein paar Tage oder Wochen auch nicht mehr an, dachte Bernhardi. Etwas anderes dagegen duldete keinen Aufschub, weil sich die Gelegenheit so bald nicht wieder bieten würde.

Während des Stadtrundganges mit Fabricius waren sie an einigen Druckereien vorbeigekommen. Es schien fast, als sei das Gewerbe mit der Schwarzen Kunst hier in Magdeburg besonders kräftig erblüht. Da auch die Zahl der Geschäfte, in denen man gedruckte Bücher erwerben konnte, erheblich größer war als in seiner kleinen Universitätsstadt, lag es für Bernhardi nahe, den Geldbeutel zu leeren und seine Bücherschränke zu füllen. Er kehrte in die Straße zurück, wo ihm ein Laden mit üppigem Angebot im Gedächtnis geblieben war. Als er vor dem Geschäft stand, fielen ihm in der Auslage sogleich die Lutherschriften auf. Hier war es jedem möglich, solche Werke zu erwerben – vorausgesetzt, man konnte sie auch bezahlen. „Stadtluft macht frei", seufzte er laut vor sich hin. Dann betrat er den Laden.

Sein Blick fiel sofort auf mehrere dünne Bändchen, die wohlfeil zu erwerben waren: *De Captivitate Babylonica Ecclesiae. Praeludium Martini Lutheri*. Von der babylonischen Gefangenschaft der Kirche. Vorspiel Martin Luthers, übersetzte Bernhardi. Da die Schrift auf Latein verfasst war, richtete sie sich offenbar an Gelehrte. Nach kurzem Zögern nahm Bernhardi ein Exemplar und schaute sich nach anderen Druckerzeugnissen um. Für einen Augenblick war ihm völlig egal, wie er die in seinem Herzogtum verbotenen Bücher unbemerkt nach Hause schaffen wollte. Er griff weiter zu: *An den christlichen Adel deutscher Nation. Von des christlichen Standes Besserung* und *Von den guten Werken.*

Plötzlich stockte sein Atem, denn dort lag Luthers große Auseinandersetzung mit Erasmus über den freien Willen: *De Servo Arbitrio. Martini Lutheri ad D. Erasmum Roterodamum.* Bernhardi konnte nicht anders: Er musste die Schrift erwerben.

Mehr um sich selbst zu beruhigen, fügte er noch einige Werke lateinischer Dichter und ein neues griechisches Wörterbuch hinzu. Dann waren seine finanziellen Mittel erschöpft.

Mit einem gut verschnürten Bündel trat Bernhardi den Rückweg zur Herberge an. Er bezahlte seine Zeche und fragte den Wirt nach einer Gelegenheit, sich ein Pferd für die Heimreise zu leihen. In Magdeburg war es kein Problem, ein solches Geschäft abzuschließen. Das Pferd könne er in seiner eigenen Stadt bei einer Dependance zurückgeben, erklärte man ihm. Früher hätte er gedacht, dass er bestimmt froh sein würde, der Ketzerstadt wieder den Rücken zu kehren. Jetzt aber wäre ihm der Abschied beinahe schwergefallen, hätte sich nicht die Freude auf das Wiedersehen mit seiner Familie in seine Gedanken gedrängt.

Der Abend begann bereits zu dämmern, als er zu Hause ankam. Wie anders, wie klein erschien ihm diesmal die gewohnte Umgebung. Und wie ruhig. Kein Kinderlachen war zu hören, vor dem Haus spielte keine seiner Töchter. Das Licht hinter den Fenstern wirkte gedämpft. Natürlich konnte Elisabeth nicht wissen, wann er wieder bei ihr eintreffen würde, aber in ihrer kleinen Stadt sprachen sich solche Nachrichten schnell herum. Er stieg vom Pferd, nahm sein Bündel und betrat das Haus. Hannes kam ihm vorsichtig entgegen.

„Guten Abend, Hannes. Da bin ich wieder. Würdest du bitte gleich das Pferd versorgen und an diesen Ort zurückgeben?" Bernhardi reichte ihm ein Stück Papier mit der Anschrift der Dependance des Magdeburger Pferdeverleihers.

Hannes nickte stumm.

„Na, steht alles wohl?"

Hannes antwortete nicht gleich. Bernhardi merkte, dass er etwas sagen wollte, aber nicht konnte. „Was ist dir denn?"

„Etwas … etwas Schreckliches …", stammelte Hannes.

Alle Müdigkeit fiel von Bernhardi ab. Er spürte, dass etwas geschehen sein musste, das sein Leben und seine Familie betraf. „Sag, was ist passiert?"

„Ich kann nicht …"

In dem Moment trat Elisabeth zu ihnen. Bernhardi erstarrte, als er ihr ins Gesicht sah. Alles Blühende, Lebendige und Sichere schien von ihr gewichen. Er ging auf seine Frau zu, und ohne ein Wort abzuwarten, drückte er sie an sich. Dann, nach einer Weile, fragte er behutsam: „Elisabeth, was ist dir denn? Was ist hier geschehen?"

„Anna ist tot." Elisabeth sprach die Worte scheinbar unbewegt aus.

„Nein!"

„Kurz nach deiner Abreise, noch am selben Tag, ist sie in der Elbe ertrunken. Und ich bin schuld!"

„Nein, niemals!" Bernhardi war kurz davor, seine Stimme zu verlieren.

„Doch, und es ist meine Schuld." Mehr war zunächst aus Elisabeth nicht herauszubringen. Nach einem tränenlosen Tag begann sie wieder zu weinen.

„Wo ist Anna jetzt?"

Doch auch diese Hoffnung, seine zweitälteste Tochter noch einmal sehen zu können, machte Elisabeth zunichte. „Heute Morgen haben wir sie begraben."

Jetzt war es Bernhardi, der die Fassung verlor. Seine Beine versagten ihren Dienst und er schaffte es gerade noch bis an den Tisch in der Wohnstube. Dann fand Elisabeth wieder zu ihrer alten Haltung zurück. Nahezu emotionslos berichtete sie ihrem Mann von den tragischen Ereignissen. Bernhardi konnte seine Tränen nicht mehr zurückhalten. Aber im nächsten Moment richtete er sich auf und sah Elisabeth scharf an.

„Du hast keine Schuld, dafür gibt es keine Schuldigen, weder dich noch die Kinder. Es ist ein Unglück, wie es keiner vorhersehen konnte. Du weißt doch, wie ungestüm Anna immer war."

Durch das Bild von Anna, das so vor ihren Augen entstand, wurde die Traurigkeit umso schmerzhafter. Jeder wusste, was für ein Temperamentbündel Mensch ihre Tochter gewesen war.

„Bemüh dich nicht, mir das auszureden. Ich kann zwei und zwei zusammenzählen. Hätte ich die Kinder nicht zum Kräutersammeln geschickt und hätte ich Barbara und Sophia nicht mit ihrer Aufgabe überfordert, so lebte Anna noch. Das ist nicht wegzureden."

So hart hatte Bernhardi seine Frau lange nicht mehr reden gehört. Tröstende Worte drangen nicht zu ihr durch, offenbar wollte sie ihre eigene Richterin sein. Bernhardi spürte, wie die selbst gewählte Einsamkeit Elisabeths auf ihn überzugehen drohte. Nun konnte er nicht einmal mehr seinen eigenen Schmerz mit Elisabeth teilen. Zugleich war er selbst noch viel zu überwältigt von dem Unglück, als dass er sie aus ihrer Isolation hätte herausholen können.

„Wie gehen die Kinder damit um?"

„Deine Kinder haben auch Namen", entgegnete Elisabeth vorwurfsvoll, aber ansonsten ausdruckslos. „Lenchen, nein Magdalena ist ganz traurig. Aber als ich ihr erzählte, wie es Anna im Paradies ergeht, hat sie sich damit abgefunden. Katharina verschließt sich und spricht kaum noch. Ihr Husten ist auch wieder stärker geworden. Sophia ist zwar traurig, scheint sich aber von allen am besten mit der Lage abzufinden. Sie betet manchmal für Anna und führt Zwiegespräche mit ihr. Barbara ist zwar auch untröstlich und gibt sich die Schuld, aber sie hat einen starken Berater, der sie neuerdings oft begleitet. Friedrich von der Aue, ein junger Student … Du müsstest ihn kennen, er kommt auch in deine Vorlesungen. Er hat Barbara und Sophia direkt nach dem Unglück gefunden und zu mir gebracht."

Bernhardi verstand, dass er dabei war, auch seine zweite Tochter zu verlieren.

„Ein Verehrer? Jetzt schon? Nach allem, was hier geschehen ist? Er soll sich hüten, Babara zu nahezutreten."

„Sei nicht ungerecht, sie ist bereits fünfzehn Jahre alt. Außerdem hat dieser Friedrich tadellose Manieren. Ich bin froh, dass er so gut mit Barbaras Schmerz umzugehen weiß. Es gibt nicht viele Männer, die das können."

Der letzte Satz saß. Bernhardi, sonst so eloquent, wusste nichts mehr zu antworten. In seinem Kopf drehte sich alles, und irgendwann war die unvermeidliche Schuldfrage auch bei ihm angekommen.

„Ich hätte nicht reisen dürfen."

„Es ist nicht mehr zu ändern. Ich möchte mich jetzt in meine Kammer begeben. Sei so gut und nimm heute mit der kleinen Gästestube vorlieb. Ich muss allein sein heute Nacht."

Mit diesen Worten, die keinen Widerspruch duldeten, beendete Elisabeth ihre Begrüßung und zog sich zurück.

Bernhardi saß noch eine Weile wie gelähmt an dem großen Eichentisch. Da war keine Frage Elisabeths nach seiner Reise gewesen, kein Interesse an seinen Ergebnissen oder auch nur, wie es ihm ergangen war. Irgendwie schien sich alles um ihn herum aufzulösen. Ihm war klar, dass er jetzt kämpfen musste. Es gab keine sicheren Wahrheiten mehr. Und nun entzog sich ihm auch noch das tiefste Fundament, das er bisher gehabt hatte: seine Liebe zu Elisabeth. Dabei war er im Grunde gar keine Kämpfernatur. Langsam ging er zu einem kleinen Schrank und goss sich etwas Rotwein in den Becher, in der Hoffnung, so zu etwas leichterem Schlaf zu kommen. Dann begab auch er sich zur Ruhe, aber an Schlaf war vorerst nicht zu denken.

Nie mehr würde er Annas helles Lachen hören, nie mehr von ihrem unbekümmerten und selbstbewussten Wesen angesteckt werden. Nie mehr … Seine Gedanken kreisten. Wie konnten sie als Familie jetzt weiterleben? Es mochte sein, dass die Zeit alle Wunden erträglich machte. Heilen jedoch, wie man so oft sagte, konnte sie nicht.

Hatte er sich in den letzten Jahren nicht viel zu wenig Zeit für seine Töchter und seine Frau genommen? Er dachte an Elisabeth. Bisher war sie ihm immer als die eigentlich Stärkere erschienen. Hatte er es sich damit zu leicht gemacht? War sie verletzlicher, als er geglaubt hatte? Irgendwann versank er in einen unruhigen Schlaf.

14

Langsam leerte sich der Hörsaal. Bernhardi hatte es irgendwie geschafft, die Vorlesung zu Ende zu bringen. Kaum hatte auch er den Raum verlassen, da wurde er von einigen Studenten angesprochen, die er zum größten Teil kannte, aber es waren auch neue Gesichter darunter.

Friedrich von der Aue ergriff das Wort: „Verzeiht unseren Ansturm, hochverehrter Magister Bernhardi, und erlaubt mir, das Wort an Euch zu richten."

„Schon gut, was gibt es denn?"

„Wir haben von Eurem tragischen Schicksalsschlag, dem Verlust Eurer geliebten Tochter, erfahren und möchten Euch unser tiefes Mitgefühl über den entsetzlichen Verlust aussprechen. Fast alle Eure Studenten haben Anna auf dem Gottesacker das Geleit gegeben. Ihr sollt wissen, dass wir Euch in Eurem Schmerz sehr nahe sind, und bieten Euch unsere Unterstützung an in allem, was Ihr benötigen solltet."

„Dass Eure Unterstützung sogar weiter als üblich geht, davon habe ich Kenntnis", erwiderte Bernhardi halblaut mit einem scharfen Blick auf Friedrich, doch dann fügte er rasch hinzu und hob seine Stimme dabei: „Meine Herren, ich danke Euch für die Anteilnahme an meinem grausamen Schicksal. Ihr dürft gewiss sein, dass unser Lehrbetrieb unter dieser Heimsuchung Gottes, die wir als Christenmenschen willig annehmen sollten, nicht leiden wird. Heute Nachmittag werden wir, wie angekündigt, ein Colloquium über die Physik des Aristoteles unter meiner Leitung haben. Ich würde mich freuen, meine Herren, Euch vollzählig in Erscheinung treten zu sehen."

Zu Friedrich gewandt fuhr er fort: „Mein lieber Herr von der Aue, ich würde es begrüßen, Euch einmal zu Gast bei Tische zu haben. Es gibt, glaube ich, noch einiges zu besprechen, was Eure Beziehung zu meiner Familie angeht." Bernhardi bemühte sich, die letzten Worte sehr freundlich klingen zu lassen.

„Ganz zu meiner Freude. Ich werde gern kommen. Darf ich Euch aber zunächst drei neue Studenten vorstellen? Sie haben die Universität gewechselt und waren soeben Hörer Eurer Vorlesung. Sie würden auch gern Eurem Colloquium nachher beiwohnen." Friedrich deutete als Erstes auf einen vornehm gekleideten jungen Mann neben sich: „Maximilian Hartung, drittes Semester Philosophie."

Zögerlich kamen zwei weitere junge Männer aus der Gruppe nach vorn und Friedrich stellte auch sie vor: „Oskar Windig, viertes Semester Medizin, und Arnulf Gehren, drittes Semester Jurisprudenz." Etwas verlegen fügte er hinzu: „Alle drei haben sich hier gut eingeführt, aber sie benötigen noch etwas Schulung in formaler Logik."

„Wie schön. Dann sehen wir uns nachher." Bernhardi löste sich von der Gruppe, wurde aber schon kurz darauf durch eine Hand, die sich auf seine Schulter legte, zurückgehalten.

„Ach Einhard. Schön dich zu sehen."

„Mein lieber Leonhard!“ Unbemerkt waren die beiden Kollegen zu der vertraulicheren Anrede übergegangen. „Ich möchte mich dem Kondolenzgesuch deiner Studenten anschließen. Ich kann dein Unglück nicht verstehen und muss gestehen, etwas an der himmlischen Gerechtigkeit zu zweifeln.“

„Danke. Aber du weißt: Der Herr hat es gegeben, der Herr hat es genommen, gepriesen sei der Herr ...“ Bernhardi sprach mit einem bitteren Unterton.

„Das hat Hiob aber letzten Endes auch nicht gereicht“, bemerkte Auerbach.

„Ich weiß. Es sieht so aus, als würde ich mit der dunklen Seite Gottes konfrontiert. Darüber geben unsere Theologen ja nicht so gerne Auskunft.“

„Das liegt aber daran, dass sie gern für alles eine Erklärung vorlegen wollen.“

„Was gibt es hieran zu erklären?“

„Nichts.“

Eine Zeit lang gingen sie schweigend den langen Flur des Universitätsgebäudes entlang. Dann begann Auerbach erneut. „Deine Reise nach Magdeburg ist nicht unbemerkt geblieben.“

„Sollte sie es?“

„Natürlich nicht. Aber nachdem durch den Zwischenfall vor einiger Zeit die Ausrichtung unseres Bildungsinstitutes nur allzu öffentlich und deutlich geworden ist, hat sich das Klima hier verschlechtert. Es duftet nach Einseitigkeit, es riecht nach Kontrolle und es stinkt nach Denunziation.“

Bernhardi blickte seinen Kollegen erstaunt an. Solche Worte hatte er von ihm noch nicht gehört. „Vielleicht solltest du etwas leiser denken, auch wenn du recht hast. Was meintest du vorhin mit der Bemerkung, meine Reise nach Magdeburg sei nicht unbemerkt geblieben?“

„Unser hochverehrter Rektor hat deutlich gemacht, dass ihm Kontakte seiner Studenten und Universitätsangehörigen zu

Wittenberg und anderen erzlutherischen Städten äußerst unerwünscht sind. Er will es sich vorbehalten, jegliche Aktivitäten in dieser Richtung einer peinlichen Befragung zu unterziehen."

„Ich hatte mein Reiseziel nie verschwiegen."

„Zum Glück. Deshalb kann Reinhardus dir auch nichts vorwerfen. Er wird dich aber mit Sicherheit zu einem Gespräch einladen, wie er es nennt."

„Was schlägst du also vor?"

„Geh weiterhin so offensiv mit deinen Angelegenheiten um wie bisher. Nur das lässt keinen konspirativen Verdacht aufkommen. Nichts sollte auch nur den Anschein einer Vertuschung von irgendwelchen finsteren Angelegenheiten erwecken."

„Du hast recht. Unser Weg führt ohnehin an Reinhardus' Räumlichkeiten vorbei. Da werde ich gleich mal mit der Tür ins Haus fallen."

„Sei aber auf der Hut. Das ist ein Fuchs, nein, ein reißender Wolf hinter der Fassade eines Lammes."

„Keine Sorge, er hat bereits den Fehler gemacht, sein wahres Gesicht zu zeigen."

„War übrigens deine Reise erfolgreich?"

„Allerdings. Und ich werde dir auch bei unserem nächsten Besuch genauen Bericht erstatten. Ich glaube, es wird Zeit, dich in ein kleines Geheimnis einzuweihen."

„Das klingt spannend. Ich freue mich schon darauf."

Mit diesen Worten verabschiedeten sich die beiden voneinander. Bernhardi wusste, dass er einen weiteren Verbündeten brauchte. Elisabeth in ihrer jetzigen Situation war auf diese Sache nicht mehr ansprechbar. Außerdem war ihm klar geworden, dass sein Fund von brisanter Natur sein musste. Hätte sich sonst sein Urheber die Mühe gemacht, den Text auf Griechisch zu verfassen und dann auch noch zu verschlüsseln?

An der Tür zum Rektorat klopfte Bernhardi laut und deutlich an. Zu seiner Überraschung wurde er sofort eingelassen.

„Ah, Dr. Bernhardi. Wieder zurück? Wie schön, dass Ihr mir gleich einen Besuch abstattet. Wie war Eure Reise?"

Bernhardi stieß die katzenhafte Scheinfreundlichkeit seines Vorgesetzten unangenehm auf. „Sehr erfolgreich."

„Und das in der Ketzerstadt. Interessant. Ich arbeite gerade an einer Liste, um die Aktivitäten unserer Universität für den Herzog zu dokumentieren. Von der Kanzlei habe ich Order erhalten, die Unterrichtstätigkeiten und Inhalte sowie das Leben von Studenten und Lehrpersonal zu beschreiben. Der Herzog, beziehungsweise dessen Beauftragte, will sich verstärkt um eine positive Entwicklung ihrer Universität kümmern und ermitteln, welchen Bedarf es vor Ort gibt, diese Entwicklung zu unterstützen. Ein Bedarf an Handlung und finanzieller Unterstützung, versteht sich."

Bernhardi bemerkte, wie ungeahnte Hassgefühle seinem Rektor gegenüber in ihm aufkamen. Diese Kaltschnäuzigkeit, mit der Zensur, Überwachung und Drohung als positive und fortschrittliche Entwicklung verkauft wurden! Hatte dieser Mann denn keinerlei Rückgrat oder eigene Grundsätze? War er ein willenloses Werkzeug höherer Mächte und nur auf die eigene Karriere bedacht? Das machte es Bernhardi leicht, mit der gleichen Kaltschnäuzigkeit zu antworten. „Und jetzt wollt Ihr meinen Lebenswandel im Allgemeinen und meine Reise im Besonderen einer Prüfung unterziehen?"

„Seid nicht so empfindlich. Es geht doch nur um eine positive Darstellung unserer Leistungen. Ach, warum ist es immer so schwierig, neue Wege zu betreten? Jeder will überzeugt werden und keiner traut sich, von selbst dem Fortschritt zu folgen."

Vor allem *du* nicht, wer verschließt sich denn schon fast panisch der neuen Theologie?, dachte Bernhardi bei sich. Laut antwortete er: „Was wollt Ihr wissen?"

„Seid Ihr in Magdeburg mit Anhängern des neuen Glaubens

zusammengekommen?“ Reinhardus gab sich keinerlei Mühe, den Inquistionsbüttel zu verbergen.

„Ich habe einen privaten Besuch gemacht und hatte keinerlei Kontakt zu Vertretern der Kirchen. Außer einem Besuch im Dom begegnete ich der Religion vor Orte nicht.“ Bernhardi erwähnte bewusst als einziges Ziel in Magdeburg den Dom, der noch fest in altgläubiger Hand war.

„Ihr konntet Euch also überzeugen, dass es auch dort noch Horte des rechten Glaubens gibt?“

„Sehr wohl.“

„Habt Ihr Euch in der Stadt umgesehen?“

„Ein wenig, soweit mir Zeit blieb.“

„Wie steht es denn um die Verbreitung lutherischer Schriften?“

„Das entzieht sich meiner Kenntnis. Mir ist nichts Besonderes aufgefallen. Jedenfalls steht nicht an jeder Ecke ein Mensch mit einem lutherischen Pamphlet in der Hand.“

„Schon wieder so empfindlich, guter Meister! Na, sei's drum. Habt Ihr wenigstens schöne Erinnerungen und interessante Einzelheiten aus dem Leben Eurer Frau herausfinden können? Mein Beileid übrigens zum Verlust Eurer Tochter.“

Bernhardi zögerte. Woher wusste Reinhardus so genau über den Zweck seiner Reise Bescheid? Er hatte nur private Besuche angegeben. Ohne auf die Frage einzugehen, bedankte sich Bernhardi für die schon fast ruppig zu nennende Kondolenz und war froh, dass Reinhardus das Gespräch seinerseits beendete.

Im Colloquium am späten Nachmittag ließ sich Bernhardi von seinen Studenten noch einmal die Grundzüge der aristotelischen Logik aus dessen *Organon* entwickeln. Er wollte überprüfen, ob dessen Lehre von den logischen Grundgesetzen verstanden worden war, bevor er zur Hauptsache kam, nämlich zur Metaphysik.

„Lohnt es denn überhaupt noch, sich mit Aristoteles' Metaphysik auseinanderzusetzen? Es gibt Stimmen, die ihn als einen heidnischen Philosophen bewerten und in ihm grundlegende christliche Wahrheiten verfälscht sehen", wandte er sich an seine Zuhörer.

Zu seiner Überraschung meldete sich Maximilian Hartung, der neu immatrikulierte Student. „Woran denkt Ihr dabei?", fragte er vorsichtig zurück.

Bernhardi lächelte kurz, ehe er antwortete: „Zunächst einmal an die Frage der menschlichen Möglichkeit bezüglich des Erwerbs der ewigen Seligkeit. Oder vielmehr an das Problem, inwieweit der Mensch nach dem Sündenfall noch positive Kräfte behalten hat."

Hartung ließ nicht locker. „Da gibt es nun ja durchaus unterschiedliche Lehren. Ein paar Meilen weiter von hier wird gelehrt, dass der Mensch keine positiven Kräfte zum Erwerb der Seligkeit mehr hat. Somit darf man Aristoteles in diesen Fragen kein Gehör mehr schenken."

Bernhardi bemühte sich, nicht eindeutig Stellung zu beziehen mit seiner Antwort: „Solche Ansichten findet Ihr ausschließlich in Wittenberg, und wenn Ihr die Urteile der Universitäten von Paris und Löwen anseht, dann werdet Ihr bemerken, dass Aristoteles weiterregiert. Natürlich bedarf es einer christlichen Interpretation, aber das Licht der Offenbarung war auch schon vor Christus einigen großen Denkern geschenkt worden, auch wenn sie den Namen des Herrn noch nicht kannten. Im Übrigen bitte ich Euch, diese theologischen Spezialfragen mit dem theologischen Lehrpersonal zu disputieren. Ich bin hier für die Vermittlung der rein philosophischen Grundlagen zuständig."

„Weicht mir bitte nicht aus." Hartung machte seinem Namen alle Ehre, er blieb hart. „Sollte Aristoteles hier in den grundlegenden metaphysischen Fragen geirrt haben, warum kann denn dann die Anwendung seiner Lehren auf die christlichen Wahrheiten nicht ebenso verkehrt sein?"

Jetzt wurde selbst Bernhardi ungeduldig. „Bevor Ihr seine Metaphysik kritisiert, solltet Ihr sie erst einmal kennenlernen."

Bernhardi versuchte, die im Hintergrund schwelende Frage nach der lutherischen Lehre möglichst nicht anzusprechen. Nach außen musste er den rechtschaffenen, konservativen Lehrer spielen. Dass er selbst bemerkt hatte, wie fragwürdig hier die scholastische Tradition geworden war, konnte er nicht nach außen tragen. Noch nicht.

„Verzeiht, Ihr habt recht", zog sich Hartung vom Schlachtfeld zurück, „bleiben wir lieber bei den Quellen. Irgendwann kommt ja die Naturphilosophie des Aristoteles an die Reihe, und da haben wir unabhängig von theologischen Fragen die Möglichkeit, die Aussagen des Meisters auf ihre Tragfähigkeit hin zu untersuchen."

Bernhardi überzeugte dieser Rückzug nicht. „So ist es. Und nun nehmen wir uns die Anfangsgründe der Metaphysik vor."

Bernhardi schloss sein Colloquium pünktlich. Im Gegensatz zu früheren Zeiten beeilte er sich, der Universität zu entkommen, was gar nicht so einfach war, weil er von allen Seiten von Studenten bestürmt wurde. Aber er blieb hart und vertröstete seine Hörer auf die nächste Sitzung. Auf die Frage nach dem Grund für seine ungewöhnliche Eile reagierte Bernhardi ungehalten.

„Wie Ihr wisst, habe ich eine Tochter verloren. Grund genug, mich mehr um meine anderen Kinder zu kümmern. Und nehmt bitte Folgendes zur Kenntnis: Von nun an werdet Ihr Euch selbst stärker um den Stoff bemühen müssen. Ich bitte also um eine intensivere Vorbereitung und Nacharbeitung, dann werden auch alle berechtigten Fragen hinreichend geklärt werden können. Guten Abend, meine Herren." Damit verschwand er aus den Blicken der Studenten.

Unterwegs, auf halbem Weg nach Hause, bemerkte Bernhardi, wie sich ihm von der Seite eine Gestalt näherte. Es war Friedrich von der Aue.

„Verzeiht, Dr. Bernhardi, Ihr wolltet einen Termin mit mir vereinbaren."

„Ja, wie wäre es übermorgen zum Abendessen bei uns zu Haus?"

„Danke, ich komme gern."

„Da Ihr schon hier seid, was wisst Ihr über diesen neuen Studenten Hartung? Er hat sich für einen Neuling heute etwas seltsam benommen."

„Das hat mich auch gewundert. Ich habe ihn Euch lediglich im Auftrag der Studentenschaft, deren Sprecher ich bin, vorgestellt. Soweit mir bekannt ist, kommt er aus adligem Hause. Sein Wechsel an diese Universität wurde von höchster Stelle aus gefördert."

„Ach so. Na, dann noch einen schönen Abend. Und bis übermorgen."

„Danke schön. Und grüßt bitte Barbara besonders von mir."

„Ich werde es ihr ausrichten."

Damit gingen beide ihrer Wege.

Die Dämmerung brach schon herein, als Bernhardi sein Haus betrat. Noch immer herrschte hier eine bedrückende Stille, wie sie in früheren Tagen undenkbar gewesen wäre. Katharina kam an die Tür und drückte sich an ihren Vater. Magdalena erschien ebenfalls. Bei ihr fiel die Blässe im Gesicht nicht besonders auf, da es ihre normale Farbe war.

„Na, meine Kleine", empfing der Vater seine zweitjüngste Tochter und küsste sie. Anschließend nahm er Magdalena in die Arme. Elisabeth beschäftigte sich noch mit einer Handarbeit und wartete, bis ihr Mann zu ihr in die Stube kam. Als er eintrat, sah sie kurz auf und versuchte ein Lächeln. Ihre schwarze Kleidung ließ sie wie entrückt erscheinen.

„Guten Abend, Elisabeth. Wie geht es dir?"

„Unverändert. Wie war dein Tag?"
„Eigentlich wie immer. Aber in der letzten Zeit ereignen sich Dinge, die mich immer mehr ins Grübeln bringen." Und dann berichtete er ihr, was sich an der Universität ereignet hatte.
„Sei nur vorsichtig. Das Verhalten der neuen Studenten ist merkwürdig. Und auch Euer Rektor scheint Fäden zu ziehen, die leicht zu einer Falle werden können. Ist es nicht seltsam, dass niemand vom Lehrpersonal aufbegehrt oder zumindest wissen will, was hinter den Anordnungen steckt, die bei euch eingeführt werden?"
„Alle geben sich anscheinend mit der Auskunft zufrieden, die Veränderungen dienten der Abwehr der lutherischen Häresie. Mir aber genügt diese Auskunft nicht."
„Vielleicht sollten wir doch einmal über eine Veränderung in unserem Leben nachdenken." Elisabeth sprach noch leiser als sonst.
„Du meinst, über einen Ortswechsel?"
„Ja. So wirst du auf Dauer nur unglücklich und musst immer mehr von dem verleugnen, was dir doch so wichtig ist. Und ich spüre hier überall, wie Anna mich nicht loslässt."
Bernhardi strich ihr sanft über den Kopf.
„Ich glaube, du hast recht. Wir werden das bald angehen. Übrigens, da wir gerade bei Veränderungen sind: Ich habe Friedrich von der Aue für übermorgen Abend zu Tisch geladen. Ich hoffe, es ist dir recht."
Elisabeths Augen blitzten kurz auf. Man merkte ihr an, wie sympathisch ihr der junge Student war und dass sie seine Verbindung mit Barbara nicht ungern sah.
„O ja, das wurde aber endlich einmal Zeit. Barbara wird sich freuen."
„Erlaube, dass ich mich jetzt noch etwas meinem Geheimnis widme, das ich ohne deine Hilfe nicht gelöst hätte." Damit zog Bernhardi sich in seine Studierstube zurück.

15

Langsam ergaben die Worte einen Sinn. In mühsamer Arbeit hatte Bernhardi es geschafft, die ersten Seiten seiner Fragmente in die richtige Ordnung zu bringen. Zwar war es sehr umständlich, den Text ohne Interpunktion entziffern zu müssen, aber nach einiger Zeit hatte er darin eine erstaunliche Fertigkeit entwickelt.

Nun ging er an die Übersetzung, immer wieder überrascht, dass vor seinen Augen ein sinnvoller Text entstand. Und seine Überraschung wuchs, als er sich nach der Bewältigung der rein philologischen Probleme endlich dem Inhalt widmen konnte. Erstaunt las er den Text von Neuem.

Ich, Heinrich von Saalfeld, im vierundsiebzigsten Lebensjahre stehend, gebe mit diesen Worten einen Überblick über die Umstände meines seltsamen Lebens und die Hintergründe meines baldigen Todes. Diesem werde ich nicht mehr entrinnen können. Damit es der Nachwelt nicht verborgen bleiben möge, zu welchen Einsichten ich geführt worden bin, Einsichten, die ungeheuerliche Konsequenzen für die Welt nach sich zögen, würden sie der Öffentlichkeit bekannt, hinterlasse ich sie hiermit als mein Vermächtnis.

Es begleitet mich die Hoffnung, spätere Generationen werden diese Erkenntnisse zum Segen für ihre Welt gebrauchen. Möge es zum Nutzen und nicht zum Schaden vollbracht worden sein.

Anno Domini MCDLXXIII

Wer war dieser Heinrich von Saalfeld? Bernhardi hatte diesen Namen noch nie gehört. Dass er in der Öffentlichkeit diesen Namen zunächst vermeiden musste, war ihm klar. Der Magister seufzte erleichtert, als er daran dachte, was geschehen wäre, hätte er tatsächlich Philipp Melanchthon in Wittenberg um Aufklärung gebeten, denn daran hatte er früher durchaus gedacht. Der hätte diesen unsinnigen Text wahrscheinlich postwendend zurückgeschickt, und das wäre nicht zum Ruhme Bernhardis ausgegangen. Hätte er den Text sogar entschlüsseln können – wer weiß, in was für Händel er beide verwickelt haben würde.

Bernhardi musste fast ein wenig schmunzeln. Offenbar hatte ihn doch eine gnädige göttliche Fügung von derartigen unbesonnenen Handlungen abgehalten. Gleichzeitig versteinerte er wieder innerlich, als ihm bewusst wurde, dass Anna eine solche gnädige Führung noch dringender als er selbst gebraucht hätte. Die Traurigkeit, die ihn plötzlich umfing, hinderte ihn an der Weiterarbeit, so neugierig er auch geworden war. Er beschloss, nicht nur diesen seltsamen Text, sondern auch seine kürzlich erworbenen Lutherschriften sowie das in der Universität entdeckte Exemplar noch sicherer als bisher zu verwahren.

Am nächsten Nachmittag machte Einhard Auerbach seinen längst fälligen Kondolenzbesuch bei den Bernhardis. Anschließend bat ihn der Hausherr in seine Studierstube.

„Ich muss gestehen, deine älteste Tochter Barbara hat sich zu einer außerordentlich schönen jungen Frau entwickelt. Das letzte Mal, als ich sie gesehen habe, war sie fast noch ein Kind. Jetzt ist sie in ihrer Entwicklung um Jahre gereift. Sehr klug, aber auch etwas schwermütig. Das ist allerdings auch verständlich."

Auerbachs unkomplizierte Art, seine Mitmenschen abzulenken und mitten ins Leben zurückzuholen, verfehlte auch jetzt seine Wirkung nicht.

„Mach dir keine Hoffnungen … Wie es scheint, ist bereits ein Verehrer in seinen Bemühungen recht weit fortgeschritten", entgegnete Bernhardi, nicht ohne väterlichen Stolz. „Aber wie steht es bei dir? Willst du immer noch auf das häusliche Glück einer lieben Ehefrau verzichten?"

Auerbach antwortete amüsiert: „Na ja, da muss erst einmal eine gefunden werden, die so einen Kauz wie mich überhaupt aushält. Ich glaube, bei den geringsten Schwierigkeiten würde ich mich in den Keller zurückziehen und mich mit meinen alchemistischen Wundermitteln beschäftigen."

„Ob die Zeit reif für etwas ist, wissen wir in der Regel nicht im Voraus. Manchmal hat schon etwas begonnen, was uns nur noch nicht klar genug geworden ist." Bernhardi sprach langsam und bedächtig. Sogleich fiel ihm auf, dass seine Bemerkung nicht nur auf die persönliche Situation des Kollegen zutraf, sondern genauso auf seine eigene Familie, seinen Beruf ... aber auch auf die Dinge, die dieser geheimnisvolle Heinrich von Saalfeld noch offenbaren würde. Er fuhr fort: „Ich hatte dir versprochen, dich in etwas einzuweihen, mit dem ich mich schon seit Längerem beschäftige. Allerdings muss ich dich vorher fragen, ob du überhaupt in die Angelegenheit verwickelt werden willst, denn das kann leicht schon dadurch geschehen, dass du zu einem Mitwisser geworden bist. Wie problematisch oder sogar gefährlich das für alle Beteiligten sein kann, vermag ich noch nicht abzuschätzen."

Ein Lächeln umspielte Auerbachs Mundwinkel. „Siehst du, das ist ein Vorteil meines Junggesellendaseins. Ich trage nur das Risiko und die Verantwortung für mich selbst. Da fällt so manche Entscheidung leichter. Ich entbinde dich also von jeglicher Verantwortung mir gegenüber und gelobe tiefstes Stillschweigen."

Bernhardi zögerte noch kurz, doch dann erzählte er Auerbach bis ins Detail die Geschichte seines Fundes, von seiner Reise nach Magdeburg und der beginnenden Lösung des Rätsels. Selbst seine intensivere Beschäftigung mit den Schriften Luthers verschwieg er seinem Kollegen und Freund nicht. Anschließend legte sich ein tiefes Schweigen über die beiden.

Dann ergriff Auerbach das Wort: „Wann findest du Zeit, mit der Entzifferung und Übersetzung fortzufahren?"

„Schon bald. Und morgen lernt meine Familie Friedrich von der Aue etwas näher kennen, aber das wird für Barbara aufregender sein als für mich. Er scheint ein netter Kerl zu sein … Aber verdammt, ich kann mich einfach nicht an den Gedanken gewöhnen, dass …“ Bernhardi stockte.

„Dass deine Kinder erwachsen werden und dich zum Großvater machen können“, lachte Auerbach in seiner üblichen naiv-amüsierten Art.

Für einen Moment wurde der Blick Bernhardis starr, dann schmunzelte auch er. Auerbach hatte nur die Konsequenzen des Älterwerdens und der Veränderungen im Leben ausgesprochen, die er, Bernhardi, immer vorsorglich ausgeklammert hatte.

„Zeigst du mir die Texte?“

„Ja, natürlich.“

Auerbach studierte das kleine Bündel Papiere mit großer Aufmerksamkeit. Dann wandte er sich wieder seinem Gegenüber zu. „Ich hoffe, du vertraust mir, Leonhard. Ich kann es zwar nicht beweisen, aber je mehr ich von dir über diese Texte höre und sie nun selbst vor Augen habe, desto bedeutender erscheint mir ihr Inhalt. Daher halte ich es für sinnvoll, von diesen Texten gleich hier eine Abschrift anzufertigen. Ich hätte Zeit und könnte das erledigen. Ich muss erst morgen Nachmittag meine Studenten mit Epizykeln und Deferenten vertraut machen, darauf muss ich mich nicht mehr vorbereiten. Es scheint mir außerordentlich wichtig, im Bedarfsfall auf eine Abschrift des saalfeldschen Textes zurückgreifen zu können. Selbstverständlich würde ich die Abschrift nicht in meinen Gewahrsam nehmen, sondern es dir überlassen, einen geeigneten Aufbewahrungsort zu finden.“

Erstaunt hörte Bernhardi dem Ansinnen seines Kollegen zu und befand es als eine gute Idee.

„Wenn du dir die Mühe machen willst, gerne! Alles, was du benötigst, findest du hier in der Schublade. Ich werde unterdessen etwas Nahrhaftes und eine kleine Kanne Wein besorgen, damit es dir in deiner Klausur erträglicher geht als einem Karmelitermönch."

Als Bernhardi mit dem Versprochenen zurückkehrte, sah er Auerbach in seine Arbeit versunken. Sein Kollege dankte ihm für die Labsal und vertiefte sich wieder in die Schriften.

Nachdenklich betrachtete ihn Bernhardi. Da machte sich sein Freund und Kollege an eine Arbeit, die von großer Wichtigkeit für ihn, Bernhardi, sein konnte – und das alles ohne Aussicht auf Lohn, ohne Aussicht, auch nur das Geringste von dem griechischen Text verstehen zu können, rein um der Wahrheit und der Erkenntnis willen. Solange es noch solche Kollegen gab, war noch nicht alles verloren, dachte Bernhardi. Dann verließ er das Zimmer und begab sich in seine Kammer.

Am späten Nachmittag des nächsten Tages klopfte es an der Tür von Bernhardis Haus. Hannes öffnete und ließ Friedrich von der Aue eintreten.

Leonhard empfing den jungen Studenten und führte ihn in den Speiseraum. Der Gast hatte einen bunten Blumenstrauß in der Hand, dem man die sorgfältige Auswahl auf den ersten Blick ansah. Mit einer Verbeugung begrüßte er Elisabeth Bernhardi und überreichte ihr das Bukett.

„Meine Verehrung, gnädige Frau Bernhardi. Eure Einladung betrachte ich als eine besondere Gunst und hoffe, ihr entsprechen zu können."

Zum ersten Mal seit Langem spielte wieder ein Lächeln um Elisabeths Lippen. „Ich glaube, da gibt es noch eine, die sich freut, ihre Erwartungen erfüllt zu sehen." Sie bemühte sich, nicht zu viele Regungen zu zeigen.

„Bis zum Mahl dauert es noch eine Weile, wir können uns bei einem Krug Wein schon einmal unterhalten. Nehmt doch Platz!", forderte Bernhardi seinen Gast auf.

In diesem Moment öffnete sich die Tür und Barbara trat schüchtern ein. Als ihre Eltern sie erblickten, stockte ihnen kurz der Atem. Barbara hatte für den Gast ihr schönstes Gewand angelegt, ein langes grünes Kleid mit aufwendig abgesetzten Zierstoffen und einem noch züchtigen, aber trotzdem gut sichtbaren Dekolleté. Ihre lockigen braunen Haare wurden von einem Band zusammengehalten, da sie sonst nicht zu bändigen gewesen wären. Schlagartig wurde Bernhardi bewusst, dass seine erste Tochter kein kleines Mädchen mehr war. Ihre Schönheit erfüllte ihn mit Stolz, gleichzeitig schalt er sich seiner Blindheit, dass ihm diese Seite an seiner Tochter bisher völlig entgangen war.

Friedrich, der sich gerade erst gesetzt hatte, sprang sogleich hoch, ging auf Barbara zu, verneigte sich und küsste ihre Hand. „Welch eine Freude, Euch zu sehen, Fräulein Barbara. Ich hoffe, Euer Wohlergehen entspricht Eurem wunderschönen Anblick."

Barbara errötete. „Friedrich, die Freude ist ganz meinerseits." Zu ihren Eltern gewandt, ergänzte sie: „ Danke, dass Herr von der Aue heute bei uns zu Gast sein darf."

Das war für Bernhardi aber doch zu viel der Förmlichkeit und er bat alle wieder an den Tisch. „Erzählt Ihr uns etwas von Euch und Euren Eltern?", begann der Hausherr ohne Umschweife.

„Aber natürlich. Ihr kennt mich ja ein wenig von der Universität her. Mein Vater, ein begüterter Kaufmann aus Frankfurt, hat mich zum Studium der Rechte hierhin empfohlen. Fragt mich bitte nicht nach dem Warum des Studienortes. Ich vermute, er wollte nicht, dass ich in den großen Städten wie Leipzig oder Erfurt zu sehr von meinen Arbeiten abgelenkt würde. Außerdem hat ein Freund von ihm hier am Ort ein großes Anwesen und dort konnte ich unterkommen. Allerdings habe ich inzwischen die Vorzüge dieser Universität schätzen gelernt."

Der letzte Satz ging deutlich in Richtung Barbara, die aber so tat, als hätte Friedrich seine Worte ausschließlich auf die Qualität der Lehrveranstaltungen bezogen.

„Verzeiht meine Neugier, aber was hat Euch bewogen, das Studium beider Rechte aufzunehmen?", erkundigte sich Bernhardi.

„Eigentlich entsprach es einem Wunsch meines Vaters. Ihm ist sehr an einem guten Auskommen seines Sohnes gelegen, und bei einem erfolgreichen Studium ergäben sich Anstellungsmöglichkeiten an fürstlichen Höfen. Ein Syndikus wird überall gebraucht ... und gut bezahlt", fügte er hinzu. Friedrich nahm sich vor, ab sofort die Hinweise auf seine begüterte Abstammung und die entsprechenden Aussichten einzustellen. Inzwischen dürfte ja deutlich geworden sein, dass er künftig in der Lage sein würde, eine Frau oder eine ganze Familie zu versorgen. Davon abgesehen, es lag ihm nicht allzu viel an solchen Dingen. Das wiederum war das Privileg derer, die sich darum nicht zu sorgen brauchen.

„So viel zum Willen Eures Vaters", unterbrach Bernhardi. „Aber wie steht es mit Euch selbst? Stellen Euch diese Berufsaussichten zufrieden?"

Jetzt zögerte Friedrich. „Ehrlich gesagt, bin ich mir selbst nicht sicher. Ich würde gern meinen Teil dazu beitragen, dass es auf dieser Welt gerechter zugeht. Insofern ist mein Studium sicherlich nicht verkehrt, wenn ich auch gestehen muss, dass es noch nicht zu einer wirklichen Leidenschaft gekommen ist. Denn ich bin mir durchaus nicht im Klaren, ob ich als Jurist diese Gerechtigkeit befördern kann. Seht Ihr, wie Eure gnädige Gattin ja bereits weiß, da wir an der gleichen Sache hier arbeiten, ist es schon fast aussichtslos, unser gemeinsames Ziel, die Verwirklichung einer Schule für alle Mädchen und Jungen, hier im Ort zu verwirklichen. Ausgerechnet die Juristen sind es, die dies mit immer neuen und, wie sie meinen, findigeren Argumenten zu verhindern suchen. Ich gestehe Euch gerne, dass mich deren Art, sich jedem Interesse dienstbar zu machen, oft abstößt. Es lässt mich manchmal an dieser Berufswahl zweifeln."

Bernhardi imponierte die Offenheit, mit der von der Aue ein Dilemma bekannte, in dem er sich ja auch selbst befand, nur auf einer anderen Ebene.

„Ja, Elisabeth klagt auch über die Hindernisse, die von dieser Seite immer wieder aufgetürmt werden. Wie ich sehe, ist Ihre Zukunft durchaus noch offen."

Jetzt lachte Friedrich kurz auf. „Ja, das will ich selbst wohl hoffen. Und es wäre schön, wenn die Ursache dafür nicht allein in Prüfungsschwierigkeiten liegen würde."

„Na ja, von meinen Kollegen habe ich bisher nichts Gegenteiliges über Euch gehört. Und auch in meinen Seminaren wisst Ihr Euch zurechtzufinden."

Elisabeth, die ihren Mann nur zu gut kannte, wusste, dass solch eine Bemerkung ein großes Lob für den Studenten bedeutete.

Barbara hatte die ganze Zeit geschwiegen und ihre Augen gesenkt. Friedrich, der natürlich Anstand genug besaß, das Gespräch mit seinen Gastgebern zu führen, hatte trotzdem immer wieder versucht, einen Blick von der schönen Tochter des Hauses zu erhaschen. In der Zähigkeit, dies zu vermeiden, war Barbara aber durchaus eine Bernharditochter.

Inzwischen traten die anderen Töchter der Familie etwas verlegen in die Stube und begrüßten ihren Gast. Da sie sich, bis auf die Jüngsten, ja bereits kennengelernt hatten, verlief die Begegnung weniger anstrengend, als alle befürchtet hatten.

Nach dem Mahl nahm Bernhardi Friedrich beiseite und bat ihn kurz in sein Arbeitszimmer.

„Ihr hegt ernsthafte Absichten unserer Tochter Barbara gegenüber?"

„Ich bin zutiefst beeindruckt von ihrem Geist und ihrem Liebreiz. Ich glaube, ich befinde mich in einem Zustand, der wohl mit Verliebtheit nicht falsch beschrieben wird. So habe ich einem Mädchen gegenüber noch nie empfunden."

„Ihr seid für ein offenes Wort."

„Ihr auch, wie ich sehe."

„Seid Ihr bereit, mit einer möglichen Verlobung bis zum Abschluss Eurer Studien hier zu warten?"

Friedrich empfand eine tiefe Freude über die Worte Bernhardis. Er glaubte, mit einer gewissen Berechtigung eine Akzeptanz seiner Person als Schwiegersohn herauszuhören. „Wir werden beide die Zeit nutzen, um über uns vollends ins Reine zu kommen."

„So wünsche ich Euch Erfolg bei Euren Plänen, und Ihr könnt gewiss sein, dass Elisabeth und ich einer Verbindung Barbaras mit Euch wohlwollend entgegensehen."

„Ich danke Euch für Euer Vertrauen und hoffe, dass ich Euch nicht enttäuschen werde. Ich könnte mir nichts Schlimmeres denken, als Barbara unglücklich zu sehen."

„Das mögen der Herr und ich verhindern."

Friedrich von der Aue begab sich wieder zur Familie und verabschiedete sich formvollendet. Als er Barbaras Hand küsste, zwinkerte er ihr fast unmerklich zu. Erleichtert nahm sie den Ausgang des Vieraugengesprächs zur Kenntnis.

Leonhard kehrte zu seiner Frau in die Wohnstube zurück. Er bemerkte, wie ihn nach Langem wieder einmal dieser unnachahmliche Blick Elisabeths traf, dessen Charme er sich noch nie hatte entziehen können. Und jetzt versuchte er es sogar mit einem Scherz.

„Verzeih mir, meine geliebte Herrin, ich habe es gewagt, ohne Rücksprache mit Euch eine Entscheidung zu fällen, die unsere Familie, oder besser gesagt Barbara, betrifft. Ich habe dem Herrn von der Aue ein Verlöbnis mit Barbara nach Beendigung seiner Studienzeit zugestanden und ihm ein Zeichen unseres Wohlwollens zu diesen Plänen gegeben."

„Rücksprache mit den Frauen ist leider immer noch unüblich. Ich hoffe, es werden einmal Zeiten kommen, in denen sich das ändern wird. Aber woher bist du so sicher, dass ich mit dem geplanten Verlöbnis einverstanden sein werde?" Elisabeth entließ ihren Mann nicht so schnell aus der Verantwortung.

„Weil ich dich kenne und weiß, wie sehr du mit der Wahl Barbaras einverstanden bist."

„War das jetzt wieder einer deiner akademischen Syllogismen?"

„Nein, die sind leichter. Aber ich liebe dich."

Jetzt befand Elisabeth, es sei an der Zeit, wieder zum Alltag zurückzukehren. „Du hast gewonnen. Natürlich bin ich froh über diese Verbindung. Hoffentlich wird uns der junge Mann nicht enttäuschen. Denn als gute Partie ist er sicher noch für andere Exemplare aus der Damenwelt interessant."

„Wie wäre es einfach mit einem Vertrauensvorschuss?"

Mit dieser Formel ließen die Bernhardis den Tag ausklingen.

16

Die Dechiffrierung und anschließende Übersetzung des geheimnisvollen Textes kostete Bernhardi mehr Mühe, als er zunächst angenommen hatte. Auf der anderen Seite war dies eine willkommene Gelegenheit, seinen schweren Gedanken wegen Annas Tod eine Pause zu gönnen. Nachdem er wieder einige Seiten so weit vorbereitet hatte, dass er sich auf den Inhalt konzentrieren konnte, las er weiter.

Geboren wurde ich, Heinrich von Saalfeld, im Jahre des Herrn 1399 als erster Sohn einer hochstehenden Familie in Saalfeld. Ich erhielt schon ab dem Alter von sechs Jahren intensiven Einzelunterricht durch die besten Lehrer, die meine Eltern für mich finden konnten. Man war der Meinung, mir würden eine glänzende Karriere und Ruhm bevorstehen.

In der Tat nahm ich mit großem Eifer wissbegierig alles auf, was mein kindlicher Geist zu erfassen vermochte. Früh und außerordentlich intensiv wurde ich mit der lateinischen und später der griechischen Sprache in Berührung gebracht, deren Erlernen mir erstaunlich wenig Mühe bereitete. Dies versetzte mich in die Lage, mich mit den lateinischen und griechischen Autoren der alten Zeit auseinanderzusetzen. Ohne mich der Überheblichkeit schuldig machen zu wollen, erlangte ich in diesen Wissenschaften schon frühzeitig eine außerordentliche Kunstfertigkeit, und so wurde ich für eine Laufbahn an einer Universität vorgesehen.

Bernhardi staunte über die nüchterne und emotionslose Beschreibung eines Wunderkindes. Er vermutete, dass dieser Heinrich nicht übertrieben hatte. Allerdings blieb ihm die Tatsache, dass dieser Name völlig unbekannt schien, ein großes Rätsel. Vielleicht würde sich ja bei der weiteren Lektüre seine wahre Identität offenbaren.

Während meiner Jugendjahre stellte sich ein körperlicher Mangel bei mir ein, der sich darin äußerte, dass meine Augen ihre Kraft verloren, die Worte und Buchstaben der Texte, mit denen ich mich im Übermaß beschäftigte, mit hinreichender Klarheit wahrzunehmen. Dieser Mangel verstärkte sich, und im Alter von sechzehn Jahren erschien es unausweichlich, mir eine Hilfe anzuschaffen, mit der ich weiterhin ohne Beeinträchtigung meine Studien betreiben konnte.

So fand es sich, dass mein Vater mich mit auf eine Reise nach Nürnberg nahm, eine Stadt, die durch die große Geschicklichkeit ihrer

Mechanici und Optici bekannt ist. Dort begleitete er mich in eine solche Werkstatt und ich geriet ins Staunen über die herrlichen, mir bisher völlig unbekannten Dinge, die ich dort erspähen durfte. Es gab dort Lesesteine aus Glas, mit deren Hilfe man, durch Auflegen auf die Schrift, dieselbe deutlich größer und klarer zu entziffern vermochte. Kristallglas ließ das Sonnenlicht in allen Farben funkeln, und in einer Ecke der Werkstatt wurden Glasbrocken bearbeitet. Wie mir der Meister später erklärte, wurden sie geschliffen und poliert.

Ich wurde als Empfänger eines dieser teuren Doppelgläser vorgesehen, die, durch die Nase gehalten, es mir erlauben sollten, die Worte und Buchstaben wieder in einer ähnlichen Klarheit wie früher zu sehen. Allerdings bedurfte es mehrerer Sitzungen, bis der Opticus die richtigen Gläser in die für mich zugedachte Form bringen konnte.

Bei jedem Besuch erkundigte ich mich mit immer größer werdender Neugier nach all den herrlichen Gerätschaften, die ich dort erblickte. Vor allem eines ließ mich nicht los, die Frage, wie es möglich war, mithilfe eines Glases die Dinge größer zu sehen. Wieder zu Hause, verbrachte ich jede freie Minute mit der Durchsicht der mir bekannten Texte der Alten, um zu überprüfen, was sie zu der Klärung dieser Frage beitragen konnten.

Und so fand ich bei Aristoteles Röhren beschrieben, die, wenn sie die Distanz zwischen Augen und erschautem Objekt überbrückten, diese klarer erscheinen lassen. Als ich daraufhin ein solches Rohr anfertigte, bemerkte ich nichts dergleichen, im Gegenteil, statt die Dinge heller und klarer zu zeigen, erschienen sie mir verdunkelt. Ich konnte meine Enttäuschung nicht darüber verbergen, dass der große Meister hier anscheinend geirrt habe und dieser Irrtum wohl darauf zurückzuführen sei, dass dieser selbst nicht die Probe angestellt habe, um seine Lehre zu bestätigen.

Einen anderen Weg fand ich bei Seneca beschrieben: Buchstaben, wie dunkel und klein sie auch sein sollten, sähe man durch eine mit Wasser gefüllte Glaskugel größer und heller.

Lange habe ich gebraucht, um in den Besitz einer solchen Glaskugel zu gelangen. Als ich endlich die Probe machen konnte, fand ich die Aussage des Philosophen bestätigt. Wie konnte Wasser im Glas oder Glas alleine eine solche Wirkung haben? Dieses Phänomen zu klären, würde von nun an die ganze Kraft meines Geistes in Anspruch nehmen.

Die erstaunlichste Stelle fand ich jedoch bei Roger Bacon, etwa hundert Jahre in der Zeit zurück. Er beschreibt die Wirkung zweier hintereinandergestellter konvexer Linsen, sodass Dinge, die weit entfernt liegen, nahe erscheinen und umgekehrt. Es können durchsichtige Medien so für das Auge angeordnet werden, dass wir Dinge in der Ferne sehen können. Ja, wir würden Sonne und Mond gleichsam vom Himmel herabziehen können.

Leider fand ich nichts mehr über erfolgreiche oder misslungene Versuche, diese Behauptung auch zu beweisen. Und so entschloss ich mich, mich von nun an selbst ganz der Lösung dieses Rätsels zu widmen. Sehr zum Leid meiner Eltern erstand ich immer neue Sorten von Gläsern und versuchte, ihnen alle möglichen Formen zu geben, um das Geheimnis des Größersehens zu lüften.

Darüber ergab sich ein Zerwürfnis mit meinen Eltern. Sie waren erbost, dass ich nicht mehr für die üblichen Studien zu gebrauchen sei, und versuchten, unter Androhung einschneidender Veränderungen der Umstände meines Lebens, mir meine Forschungen aus den Augen zu treiben.

Bernhardi kam hier an das Ende eines Kapitels und seines vorbereiteten Textes. Er war auf eine solche Lebensgeschichte nicht vorbereitet. Sie erfüllte auch nicht die großen Erwartungen, die er in diesen Text gelegt hatte. Was konnten Versuche mit Glas und Wasser denn Umstürzlerisches oder gar Gefährliches zur Folge haben, dachte er bei sich. Aber wenigstens konnte er Einhard jetzt schon etwas präsentieren. Dazu hatte er gleich am nächsten Tag Gelegenheit, denn sein Kollege war ohnehin bei ihm zu Gast.

„Du bist vom bisherigen Ergebnis enttäuscht?“, fragte er Bernhardi.

„Na ja, bis jetzt kann ich nichts erkennen, was den gewaltigen Aufwand der Geheimhaltung und der Verschlüsselung rechtfertigen würde.“

„Betrachten wir die Sache einmal vom anderen Ende aus“, schlug Auerbach vor. „Dieser Heinrich von Saalfeld muss seinen eigenen, unbescheidenen Worten nach ja ein außergewöhnlich begabter Meister gewesen sein. Dafür scheint er auch persönliche Nachteile in Kauf genommen zu haben. Irgendwie ist es doch seltsam, dass heute kein Mensch mehr diesen Namen kennt oder kennen will. Entweder war er völlig unbedeutend und das, was er entdeckt haben will, ist es auch. Oder aber …“ Hier stockte Auerbach.

„… oder er wurde systematisch aus dem Gedächtnis der Menschen gestrichen“, ergänzte Bernhardi den unvollendeten Satz seines Freundes.

„Jetzt aber mal langsam. Wenn dem so wäre, müssten gewisse Kreise eine enorme Anstrengung unternommen haben, um die Erinnerung an seine Person zu löschen. Aber warum nicht? Vielleicht betraf diese Tilgung nicht nur seine geistige, sondern auch seine körperliche Existenz.“

„Immerhin hat er diese Möglichkeit in seinem Vorwort ja bereits angedeutet.“

„Also, ich werde mich bemühen, schnell an die weitere Übersetzung zu gehen. Allerdings muss ich sehr vorsichtig sein. Es soll nicht nach außen dringen, dass ich viel Zeit mit etwas Mysteriösem verbringe. Das würde auffallen und mich in den Augen unseres Reinhardus’ bereits verdächtig machen.“

„Hoffentlich hast du recht.“

„Womit?“

„Dass es nur die Augen von Reinhardus sind, deren Bannstrahl dich treffen könnte.“

Betroffen schwieg Bernhardi für eine Weile.

Auerbach unterbrach die Stille: „Du musst darüber mit Elisabeth reden. Die Verantwortung für dein Tun kannst du nicht allein auf dich nehmen. Du hast dieselbe auch für deine Frau und die Kinder."

„Elisabeth kann ich zurzeit nur selten auf diese Dinge ansprechen. Sie leidet, wie du weißt, von Zeit zu Zeit an der dunklen Krankheit, der Melancholia, und mir gelingt es selten, sie ihrer düsteren Begleiterin zu entreißen. Ja, ich muss mich vorsehen, nicht selbst angesteckt zu werden."

„So wirst du versuchen, sie wieder in Gesellschaft zu bringen."

„Du kennst Elisabeth nicht, sie hat einen stärkeren Willen als ich. Ich hoffe allerdings, dass unser künftiger Schwiegersohn, dem sie sehr aufgeschlossen gegenübersteht, ihr zu einem glücklicheren Leben verhilft. Dann hätte auch ich zwei Sorgen weniger: die um meine Gattin und die um Barbara."

„Wenn du von Annas tragischem Tod redest, sprichst du immer nur von deinen Familienangehörigen. Wie geht es dir selbst damit?"

Bernhardi hatte für einen Moment Tränen in den Augen. „Je mehr ich mich um die anderen sorgen kann, desto weniger komme ich selbst dazu, mich meiner Trauer zu stellen. Das weiß ich wohl. Ich stürze mich in die Arbeit. Die Verbissenheit, mit der ich mich an die Entzifferung des Textes begebe, legt ein Zeugnis dafür ab. Vielleicht bin ich auch deshalb in Sorge, der Inhalt könnte mich enttäuschen. Ich brauche im Moment diesen Halt durch eine Aufgabe."

„Ist denn die Religion für dich kein Trost?"

Bernhardi schwieg wieder eine Weile. Dann blickte er seinen Freund direkt an. „Doch. Ich halte mich aber weniger an die Angebote der römischen Kirche, sondern mehr an die Worte der Heiligen Schrift selbst. Auch darin hat mich dieser Luther bestärkt. In Momenten, in denen ich die Worte des Paulus im fünfzehnten Kapitel seines ersten Briefes an die Korinther meditiere, überkommt mich schon ein tiefer Trost. Oder auch sein erster Brief an die Thessalonicher. Dort lese ich: Wir sollen nicht trauern wie die, die keine Hoffnung haben. Aber dann überfallen mich die Zweifel und ich merke, wie mein Schmerz nicht gelindert sein will. Verstehst du das?"

Auerbach nickte. „Die Wahrheit im Kopf muss zur Wahrheit des Herzens werden. Und der Weg dahin ist dornig, und manchmal scheint er zutiefst verschlossen."

„Du kennst diese Trostlosigkeit auch?"

„Ja. Und mich hat sie nie wieder losgelassen. Aber davon erzähle ich dir ein andermal ... Keine Sorge, mir geht es gut, ich bin im Grunde ein fröhlicher Mensch. Aber es gibt tief in meinem Innern eine Stelle, die ist und bleibt dunkel. Möge Gott mir auch diese einmal erhellen."

Bernhardi sah seinen Kollegen erstaunt an. Diese Seite an ihm kannte er noch nicht. Er wünschte sich sehr, er hätte auch etwas von dieser anscheinend sehr gesunden Art, mit den eigenen Abgründen umzugehen. Aber er spürte sogleich, dass es eine Illusion wäre, zu glauben, man könne die Lebensrezepte eines anderen unbesehen übernehmen.

„Also, lieber Freund, beenden wir unser Gespräch für heute. Sobald ich ein Stück weitergekommen bin, werde ich dir meine Ergebnisse vorstellen. Dann hast du eine gute Gelegenheit, mir nicht nur Proben von deinem alchemistischen Gebräu im Keller anzubieten, sondern auch etwas von den anderen Schätzen, die du dort wohl gehortet haben wirst."

„Ich werde gewissenhaft meine Bestände an guten Tropfen durchforsten und bin sicher, etwas Geeignetes zu finden. Bring doch Elisabeth einfach mit. Etwas Abwechslung in meiner Gruselkammer könnte vielleicht zu ihrer Erheiterung beitragen."

„Ich werde es versuchen." Damit endete der Abend.

17

„Nun, hat sich der Verdacht bestätigt?"

Die Stimme des vornehm gekleideten Mannes mittleren Alters klang hart in dem abgedunkelten Raum.

„Ja. Nach allem, was wir in Erfahrung bringen konnten, sind Dinge ans Licht gekommen, die besser für immer im Verborgenen geblieben wären und von denen wir glaubten, sie stellten keine Gefahr mehr da."

„Überlasst die Bewertung uns."

„Selbstverständlich." Der junge, wie ein Student gekleidete Herr wusste nur zu gut, dass er nicht der war, der Entscheidungen zu treffen hatte. Also bevorzugte er eine demütige Haltung.

„Was ist mit Bruder Konrad?", fragte die Stimme unerbittlich weiter.

„Er ist ein eifriger Klosterbruder. Aber sein Ausbruch von damals scheint tatsächlich im Zusammenhang mit dem Wiedererscheinen der großen Verblendung zu stehen."

„Dann darf er keine Gelegenheit mehr erhalten, sein Schweigegelübde brechen zu können. Ihr wisst, was zu tun ist?"

Der Gefragte zögerte. „Jawohl … aber verstößt das nicht gegen das fünfte Gebot?"

„Das fünfte Gebot spricht vom ungerechtfertigten Töten. Wenn die Ehre Gottes es verlangt, kann dieses Gebot nicht in Anspruch genommen werden. Im Gegenteil, es darf niemals verhindern, dass die Anhänger Satans einen Sieg davontragen. Versteht Ihr das?"

„Ja."

„Dann bedenkt, dass nicht nur die Heilige Kirche hierüber so geurteilt hat, wie ich es Euch sage. Auch die weltliche Gewalt tut es, da sie in der Verantwortung steht, jegliche Auflösung der

Ordnung, die von Gott eingesetzt ist, mit allen Mitteln zu verhindern. Und wie Ihr wisst, sind ihr diese Mittel nicht umsonst gegeben. Ihr tut ein gottgefälliges Werk – und der weltliche Arm wird es Euch lohnen."

„Mir reicht schon, nicht mit Strafe rechnen zu dürfen."

„Ihr zweifelt?"

„Ich zweifle nicht an der Rechtmäßigkeit dessen, wozu Ihr mich beauftragt habt. Ich zweifle nur, dass die weltliche Macht genauso urteilt."

„Ich vertrete die weltliche Macht. Ich musste sogar die geistlichen Herren drängen, ihrer Verantwortung nachzukommen. Was dabei herauskommt, wenn wir zu lange zögern, sehen wir in der Sache Luthers. Das darf und wird nicht noch einmal geschehen. Entscheidet, ob Ihr Euren Teil zum gottgefälligen Werk beitragen wollt. Ein vollkommener Ablass ist nur ein Teil des Lohnes, der Euch im Falle eines Erfolges erwartet."

„So sei es denn. Was ist im Falle der beiden Professoren zu tun? Ich befürchte, noch nicht genügend Beweise in den Händen zu haben, dass sie an der Wiedererstehung der großen Verblendung arbeiten."

„Beobachtet und meldet alles. Noch scheint wenig auf eine wirkliche Arbeit an der großen Verblendung hinzuweisen. Bernhardis Verhalten lässt sich durch den Tod seiner Tochter erklären. Wir müssen aber auf der Hut sein. Die Wahrscheinlichkeit, dass es dieser Bernhardi war, den Bruder Konrad aufgesucht hat, ist recht groß. Außerdem scheint mir der Gelehrte seltsam passiv geworden zu sein, was die Kritik am lutherischen Unwesen angeht. Ihr habt jederzeit Gelegenheit, Euch selbst davon zu überzeugen. Und jetzt geht, wir sind schon viel zu lange zusammen."

„Wie Ihr befehlt."

„Ach noch etwas. Hier – zur Abgeltung Eurer Ausgaben für das Studium." Damit überreichte er seinem Gegenüber einen Beutel voller Münzen.

Nach einigen Tagen ließ sich Elisabeth Bernhardi tatsächlich dazu überreden, einen Besuch bei Auerbach zu machen. Leonhard hatte große Mühe gehabt, seine Frau aus ihrer Lethargie zu reißen, aber letztlich hatte sie nachgegeben. Nun standen sie vor Auerbachs Haustür, und nach kurzem Klopfen öffnete ihnen der Hausherr.

„Wie schön, euch beide hier zu sehen!“ Und zu Elisabeth gewandt fuhr er fort: „Meine Verehrung, gnädige Frau, ich bin mit Stolz erfüllt, durch Euer Erscheinen mein kleines Anwesen in einem besonderen Glanze zu sehen.“

Leider erreichte diese Bemerkung nicht ihr gewünschtes Ziel, Elisabeths Stimmung zu erhellen.

„Das freut mich, Meister Auerbach, wenngleich ich diese Hochachtung gegenüber meinem Geschlecht leider nur in höflichen Formen, aber so gut wie nie im öffentlichen Leben bestätigt finde.“

Bernhardi zuckte zusammen. Da war es wieder, dieses ungeheure Selbstbewusstsein Elisabeths, das in letzter Zeit durch ihre große Trauer und Bitterkeit gefiltert war. Dabei hatte sie recht: Nicht zuletzt die Gegenwehr der Bürger gegen eine Schule für alle Mädchen und Jungen war sichtbarer Ausdruck für die fehlende Wertschätzung des Weiblichen. Was wollten die Frauen mit Schreiben und Lesen, Rechnen und Logik? Am Herd und in der Stube waren diese Fähigkeiten doch eher hinderlich. So dachten die meisten. Man hielt den Damen zwar die Tür auf, aber der Zutritt zu öffentlichen Ämtern war ihnen verwehrt. – Trotzdem war es Bernhardi peinlich. Er befürchtete, sein Freund wäre vielleicht irritiert über diese Zurechtweisung. Darin sollte er sich allerdings täuschen.

„So ist es“, erwiderte Auerbach freundlich. „Wenn es nur mehr Damen wie Euch gäbe, dann würde sich daran etwas ändern.“

„Es gibt sie, man muss sie nur lassen.“ Elisabeth gab keine Handbreit nach.

Bernhardi fasste sie leicht am Handgelenk.

„Einhard, wir müssen aber jetzt an der Tür keine Disputation beginnen, oder?"

„Aber nein, verzeiht! Ich hätte Euch schon längst hereinbitten sollen. Willkommen!"

Zunächst führte Auerbach seine beiden Gäste durch das Haus, das Elisabeth bisher nicht kannte. Sie nahm alles wortlos zur Kenntnis, nur der Keller beeindruckte sie so sehr, dass sie einen Ausruf des Erstaunens unterdrücken musste.

„Kommt, heute Abend ist keine Zeit für Experimente. Ich habe für uns etwas zur Labsal vorbereitet." Auerbach führte die beiden wieder nach oben.

„Auch ich habe dir etwas mitgebracht." Verschmitzt lächelnd zog Bernhardi eine kleine Rolle aus dem Ärmel und breitete sie vor ihm aus. „Der nächste Teil des Manuskriptes."

„Oh, das verspricht ein wundersamer und hoffentlich erkenntnisreicher Abend zu werden." Einhard schien sich auf den Inhalt zu freuen, aber dann unterbrach er sich: „Lieber Leonhard, bevor wir das zu lesen bekommen, möchte ich noch eine Sache ansprechen, die mich nicht loslässt."

„Sprich."

„Kann es sein, dass zwischen der Gruppe, die durch beide Herren Praetorius in Magdeburg vertreten wird, und unserem Heinrich von Saalfeld irgendeine Verbindung bestanden hat? Oder besser gesagt: bestanden haben muss?"

Bernhardi runzelte die Stirn. „Was meinst du mit der Gruppe um Praetorius?"

„Keine Sorge, erst einmal nehme ich nicht an, dass es sich dabei um etwas Geheimnisumwittertes handelt, eher um eine Art akademischen Spaß. Ich meine die seltsame Art der Verschlüsselung unseres Dokumentes. Es ist doch geradezu unwahrscheinlich, oder wenigstens mir nicht bekannt, dass außerhalb des Praetoriuskreises irgendjemand diesen leichten und gleichzeitig doch komplizierten Schlüssel gekannt haben soll."

„Das eröffnet zwei Möglichkeiten."

„Sag schon, du alter Logiker."

„Entweder sie kannten sich zufällig, weil sie alle Interesse an solchen gebildeten Spielereien hatten – oder es gab tatsächlich einen konspirativen Kreis, über den niemand mehr reden will."

„Es gibt noch eine dritte Möglichkeit." Elisabeth mischte sich in das Gespräch ein.

Überrascht wandten sich die beiden ihr zu.

„Sie hatten überhaupt keine Kenntnis voneinander und die seltsame – wie ihr es nennt – Art der Verschlüsselung geht auf eine andere Quelle zurück, die zufällig beide gekannt haben."

Auerbach lief rot an und versuchte, seine Worte zu sortieren: „Ähem, ja natürlich. Vielleicht ist sogar ein vergessener griechischer oder lateinischer Autor vorhanden, der sich mit so etwas beschäftigt hat. Und den könnten beide unabhängig voneinander studiert haben. Wie töricht von mir, dies außer Acht gelassen zu haben."

Wer Elisabeth gut kannte, bemerkte den Anflug eines Lächelns in ihren Mundwinkeln. Bernhardi brummte zwar, war aber innerlich sehr stolz auf seine Frau.

„Meine Gattin liefert immer gleich den Beweis, wie berechtigt ihre Kritik an den Zeitumständen ist." Mehr wollte er dazu nicht sagen. Dann fuhr er fort: „So lasst euch von den nächsten Zeilen überraschen ... Liese, du kennst den Inhalt ja auch noch nicht."

Und so begann Bernhardi, eine weitere Passage seines Textes vorzulesen.

Es ist mir nicht möglich, die vielen Stunden zu zählen, die ich verbrachte, um alle möglichen Eigenschaften der Gläser, die mir zur Verfügung standen, zu untersuchen und die Ergebnisse festzuhalten. Am meisten behinderte meine Forschungen die Tatsache, dass es so gut wie gar nicht möglich war, Gläser von gleichbleibender Güte zu besorgen. Nur so wäre ich schneller imstande gewesen, die Erkenntnisse, die ich mit dem einen Glase gewann, an dem nächsten zu erweitern. Obwohl das Nürnberger Glas in der Güte das der meisten anderen übertraf, erschien mir die Reinheit desselben nicht ausreichend zu sein, um in der Frage nach der praktischen Verwendbarkeit, um ferne Gegenstände nahe zu sehen, weiter voranzuschreiten.

Eines Tages erhielt mein Vater Besuch eines Handlungsreisenden aus Venedig. Um seine Geschäfte auch auf Waren aus dieser Gegend auszudehnen, hatte dieser einige Proben venezianischer Güter mitgebracht. Zu meinem Glücke fanden sich dabei einige Proben der Glashütte von Murano, die mir eine besondere Reinheit zu zeigen schienen. Ich erhielt die Erlaubnis, diese Stücke genauer untersuchen zu dürfen, indem ich eine Bestellung dieses Glases in Aussicht stellte.

Meine Examination ergab, dass diese Gläser bedeutend weniger Unebenheiten und Lufteinschlüsse enthielten als die, die ich bisher zur Verfügung hatte. Meine Versuche hatten nämlich gezeigt, dass die Deutlichkeit der Gegenstände, die man durch diese Gläser erblickte, von der Reinheit des Materials abhing.

Mein Vater, der meiner Beschäftigung ohnehin mit großem Unwillen gegenüberstand, verbot mir den geschäftlichen Umgang mit dem venezianischen Händler. Mir gelang es jedoch, ihn beiseitezuziehen und ihn um die Übersendung einiger gewünschter Proben zu bitten. Dafür wandte ich den größten Teil meiner Ersparnisse auf. Ein halbes Jahr später hatte ich das Gewünschte zur Hand und war nun in der Lage, durch intensives Forschen immer genauer die Umstände bestimmen zu können, unter denen man die Gegenstände in der Ferne größer sehen konnte.

Inzwischen hatte ich meine Leidenschaft vor meinem Vater verbergen können und unter der Vorgabe, meine Studien zu vervollkommnen, schrieb ich mich an der Universität zu Paris ein. So erhielt ich weiter mein Auskommen durch Sendungen meines Vaters, ohne in Gefahr zu geraten, er könne bemerken, womit ich mich in der Hauptsache beschäftigte.

Auerbach unterbrach die kleine Lesung. „Damit dürfte zumindest klar sein, warum dieser Heinrich von Saalfeld hier und an der Universität gänzlich unbekannt ist."

„Jawohl", ergänzte Bernhardi, „er hat sich in Paris nicht sonderlich um theologische, philosophische oder juristische Studien bemüht, folglich hat er auf diesen Gebieten nichts zur Erkenntnis beigetragen und ist darum hier völlig unbekannt."

„Mut hat er ja gehabt, sich so ganz gegen den Willen des Vaters zu stellen und sich nicht von seinem Vorhaben abbringen zu lassen", ergänzte Elisabeth.

Bernhardi fuhr fort:

Die Form der Gläser, das bemerkte ich bald, hatte entscheidenden Einfluss auf die Möglichkeit der Vergrößerung, die durch das Glas zu erzielen war. Das, was ich hier in Kürze schildere, ist das Ergebnis meiner jahrelangen Bemühungen, dem Geheimnis der Wirkungen des Glases auf die Spur zu kommen. Im Nachhinein scheint es mir, dass alle Mühen dem Vergessen anheimfallen, wenn eine einzige glückliche Stunde uns zum Ziele führt. Und diese Stunde ward mir gewährt. Der Kürze halber berichte ich nur von dem Ergebnis, aber nicht mehr von den Qualen auf dem Wege dahin.

Zwei grundsätzliche Formen der Gläser erzielten das gewünschte Ergebnis. Zum einen eine Form, welche schon bei den alten Griechen als konvexe, also nach außen gewölbte Linse bezeichnet wird, und zum anderen eine konkave, bei der die Wölbung nach innen angefertigt ist. Mithilfe dieser einzelnen Linsen erreichte ich das gewünschte Ergebnis, ferne Dinge näher sehen zu können. Aber, wie ich feststellen musste, war das Ergebnis nicht so weit zufriedenstellend, als es zeigte, dass das erzeugte Abbild noch recht unscharf war und vor allen Dingen nur dann einzutreten pflegte, wenn das Auge sehr genau in die bestmögliche Relation zur Linse gebracht werden konnte. Weitere Versuche mit einer Röhre, in die ich die Linse steckte und somit dem Auge am anderen Ende eine gut fixierte Einblickposition gab, hielten den Erwartungen nicht stand.

Schon verzweifelt und fast der Aufgabe nahe, sah ich eines Abends, die Unordnung auf meinem Experimentiertische betrachtend, je eine konvexe und eine konkav gekrümmte Linse beieinanderliegen. Ich weiß bis heute nicht, welche gute Macht mich dazu brachte, beide Linsen hintereinander zu halten und das Ergebnis zu erforschen. Und siehe da: Wenn man die Anordnung so herstellt, dass die konvexe Linse dem zu betrachtenden Gegenstande zugewandt ist und das Auge diese Linse durch die Konkave anvisiert, so ergibt sich ein klarer Blick auf den Gegenstand, der nunmehr um etliches näher gerückt scheint. Sofort baute ich eine Röhre, die beide Linsen in entsprechender Zuordnung fixierte. So hatte ich nach nahezu fünfzehn Jahren Arbeit mein erstes Sehgerät erschaffen, das wirklich in der Lage war, auch dem ungeübten Auge ferne Gegenstände näher zu bringen.

Hier endete der von Bernhardi vorbereitete Textteil. Auerbach, der dem Vortrag wie gebannt gefolgt war, konnte nicht an sich halten.

„Hast du verstanden, lieber Leonhard, was das bedeutet?“

„Ich bin mir nicht sicher. Wie es scheint, ist ihm da eine große Entdeckung gelungen. Wie aber kommt es, dass diese bis heute unbekannt ist? War er vielleicht ein Wichtigtuer und seine Erfindung weniger brauchbar, als er uns zu verstehen geben wollte?“

„Oder bedeutet es, dass diese Erfindung von seinen Zeitgenossen für so gefährlich gehalten wurde, dass sie verschwinden musste?“, fügte Elisabeth hinzu.

„Deine Gattin stellt scheinbar mühelos die richtigen Alternativen und beweist damit die Gültigkeit ihrer vorherigen Bemerkungen.“

Elisabeth errötete leicht.

Bernhardi war nicht so schnell bereit, solche ungeheuerlichen Konsequenzen zu akzeptieren. „Vielleicht bleiben wir erst einmal beim Text. Ist so ein Apparat überhaupt möglich? Gibt es etwas Vergleichbares, das in der Naturphilosophie schon einmal in Erwägung gezogen wurde?“

„Mir ist, außer bei den Lesehilfen, nichts davon bekannt“, bemerkte Auerbach.

„Und du solltest es ja eigentlich wissen“, erwiderte Bernhardi trocken.

„Halten wir zunächst fest: Hier wird eine Entdeckung beschrieben, die ungeahnte Möglichkeiten eröffnet, die aber aus uns unbekannten Gründen nicht weiterverfolgt wurde. Vielleicht – wenn wir denn einer Verschwörung das Wort reden wollen – ist ihre Ausführung auch verhindert worden.“

„Ja, lieber Leonhard, das ist der Stand unserer Erkenntnis. Aber eines ist jetzt schon klar: Wir haben es mit einer großen Entdeckung zu tun, und allein das rechtfertigte nicht nur den Aufwand des Schreibers, sondern auch unsere – oder besser *deine* – Mühen, dieser Entdeckung nachzuforschen. Ich bin übrigens sehr gespannt darauf, zu erfahren, ob dieser Heinrich von Saalfeld seine Erfindung irgendjemandem mitgeteilt hat.“

„Allerdings. Aber dazu werde ich wieder ein paar Stunden in meinem Verlies zubringen müssen, um mit der Übersetzung der Handschrift fortzufahren. Sobald mir dies gelungen ist, treffen wir uns wieder.“

Auerbach erhob sein Glas: „Liebe Freunde, ich hoffe, ich darf Euch und dich so nennen … Möge nicht nur die Arbeit an unserem geheimnisvollen Text, sondern auch die Freude an der Weisheit und am Leben wieder zunehmen, mögen unsere Freundschaft und das gegenseitige Vertrauen beständig wachsen …“ Elisabeth zugewandt, fuhr er fort: „Möge auch die Lebensfreude nach dunklen Tagen wieder in unsere Gegenwart einkehren!“

Jetzt war Elisabeth es, die ihrem Mann zuvorkam: „Ihr dürft mich getrost Elisabeth nennen, es würde mich freuen. Danke für Eure guten Wünsche. Wie mir Leonhard im Vertrauen mitteilte, deutetet Ihr auch einen Schmerz an, der Euer Leben verdunkelt hat."

„Elisabeth!", entfuhr es Bernhardi.

„Nein, lass nur Leonhard. Elisabeth, Ihr habt vollkommen recht. Zur Freundschaft gehört es auch, das Leid einander zu offenbaren und damit zu teilen. Ich bewundere Euch, Ihr habt den Mut, das, was andere oft lauthals nur mit Worten beschwören, auf seine Tragfähigkeit zu prüfen, indem Ihr es anwendet. Das ist selten. Und Ihr nehmt auch keinerlei Rücksicht auf die möglichen Folgen für Euch. Ihr habt meinen Anspruch auf Freundschaft ernst genommen – und so will ich auch nicht ausweichen."

Bernhardi war wie erstarrt. Zuerst wollte er seine Frau tadeln wegen ihrer allzu direkten Art des Gesprächs mit Auerbach. Dann spürte er aber, dass sich hier etwas Besonderes abspielte. Elisabeth versuchte herauszufinden, ob sie in ihrem Gespräch nur förmliche Gemeinplätze ausgetauscht hatten oder ob echte Empfindungen dahintersteckten. Den Mut hätte er nicht gehabt.

Auerbach fuhr fort, und es schien, dass die Gelegenheit, auch über seinen Schmerz einmal reden zu können, eine große Erleichterung für ihn war: „Es sind schon mehr als drei Jahrzehnte verflossen. Ich war ein junger Mann, noch im Studium und ohne Aussicht auf eine lukrative Anstellung. Meine Eltern lebten in ärmsten Verhältnissen. Das Studium hätten sie, trotz aller Mühe, nicht finanzieren können. Wir alle arbeiteten von früh bis spät und ich machte sogar Schulden, um die Einschreibegebühr an der Universität zu bezahlen. In dieser Zeit verliebte ich mich in ein Mädchen, und ich darf ohne Übertreibung sagen, dass ihre Gefühle mir gegenüber auch echt und tief waren.

Ein solches Glück hatte ich vorher nicht gekannt. Die Welt schien verändert, alle Schwierigkeiten in Leichtigkeit verwandelt, und mein Leben erhielt eine Daseinslust, wie ich sie nie wieder erleben sollte.

Leider ergab es sich, dass ihre Eltern, von sehr vermögender Herkunft, mit unserer Verbindung nicht einverstanden waren. Unserer Liebe tat das keinen Abbruch, jedoch unsere Beziehung blieb nicht geheim. Der Vater ließ mich durch eine Horde angeworbener Tölpel fast zu Tode prügeln, und meine Liebste wurde vor die Wahl gestellt, einen Kandidaten zu heiraten, den die Eltern für sie bestimmt hatten, oder ins Kloster einzuziehen. Oh, diese Leiden waren nicht zu beschreiben."

Die Bernhardis bemerkten, wie Auerbach nur mit Mühe seine Tränen unterdrücken konnte.

„Am Abend vor der geplanten Hochzeit flohen wir aus der Stadt. Mit nichts als dem, was wir bei uns trugen, gelang uns die Flucht. Trotz allem Mangel, den wir litten, waren wir vom Glück beseelt und begannen voller Hoffnung ein neues Leben. Ich will und kann jetzt nicht die Freuden dieser Zeit schildern, es tut noch zu weh. Darum mache ich es kurz: Ein halbes Jahr nach unserer Heirat, die wir unter vielen Mühen erreichen konnten, denn unsere Eltern durften ja nichts erfahren, hielt der Schwarze Tod Einzug in unser Asyl, und das Liebste, das ich hatte, wurde mir genommen. Wenige Wochen noch, und wir wären selbst Eltern geworden."

Auerbach verstummte.

„Und du hattest seither nie wieder den Gedanken, eine neue Beziehung einzugehen?" Bernhardi versuchte, die Stille zu überbrücken.

„Nein, nie wieder. Sicher gab es Gelegenheiten, vor allem nach meinem unerwarteten Aufstieg, mich wieder zu binden. Aber nichts hätte dem Zauber der ersten Liebe auch nur nahekommen können." Jetzt lächelte Auerbach wieder. „Tja, und so bin ich der eigenbrötlerische Eremit geworden, den Ihr jetzt vor Euch seht."

„Ich danke Euch für Eure Offenheit und für den Mut, Euch auszusprechen." Elisabeth blieb erstaunlich formell, aber Bernhardi wusste, dass seine Frau diesen Selbstschutz jetzt brauchte.

Der Abend wurde kurz darauf beschlossen. Man verabredete sich, mit aller Kraft den geheimen Text weiter zu entschlüsseln und sich bei Neuigkeiten sofort zu informieren.

18

Am frühen Nachmittag des folgenden Tages klopfte es an der Pforte des neuen Franziskanerklosters. Der Gast, der um Einlass bat, trug einen langen Mantel, dessen Kapuze tief ins Gesicht gezogen war. Der Bruder, der den Pförtnerdienst versah, öffnete und fragte nach dem Begehr des Fremden.

„Ich wünsche in einer dringenden Angelegenheit Bruder Konrad zu sprechen."

„Das ist ohne vorherige Genehmigung durch den Prior nicht möglich. Bruder Konrad lebt in strenger, selbst gewählter Klausur."

„Das ist mir bekannt. Trotzdem muss ich ihn unverzüglich sprechen."

Der Unbekannte nestelte ein Schriftstück aus seinem weiten Mantel und überreichte es dem Pförtner. Als dieser das Siegel bemerkte, erbleichte er und ließ den Fremden ein. Vor lauter Überraschung vergaß er völlig, nach dem Namen des Besuchers zu fragen. Er geleitete den Gast durch die langen Flure des Klosters. Als sie eine niedrige Tür erreichten, ließ er den Fremden allein davor zurück.

Er klopfte hart und laut. „Bruder Konrad. Ich muss Euch sprechen. Es ist dringend."

„Wer ist da?", ertönte es aus dem Inneren der Kammer.

„Ein Besucher, den Ihr bereits erwartet haben dürftet."

„Ich erwarte niemanden."

„O doch, wir müssen über unseren Kontrakt sprechen."

„Was für einen Kontrakt?"

„Bruder Konrad, zum letzten Mal, öffnet die Tür! Ich vertrete die große Hüterin, genau die, die mit Euch damals den Kontrakt schloss. Solltet Ihr nicht öffnen, so werde ich dafür sorgen, dass Ihr noch heute der peinlichen Befragung unterworfen werdet. Wie Ihr wisst, öffnet sich dem weltlichen Arm auch dieses Kloster."

Dann war es für einen Moment still. Aus dem nahe gelegenen Kirchenschiff drang leise der Klang eines gregorianischen Chorals. Das „*Kyrie eleison*" war deutlich zu hören. Dann wurde die Türe langsam und, wie es schien, sehr vorsichtig geöffnet. Das „*Christe eleison*" schwebte sachte über den Kreuzgang und erreichte die kleine Kammer. Der Fremde trat ein und schloss die Tür hinter sich. „*Kyrie fons bonitatis*" schloss sich zaghaft an.

„Wer seid Ihr?", fragte ängstlich Bruder Konrad.

„Das tut nichts zur Sache. Ihr erinnert Euch an den Kontrakt, den Ihr mit der großen Hüterin damals abgeschlossen hattet und der Euch ein Leben in stiller Klostergemeinschaft ermöglichte?"

Bruder Konrad spürte, dass es für ihn kein Entrinnen gab. „Ich erinnere mich."

„*Kyrie rex genitor*" erfüllte die Räume.

„Dann wisst Ihr auch, dass die große Hüterin ihre Verpflichtungen eingehalten hat."

„Ich weiß."

„*Alme Pater*“ erklang sanft und in wiegenden Tönen.

„Was man von Euren Verpflichtungen nicht behaupten kann!“

„Inwiefern nicht?“

„*Dominator Deus.*“

„Ihr habt Euer Kloster verlassen und Eure Kenntnis von der großen Verblendung nicht für Euch behalten.“

„Ich habe nichts verraten. Ich wollte nur wissen, was in der Welt draußen vor sich geht!“

„*Splendor aeterne.*“

„Ihr konntet auch nichts verraten. Aber durch Eure Zeugenschaft wird es als erwiesen gelten, dass die große Verblendung einmal die Welt in Brand zu setzen drohte. Sie wurde dem Vergessen entrissen.“

„Aber wenn, dann doch nicht durch mich“, Bruder Konrad sprach schneller. Sein hastiger Atem verbreitete sich in der kleinen Kammer.

„*Firmator sancte.*“

„Nicht durch Euch, aber mit Euch als einzigem noch lebenden Zeugen, der denjenigen, der die große Verblendung ins Werk gesetzt hat, gekannt hat. Und vergesst Euren abendlichen Ausflug aus dem Konvent nicht. Damit hattet Ihr Euren Kontrakt bereits gebrochen. Es lohnt sich nicht, dies abzustreiten. Wir hatten so etwas nie völlig ausschließen können und dem Prior Anweisung gegeben, Euch in einem solchen Falle unbemerkt begleiten zu lassen. Nun kann die große Verblendung aufs Neue versuchen, die Welt zu vergiften. Ihr macht uns mit Eurem Verhalten Mühe.“

Bruder Konrad schwieg betroffen.

Der Unbekannte fuhr fort: „Woher habt Ihr gewusst, dass Magister Bernhardi etwas von der großen Verblendung in Erfahrung zu bringen schien?“

„Bruder Remigius hatte mir unvorsichtigerweise sehr genau

beschrieben, was bei der Besichtigung der alten Klosterfunde ans Tageslicht befördert worden war. Daraus konnte ich mir alles zusammenreimen."

Der Besucher dachte kurz nach. „Tja, obschon es sehr interessant wäre, zu erfahren, wie die große Verblendung wieder zum Leben erweckt wurde ... Letzten Endes kommt es darauf auch gar nicht an." Er sah sich um und trat hinüber zu Bruder Konrads einfacher Schlafstätte. Sie bestand aus einer armseligen, mit Stroh gefüllten Matratze. Nur ein kleines Kissen zur Erleichterung für die Altersbeschwerden des Bruders lag als ein verzeihlicher Luxus am Kopfende. Kurz entschlossen ergriff der Fremde das Kissen, und nachdem er in einem plötzlichen Ausbruch von Gewalt Bruder Konrad auf sein Lager gezerrt hatte, drückte er ihm das Kissen aufs Gesicht. Es dauerte nicht lange, bis Bruder Konrad sich nicht mehr rührte.

Der Fremde warf das Kissen in eine Ecke, überzeugte sich noch einmal kurz, dass keinerlei Atmen des alten Bruders mehr zu spüren war, und verließ dann eilends die Kammer.

„*Christe eleison*", erscholl es aus dem Kirchenschiff.

Auf dem Weg nach draußen kam er wieder an der Pforte vorbei. „Gebt dieses Schreiben dem Prior Johannes von Cleve. Unverzüglich."

„Ich bin schon auf dem Wege."

Der Fremde sah dem Pförtner kurz hinterher, dann bemühte er sich, unauffällig das Kloster zu verlassen.

„*O Pater excelse*", ertönte es noch eine ganze Weile, dann brach der Gesang abrupt ab.

Barbara Bernhardi und Friedrich von der Aue spazierten durch die Gärten und Wiesen, die ein beliebter Treffpunkt für Verliebte waren. Hier fand sich immer ein Plätzchen, um ungestört miteinander sprechen zu können. Sogar Personen, die es nicht wagen durften, sich öffentlich zusammen zu zeigen, trafen sich hin und wieder in dieser Grünanlage unweit des neuen Franziskanerklosters. Vorsichtig, wie zufällig, berührten sich die Hände der beiden.

„Meinst du, dass es richtig ist, dass wir uns um diese Zeit hier aufhalten?", fragte Barbara leise.

„Aber natürlich, es ist doch erst Nachmittag, und ich habe deiner Mutter versprochen, auf dich achtzuhaben. Ich glaube sogar, es entspricht ihrem Wunsch, dass wir Gelegenheit haben, miteinander zu sprechen und uns über uns klar zu werden. Ich bin immer wieder erstaunt über die Klugheit deiner Mutter. Ganz entgegen den üblichen Gepflogenheiten lässt sie solche Treffen ohne Aufsicht zu. Ich glaube fast, sie ist der Meinung, dass es für eine Beziehung, die für die Ewigkeit angelegt ist, besser ist, sich vorher ausreichend zu begutachten. Nachher ist es zum Umtausch meist zu spät …"

„Friedrich!"

„Verzeih, ich habe nur schalkhaft ausgedrückt, was in ernster Fassung etwa so lauten müsste: Wie sollen sich denn zwei Menschen eine lebenslange Bindung versprechen, wenn sie sich kaum kennen? In aller Zucht natürlich. Wenn sie so etwas laut sagte, würde sich die Frau des Magisters Bernhardi außerordentliche Schwierigkeiten einhandeln. Also handelt sie einfach, ohne groß zu diskutieren, was ohnehin nur den gegenteiligen Effekt hätte.

Liebe Barbara, wenn unsere Pläne der Vollendung entgegengehen, dann gewinne ich nicht nur die beste Frau, die ich mir vorstellen kann, und du hoffentlich einen Mann, der deiner würdig ist … Nein, ich erhalte dann auch eine Schwiegermutter, von deren Klugheit und Weisheit jeder nur profitieren kann, wie du an deinem Vater, den ich auch sehr schätze, feststellen kannst."

Barbaras Augen blitzten schalkhaft: „Aber du wirst schon mich heiraten wollen und nicht meine Mutter, oder?"

„Ich würde dich auch zur Frau nehmen wollen, wenn du ein mittelloses Findelkind wärest."

„Friedrich, ich weiß nicht, was ich machen soll. Auf jede Frage findest du eine passende Antwort. Ich kann mich deiner Worte nicht erwehren, aber ich glaube, ich will es auch gar nicht."

Beide schlenderten den mit Kieseln bestreuten Weg weiter, ihre Schritte erzeugten ein leichtes Knirschen. Die Mittagshitze hatte sich etwas gelegt und beide schwiegen zufrieden.

Barbara hörte es als Erste: Hinter ihnen kam in schnellen Schritten jemand genau auf sie zu. Durch das Geräusch der Kiesel wurde jetzt auch Friedrich aufmerksam. Neugierig drehten sie den Kopf, um zu sehen, wer sich ihnen da so ungestüm näherte.

Ein hochgeschossener, anscheinend junger Mann in einem langen Mantel und mit hochgezogener Kapuze eilte im Laufschritt an ihnen vorbei. Er rempelte Friedrich ein wenig an, murmelte: „Verzeiht!", und verschwand in einem der Seitenwege der botanischen Anlage.

„Was war das denn?" Barbara blickte erstaunt in die Richtung, in die der Unbekannte verschwunden war.

„Da hat es aber einer ungewöhnlich eilig", antwortete Friedrich. Er ließ seinen Langdolch wieder sinken, nach dem seine Hand automatisch gegriffen hatte. „Warte mal ... Die Stimme, die Statur, das Gesicht ... Dieser Mann kommt mir bekannt vor. Ja, natürlich: Alles trifft auf den Kommilitonen Maximilian Hartung zu. Was hatte der denn hier so Eiliges zu besorgen?"

„Ich dachte, Studenten hätten es nur auf dem Weg ins Gasthaus so eilig", frotzelte Barbara zurück.

„Na ja, dann siehst du in mir hoffentlich eine rühmliche Ausnahme. Ich eile nämlich, statt in die Wirtshäuser zu gehen, mein Studium zu beenden. Und darüber wollte ich auch noch mit dir sprechen, liebste Barbara. In zwei Jahren längstens, so meine Hoffnung, werde ich mit meiner Promotion die Studien beendet haben. Und dann, egal, wo es sein wird und als was ich meinen Unterhalt verdienen werde, dann gibt es nur noch einen Wunsch für mich, nämlich dich als meine liebe Frau heimzuführen."

Dieser mehr oder weniger offene Heiratsantrag ließ Barbara die kurze Begegnung mit dem Fremden schnell vergessen. „Welch eine lange Zeit. Aber ich sehe ein, dass es sein muss."

Hand in Hand näherten sie sich wieder dem Hause der Bernhardis.

Leonhard Bernhardi saß unterdessen in seinem Arbeitszimmer. Er hatte einen weiteren Teil seines Textes übersetzt, dessen Entzifferung nicht leichter geworden war. Die vielen Spezialausdrücke erforderten oftmals eine mühevolle Recherche nach einem adäquaten Ausdruck. Dass er noch nicht genau wusste, wohin sich alles bewegen würde, erschwerte die Aufgabe zusätzlich.

Nach langer Zeit des Ausprobierens und Experimentierens war es dann so weit: Unter meinen Händen war ein Gerät entstanden, mit dessen Hilfe es mir tatsächlich gelungen war, ferne Gegenstände so zu sehen, als stünde ich viel näher bei ihnen als in Wirklichkeit. Erst als ich mir meiner Erfindung ganz sicher war, versuchte ich, mit meinen wenigen Bekannten in Paris die Sache anzusprechen. Ich erzählte ihnen aber nichts von der tatsächlichen Fertigstellung des Rohres, die ja bereits erfolgreich ausgeführt war, sondern diskutierte mit ihnen nur, ob sie eine solche Maschine für denkbar hielten und zu welchem Nutzen sie eingesetzt werden könnte.

Aber die Ablehnung meiner Gedanken war offensichtlich. Einer sagte mir sofort zu, wenn es ein solches Instrument tatsächlich gäbe, würde er seine ganze Habe darauf verwetten, dass der Teufel persönlich ihm solches vorgaukeln würde. Er würde ein solches Gerät sofort den Flammen übergeben. Ähnlich klangen auch die Aussagen der anderen, die ich befragte. Nur einer meiner Freunde erlaubte es sich, mich nach der mathematischen oder physikalischen Begründung zu fragen, mit der ein solches Instrument erklärt werden sollte. Daraufhin musste ich aufgeben, denn diese kannte ich ja auch nicht. Ich sah nur, dass es funktionierte. Kurzum, mir wurde klar, dass ich gut daran täte, vorerst niemanden in das Geheimnis einzuweihen, denn ich hätte mich in Gefahr begeben, entweder als ein mit dem Satan im Bunde Stehender der Heiligen Inquisition ausgeliefert oder aber von den wissenschaftlichen Größen meiner Zeit als Scharlatan erwiesen zu werden – etwas, das meinem akademischen Selbstmord gleichgekommen wäre. Nach so vielen Jahren unaufhörlicher Arbeit war es mir unmöglich, die Früchte meiner Bemühungen zu genießen! Oh, wie unglücklich wurde ich darüber!

Als mir klar geworden war, dass ich dieses Geheimnis nun für mich behalten musste und die Zeit für eine Weitergabe meiner Kenntnisse völlig ungewiss sein würde, begann ich mich mit meinem Schicksal abzufinden. Ich versuchte, an allen möglichen Gegenständen meine Erfindung anzuwenden, um festzustellen, wie nützlich diese sein könnte. Ich schrieb alle Ergebnisse sorgfältig auf und verwahrte sie.

Bernhardi legte eine Pause ein. Eigentlich war die Sache doch beendet, aber noch immer lagen einige Seiten vor ihm, die übersetzt werden mussten. Der Magister fragte sich, ob die Einschätzung der Zeitgenossen dieses Heinrich von Saalfeld heute noch die gleiche Brisanz hätte. Immerhin waren ja fast hundert Jahre seitdem vergangen.

Inzwischen blühten überall die Wissenschaften auf. Trotzdem: Ohne eine genaue Erklärung, warum verschiedene Linsen die Wirkung erzeugen sollten, ferne Gegenstände nahe zu sehen, hätte es diese Erfindung auch heute noch genauso schwer wie früher. Alles, was von der aristotelischen Vorstellung vom Aufbau der Welt abwich, zog den Häresieverdacht der Kirche auf sich. Und das wiederum ließ die weltliche Obrigkeit einschreiten.

Bernhardi seufzte, er fühlte sich als Wissenschaftler hin- und hergerissen. Aber hatten sie andererseits nicht recht? Wenn alles infrage gestellt werden konnte, würde sich dann nicht alles auflösen? Wäre es nicht das Ende des christlichen Abendlandes, einer Kultur, von der doch immer behauptet wurde, sie sei allen anderen überlegen? Auch Bernhardi selbst war von der Vorrangstellung der christlichen Wissenschaften überzeugt.

Er wandte sich dem nächsten Teil der Aufzeichnungen zu.

Eines Nachts, als der Mond besonders hell meinen kleinen Arbeitsraum erleuchtete, kam mir die Idee, mein Instrument auf unseren himmlischen Begleiter zu richten. Erstaunt erblickte ich keine glatte, vollkommene Oberfläche, wie von der Überlieferung behauptet, sondern ein sehr raues Land vor mir. Die Mondscheibe schien von Löchern durchzogen, kleineren und solchen von geradezu gigantischem Ausmaß.

Hier schien also unsere Überlieferung zu irren. Neugierig geworden über diese erstaunlichen Beobachtungen am Himmel, richtete ich mein Rohr auf die Sterne. Und siehe da, die Anzahl derselben vermehrte sich auf eine ungeheure Anzahl, weit mehr als das Auge alleine zu sehen vermochte. Sogleich versuchte ich an Hunderten von Sternen zu ergründen, ob das Rohr an ihnen etwas offenbaren würde, was dem Auge sonst verborgen war. Aber außer der größeren Zahl derselben erkannte ich keine neuen Dinge.

Dann unterzog ich die Wandelsterne einer Observation. Und hier erblickte ich erstaunliche, mir zunächst gänzlich unerklärliche Erscheinungen. Die Venus, sowohl als Abend- oder Morgenstern, erschien mir im Verlauf der Monate unterschiedlich groß, etwas, das wegen der Unveränderlichkeit der vollkommen geschaffenen Gegenstände des Schöpfers nicht zu erwarten war und von den Weisen auch ausgeschlossen wird. Stand die Venus als Abendstern am Himmel, so erschien sie mir konkav zur Sonne hin beleuchtet, ja sie zeigte ein Antlitz, das den unterschiedlichen Lichtgestalten des Mondes in vie-

lerlei Hinsicht ähnelte. Am Morgenhimmel, wenn die Venus sich als Morgenstern vor der Sonne aus der Dämmerung erhebt, war es dann gleichermaßen: Wieder war die Venus konkav hin zur Sonne beleuchtet.

Jupiter war im Rohr eine ansehnliche Scheibe, und mit Ausnahme der Venus an seltenen Tagen, der größte unter den Wandelsternen. Saturn erschien wesentlich kleiner. Mars war mir immer ein sehr schwer zu beobachtender Wandelstern. Er schien mir sehr klein zu sein und die Kraft meines Rohres nicht ausreichend, um mehr zu entdecken als eine winzige rötliche Scheibe.

Merkur, der flinke Wandelstern nahe der Sonne, erschien mir in den seltenen Augenblicken seiner Sichtbarkeit von sehr geringer Gestalt. Ich glaubte, bei ihm auch eine Phase wie bei der Venus gesehen zu haben, aber diese Beobachtung blieb mir immer sehr unsicher.

Monate verbrachte ich mit Überlegungen, wie diese seltsamen Erscheinungen zu erklären seien. Mehr als einmal war ich der Überzeugung nahe, dass tatsächlich eine finstere Macht mir dies alles nur vorgaukelte. Die unumstrittene Vorstellung des Ptolemäus, darin Aristoteles folgend, dass sich alle Gestirne und die Wandelsterne um die Erde bewegten, schien sich unmöglich in meine Beobachtungen einfügen zu wollen. Es sei denn, das System der verschiedenen Kreise, auf denen sich die Gestirne um die Erde bewegen sollten, würde noch einmal um ein Vielfaches erweitert werden. Aber konnte Vollkommenheit nur dadurch gewahrt werden, indem man ihre Herleitung immer komplizierter machte?

Bernhardi hatte sich in einen Rausch gearbeitet. Jetzt hatte er den Ansatzpunkt für die epochale Bedeutung der Entdeckung dieses unbekannten Meisters entdeckt. Sofort fiel ihm die kleine Schrift des Kopernikus ein, deren einziger Mangel der fehlende Beweis zu sein schien, obschon sie durch die einfache Art der Erklärung der Himmelserscheinungen von bestechender Logik und von erhabener Majestät war. Ihm dämmerte, dass hier zum ersten Male eine Art Beweis für die Richtigkeit der Thesen des Ermländers vorliegen könnte. Denn alles, was Saalfeld mit seinem neuen Gerät am Himmel sah, passte ausgezeichnet zur Theorie des Kopernikus von der Drehung der Erde um die Sonne. Oder war alles, was dieser Heinrich von Saalfeld zu sehen glaubte, doch nur ein Trug – aus welchen Gründen auch immer? Was würde Einhard dazu sagen?

Wie im Fieber arbeitete Bernhardi weiter.

Ich durchforschte alle Schriften der Alten, soweit ich ihrer habhaft werden konnte, und fand nicht einen Vertreter für die These, dass nicht die Erde der Mittelpunkt sei, um die sich alles bewege. Bei Heraklit endlich fand ich die Lehre vom Zentralfeuer, um das sich Erde und Sonne, einander gegenüberstehend, umkreisten. Das alleine schien mir durch meine Beobachtungen nicht bestätigt zu werden. Bis ich dann auf einen Vertreter der griechischen Gelehrsamkeit, Aristarchos von Samos, lange vor unserer Zeitrechnung lebend, gestoßen wurde. Dieser erklärte, dass es für die Hypothese des Heraklit unerheblich sei, welchen Radius man für den Umlauf der Sonne um das Zentralfeuer wählte. Er selbst setzte ihn gleich null. Damit nahm die Sonne den Platz des Zentralfeuers ein und ist nun die Mitte der Welt. Die Erklärung für die Frage, warum denn die Bewegung der Erde um die Sonne sich nicht in kleinen Bewegungen der Sterne am Himmel widerspiegele, lieferte er gleich mit: Diese seien zu weit von der Erde entfernt, als dass man diesen Effekt bemerken könne. So öffnete sich mir mit einem Male die Pforte der Wahrheit. Wenn sich der Glaube an gauklerische Kräfte bezüglich meines Rohres als nichtig erwiese, könnte sich unser Verständnis der Welt von Grund auf ändern. Dann wäre die Erde nicht mehr die Mitte der Welt und dann müsste die Frage nach der Bedeutung des Erlösers neu beantwortet werden. Und dann sollte wohl auch die Frage neu gestellt werden, woher die Herrschenden ihre Legitimation beziehen.

Völlig erschöpft musste Bernhardi einsehen, dass er heute nicht mehr den Rest des Textes schaffen würde. Auch so schon wusste er kaum noch, worauf er seine Gedanken richten sollte: auf die aufsehenerregenden Beobachtungen, auf deren Konsequenzen für die Wissenschaft und damit auch für seinen Verantwortungsbereich – oder natürlich, nicht zu vergessen, für Theologen und Kirche. Der Magister war äußerst gespannt, ob denn dieser Heinrich von Saalfeld nicht doch einen Versuch gemacht hatte, der Öffentlichkeit einen Hinweis auf seine Entdeckung zu geben. Konnte er wirklich das ganze Unternehmen, dem seine jahrelange Leidenschaft gegolten hatte, so einfach aufgegeben haben?

Er musste unbedingt mit Auerbach darüber sprechen. Immerhin war dieser auch Lehrer der Astronomie und musste ein besonderes Interesse an den Erkenntnissen des Heinrich von Saalfeld haben. Außerdem erinnerte Bernhardi sich an ihr Gespräch in dessen Keller. Es war genau um dieses Thema gegangen, mit dem Saalfeld ihn nun konfrontierte.

Bernhardi legte seine Übersetzungen beiseite und packte das Bündel mit den wertvollen Papieren zusammen auf die andere Seite des Tisches. Er ging zu einem Regal mit Büchern und zog die Abschrift, die Auerbach bereits angefertigt hatte, heraus. Wo könnte er die Dokumente sicher aufbewahren? Da fiel ihm sein eigener kleiner Keller ein, der nur noch dazu diente, ein paar gute alte Rotweinflaschen kühl zu halten. Sonst wurde er nicht mehr benutzt. Bernhardi musste lächeln. Er stellte sich Elisabeth vor, die diesen Kellerraum fast nie betrat, weil er ihrer Meinung nach viel zu schmutzig, eng und düster war. Sie würde ihn wohl verständnislos anschauen.

Er ergriff eine Talglampe und ging die Stufen zum alten Keller hinunter. Dort öffnete er das verrostete Schloss zur Eingangstür und betrat den finsteren Raum. Der Vorbesitzer des Hauses hatte ihm erzählt, dass dieser Keller sogar einmal einen

Brand überstanden hatte, dem der Rest des Hauses weitgehend zum Opfer gefallen war. Dies schien ihm ein gutes Kriterium für sein Versteck zu sein.

Bernhardi trat zur Wand und betastete sie, bis er einen losen Ziegel fand, der sich herausziehen ließ. In dem dahinterliegenden Hohlraum verstaute er die Abschrift. Das Original musste er bei sich behalten, um damit zu arbeiten. Er konnte nicht sicher sein, ob Auerbach, der des Griechischen unkundig war, alles fehlerfrei wiedergegeben hatte. Dann verschloss er die Stelle wieder mit dem Ziegelstein. Niemand konnte erkennen, dass sich dort ein Versteck befand. Früher hatte der Hohlraum der Familie als eine Art Geldtruhe gedient. Jetzt brauchten sie so etwas nicht mehr, da sie bei einer Zweigstelle der Fugger ihre Münzen deponieren konnten. Seit vielen Jahren hatten die Augsburger eine Dependance in ihrer Stadt.

Zufrieden verließ Bernhardi den Keller. Als er wieder oben angelangt war, bemerkte er, dass Friedrich von der Aue an der geöffneten Haustür stand und sich von Barbara verabschiedete. „Na, habt Ihr gut auf Barbara aufgepasst?“, begrüßte er den Studenten.

Barbara kam seiner Antwort zuvor: „Aber Vater, ich kann auf mich selbst aufpassen … Aber denk dir, heute war ich schon froh, einen starken Mann bei mir gehabt zu haben.“

„Was ist denn geschehen?“

„Während unseres Spaziergangs durch die botanischen Anlagen – du weißt schon, unweit des neuen Klosters – lief jemand schnell von hinten heran, als sei er auf der Flucht. Da habe ich doch einen leichten Schrecken bekommen.“

„Dabei hast du ihn sogar als Erste bemerkt“, lobte Friedrich sie. „Es muss sich um Maximilian Hartung gehandelt haben. Obwohl er ziemlich verhüllt war, konnte ich einen kurzen Blick auf sein Gesicht werfen.“ Friedrich lachte. „Na ja, die Gegend ist ja bekannt als Treffpunkt für Liebschaften. Vielleicht hat er sich vor den Avancen einer Dame schützen müssen?" Während er das sagte, merkte er schon, dass er einen Fehler gemacht hatte.

Bernhardi musterte ihn kurz. „War das der Grund für das Ziel Eures Spazierganges mit Barbara?"

„Ich habe Euch versichert, dass ich, nein, dass *wir* uns bis zu unserer Hochzeit keusch und ehrbar verhalten werden. Ich hoffe, Ihr vertraut Eurer Tochter und mir. Der Grund für die Wahl unseres Zieles war der, dass Barbara mir alle Orte zeigen will, an denen sie ihre Kindheit verbracht hat – und dieser botanische Garten ist wirklich ein Schmuckstück der kleinen Stadt, auch wenn durch die Anwesenheit Eurer Tochter selbst der tristeste Ort in hellem Glanz erstrahlt." Er zwinkerte Barbara zu.

Bernhardi verwandelte seinen gespielt gestrengen Blick in ein freundliches Lächeln. „Ich hatte es auch nicht anders erwartet. Friedrich, ich danke Euch, dass Ihr meine Tochter wohlbehalten wieder nach Hause gebracht habt. Übrigens, da Ihr gerade hier seid, kann ich Euch mitteilen, dass Ihr die nächsten Tage auf die Begleitung Barbaras verzichten müsst. Euren Studien wird diese kleine Trennung hoffentlich nur zugutekommen."

„Verzeiht, aber ...", Friedrich stockte. „Verreist Ihr?"

„Nein. Aber Elisabeth fährt mit den Kindern zu Verwandten nach Leipzig. Sie haben sich lange nicht gesehen, und so werden sie einige Tage dort zubringen. Hat Barbara Euch das noch nicht gesagt? Nun schaut nicht so, es ist ja nur für ungefähr eine Woche. Ich habe meinen Studenten schon scherzhaft angekündigt, dass ich als kurzzeitiger Eremit die Zeit nutzen werde, um einige Extralektionen zu geben, und ich setze voraus, dass Ihr dabei auch zugegen sein wollt."

„Gewiss. Also dann ... Erlaubt Ihr mir, dass ich angesichts unserer bevorstehenden Trennung Barbara noch einen Abschiedskuss gebe?"

„Bitte sehr", antwortete Bernhardi, verabschiedete sich von Friedrich und entfernte sich in die Wohnstube.

Friedrich zog Barbara an sich und flüsterte ihr ins Ohr: „Warum hast du mir nichts von eurer kleinen Reise gesagt?"

„Ich wollte unser kurzes Beisammensein nicht mit dunklen Gedanken belasten. Ich hätte es dir gesagt, aber Vater ist mir zuvorgekommen."

Der Kuss fiel noch herzlicher aus als sonst.

19

Johannes von Cleve hatte lange gebraucht, um vor dem entscheidenden Vertreter der großen Hüterin erscheinen zu können. Schließlich war ihm Audienz gewährt worden, allerdings erst, nachdem er gedroht hatte, den Fall den örtlichen Behörden zu schildern. Nun wurde er in den großen dunklen Raum gebeten.

Als er eintrat, sah er am anderen Ende eines langen Tisches eine Gestalt, deren Kleidung so drapiert war, dass das Gesicht verborgen blieb.

„Was habt Ihr mir zu sagen?"

„Bruder Konrad – Ihr wisst von seinem Ableben?"

„Bruder Konrad war schon im fortgeschrittenen Alter. Da ist mit so etwas zu rechnen", entgegnete scharf die Stimme des Vermummten.

„Ist auch damit zu rechnen gewesen, dass ihn kurz vor seinem Exitus ein unbekannter Gast aufsuchte?" Johannes von Cleve war nicht bereit, sich so schnell einschüchtern zu lassen.

„Ihr habt seine Botschaft erhalten?" Die Stimme des Fragenden blieb scharf.

„Ja, deswegen bin ich hier. Dieses Kloster, dem ich seit vielen

Jahren vorstehe, ist kein Ort, an dem jeder Beliebige ein- und ausgehen kann, geschweige denn für einen Mord, in wessen Auftrag auch immer."

„Seht Euch vor, die notwendigen Dinge, die im Namen der großen Hüterin getan werden müssen, als Beliebigkeit zu bezeichnen! Es handelte sich um eine Maßnahme, die nicht nur zum Schutz der Öffentlichkeit, sondern auch der Kirche notwendig war. Wenn Ihr kein Aufsehen darum machen würdet, hättet Ihr auch keinen Skandal zu befürchten. Darum der Brief an Euch. Das hat Euch zu genügen."

„Ich bin für mein Kloster genauso verantwortlich wie Ihr für Eure Angelegenheiten. Und ich werde es nicht zulassen, dass sich irgendjemand dort Rechte herausnimmt, die ihm nicht zustehen."

Johannes von Cleve staunte über sich selbst. Normalerweise mied er alle Skandale und öffentlichen Ärger. Aber er spürte genau, dass der Vorfall, der sich im neuen Franziskanerkloster ereignet hatte, in seinen Hoheitsbereich eingriff. War er doch überzeugt gewesen, außer von Rom von niemanden abhängig zu sein – wie es ihm durch ein päpstliches Breve zugesichert worden war. Sollte es aber so sein, dass in der Realität ganz andere Mächte Einfluss auf das Geschick des Klosters nähmen, dann wäre es für ihn an der Zeit, seine eigene Position zu klären und gegebenenfalls Konsequenzen zu ziehen.

„Ihr werdet es zulassen müssen." Die Stimme des dunkel gekleideten Mannes blieb scharf.

„Und wenn nicht? Wollt Ihr mir etwa drohen? Wenn Ihr schon die Muskeln spielen lassen wollt, warum fangt Ihr nicht ein paar Meilen nördlicher an? Dort ist doch der wahre Hort der Häresie! Aber gegen Wittenberg könnt Ihr anscheinend nichts ausrichten. Also lasst uns hier in Frieden!"

Voller Wut sprang der Vertreter der großen Hüterin auf. „Was erlaubt Ihr Euch! Ein Wink von mir, und Euer Kloster wird noch heute geschlossen! Ihr habt keine Ahnung von den Zusammenhängen! Wir haben weit mehr als nur eine Häresie zu bekämpfen! Und seid versichert – wir kämpfen!“ Langsam beruhigte sich die Stimme etwas. „Und noch etwas, das Ihr wissen solltet, Prior von Cleve!“

„Und das wäre?“

„Die Häresie in Wittenberg wird bekämpft. Und zwar von Mächten, von denen Ihr Euch keine Vorstellung macht. Dagegen ist es ein Kinderspiel, Euch und Euer Kloster hinwegzufegen. Aber wir haben es mit vielen Gegnern zu tun – und unser Handeln muss deshalb gründlich sein. Aber eines haben wir auf gar keinen Fall: Zeit, um mit Euch über Nebensächlichkeiten zu disputieren. Ich werde dem Rat der großen Hüterin über Eure Anmaßung heute berichten. Euch bleibt nur eine Wahl: Entweder Ihr akzeptiert die unumgängliche Maßnahme, oder Ihr gehört auf die Seite derer, die bekämpft werden müssen. Und noch einen guten Rat gebe ich Euch: Vertraut nicht allzu sehr Eurem Urteilsvermögen. Dafür ist es zu beschränkt und in zu großer Unkenntnis über die Dinge, die unser Handeln antreiben. Geht jetzt!“

Johannes von Cleve entfernte sich wortlos, aber rasend vor Wut. Ihm war deutlich gemacht worden, dass er weder Macht über sein Kloster besaß, wie er bisher geglaubt hatte, noch dass seine Autorität wirklich begründet war. Und zu allem Überfluss wurde er für unfähig erklärt, die Lage im Land richtig einzuschätzen. Mit Stolz und Trotz hatte er diese Begegnung erwirkt – als ein Nichts musste er den Ort verlassen.

Nach dem Ende seiner Vorlesungen enteilte Bernhardi seinen Studenten, um Einhard Auerbach aufzusuchen. Als er ihn schließlich fand, zog er ihn in einen kleinen, jetzt leeren Hörsaal hinein.

„Sei gegrüßt, lieber Einhard, und entschuldige meine etwas

forsche Art, aber wir haben nur wenig Zeit. Ich muss dir rasch die weiteren Ergebnisse meiner Arbeit mitteilen."

„Du scheinst einen entscheidenden Schritt weitergekommen zu sein!"

„Das kann man wohl sagen."

Bernhardi fasste kurz und knapp den Inhalt des zuletzt übersetzten Abschnittes zusammen. Nun war Auerbach an der Reihe, zu erbleichen.

„Dann hätte Kopernikus recht. Und es wäre nun nicht mehr nur eine bloße Hypothese."

„Genau. Von Saalfeld hat bereits so viel verraten, dass es einem geschickten Mechanicus oder Opticus sogar gelingen müsste, diesen Sehapparat nachzubauen. Und wenn das tatsächlich gelingen sollte, dann wäre der Vorwurf, der Leibhaftige würde uns nur etwas vorgaukeln wollen, um uns zu verwirren, ziemlich haltlos. Wie leicht könnte man sich davon überzeugen, dass die Wirksamkeit des Sehgerätes ganz natürliche Ursachen hat."

„Wie das denn?"

„Ganz einfach. Nimm einmal an, ich schreibe hier eine Notiz auf eine Tafel. Und dann halte ich sie so weit weg, dass du auf keinen Fall die Schrift lesen kannst. Dann nähmest du den Sehapparat und würdest uns vorlesen, was auf der Tafel geschrieben steht. Wer könnte eine teuflische Machenschaft vermuten, wenn immer unter gleichen Bedingungen dasselbe Resultat erreicht würde? Erst recht, wenn es auch für andere entfernte Gegenstände gilt. Eine Gaukelei läge doch nur dann vor, wenn es dem Teufel gefallen würde, beliebige Dinge durch den Apparat erscheinen zu lassen."

Auerbach brauchte eine kurze Pause zum Nachdenken.

„Du alter Logiker! Fragt sich nur, ob unsere hohen Instanzen im weltlichen Regiment und in der Kirche das auch so sehen. Aber zuerst müssten wir ja wohl einen solchen Apparat bauen …"

„… oder den von Saalfeld wiederfinden!“, ergänzte Bernhardi mit glänzenden Augen und fuhr fort: „Es bleibt nicht mehr viel zu übersetzen übrig. Ich hoffe inständig, noch zu erfahren, was aus der Erfindung geworden ist, ob Heinrich von Saalfeld sich nicht doch noch jemandem anvertrauen konnte … und zu guter Letzt, was aus seinem Apparat geworden ist.“

Lachend fügte Auerbach hinzu: „Da war es aber nicht geschickt von dir, deinen Studenten deine Strohwitwerschaft mitzuteilen und sie mit weiteren Übungen zu plagen. Du hast dir ein wenig selbst die Freiheit genommen, so zu forschen, wie du es möchtest.“

„Friedrich von der Aue macht bald seine Prüfung in Philosophie. Ich will, dass er gut vorbereitet in dieses Examen geht. Schließlich hat er mit der Juristerei schon genug am Hals.“

Auerbach schmunzelte etwas. „Du denkst dabei nicht zufällig auch an eine ordentliche Versorgung von Barbara?“

„Doch, das tue ich!“

„Übrigens, wenn es dir recht ist, könnte ich dich gleich nach Hause begleiten. Auf mich wartet sowieso niemand, und bei dir ist ja auch nur Hannes, der sich langweilt.“

„Mit großer Freude! Vielleicht schaffen wir heute noch den Rest – und dann gibt es eine ordentliche Kanne! Die haben wir uns redlich verdient.“

So machten sich die beiden auf den Weg.

Bernhardis Haus lag in völliger Dunkelheit vor ihnen. Nirgendwo brannte ein Licht. Die Stille, die es ausstrahlte, erschien nicht weiter ungewöhnlich, da Elisabeth und die vier Töchter verreist waren. Ob allerdings auch Hannes schon zu Bett gegangen war?

„Mal sehen, ob wir uns heute selbst verpflegen müssen. Hannes scheint schon die Segel gestrichen zu haben“, scherzte Bernhardi. Sie erreichten die Tür und traten ein. Absolute Finsternis umgab die beiden Männer.

„Warte, ich suche eine Lampe.“ Bernhardi tastete sich vorwärts. Rasch hatte er eine Talglampe gefunden und entzündete sie mit einem Span aus dem noch glimmenden Küchenherd. Im Lampenschein gingen sie bis zum Arbeitszimmer. Beim Betreten des Raumes erlosch das Licht schlagartig. Der Grund war leicht zu finden, denn ein Fenster im Arbeitszimmer stand offen, und der Durchzug hatte die Flamme gelöscht.

„Was ist das denn? Hannes weiß doch ganz genau, dass er alle Fenster und Türen zu schließen hat, wenn keiner im Hause ist!“

„Vielleicht wird er langsam alt und vergesslich ... genau wie wir?“, scherzte Auerbach, aber so ganz glaubte er seiner Erklärung selbst nicht.

Bernhardi trat ans Fenster und bemerkte Glassplitter auf dem Boden. Offenbar war das Fenster durch einen Windstoß zerschlagen worden ... Oder aber – was viel wahrscheinlicher war – jemand hatte es von außen eingeschlagen.

Auerbach untersuchte den Holzrahmen. „Die Schäden rühren von einem Werkzeug her, denn so zersplittert Holz nicht, wenn der Wind das Fenster zuschlägt. Hier hat jemand versucht, den Rahmen von außen zu öffnen. Entweder hatte er keine Geduld, oder er wurde gestört und hat daraufhin die Scheibe eingetreten“, analysierte er die Situation.

„Wenn Hannes es war, der den Einbrecher gestört hat, dann war er in Gefahr!“ Bernhardi nahm die Lampe, entzündete sie in der Küche erneut und tastete nach seinem Langdolch. „Wir müssen ihn suchen und sehen, was hier noch alles angerichtet worden ist.“

Auch Auerbach griff instinktiv zu seiner Waffe, die normalerweise nur als Symbol seines Standes, aber nicht zum Kämpfen gedacht war.

Als sie ihre Blicke schweifen ließen, fiel ihnen die Unordnung auf. Bücher lagen auf dem Boden, Gegenstände waren umgeworfen, Bilder von der Wand gerissen. Alle möglichen Papiere lagen verstreut herum. „Darum kümmern wir uns später“, sagte Bernhardi leise zu seinem Freund, als er dessen erschreckten Blick bemerkte. „Gott sei Dank waren Elisabeth und die Kinder nicht hier.“

In der Wohnstube sah es kaum besser aus, von Hannes fehlte jedoch jede Spur. Bernhardi eilte nach oben in die privaten Räume seiner Familie. Auerbach konnte ihm kaum folgen. Geöffnete Truhen und Kisten sahen aus, als habe sich jemand bemüht, den Eindruck zu erwecken, er habe nach Wertgegenständen gesucht. Doch man merkte, wie oberflächlich dieser Versuch gewesen war. Langsam gingen sie wieder hinunter. Hannes blieb verschwunden.

Als sie sich den Schaden genauer betrachteten, stellte Bernhardi fest, dass zwar einiges zu Bruch gegangen war, aber nichts deutete darauf hin, dass der Einbrecher tatsächlich nach wertvollen Dingen gesucht hatte. Eine große Silberkanne, die voller Münzen war, hatte er nur umgestoßen und liegen gelassen. Sie hätte dem Dieb bestimmt ein nettes Sümmchen eingebracht.

„Was könnten die hier gesucht haben?“, fragte Auerbach leise.

Ohne zu antworten, ging Bernhardi zu der Stelle, an der er seine Übersetzung samt dem Original liegen gelassen hatte. Sie war leer. „Wie konnte ich nur!“, seufzte er verzweifelt. „Ich wollte doch gleich heute weiterarbeiten! Da habe ich die Papiere einfach unter einem Buch versteckt, anstatt sie ordentlich und sicher zu verwahren.“

„Wenn der Einbrecher es darauf abgesehen hatte, dann hast du es ihm in der Tat leicht gemacht“, bestätigte Auerbach, ohne eine Regung zu zeigen.

Plötzlich brach Bernhardi der Schweiß aus, denn ihm kam der Gedanke, was denn mit den verbotenen Büchern Luthers geschehen sei. Er untersuchte die Stelle, an der er sie verborgen hatte, aber auch hier kam er zu dem gleichen Ergebnis: Die Bücher fehlten.

„Was ist los?", fragte Auerbach neugierig. „Fehlt noch etwas?"

„Das kann man wohl sagen. Ich hatte aus Magdeburg eine kleine Sammlung lutherischer Schriften mitgebracht. Ich wollte nicht mehr aus zweiter und dritter Hand Urteile fällen, sondern selbst lesen, was Luther zu sagen hat. Bei uns ist ja so etwas nicht möglich. Wie es aussieht, habe ich die Möglichkeit nun nicht mehr."

„Es tut mir leid, dir nichts Tröstlicheres sagen zu können, aber ich glaube, du könntest noch ein weiteres Problem bekommen."

„Was denn noch? Nur heraus damit, ich bin schon am Boden", knurrte Bernhardi.

„Wer immer diese Sachen an sich genommen hat – er hat nun den Beweis, dass du mit den Wittenberger Ketzern sympathisierst. Und das kann leider sehr ungemütlich für dich werden."

„Wenn ich einen Text studiere, heißt das ja noch lange nicht, dass ich mit ihm übereinstimme."

„Nach den Gesetzen der reinen Logik natürlich nicht. Aber die Mächtigen folgen einer anderen Logik ..."

Bernhardi wusste, dass die Ereignisse dieses Tages ernsthafte Folgen für ihn und seine Familie haben würden. Wut stieg in ihm auf. „Ich werde jetzt meine Konsequenzen aus der Sache ziehen und gar nicht erst eine Reaktion des Rektors abwarten. Ich bin mir sicher, dass er über kurz oder lang von meinen Studien erfahren wird. Hier ist mehr als nur ein Einbruch geschehen. Aber erst müssen wir weiter nach Hannes suchen. Und dann, glaube ich, sollten wir uns um *dein* Haus kümmern, Einhard."

Auerbach nickte. „Aber wo willst du deinen Diener denn noch suchen?"

„Es bleibt nur der alte Keller", erwiderte Bernhardi.

Sie stolperten die steile Treppe hinunter und stießen die Kellertür auf. Das Licht ihrer Lampe fiel auf ein verschnürtes Bündel Mensch, das die beiden mit groß aufgerissenen Augen anstarrte.

Hannes war völlig verwirrt und verängstigt, als er befreit wurde. Außer dem Schrecken schien ihm aber nichts passiert zu sein. Auerbach und Bernhardi führten ihn nach oben und stellten ihm zur Beruhigung erst einmal eine Kanne Bier hin. Hannes trank mit hastigen Schlucken.

Schließlich konnte er mit zitternden Worten berichten, was an diesem Abend geschehen war. Er habe seltsame Geräusche vom Arbeitszimmer gehört und sei gegangen, um nachzusehen. Dann sei die Scheibe des Fensters zersplittert und zwei Fremde seien in das Zimmer gekommen, während er zur Waffe gegriffen habe, um mannhaft den Eindringlingen zu begegnen. Aber sie hätten ihn überwältigt, gefesselt und geknebelt und im Keller zurückgelassen.

Ein bisschen musste Bernhardi lächeln, denn Hannes hatte noch nie Gelegenheit gehabt, mit einer Waffe umzugehen.

„Du warst sehr tapfer, und ich danke dir für deinen Mut. Kannst du noch eine Weile hier die Stellung halten? Wir müssen den Einbruch zur Anzeige bringen und noch etwas erledigen. Als Belohnung für deine Mühe kannst du dich an dem Bier schadlos halten."

Hannes nickte verwirrt. Vor allem war er froh, dass alles vorbei war und dass sein Herr ihm keine Vorwürfe wegen des Einbruchs machte, den er nicht hatte verhindern können.

Als sie das Haus verließen, drängte Bernhardi seinen Freund zur Eile.

„Wir gehen direkt zu dir nach Hause. Eine Anzeige hätte gar keinen Sinn, wir würden der Fahrlässigkeit bezichtigt werden. An eine Untersuchung des Vorfalls ist sowieso nicht zu denken."

„Mich wundert, wie ruhig du bleibst.“

„Das ist nur äußerlich. Seit heute Abend ist mein Leben wahrscheinlich nicht mehr das, was es bis jetzt gewesen ist. Wenn bei dir auch eingebrochen wurde, dann gibt es einen klaren Zusammenhang: Irgendjemand hat etwas dagegen, dass wir diesen Text kennen. Und offenbar bin ich auch wegen meiner Beschäftigung mit diesem Luther in Ungnade gefallen.“

Auerbach kratzte sich am Kopf. „Hmm, wer könnte das sein? Außerdem muss eine solche Aktion von langer Hand geplant worden sein ... Woher weiß man denn, womit wir uns gerade beschäftigen? Wenn deine Annahme stimmt, kann doch nur eine Organisation mit vielen Helfern in der Lage sein, alles zu überprüfen und zu erfassen.“

Bernhardi nickte. „Ich glaube sogar, dass Reinhardus nicht ganz unbeteiligt ist ... oder zumindest, dass die Universität irgendeine Rolle dabei spielt.“ Dann schlug er sich an den Kopf. „Natürlich! Ich habe ja selbst laut verkündet, dass ich in diesen Tagen als Strohwitwer besonders viel Zeit für die Studenten haben werde.“

„Das heißt, für einen kleinen Besuch bei dir waren die Umstände günstig. Deine Familie konnte den Einbrechern nicht in die Quere kommen. Die Einbrecher könnten also aus dem universitären, oder sagen wir genauer, dem studentischen Umfeld stammen.“

Bei diesen Worten Auerbachs musste Bernhardi erst einmal tief durchatmen. „Oh, wie dumm von mir! Nur die göttliche Gnade scheint mich vor einer großen Dummheit bewahrt zu haben. Elisabeth und die Kinder dürfen nicht wieder hierher zurückkehren!“

„Wie soll das gehen?“, fragte Auerbach.

„Genau so, wie es die Logik verlangt!“, antwortete Bernhardi grimmig.

„Du mit deiner ewigen Logik! Was du da so eiskalt kombinierst, heißt doch, dass du die Stadt und die Universität verlassen musst, um deinen Lebensunterhalt an einem anderen Ort zu sichern."

„Genau das. Ach, ich bin ein Tölpel!"

„Was denn nun, Logiker oder Tölpel?"

„Anscheinend beides. Irgendwie bin ich froh, dass mir die Entscheidung abgenommen wurde, ob ich bleiben oder weggehen soll. Anstatt mich weiter mit den Umständen hier abzufinden, werde ich schon morgen meinen Abschied einreichen."

Auerbach erstarrte. „Das heißt, dass ich hier meinen einzigen Freund verliere."

„Nicht verlieren. Nur umständlicher zu erreichen", erwiderte Bernhardi mit einer Mischung aus Bitterkeit und Hoffnung. „Ich wünsche mir sehr, dass unsere Beziehung dadurch nicht in unverantwortlicher Weise belastet wird."

„Das hoffe ich auch. Ich habe den Eindruck, dass du dich schon länger mit diesen Gedanken beschäftigt hast."

„So ist es. Siehst du, ich habe jetzt die fünfzig überschritten. Meine Lebenszeit ist begrenzt. Auch wenn ich noch Aufgaben zu erfüllen habe, will ich meine Zeit nicht mit Unwichtigem vertrödeln. Unsinnige Dinge dürfen mir nicht meine letzte Kraft rauben. Ich werde also von hier fortgehen."

Bis jetzt klangen seine Worte so vernünftig und überlegt, dass auch Auerbach keine Einwände dagegen vorbringen konnte. Aber dann stieß sich Bernhardi selbst in die bleierne Schwere der Ungewissheit zurück. „Lieber Einhard, ich weiß in Wirklichkeit nicht weiter. Was wird aus meiner neuen Entdeckung? Wie können wir in dieser Sache weiterkommen? Durch meine Schuld scheint alles vergebens. Fort sind die Originale, fort meine Arbeit, aber sie wird mich nicht loslassen. Umso einsamer wird die Suche nach meinem Lebensziel werden. Uns fehlt nun das letzte Stück, das Bindeglied von Saalfelds Zeit zu heute."

Einhard Auerbach zögerte. Dann wandte er sich wieder an

seinen Freund. „Was ist denn aus meiner Abschrift geworden? Ist sie den Einbrechern auch in die Hände gefallen?"

Bernhardis Augen blitzten kurz auf. „Du hast recht, daran habe ich gar nicht gedacht! Ich habe sie gut und getrennt von den Originalen aufbewahrt. Vielleicht ist das Versteck diesen finsteren Gesellen entgangen! Wenn wir von deinem Haus zurück sind, muss ich das sofort klären. Aber wir sind gleich bei dir. Bist du aufgeregt?"

„Ja und nein. Wie du dich nach unserem letzten Gespräch erinnern wirst, habe ich keine feste Heimat mehr. Sollte mein Dasein hier zu Ende gehen, soll es eben so sein. Mein Glück wird nicht mehr auf dieser Erde zu finden sein, egal, an welchem Ort." Der Ton, in dem Auerbach sprach, duldete keine Widerworte.

Die Eingangstür war unversehrt und sie traten ein. In den oberen Räumen gab es keine Auffälligkeiten, nur ein Fenster stand weit offen. Auerbach konnte zwar keine Spuren von Gewalt daran erkennen, aber er war sich auch nicht sicher, ob er es selbst hatte offen stehen lassen.

Als sie mit einer entzündeten Talglampe den Keller betraten, fiel Bernhardis Blick zunächst nichts Ungewöhnliches auf. „Ist irgendetwas anders als vorher?", fragte er flüsternd.

Auerbach sah sich um. „Mir fällt nicht auf, dass irgendetwas fehlt", stellte er trocken fest.

Bernhardi trat zu den Wandregalen und untersuchte deren Beschaffenheit genau. Das Regal mit den wertvollen Büchern nahm er sich genauer vor. „Wischst du hier schon einmal Staub?", fragte er scheinbar unbeteiligt.

„Selten. Nein, eigentlich nie", gab dieser, leicht verlegen, zu.

„Dann schau mal hier!" Bernhardi deutete auf eine Stelle zwischen den Büchern, die völlig staubfrei war, im Gegensatz zu dem restlichen Teil des Regals.

„Seltsam. Hier scheint jemand kürzlich ein Buch herausgenommen zu haben. Ich war es allerdings nicht, mit den Fabeln Äsops und Vergleichbarem habe ich mich schon seit Jahren nicht mehr beschäftigt."

„Dann war es ein anderer. Wahrscheinlich hat er etwas gesucht."

„Du meinst ...?"

„Ja, auch du hattest Besuch."

Auerbach begann, seine Räume genauer zu untersuchen, konnte aber nichts Auffälliges feststellen. „Anscheinend waren für die Täter nur handfeste Beweise interessant, die von Saalfeld und Luther betrafen. Und von beiden ist bei mir ja nichts zu finden gewesen."

„Damit dürftest du noch eine Galgenfrist haben."

„Ja."

„Wenn das stimmt, was ich vermute, dann wird der Galgen für uns noch ein harmloses Vergnügen darstellen."

„So ernst siehst du die Lage?"

Bernhardi wirkte noch in sich versunkener als sonst. „Ja, das sehe ich in der Tat so. Aber wir können nichts daran ändern. Ich gehe jetzt zurück und schaue nach, ob ich wenigstens deine Abschrift finden kann. Wenn nicht, dann bleibt uns von allem nur noch unser Kopf als einziger Zeuge."

Auerbach nickte.

Zu Hause angekommen, traf Bernhardi den immer noch verängstigten Hannes an, der, nicht mehr ganz nüchtern, unaufhörlich Selbstgespräche führte.

„Hannes, lass es für heute gut sein und begib dich zur Nachtruhe. Wir müssen ohnehin bald miteinander reden. Aber das hat noch Zeit bis morgen."

Hannes nickte und zog sich in seine Kammer zurück.

Als alles ruhig schien, stieg Bernhardi die Stiege zum alten

Keller hinunter und öffnete die Tür zu dem kleinen Raum, in dem einige seiner guten Weine lagerten. Langsam tastete er die rohen Steine der Wand ab und erfühlte den losen Quader, der sich äußerlich nicht von den anderen unterschied. Vorsichtig zog er ihn heraus und stellte beruhigt fest, dass sich die von Auerbach gefertigte Abschrift noch dort befand.

„Manchmal genügt es, im richtigen Moment einen Schritt voraus zu sein", murmelte er leise und zog das Bündel hervor. Dann rückte er den Stein wieder an seine alte Stelle, verstaute das Manuskript in seiner Manteltasche und verließ den Keller.

Am nächsten Morgen wurde Bernhardi bei Reinhardus vorstellig.

„Ja, was gibt es?", brummte dieser, hinter einem mächtigen Tisch thronend.

„Verzeiht, dass ich ohne Voranmeldung störe, aber ich habe Euch eine wichtige Mitteilung zu machen", begann Bernhardi.

„Nur zu", entgegnete der Rektor, wieder in einem überzogen freundlichen Ton.

„Ich trage mich mit dem Gedanken, eine neue Wirkungsstätte zu suchen, und werde noch heute den Herzog um die Erlaubnis bitten, die Stadt verlassen zu dürfen …"

„Ach ja, die Gründe kenne ich doch. Ich habe auch schon gehört, dass die Pest im Anzug ist. Wie nicht anders zu erwarten, hat sie die Abtrünnigen in Kursachsen heimgesucht. Wenn das nicht ein Zeichen des Zornes Gottes ist! Die Universität Wittenberg hat sich ja nahezu aufgelöst und ist nach Jena übergesiedelt. Nur dieser Luther und einige wenige Unverbesserliche glauben wohl immer noch, dem Strafgericht Gottes entgehen zu können, und harren an Ort und Stelle aus. Ich kann den Triumph kaum noch erwarten, wenn sie der Schwarze Tod dahingerafft haben wird! Auch hier geht die Sorge um, dass die Pest bis zu uns kommt. Aber erstens glaube ich nicht, dass wir mit in das Strafgericht einbezogen werden sollen, immerhin vertreten wir ja die rechtgläubige Sache mit großer Ehrfurcht vor Gott und dem Papste –, und zweitens sorgen starke Kontrollen an den Grenzen unseres Herzogtums dafür, dass die Seuche nicht übergreift. Allerdings sehe ich ein, dass da jeder selbst entscheiden muss. Aber ich erwarte, dass es sich dabei um eine befristete Entfernung von unserer Bildungseinrichtung handelt. Ihr braucht doch nicht gleich eine neue Anstellung zu suchen."

Bernhardi war so verblüfft über die goldene Brücke, die ihm der Rektor da gebaut hatte, dass er kurz zögerte. Er musste sich voll konzentrieren, um in der kurzen Zeit, die er für seine Antwort zur Verfügung hatte, die richtige Entscheidung zu treffen. Zusätzlich verwirrte ihn, dass Reinhardus sich keinerlei Blöße zu geben schien. Er tat so, als wisse er nichts von dem Einbruch bei Bernhardi. Daraufhin beschloss er, die Brücke zu begehen.

„Ich trage Sorge um meine Familie. Und nach dem Verlust unserer geliebten Anna ist die Verantwortung noch größer geworden." Damit hatte er, wie er meinte, eine plausible Begründung für seinen eiligen Abschied gefunden.

„Das sehe ich ein. Aber ich versichere Euch, dass Ihr Euch jederzeit befristet entfernen könnt, wenn Ihr es für richtig haltet. Ich möchte ungern ein fähiges Mitglied meines Lehrpersonals verlieren."

Bernhardi konnte keinerlei Hintergedanken bei seinem Rektor bemerken, aber er war vorsichtig genug, ihn nicht zu unterschätzen.

„Wenn Ihr mir diese Zusage gebt, werde ich meine Pläne noch einmal überdenken."

„Ja, tut das. Ohnehin ist in dieser Woche der Lehrbetrieb zu Ende. So könnt Ihr Euch in Ruhe Euren Entscheidungen widmen. Übrigens, fast hätte ich es vergessen, erinnert Ihr Euch noch an die kleine, gefährliche Ketzerschrift, die Ihr damals bei unserer Untersuchung des Vorlesungssaales gefunden hattet?"

„Ihr meint *Von der Freiheit eines Christenmenschen*, dieses Werk Luthers?“

„Aber ja, genau dieses. Ich möchte Euch bitten, mir dieses Exemplar auszuhändigen, damit es durch den Henker verbrannt werden kann. Wir wollen ja nicht, dass sich irgendwelche unschuldigen Seelen daran vergiften.“

„Ich werde es Euch aushändigen, allerdings weiß ich kaum noch, wo ich es abgelegt habe“, antwortete Bernhardi mit dem halbherzigen Versuch, Zeit zu gewinnen.

„Ich hoffe, es liegt bald hier vor!“ Reinhardus klang auf einmal sehr bestimmt.

Damit war die Audienz beendet und Bernhardi verfluchte sich selbst wegen seiner Halbherzigkeit und dass er die einladende Ausrede mit der Pest allzu bereitwillig aufgegriffen hatte. Dieses Argument würde ihm nur kurzfristig Luft verschaffen. Zerknirscht ging er den langen Flur der Universität entlang, wo Auerbach schon auf ihn gewartet hatte.

„Und, hast du die Abschrift noch?“, Auerbach hielt sich nicht mit langen Vorreden auf.

„Ja, das Versteck haben sie nicht gefunden.“

„Na, wenigstens etwas. Aber sehr glücklich siehst du trotzdem nicht aus.“

Bernhardi blickte seinen Freund traurig an. „Ich war eben bei Reinhardus, um meinen Abschied einzureichen.“ Dann berichtete er von dem unerwarteten Verlauf des Gespräches.

Auerbach dachte kurz nach. „Überlege, wie du die gewonnene Frist am besten nutzt. Deinen Entschluss kannst du immer noch ausführen, du hast dir ja nur eine Bedenkzeit erbeten.“

„Vielleicht hast du recht. Aber ich muss jetzt dringend nach Hause, um wieder Ordnung zu schaffen. Und ich muss Elisabeth über den Vorfall informieren. Ich weiß nicht einmal, ob ich ihr raten soll, wieder hierhin zurückzukommen. Und ich will unbedingt der Rest des Manuskriptes übersetzen.“

„Wenn du das Spiel weiterspielen willst, muss deine Familie zurückkommen. Alles andere wäre zu offensichtlich. Außerdem müssen wir noch erwägen, was geschieht, wenn der gestohlene Text entziffert werden kann. Dann machst du, oder besser *wir*, Bekanntschaft mit dem Henker."

„Dann wäre aber bewiesen, dass diese Erkenntnis nur durch einen Einbruch möglich war."

„Glaubst du, das hält die Inquisition auf?"

Bernhardi verstummte.

20

Bernhardi bog von der befestigten Straße in einen kleinen Waldweg ein. Er stieg vom Sattel und führte das Pferd an einen Bach, damit es seinen Durst stillen konnte. Dann hielt er Ausschau nach einem geeigneten Platz für die Nacht. Eigentlich hatte er vorgehabt, die ganze Strecke an einem Tag zu schaffen, aber das war zu weit, wie er jetzt feststellte.

Als die Dunkelheit hereinbrach und die Sterne am Himmel funkelten, legte er sich ins Gras. Seltsam, jetzt habe ich Haus und Stelle verloren, dachte er, und um mein Unglück vollzumachen, habe ich nicht mal mehr ein Dach über dem Kopf, sondern liege unterm Sternenzelt. Der nächtliche Himmel erinnerte ihn an seine Entdeckung, bei der es ja auch um die Sterne gegangen war. Würde er nun das Schicksal von Saalfelds teilen müssen? Er wusste immer noch nicht, wie es dem unbekannten Erfinder weiter ergangen war. Aber es war bestimmt kein glücklicher Ausgang gewesen. Sein eigenes Leben unterschied sich allerdings von dem des Unbekannten: Er hatte eine Frau und Kinder, die er liebte und für die es sich lohnte, einiges zu riskieren. Und er hatte eine Aufgabe, die ihn noch lange beschäftigen würde. Um diese Fragen kreisten seine Gedanken, bis er endlich in einen traumlosen Schlaf hinüberglitt.

Ein vielstimmiges Vogelkonzert weckte Leonhard Bernhardi früh am nächsten Morgen. Erst wusste er nicht, ob alles, was bisher geschehen war, nur ein nächtlicher Traum gewesen war. Aber dann erblickte er sein Pferd und die ungewohnte Umgebung. Schlagartig wurde ihm seine Situation bewusst.

Er ging zum Bach, um sich frisch zu machen. Das kühle Wasser auf dem Gesicht weckte augenblicklich seine Lebensgeister. Für einen kurzen Moment empfand er sogar Freude über diesen Aufbruch in sein neues Leben. Aber dann kehrten angesichts seiner ungewissen Zukunft die Sorgen und Ängste zurück. Ob diese nicht doch mit seinem Kleinglauben zusammenhingen? Wie oft hatte er schon über die Aussage des Erlösers gegrübelt, wer nur Glauben habe wie ein Senfkorn, der sei imstande, Berge zu versetzen. Offenbarte sie nicht geradezu seinen Unglauben? Hatte nicht auch Luther betont, allein der Glaube sei das Entscheidende?

Er selbst hatte früher den Glauben als eine Bindung, ja geradezu als Unterwerfung unter die göttliche und kirchliche Autorität verstanden. Wie sehr hatte ihm der Wittenberger die Augen dafür geöffnet, dass Glaube etwas ganz anderes war, nämlich ein restloses Vertrauen auf Gott, ohne dass irgendwelche Vorbedingungen zu erfüllen waren. Allerdings fielen damit sämtliche Sicherungen und jegliche weltliche Fundierung des Heils weg. Bernhardi lächelte. Hatte er etwa schon die Fakultät gewechselt? Aber nein, mit den Streitigkeiten der Theologen wollte er nichts zu tun haben. Mit dem Kern ihrer Themen aber doch.

Nach einem kleinen Imbiss, den er mitgenommen hatte, sattelte er sein Pferd und nahm die letzte Etappe des Weges in Angriff. Seine Vorfreude auf das Wiedersehen mit Elisabeth und den Kindern hatte sich bis zum Äußersten gesteigert, als er endlich in Leipzig auf dem Hof seines Schwagers und seiner Schwägerin einritt. Er stieg ab.

Auf sein Klopfen hin wurde die Eingangstür geöffnet. Ursula Gropius, die Schwester seiner Frau, stand völlig überrascht vor ihm.

„Leonhard, du?"

„Ja, meine liebe Ulla, ich bin es. Verzeih mein unangemeldetes Erscheinen, aber ich habe wichtige Gründe, Elisabeth und die Kinder zu sprechen."

„Ist etwas Schlimmes geschehen?"

„Nichts, was dich beunruhigen müsste. Aber sei erst einmal gegrüßt!" Mit diesen Worten umarmte Bernhardi seine Schwägerin.

„Ja, es tut mir leid, aber Liese und deine Töchter sind nicht mehr hier. Gestern sind sie nach Hause abgereist. Hast du das nicht gewusst?"

Es war einer der seltenen Augenblicke, in denen Bernhardi völlig sprachlos war. Ungläubiges Entsetzen ergriff ihn. „Nein, das habe ich nicht gewusst. Es war abgesprochen, dass sie ungefähr zehn Tage bei euch bleiben würden."

„Richtig. Aber Elisabeth wurde immer unruhiger. Sie ahnte, dass sie zu Hause nach dir und auch sonst nach dem Rechten sehen müsste. Du weißt ja, dass sie in solchen Dingen sehr sensibel ist, fast schon wie eine Prophetin."

Nur den Tod von Anna hat sie nicht voraussehen können, dachte Bernhardi bitter, aber er fasste sich sofort wieder.

Bevor er etwas erwidern konnte, redete Ursula weiter. „Außerdem war Barbara sehr unruhig. Sie litt wohl sehr unter der Trennung von ihrem Verlobten, ihrem Verehrer, wollte ich natürlich sagen. Und die anderen hätten auch lieber mit ihren

Freundinnen daheim gespielt, als hier artig auf Besuch zu sein. Aber willst du nicht hereinkommen? Pieter wird sich freuen, dich zu sehen."

„Nein, das geht jetzt wirklich nicht. Ich muss sofort zurück und sie sprechen." Ursulas Mitteilung hatte ihn getroffen wie ein Faustschlag. Nach einer kurzen Pause fuhr er fort: „Grüß deinen Mann herzlich von mir. Wir können hoffentlich bald einen gemeinsamen Besuch nachholen." Damit drehte er sich um, stieg auf sein Pferd und verschwand in scharfem Galopp vom Hof. Ursula blickte ihm stirnrunzelnd hinterher.

Leonhard ritt wie von Sinnen die gleiche Strecke zurück, die er gekommen war. Erst als er merkte, dass sein Pferd erschöpft war, gönnte er ihm und sich eine kleine Rast. So schwer es ihm fiel, er musste seine Geschwindigkeit dem Vermögen seines Tieres anpassen. Auf seine eigenen Bedürfnisse achtete er überhaupt nicht. Erst als er in der Dunkelheit sein Haus erblickte, merkte er, dass sein Magen sich meldete.

Kurz bevor er das Haus erreichte, schien es ihm, als sei dort hinter einem Fenster ein Licht ausgelöscht worden. Bernhardi stutzte. Nichts deutete darauf hin, dass Elisabeth mit den Kindern schon zurückgekommen war. Dann wäre das Haus sicherlich schon hell erleuchtet gewesen. Mit dem großen Karren brauchte die Familie mehr Zeit als er mit seinem schnellen Pferd. Er wollte sich erst mit einigen Lebensmitteln versorgen und dann versuchen, Elisabeth und die Kinder ein Stück außerhalb der Stadt abzufangen, wo sie auf jeden Fall entlangkommen mussten. Unter allen Möglichkeiten wäre diese noch die glücklichste. Bernhardi spürte, dass sie in ihrem Haus nicht mehr sicher sein würden. Wenn die Diebe den Text dechiffrieren und übersetzen konnten, dann war ihnen klar, dass er, Bernhardi, über ein gefährliches Wissen verfügte. Dann würde auch er Schwierigkeiten bekommen, vielleicht wäre sogar sein Leben in Gefahr.

Bevor er etwas unternehmen konnte, musste er allerdings feststellen, ob das Haus wirklich unbewohnt war. Mit etwas Glück würde er auch noch ein paar Lebensmittel finden. Er stieg ab, band sein Pferd an einem Baum fest, der vom Haus aus nicht zu sehen war, zog seinen Langdolch und schlich im Schutze der Dunkelheit und der Bäume zur Haustür. Dort horchte er leise, ob etwa Geräusche zu vernehmen waren. Doch alles war still. Er duckte sich und schlich links um die Hausecke, um einen Blick durch ein Fenster zu werfen. So erreichte er das beim Einbruch zerstörte Fenster, das nur mit Laken zugehängt worden war. Es war zwar völlig dunkel in dem Raum, aber Bernhardi roch etwas: Der Wind trug ihm den schwachen, rauchigen Geruch einer soeben ausgelöschten Talglampe zu. Also doch, dachte er bei sich, den Dolch noch fester umklammernd. Hier war bis vor Kurzem jemand gewesen. Und er musste noch in der Nähe sein.

Bevor Bernhardi weitere Schlüsse ziehen konnte, spürte er eine Bewegung hinter sich. Er fuhr instinktiv herum, und das rettete ihm sein Leben. Ein Streich mit einem schlanken Kurzschwert verfehlte ihn nur um Haaresbreite. Bernhardi gelang es, erfolgreich einen Stich in Richtung des dunkel gekleideten, wendigen Angreifers anzubringen.

„Verflucht", schimpfte der Getroffene und setzte nach einer geschickten Körpertäuschung zu einem zweiten Angriff an. Dem hatte Bernhardi nicht viel entgegenzusetzen. Seine kurze Waffe nutzte ihm nicht viel, denn er durfte seinem Gegner nicht so nahe kommen. Also wich er zurück und versuchte, in den Wald zu entkommen.

„Pass auf, er will fliehen!", zischte die dunkle Gestalt, und Bernhardi bemerkte zu seinem Entsetzen, dass ihm der Weg von einer zweiten Person mit gezückter Waffe versperrt wurde.

„Was wollt Ihr?", versuchte Bernhardi, seinem Schicksal zu entgehen.

„Euch!“, zischte der erste Angreifer.

Mit einer schier übermenschlichen Verzweiflung stürzte Bernhardi sich auf den zweiten Mann. Beide fielen zu Boden und rangen miteinander. Da erhob der erste Unbekannte seinen Arm zum finalen Schlag. Bernhardi war durch den Kampf abgelenkt und bot ihm unfreiwillig den Rücken dar.

In dem Moment, als der dunkel Gekleidete zuschlagen wollte, traf ihn selbst von hinten ein harter Stoß, der ihm die Waffe aus der Hand schlug. Verblüfft drehte er sich um, und im Fallen erblickte er einen jungen Mann, der entschlossen zum zweiten Angreifer eilte. Rasend vor Schmerz krümmte sich der Getroffene und blieb liegen. Sofort entwand der Zweite sich dem verzweifelt ringenden Bernhardi und suchte das Weite.

„Wer seid Ihr?“ Bernhardi drehte sich seinem Retter zu.

„Ich bin es, Friedrich von der Aue. Ich sah Euch in Schwierigkeiten und mich in der Lage, Euch daraus zu helfen.“

„Ihr habt mir mein Leben gerettet. Aber sagt, woher wusstet Ihr, dass …“

Bevor Bernhardi zu Ende sprechen konnte, galoppierte eine dunkle Gestalt auf beide los und stieß sie zu Boden. Dann sprang der Reiter kurz von seinem Rappen, hob seinen ohnmächtigen Kumpan auf und setzte ihn quer hinter dem Sattel aufs Pferd. Dann sprang er wieder auf und ritt im Galopp davon.

„… dass ich hier bin und noch dazu in Lebensgefahr?“, ergänzte der ungläubig die Szene verfolgende Bernhardi.

„Ich habe es nicht gewusst. Aber Barbara hat mir kurz nach ihrer Ankunft in Leipzig einen Brief geschrieben. Sie teilte mir mit, die Dinge würden dort nicht gut stehen und sowohl ihre Mutter als auch ihre Schwestern dächten an eine baldige Abreise. Wie Ihr Euch denken könnt, war und ist meine Stimmung hochgradig erfreut über diesen Umstand. Meine Freude, Barbara wieder in die Arme schließen zu können, wuchs von Tag zu Tag. Und so bin ich jeden Abend zu Eurem Anwesen gegangen – in der Hoffnung, Eure Familie möglichst bald vorzufinden. Ich muss gestehen, dass ich hier in der Ruhe und Abgeschiedenheit meinen Lernstoff durchaus nachhaltig repetieren konnte. Besser als zu Hause oder im Wirtshaus."

„Aber Ihr wart doch nie die Nacht über hier?"

„Aber nein, nur heute. Denn als ich heute bei Einbruch der Dämmerung enttäuscht den Rückzug antreten wollte, bemerkte ich die beiden Gestalten, die sich – wie ich vermutete, unbefugt – Eurem Eigentum näherten. Und so bin ich geblieben, um im Falle der Not einschreiten zu können."

„Das ist Euch wahrlich gelungen. Ich weiß nicht, wie ich Euch danken kann."

„Ihr braucht mir nicht zu danken. Mit Barbara habt Ihr den größten Dank in die Welt gesetzt, den ich mir vorstellen kann."

Leonhard Bernhardi war für einen Moment sprachlos. Er bewunderte den jungen Friedrich, der nie um die richtigen Worte verlegen war und anscheinend auch einen guten Streich mit der Waffe zu führen wusste. Und der zudem noch so von seiner Barbara sprach, dass er selbst als Vater immer wieder stolz auf seine Tochter wurde.

„Wenn Ihr Euch von Eurem Schreck erholt habt, dann bitte ich um Aufklärung. Aus welchem Grund seid Ihr überfallen worden? Und das nun schon zum zweiten Male. Ich habe von dem Einbruch neulich gehört. Besteht da ein Zusammenhang?"

„Ich habe wohl keine andere Wahl, als Euch in ein Geheimnis einzuweihen. Ein Geheimnis, dessen Entdeckung Folgen für uns alle haben wird. Auch für Euch, Friedrich. Und ich bitte Euch von nun an, mich Leonhard zu nennen. Wir müssen vorsichtig sein. Ich weiß nicht, wo meine Familie geblieben ist, sie ist gestern schon aus Leipzig abgereist. Wir müssen sie unbedingt abfangen, bevor sie hierhinkommen. Wer weiß, was für Hebel in Bewegung gesetzt werden, um uns zum Schweigen zu bringen."

Friedrich überlegte kurz.

„Dann kommt heute mit zu mir. Platz in meiner Herberge ist überreichlich vorhanden. Von dort können wir nicht nur die Straße in die Stadt einsehen, die Eure Familie benutzen muss, dort könnt Ihr mich auch in die Geschehnisse einweihen, in die Ihr offenbar verwickelt seid. Außerdem könnt Ihr auf den Schreck sicherlich etwas zur Kräftigung gebrauchen.“

Bernhardi überlegte kurz. „Ja, wenn das möglich ist, wird es so das Beste sein. Ich bete zum Herrn, dass meiner Familie kein Unglück geschehen ist.“

„Da vereinen sich unsere Gebete. Aber es gibt noch Hoffnung.“

„Und die wäre?“

„Einen Überfall vorzutäuschen – und das sollte heute Abend ja wohl passieren – ist eine Sache. Eine andere ist, eine ganze Familie zu bedrohen. Das erfordert mehr Aufwand der Vertuschung.“

„Möget Ihr recht behalten!“

Als sie an dem Baum angelangt waren, an dem Bernhardi sein Pferd angebunden hatte, bemerkte er, dass es verschwunden war.

„Mit meinem Pferd sind sie geflohen!“

„Dann sind sie schon weit genug weg, um uns nicht zu bemerken.“ Friedrich von der Aue behielt die Ruhe.

Beide machten sich auf den Weg zu Friedrichs Herberge. Als sie ihr Ziel erreichten, hatte der Magister seinem künftigen Schwiegersohn schon viele Details über seinen aufsehenerregenden Fund erzählt.

Sie traten ins Haus, und Friedrich holte zur Bewirtung alles, was sich auffinden ließ, und das war nicht gerade wenig. Anschließend löschten sie das Licht bis auf eine kleine Talglampe und behielten die gut einsehbare Straße im Blick. Auch wenn beide einmal abgelenkt waren, das Rumpeln eines Wagens auf dem Kopfsteinpflaster wäre nicht zu überhören gewesen. Aber das Geräusch blieb aus. Bernhardi und Friedrich beschlossen, sich abwechselnd ein paar Stunden Schlaf zu gönnen. Einer sollte jedoch immer wach bleiben.

Am nächsten Morgen weckte Friedrich von der Aue Bernhardi mit den Worten: „Wacht auf, ich habe nicht nur ein Frühstück bereitet, sondern auch nachgedacht."

Bernhardi war sofort auf den Beinen. „Und zu welchem Ergebnis seid Ihr gekommen?"

„Greift erst einmal zu und stärkt Euch."

Während sie das Frühstück einnahmen, redete Friedrich weiter. „Leonhard, Ihr seid in Lebensgefahr! Und damit meine ich Eure ganze Familie. Das war gestern keine Einschüchterung mehr, sondern der Versuch, Euch zu töten. Das deutet darauf hin, dass den Dieben entweder die Entzifferung des saalfeldschen Dokumentes gelungen ist oder ..."

„Oder was?"

„... oder dass sie auch in den Besitz Eurer Übersetzung gelangt sind. Immerhin habt Ihr diese ja auch schriftlich festgehalten. Ist sie denn auch entwendet worden?"

„Das habe ich in der Aufregung noch gar nicht überprüft."

„Dann werden wir das auch nicht mehr klären können, denn Ihr dürft auf keinen Fall in Euer Haus zurückkehren. Aber weiter. Es müssen zwei Dinge geschehen. Erstens muss der Verbleib Eurer Familie geklärt werden. Vielleicht ist ihnen ja nur ein Missgeschick passiert, ein Radbruch oder Ähnliches. Und zweitens müsst Ihr Euch selbst in Sicherheit bringen."

„Ich werde niemals weichen, ohne meine Familie in Sicherheit zu wissen!", schnaubte Bernhardi.

„Ich weiß. Und gerade das ist der Vorteil Eurer Gegner. Vielleicht wollen sie mit Eurer Familie ein Faustpfand in der Hand haben, um Eurer habhaft zu werden."

„Das ist unmöglich! Friedrich, ich kann mich nicht verstecken und meine Familie diesen Mördern aussetzen. Lieber sterbe ich!“ Bernhardi war erregt aufgesprungen.

„Beruhigt Euch, Leonhard“, erwiderte Friedrich ruhig. „Auch mir gilt mein Leben nicht viel, wenn es darum geht, Barbara zu retten. Und sollte ihr auch nur ein Haar gekrümmt werden, so schwöre ich Euch, dann werden diese Banditen es bereuen!“ Er schwieg einen Moment und fügte dann ruhig hinzu: „Wir müssen aber jetzt bei kühlem Verstande bleiben. Glaubt mir, das fällt mir auch nicht leicht. Aber es geht nicht anders. Ihr werdet Euch ein Asyl suchen, am besten sogar auf kursächsischem Gebiet, dann seid Ihr wenigstens vor den römischen Häschern sicher.“

„Seid Ihr sicher, dass die mit im Spiel sind?“

„Nein, es können auch ganz andere Mächte am Werke sein. Aber die Römischen würden mit Sicherheit Glaubensfragen als Beweggrund für Ihre Untaten vorgeben, um damit von der eigentlichen Sache abzulenken.“

„Und wie soll ich meiner Familie beistehen?“

„Indem Ihr Kontakt mit mir haltet. Ich bin den Häschern hoffentlich noch unbekannt. Also werde ich alles an Eurer statt erledigen. Als Erstes benötige ich von Euch eine Vollmacht über Eure Bankkonten.“

Friedrichs Tatkraft erstaunte und erschreckte Bernhardi zutiefst. „Ihr wollt was?“, fragte er verblüfft zurück.

„Eure Vollmacht über Eure Bankkonten. Ihr müsst doch an Euer Vermögen kommen. Auch das trägt zur Rettung Eurer Familie bei. Da Ihr hier nicht mehr des Tages unbehelligt durch die Stadt gehen könnt, werde ich das für Euch erledigen. Keine Sorge, ich habe nicht vor, mich an Eurem Vermögen schadlos zu halten. Das brauche ich auch gar nicht. Den größten Teil werde ich Euch sofort mitgeben. Eine kleine Summe, die ich eventuell für meine Suche nach Eurer Familie brauche, werde ich behalten, wenn Ihr gestattet. Seid Ihr damit einverstanden?"

Bernhardi erlangte seine Fassung zurück. „Euch ist schon klar, dass Ihr Euch damit selbst in Gefahr begebt?"

„Ja, aber das ist es mir, verzeiht mir, vor allem wegen Barbara wert. Aber ich hoffe, ich gehe noch als Trottel durch, der seinem Professor einen kleinen Gefallen tut, ohne eigentlich zu wissen, was er da macht."

„Ihr scheint sehr genau zu wissen, was Ihr wollt."

„Ich entdecke gerade, was ich wirklich will."

„Euer Vater würde sehr stolz auf Euch sein, wenn er wüsste, was Ihr tut."

„Da bin ich mir nicht so sicher. Er ist Kaufmann – und geschäftsfördernd war meine Lebenseinstellung nie."

Bernhardi schwieg, setzte sich an den Tisch und bat um Tinte, Feder und Papier. Nachdem er das Gewünschte erhalten hatte, schrieb er eine kurze Bankvollmacht und überreichte sie Friedrich von der Aue. „Enttäuscht mich nicht."

„Seid gewiss. Und jetzt verbergt Euch hier, ich werde versuchen, das kleine Geschäft schleunigst zu erledigen. Bereitet so lange Eure Flucht vor."

Widerwillig stimmte Bernhardi zu. Er konnte hier nichts mehr für seine Familie tun. Sobald er ein Asyl gefunden hatte, würde er Friedrich über den Ort informieren. Dieser wiederum würde ihm seine Familie zuführen, wenn sie denn wohlbehalten hier einträfe. *Wenn* sie hier einträfe.

Zwei Stunden später war Friedrich von der Aue wieder da. Zu Fuß war er losgegangen, mit einem Pferd kam er zurück. Nachdem er das Pferd hinter dem Haus versorgt hatte, trat er in seine Stube und erklärte dem ungeduldig wartenden Bernhardi, dass es ihm gelungen sei, fast das gesamte Vermögen in Bargeld abzuheben. Allerdings hatten die Hüter des Geldes im Bankhaus sehr penibel gearbeitet und von ihm sogar Sicherheiten gefordert. Aber letztlich habe er den Auftrag erledigen können. Außerdem habe er für ein Pferd gesorgt. Je schneller Leonhard von hier fliehen könne, desto besser.

Bernhardi zweigte eine beträchtliche Summe für Friedrich ab, dann bereitete er nachts seine Flucht vor.

Früh am nächsten Morgen verabschiedete sich Leonhard von Friedrich. Die Umarmung fiel herzlich aus. Der Magister versprach, er werde sich melden, sobald er eine Bleibe gefunden habe. Zunächst wollte er versuchen, bei entfernten Bekannten unterzukommen. Friedrich schaute ihm nach, wie er auf seinem Pferd davongaloppierte, bis auch die letzten Staubwolken verflogen waren. Dann ging er in seine Stube, nahm einen kleinen Betrag vom dem, was Bernhardi ihm dagelassen hatte, sortierte etwas Gepäck und prüfte seine Bewaffnung. Als er aus dem Haus ging, ließ er seine Blicke so unauffällig wie möglich schweifen. Er konnte niemanden entdecken, der ihm folgte.

Eine halbe Stunde später ritt Friedrich im Trab die Hauptstraße entlang. Es war der Weg, auf dem der Wagen der Bernhardis kommen musste. Gute drei Stunden nach dem Aufbruch bemerkte er in der Ferne ein größeres zweispänniges Gefährt, das ihm entgegenkam. Trotz seiner inneren Anspannung versuchte Friedrich ruhig zu bleiben, allerdings glaubte er nicht an eine glückliche Fügung. Als der Wagen auf seiner Höhe war, brachte er ihn zum Anhalten.

„Verzeiht, aber befindet sich die Familie Bernhardi bei Euch?“

Der Kutscher, der zuerst so tat, als sei er über die unfreiwillige Rast verärgert, war dann aber doch erfreut, dass es sich um keinen Überfall handelte. Er bejahte seine Frage.

„Habt Dank!“ Ungläubig trat Friedrich von der Aue an die rückwärtige Plane und öffnete sie. Ein erstickter Freudenschrei erreichte ihn von dort, genauso wie das ungläubige Staunen von Elisabeth Bernhardi und ihren Töchtern. Auch wenn Friedrich es kaum erwarten konnte, Barbara in die Arme zu schließen, musste er sich beherrschen.

„Gnädige Frau, verzeiht mir meinen überraschenden Auftritt und die Unterbrechung Eurer Reise. Aber es haben sich Umstände ergeben, die Ihr kennen solltet, bevor Ihr heimkehrt."

Elisabeth Bernhardi ließ sich ihre Überraschung nicht anmerken. „Friedrich, schön Euch zu sehen. Was führte Euch denn so eilig uns entgegen?"

Ohne zu antworten sprang Friedrich von seinem Pferd und band es an die Kutsche. Dann sprang er mit einem Satz auf den Wagen und nahm neben der ebenso überraschten wie glücklichen Barbara Platz. Dann gab er dem Kutscher ein Zeichen, er möge weiterfahren.

In knappen Sätzen erklärte Friedrich von der Aue die Lage. Katharina war sprachlos und Sophia fing leise an zu weinen. Barbara schwieg und versuchte die Folgen der Mitteilung zu verstehen. Elisabeth hatte als Erste ihre Fassung wiedergewonnen. Sie wandte sich an den Kutscher und bat ihn, anzuhalten. Es gelang ihr, ihn zu überzeugen, die Route zu ändern. Der Kutscher nickte und die Fahrt ging weiter.

Friedrich von der Aue wandte sich an Elisabeth: „Verzeiht die Frage, aber Eure Heimfahrt scheint sich verzögert zu haben. Leonhard hatte Euch schon viel früher erwartet."

„Leonhard? Ihr scheint ja inzwischen sehr vertraut mit meinem Mann zu sein. Aber das ist nach dem, was vorgefallen ist, auch nur verständlich. Es war eine ganz banale Ursache: Ein Achsbruch hat uns gezwungen, in einem kleinen Nest zu übernachten. Und es hat eine schiere Ewigkeit gebraucht, bis der Wagen wieder in Ordnung war."

„Wir hatten die schlimmsten Befürchtungen."

„Was ich sehr gut verstehen kann. Aber verzeiht, ich muss jetzt meine Gedanken zusammenhalten. Mir scheint, wir werden Leonhard so schnell nicht wiedersehen …"

„Glaubt mir“, unterbrach Friedrich sie, „ich habe ihn von der Notwendigkeit seiner Flucht überzeugen müssen. Er hätte sich, ohne zu zögern, für Euch zerreißen lassen.“

„Das glaube ich gern. Was meint Ihr, Friedrich, werden wir ihn bald wiedersehen?“

„Davon bin ich überzeugt. Aber Ihr braucht Geduld, vielleicht viel Geduld … Verzeihung, darf ich Euch eine Frage stellen?“

„Ja, freilich.“

„Bedauert Ihr es, Euren Mann zu seinem Unternehmen ermutigt zu haben?“

Elisabeth Bernhardi zögerte einen Augenblick. „Nein. Über kurz oder lang wäre es ohnehin so nicht weitergegangen. Aber das wird Euch hoffentlich Leonhard einmal selbst erzählen. Vielleicht ist es gut, dass wir armseligen Kreaturen oft nicht wissen, was die Folgen unseres Tuns sind.“

„Was habt Ihr jetzt vor?“

Elisabeth blickte ihn ernst an. „Nicht weit von hier liegt der kleine Ort Strehla. Ich habe unserem Kutscher befohlen, uns dort abzusetzen. Ich habe entfernte Verwandte, einen Vetter, der mit seiner Familie in einem alten Schloss wohnt. Es handelt sich um die Familie Pflug. Ich hoffe, dass sie uns vorerst eine Bleibe gewähren. Dann muss ich sehen, wie ich für meine Töchter sorgen kann.“ Sie blickte Friedrich an. „Um Barbara brauche ich mir jetzt weniger Sorgen zu machen. Ihr wisst, was das heißt?“

„Ja, und ich werde alles tun, Euch nicht zu enttäuschen. Aber wartet … Pflug … Der Name kommt mir bekannt vor. War nicht ein Caesar Pflug Appellationsrat bei Herzog Georg?“

„So ist es.“

„Und, verzeiht, waren nicht irgendwelche Pflugs sogar die Urgroßeltern dieser entlaufenen Nonne, die Martin Luther geheiratet hat?“

„Ihr seid ja bestens informiert. Wie Ihr seht, macht der Riss der Welt nicht an herzoglichen oder kurfürstlichen Grenzen halt. Meine Hoffnung ist nur, dass unser Asylbegehr nicht als Folge unserer Hinwendung zur lutherischen Lehre verstanden wird, obwohl Leonhard wohl nicht mehr weit von dieser Lehre entfernt scheint. Andernfalls werden wir hier keine Bleibe finden können."

„Ich werde Euch so lange begleiten, wie Ihr Schutz braucht. Und hier, nehmt das, es ist sowieso Euer Eigentum." Friedrich von der Aue überreichte Elisabeth den kleinen, aber wohlgefüllten Geldbeutel.

Sie nahm den Beutel an sich. „Ich danke Euch und hoffe, dass Eure Dienste bald nicht mehr vonnöten sein werden."

Friedrich nickte kurz und ergriff Barbaras Hand. Sie konnte den Zwiespalt zwischen der Freude, Friedrich wiedergefunden zu haben, und der Sorge um die Familie kaum aushalten. Nicht einmal jetzt waren ihnen Minuten der Zweisamkeit vergönnt.

An der nächsten Wegkreuzung bogen sie ab und erreichten den Ort Strehla. Der Wagen nahm die Auffahrt zum Schloss und hielt vor einem mächtigen Portal. Elisabeth bat ihre Töchter und Friedrich um etwas Geduld, verließ den Wagen und klopfte am Tor. Ihr wurde geöffnet, und dann blieb sie für eine Weile im Innern des Gebäudes verschwunden. Als sie zurückkehrte, machte sie ein zufriedenes Gesicht.

„Wir können vorerst hierbleiben", verkündete sie. Und an Friedrich gewandt, fuhr sie fort: „Ich danke Euch für Eure Hilfe. Bitte reitet nun nach Hause. Hier könnt Ihr nichts mehr tun. Ich möchte nicht, dass Ihr in die Geschichte hineingezogen werdet, wenn es denn nicht schon längst geschehen ist. Bitte lasst von Euch hören, wenn mein Mann sich bei Euch meldet, und versichert ihm, dass es uns gut geht."

„So soll es geschehen."

Mit einem artigen Handkuss verabschiedete sich Friedrich

von der Frau seines Professors, dann wandte er sich nach Barbara um und umarmte sie.

„Hab keine Sorge, alles wird gut", flüsterte er ihr ins Ohr.

21

Langsam brach Bernhardi das Siegel des Briefes. Dann entfaltete er das Papier und las.

Gnade und Friede in Christo zuvor!
Mein lieber Leonhard!
Ich hoffe, meine Nachricht erreicht Dich, während Du wohlauf bist. Du wartest bestimmt auf Neuigkeiten von hier, vor allen Dingen von Deiner Familie.

Unser Student Friedrich von der Aue hat durchblicken lassen, dass er um den Aufenthaltsort Deiner Lieben weiß und dass sie wohlbehalten bei Bekannten untergebracht sind. Dies schreibe ich zu Deiner Beruhigung. Ich vermute, dass meine Nachricht Dich noch vor seiner erreicht, da er Deinen Aufenthaltsort bis zu unserem Gespräch noch nicht kannte.

Wir hatten ein längeres persönliches Zusammentreffen. Du hattest ihm ja angedeutet, dass ich in Deine Untersuchungen eingeweiht bin, und er hat mir den Gang der schlimmen Ereignisse um Dich und Deine Familie ausführlich, aber unter dem Siegel der Verschwiegenheit geschildert.

Seine Begegnung mit Elisabeth und den Kindern wird Dir hoffentlich Deine Sorgen um sie etwas lindern können. Ihren Aufenthaltsort, den ich selbst weder kenne noch in Erfahrung bringen möchte – um im Falle eines Verhöres nicht lügen zu müssen oder mich verraten zu können –, hatte er selbst mir aus genannten Gründen verschwiegen.

Hier in unserer Stadt ist einiges geschehen. Was Deine Abwesenheit angeht, so kursieren hier Gerüchte, Du seiest einer Krankheit zum Opfer gefallen oder gar überfallen worden. Allerdings reimt es sich nicht mit dem Verschwinden Deiner Familie zusammen. Innerhalb der Universität sehen die Vermutungen allerdings etwas anders aus. Reinhardus hat in einer Versammlung der Professoren Andeutungen gemacht, Du könntest dem Gift der lutherischen Häresie zum Opfer gefallen sein und hättest Dich durch Flucht Deiner Verantwortung entzogen. Ob das tatsächlich seine Meinung ist oder ob er Kenntnisse über die Bedeutung Deines Fundes hat, ist mir nicht klar. Aber mit dem Häresieverdacht hat er eine gute Ausrede, Deine Abwesenheit zu erklären. Unsere lieben Kollegen tun zwar entsetzt, doch vermutlich sind sie nur daran interessiert, dass Dein möglicher Nachfolger für sie keine Beunruhigung oder Herausforderung darstellen wird. Von herzoglicher Seite ist noch keine Reaktion erfolgt.

Wie mir zugetragen wurde, ist plötzlich Bruder Konrad verstorben. Er könnte tatsächlich der letzte Lebende gewesen sein, der von Saalfeld gekannt und sogar mit ihm eine längere Zeit im Kloster zugebracht hat. Dürfte da ein Zusammenhang mit den Ereignissen Deines Überfalles in Betracht zu ziehen sein?

Erinnerst Du Dich noch an den Studenten Maximilian Hartung? Ein nicht unbegabter Mensch, aber ein mir etwas zu stürmischer Draufgänger. Auch er war einige Zeit verschwunden, dann wurde seine Leiche gefunden – in einem Brunnen etwas außerhalb unseres Ortes. Der Medicus befand, dass er wohl an einer Stichverletzung verblutet sei.

Es überschlagen sich hier die Ereignisse. Ich selbst scheine noch nicht in Verbindung mit Dir gebracht worden zu sein, aber der Einbruch auch bei mir ist mir Mahnung genug.

Wie geht es Dir selbst? Bist Du in Kemberg, so nahe an Wittenberg, gut untergebracht? Mein Freund, den ich Dir empfohlen habe, ist verschwiegen wie ein Grab. Hoffentlich schöpft niemand Verdacht, wenn der angesehene Professor jetzt als edler Herr Karl Stolzig in dem Orte gastiert.

Wie ich von Deinem Gastgeber in Erfahrung bringen konnte, bietet ein Graf Wandsbeck in der Nähe von Deinem Asyl eine Hauslehrerstelle für seine Söhne. Ich werde Dich dort empfehlen, er hat Beziehungen zu entfernten Verwandten von mir. Vorher musst Du mir aber Deinen neuen Lebenslauf vorstellen, damit wir uns nicht widersprechen. Deine neue Identität darf nicht angezweifelt werden. Wenn es Dir möglich ist, versuche, Dein Äußeres zu verändern, nur aus Sorge um Deine Sicherheit.

Ein Letztes noch. Im Interesse unseres Geheimnisses werde ich versuchen, einige meiner Alchemistenfreunde damit zu beauftragen, mir solche Gläser zu besorgen, wie sie von Saalfeld beschrieben hat. Natürlich nur unter dem Vorwand alchemistischer Versuche. Wenn wir die Sache nicht aufgeben wollen, sollten wir versuchen, diesen Apparat entweder aufzufinden oder nachzubauen. Wir müssen das doch alles beweisen!

Sobald es Neuigkeiten gibt, werde ich Dich wieder informieren. Lass von Dir hören!

Es grüßt Dich herzlich

Einhard

Betroffen faltete Bernhardi den Brief wieder zusammen. *Wir müssen das doch alles beweisen!* Wie eine Mahnung stand der Satz im Raum. *Wir müssen das doch alles beweisen!*

Dann durchzog ihn ein seliges Glücksgefühl, dass Elisabeth und seine Töchter anscheinend wohlbehalten und gut untergebracht waren. Er fieberte Friedrichs Mitteilung über ihren Aufenthaltsort entgegen, sodass er wenigstens schriftlich mit ihnen verkehren konnte. Wie gut, dass es zuverlässige Freunde gab. Sie waren ein Schatz, wertvoller als aller Besitz.

Er verstaute den Brief in seinem Wams und ging zur Wand

des Zimmers, an der sich ein kleiner Spiegel befand. Lange betrachtete er sich darin. Wie würde er wohl mit Bart wirken? So wie Luther auf der Wartburg als Junker Jörg ausgesehen hatte? Meister Lucas Cranach hatte ihn damals so gemalt. Das war nun auch schon sechs Jahre her.

Mit einem Ruck riss Bernhardi sich aus seinen Gedanken. Er setzte sich an den Tisch und begann, eine neue Identität für sich zu erfinden, die er in groben Strichen zu Papier brachte. Dann fügte er noch ein paar persönliche Worte des Dankes hinzu, faltete das Blatt zu einem Brief und verließ die Stube, um einen Boten zu finden, der den Brief Auerbach überbringen sollte.

22

Elisabeth saß mit ihren Töchtern am langen Tisch und nahm erschöpft das Abendessen ein. Die Kinder wagten es kaum, sich in der ihnen fremden Umgebung zu rühren, so verwirrt waren sie von der neuen Situation. Magdalena saß verängstigt auf Elisabeths Schoß und wollte sich füttern lassen, als hätte sie vergessen, wie groß sie schon war.

Um die Stille zu überbrücken, die für alle Anwesenden unangenehm im Raume schwebte, wandte sich Elisabeth an ihren Vetter Andreas Pflug.

„Ich danke Euch vielmals für Eure Gastfreundschaft, lieber Vetter. Ich hoffe, dass wir Euch nur kurze Zeit zur Last fallen werden."

Der Hausherr lächelte vorsichtig. „Aber das ist doch selbstverständlich, liebe Base, immerhin müssen wir doch in diesen

Zeiten zusammenhalten. In den letzten Jahren hat sich die Welt sehr verändert. Kaum etwas ist beim Alten geblieben. Viele Menschen haben alles verloren und wenige haben den Gewinn gemacht. Wen wundert es, wenn auf einmal brave, anständige Menschen vor dem Nichts stehen und viele sogar ihr Leben verloren haben. Denkt doch nur an den fürchterlichen Krieg, den die Bauern vor zwei Jahren begonnen haben, aufgemuntert durch die Respektlosigkeit des kleinen Wittenberger Mönches. Also, ich glaube nicht, dass er an den Aufständen so unbeteiligt war, wie er in seinen Schriften dargelegt hat. Aber lassen wir das."

Elisabeth spürte sofort, woher der Wind wehte. Sie musste sich hüten, auch nur einen Hauch von Sympathie mit der neuen Lehre anzudeuten, geschweige denn diese als Grund für ihre missliche Lage zu nennen.

Andreas Pflug fuhr fort: „Aber könnt Ihr mir, liebe Elisabeth, den Grund für die Abreise aus Eurer Stadt nennen? Mir sind die Zusammenhänge nicht ganz klar geworden."

Elisabeth blieb nicht viel Zeit, eine Antwort zu geben, die plausibel klingen musste, denn aus nichtigen Gründen verließ keiner seine Heimat. Andererseits musste sie so nahe wie möglich an der Wahrheit bleiben, um keinen Verdacht zu erregen, denn die Pflugs hatten durchaus die Mittel, ihre Angaben zu überprüfen. Warum müssen immer die Weiber das ausbaden, was die Männer anstellen, dachte sie bei sich.

„Wir sind grundlos dem Verdacht ausgesetzt worden, es mit den Lutherischen zu halten. Angesichts eines Verhöres von Studenten wurde im Hörsaal ein Exemplar einer häretischen Schrift des Wittenbergers gefunden. Glücklicherweise wurden die Übeltäter überführt und von der Universität entfernt. Die indizierte Schrift aber wurde meinem Mann übergeben, als Beweismittel für ein eventuelles Verfahren, das aber, wie Ihr vielleicht wisst, nicht stattgefunden hat. Anscheinend haben Menschen, die meinem Mann den Erfolg neiden, dies zum Vorwand genommen, ihn als Sympathisanten der Lutherischen zu erklären. Es wurde daraufhin bei uns eingebrochen und genau dieses Machwerk gestohlen, das mein Mann nicht einmal mehr angesehen hatte. Diejenigen Mächte, von denen wir nicht wissen, wer sie sind, haben anschließend versucht, meinen Mann zu ermorden."

Elisabeth fiel es nicht schwer, bei diesen Worten zu schluchzen. Auch wenn sie eine starke Frau war, die Ereignisse der letzten Tage und Wochen hatten ihr schwer zugesetzt. Magdalena, die ihre Mutter noch nie weinen gesehen hatte, sah sie mit großen Augen an. Elisabeth zog ein Schnupftuch hervor und wischte sich das Gesicht ab.

Nach einer kurzen Pause fuhr sie fort: „Daraufhin hat mein Mann uns zu unserer Sicherheit fortgeschickt. Bei meinen Verwandten in Leipzig konnten wir nicht bleiben, und so bin ich dankbar, dass Ihr uns die Gnade gewährt, bis zur Übersiedlung in eine neue Heimat hierbleiben zu dürfen." Lieber Gott, hilf, dass ich keinen Fehler gemacht habe, schickte Elisabeth ein Stoßgebet zum Himmel.

„Und wo befindet sich Euer lieber Gatte jetzt?"

Elisabeth hätte ihren Vetter für diese Frage würgen können. Warum ließ er sie nicht in Ruhe?

„Leider habe ich seit seiner Flucht aus der Lebensgefahr nichts mehr von ihm gehört. Ich hoffe, er hat wohlbehalten ein Asyl finden können."

„So beten wir für Euch, dass er bald wieder unter den Lebenden gefunden wird."

Mit diesen Worten Pflugs begann wieder die schweigsame Phase des Essens. Elisabeth bemerkte aber durchaus, dass einige Söhne der Pflugs die Familie genau musterten. Vor allem für Barbara schienen sich die jungen Männer zu interessieren.

Nach dem Essen zog sich die Familie Bernhardi in ihre Zimmer zurück. Ein ganzer Flügel des Schlosses war erst kürzlich renoviert worden und noch unbewohnt. Diesen Gebäudeteil hatte die Familie als Refugium überlassen bekommen.

„Ich mache mir Sorgen“, sagte Elisabeth zu Barbara, als Ruhe eingekehrt war. „Hast du bemerkt, wie die jungen Burschen dich angesehen haben?“

„Ja“, antwortete ihre Tochter errötend, „und es war mir sehr unangenehm. Ich wünschte, Friedrich wäre hier an Ort und Stelle.“

„In Zeiten, als das Wünschen noch geholfen hat ...“, zitierte Elisabeth grimmig. „So fangen Märchen an, aber ich fürchte, das hier ist die Wirklichkeit.“

23

In der abgedunkelten Halle brannten gerade so viele Fackeln wie nötig, dass man sich in dem Raum zurechtfinden konnte. Der schwarz gekleidete Mann am Kopfende des Tisches erhob sich und sprach in harten, deutlichen Worten, ohne laut zu werden. Es war eine Stimme, die es gewohnt war, dass man auf sie hörte. Fünf weitere, in ähnlich dunkle Gewänder gehüllte Personen bemühten sich, keine Geräusche zu machen.

„Ihr wisst, dass wir zum Einschreiten in der Sache dieses Magisters gezwungen waren. Nicht weil wir Freude daran hatten, sondern um ein noch viel größeres Blutvergießen zu verhindern. Leider haben sich die Personen, die diese gottgefällige Tat ausführen sollten, als unfähig erwiesen – mit dem Resultat, dass es jetzt wohl noch einen Mitwisser gibt. Und was besonders gefährlich ist: Wir wissen nicht einmal, wer dieser Mensch war, der die Durchführung des Notwendigen verhindert hat. Aber dazu später. Der Rat der großen Hüterin stellt somit fest:

Erstens: Unsere Methoden der Auswahl und Befähigung von Personen, die ihren Dienst im Auftrag der großen Hüterin verrichten sollen, sind noch immer nicht hinreichend. Zweitens: Die Durchführung aller notwendigen Maßnahmen muss verbessert werden. Drittens: Einzig im Bereich der Geheimhaltung sind die Erwartungen an die Beteiligten anscheinend erfüllt worden. Inzwischen hat die Beseitigung der großen Verblendung allerhöchste Priorität bekommen. Noch nie war die Gefahr, dass diese ihr schädliches Gift ausstreuen konnte, so hoch. Dazu ist es mir gelungen, noch mehr Mittel einzufordern, als wir bis jetzt zur Verfügung hatten. Ich konnte die entscheidenden Stellen von dieser Notwendigkeit überzeugen.

Jetzt zu den Fakten: Wo sich dieser Bernhardi befindet, wissen wir nicht. Alle unsere Zuträger sind informiert und angewiesen, sich genauestens umzuhören. Jeder Verdacht auf seinen Verbleib ist umgehend zu melden. Wo sich der Rest seiner Familie befindet, wissen wir genau. Zurzeit ist kein weiteres Einschreiten gegen sie erforderlich. Eventuell brauchen wir sie als Druckmittel, um diesen Bernhardi ausfindig zu machen. Sie stehen aber unter besonderer Beobachtung.

Es ist uns noch nicht gelungen, die Schriften des großen Verblenders, in deren Besitz wir nun glücklicherweise gekommen sind, zu verstehen oder zu entziffern. Aber wir haben die Übersetzung, so will ich es einmal nennen, die dieser Bernhardi angefertigt hat. Wie konnte er es schaffen, diesen Text zu entziffern, und die Unsrigen nicht? Die Frage muss untersucht werden. Zum weiteren Vorgehen: Die Suche nach dem Magister hat allerhöchste Priorität. In zwei Wochen – oder nötigenfalls auch früher – werden wir uns wieder hier zusammenfinden. Gibt es noch Fragen?“

Niemand meldete sich zu Wort.

Magister Bernhardi kam am späten Nachmittag in seine Herberge zurück. Erschöpft setzte er sich an den Tisch, der nur eine etwas zu groß geratene Ablage darstellte. Er vergrub das Gesicht in den Händen, doch dann besann er sich, holte einen Bogen Papier, spitzte seine Feder an, tauchte sie in die Tinte und begann seinen Brief.

Mein lieber Freund Einhard.
Ich hoffe, Du befindest Dich wohl. Bis jetzt scheinst Du von den unbekannten Schergen nicht weiter belästigt worden zu sein, ich hoffe sehr, dass es auch dabei bleibt. Aber trotzdem musst Du Deine Vorsicht erhöhen. Ich bitte Dich, unternimm vorerst in der Sache nichts, was einen Verdacht auf Dich lenken könnte. „Denn sie gedachten dir Übles zu tun und machten Anschläge, die sie nicht konnten ausführen", so heißt es im einundzwanzigsten Psalm. Noch konnten sie sie nicht ausführen, muss ich leider ergänzen, denn wie es aussieht, hat die Sache schon zwei Menschenleben gekostet. Und alles ist im Verborgenen geschehen. Ich komme zu dem Schluss, dass es sehr einflussreiche Mächte sein müssen, die die Wahrheit verdunkeln wollen.

Jetzt, da ich mit Deiner und Friedrichs Hilfe den ersten Kontakt zu Elisabeth aufnehmen konnte und über deren Verbleib unterrichtet worden bin, kann ich Dir endlich über den weiteren Verlauf meiner Unternehmungen hier berichten. Eben bin ich von einem Gespräch mit dem Grafen Wandsbeck und seinen beiden Söhnen zurückgekommen. Dein Freund, der mir den Weg zu dem Grafen ebnete, hat eine sehr gute Arbeit geleistet. Er hat mich wohl so nachdrücklich beim Grafen empfohlen, dass dieser kaum Fragen nach meiner Herkunft gestellt hat. So brauchte ich mich nicht über die Maßen der Unwahrheit zu bedienen. Wenigstens eine Erleichterung. Wandsbeck hat mich aus dem Stand um einen Probeunterricht bei seinen Söhnen im Beisein seines Syndikus gebeten. Ich weiß zwar nicht, wie ich das aus dem Stegreif angestellt habe, aber beide Herren waren überzeugt. Ich werde also ab nächster Woche dort eine Hauslehrerstelle antreten.

Meine Alimentation entspricht zwar nicht der meiner vorherigen Stellung, aber es reicht aus. Ab und zu hoffe ich, etwas Geld nach Strehla schicken zu können. Ich muss unterdessen unauffällig herauszufinden suchen, über welche Kontakte der alte Graf verfügt, um mich besser schützen zu können.

Wie Du Dir denken kannst, überfallen mich ständig Zweifel an der Richtigkeit dessen, was in der letzten Zeit geschehen ist. Sag, durfte ich wirklich die Sicherheit meiner Familie so in Gefahr bringen? Durfte ich wirklich alles zerstören, was wir bisher erreicht haben? Ich grüble manchmal die ganze Nacht und bete den Psalter, aber ich spüre trotzdem eine große Einsamkeit. Darf man um der Wahrheit willen das tun, was ich getan habe?

Elisabeth fehlt mir sehr, die Wärme des geliebten Weibes und ihre Weisheit und Tüchtigkeit in allen Fragen des Lebens. Ich weiß nicht, ob ich ohne sie noch die Kraft habe, mein Werk zu vollenden. Geplant habe ich, bald den letzten Teil zu übersetzen und dann zu versuchen, an diesen Sehapparat zu kommen. Leider fehlen mir meine Wörterbücher. Ab und zu ein kurzer Blick in die Grammatik würde die Übersetzung erleichtern, aber es muss auch so gehen.

Ich muss zum Schluss kommen, sonst schaffe ich es nicht mehr, einen zuverlässigen Boten aufzutreiben, der den Brief expediert. Übrigens: Aus mir ist jetzt ein veritabler Edelmann geworden – mit Vollbart und entsprechender Ausstattung. Selbst Du würdest mich wohl kaum wiedererkennen.

Sei herzlich gegrüßt,
Dein Leonhard alias Karl Stolzig

Bernhardi zögerte noch kurz, dann faltete er den Bogen zu einem Brief und versiegelte ihn. Noch einmal verließ er das Haus, um im Dorf einen Boten zu finden.

Am nächsten Abend begann er wieder mit seiner Arbeit an Saalfelds Geheimdokument. Inzwischen fühlte er sich etwas besser.

Die Möglichkeit, wenigstens Briefkontakt zu seiner Familie und Einhard zu halten, half ihm, sich in seine Lage zu schicken.

Da die Erstellung der Buchstabenfolge zunächst eine rein mechanische Arbeit war, konnte er zwischendurch seine Gedanken schweifen lassen. Vielleicht würde Saalfelds Entdeckung hier im kursächsischen Land auf fruchtbareren Boden fallen als im albertinischen Sachsen ... Aber sicher konnte er darin nicht sein. Wie sich die Universität zu den Werken von Kopernikus stellen würde, war andererseits ganz offen. Wäre es nicht faszinierend, wenn Wittenberg nicht nur in der Theologie ein Vorreiter des Fortschrittes wäre, sondern auch in der Astronomie? Sollte er sich darin irren, dann musste er damit rechnen, das Schicksal von Saalfelds zu teilen. Alles hinge davon ab, ob diejenigen, die verhindern wollten, dass dessen Erfindung bekannt würde, nur in den Kreisen der römischen Kirche zu finden waren oder ob ihr Einfluss noch weiter reichte.

Nun war es geschafft, er hatte die letzten Buchstaben richtig angeordnet. Bernhardi brauchte nur noch die Worte zu einem sinnvollen Text zu übertragen. Und er begann.

Mein Unglück begann des Tages, als mir in einer Runde der wenigen vertrauten Freunde, die mir geblieben waren, die Frage nach meiner derzeitigen Beschäftigung gestellt wurde. Ich muss gestehen, der Abend war sehr lang geworden und auch der gute Wein hatte seine Wirkung getan. So wurde ich unvorsichtig und zeigte zweien meiner (wie ich damals noch glaubte) Vertrauten meinen Sehapparat. Als sich auch noch die Wolken verzogen hatten und die Sterne am Firmament erschienen, zeigte ich ihnen die Phasen der leuchtenden Venus. Daraufhin stutzte einer der beiden, die bei mir waren und das Gesehene nicht glauben konnten. Er fragte nach meinen anderen Beobachtungen und verließ dann übereilt meine Gesellschaft. Erst später ist mir klar geworden, dass er das Gesehene weitergetragen haben muss.

Kurz darauf erhielt ich Besuch von einem Unbekannten, der mich aufforderte, meine Beobachtungen und den Sehapparat herauszugeben. Ich weigerte mich und wurde daraufhin von zwei Unbekannten überfallen und fast zu Tode geprügelt. Sie ließen mich mit der Bemerkung liegen, ich könne mein Leben nur behalten, wenn ich mich schon am nächsten Tag ins Franziskanerkloster begäbe und mich in strengste Klausur zurückzöge. Alles sei vorbereitet. Nach meinem Sehapparat fragten sie nicht mehr.

Ich folgte ihren Anweisungen und lebte still und in harter Askese viele Jahre in dem Kloster. Aber ich bin nicht für ewiges Schweigen geschaffen. Und so vertraute ich mich einem jungen Klosterbruder an, der sich später mithilfe meiner Erfindung selbst von der Wahrheit der Dinge überzeugen konnte, die ich ihm berichtet hatte.

Dieser junge Klosterbruder ist es gewesen, der mir berichtet hat, dass Fremde vor Kurzem im Kloster nach meinem Verbleib gefragt hätten. Anhand der Beschreibung des Bruders erkannte ich, dass es diejenigen sein mussten, die mich schon einmal vom Leben zum Tode bringen wollten. Ich habe daraus den Schluss gezogen, dass ich ihnen nicht entgehen kann. Meine Zeit ist bald abgelaufen. Ich habe keine Möglichkeit mehr, zu fliehen oder an irgendeiner freien Einrichtung meine Erkenntnisse weiterzugeben. Daher habe ich mich entschlossen, meine Erfindung mitsamt einer Beschreibung meines Lebens zu verschlüsseln und gut zu verbergen. Möge der Herr meiner armen Seele gnädig sein. Und möge es späteren Zeiten vergönnt sein, die Wahrheit unvoreingenommen zu erkennen.

H. v. S.

Erschöpft und erschüttert las Bernhardi den letzten Satz noch einmal. Leider ist dieser Wunsch nicht in Erfüllung gegangen, dachte er, dass spätere Zeiten mehr Interesse an seinen Entdeckungen haben würden. Er überwand seine Müdigkeit und schrieb Einhard Auerbach einen weiteren kurzen Brief, in dem er das Wesentliche des Textes zusammenfasste. Dabei kam ihm ein Gedanke, der ihm fast tollkühn erschien.

24

Barbara Bernhardi setzte sich im Schatten einer großen Buche in das Gras. Sie blinzelte in die Sonne und beobachtete ihre beiden Schwestern Sophia und Katharina, die sie beim Beeren- und Kräutersammeln begleiteten. Jetzt, nachdem sie sich mehr oder weniger mit den neuen Gegebenheiten abgefunden hatten, war sie noch mehr die große Schwester, die zusammen mit ihrer Mutter den Geschwistern Halt und Fürsorge geben musste. Während sie selbst die Tragweite der Situation durchschaute, wähnten sich ihre jüngeren Schwestern in einem großen Abenteuer.

Ungestüm näherte sich den Schwestern ein Reiter, der offensichtlich bemüht war, durch seine Haltung einen positiven Eindruck zu machen. Kurz vor Barbaras Ruheplatz brachte er sein Pferd zum Stehen. Dann sprang er ab und baute sich vor Barbara auf.

„Seid gegrüßt, schöne Frau."

Barbara hatte nicht mit Nickel, dem ältesten Sohn von Andreas Pflug, gerechnet. Sie erwartete Friedrich, mit dem sie um diese Zeit hier verabredet war. Aber es gelang ihr, Ruhe zu bewahren.

„Seid gegrüßt, Nickel, was führt Euch zu mir?"

„Ich war besorgt um Euch. Immerhin seid Ihr mit Euren Schwestern alleine unterwegs." Ohne eine Reaktion abzuwarten, sprach er Sophia und Katharina an: „Eure Mutter macht sich Sorgen um Euch. Sie erwartet Euch in Bälde."

Die beiden Schwestern blickten Barbara überrascht an. „Sollen wir zurück?", fragte Sophia überrascht. Barbara wusste auch keine bessere Antwort, als ihnen zu raten, sich zurück ins Schloss zu begeben. Zögernd machten sich die beiden auf den Weg.

Als sie außer Sichtweite waren, näherte sich Nickel und setzte sich so dicht neben Barbara, dass ihre Körper sich berührten. Unwillkürlich wich Barbara zurück. Nickel begann ohne Umschweife, Besitzansprüche geltend zu machen.

„Es ist mir Euer Schicksal nicht gleichgültig", begann er, „deshalb habe ich mich entschlossen, Euch beizustehen." Er versuchte, seinen Arm um sie zu legen.

Barbara bemühte sich, diesen Übergriff abzuwehren. „Ich danke Euch, aber Euren Beistand benötige ich nicht."

Trotz der klaren Antwort ließ sich Nickel nicht abweisen, er versuchte sogar, seine Hand um Barbaras Hüfte zu legen. „Da täuscht Ihr Euch. Ihr ahnt gar nicht, wie sehr Ihr meinen Beistand benötigt!"

Barbara erkannte zwar das pfauenhafte Gebaren, das Nickel Pflug an den Tag legte, gleichzeitig bemerkte sie durchaus die Prise Wahrheit, die aus seinem Munde sprach. Sie wehrte nun energischer seine Annäherungsversuche ab und versuchte gleichzeitig, die Situation durch das Gespräch zu entschärfen.

„Weshalb, glaubt Ihr, benötige ich Euren Beistand?" Sie schaffte es, sich seiner Umarmung zu entziehen.

„Eure Familie hat sich, durch welche Umstände auch immer, dem Verdacht ausgesetzt, es mit den Lutherischen zu halten, gelinde gesagt. Das ist gerade hier, im Machtbereich meiner Familie, ein schweres Vergehen. Natürlich glaube ich nicht, dass die Anschuldigungen hieb- und stichfest sind, aber auch Gerüchte können Euer Leben gefährden. Ich werde diesen Gerüchten entgegentreten. Und nicht nur das: Ich gedenke Euch zu meiner Frau zu nehmen! Und mit diesem glücklichen Umstande seid Ihr aller Sorgen ledig."

Mit dieser Ankündigung glaubte Nickel Pflug, das Recht erworben zu haben, grenzenlos über Barbara zu verfügen – und er versuchte es sogleich einzufordern. Aber er wurde augenblicklich eines Besseren belehrt. Für ihn völlig überraschend wurde er nicht nur unsanft ins Gras zurückgestoßen, sondern Barbara sprang auf und erklärte ihm mit vor Wut zitternder Stimme: „Täuscht Euch nicht! Ich bin weder in Gefahr noch willens, mit Euch eine Verbindung einzugehen, die mehr ist als die höfische Gepflogenheit. Und damit Ihr es wisst: Ich bin verlobt. Und nun trollt Euch!"

Erst völlig überrascht, aber dann mit zornesrotem Gesicht erhob sich Nickel und baute sich bedrohlich vor Barbara auf: „Das werdet Ihr noch bereuen! Diese Gelegenheit erhaltet Ihr nie wieder! Ihr werdet noch auf Knien angekrochen kommen, um mich zu bitten, auch nur meine Magd werden zu können!"

„Darauf könnt Ihr warten, bis Ihr weiß wie der Schimmel werdet!"

Gerade wollte Nickel seine Hand zum Schlag erheben, da wurde er jäh von seinem Vorhaben abgehalten. Friedrich von der Aue kam herangeritten und hielt dicht hinter Nickel Pflug sein Pferd an.

„Welcher angebliche Edelmann will eine unbescholtene Jungfrau züchtigen? Ich werde Euch Mores lehren!" Mit diesen Worten sprang Friedrich vom Pferd und riss Nickel mit einer kurzen Bewegung um. Bevor er sich für eine Antwort entscheiden konnte, spürte Nickel die kalte Klinge eines Kurzschwertes an seinem Hals.

„Ich wollte nur ..." Er kam nicht dazu, eine plausible Erklärung abzugeben. Zitternd vor Angst starrte er auf Friedrichs Waffe.

„Habt Ihr nicht den Befehl der Dame gehört? Trollt Euch!"

Mit wütenden Blicken eilte Nickel zu seinem Pferd zurück und sah zu, dass er möglichst schnell Abstand von dem Ort seiner Schmach fand.

„Ach Friedrich, Eure Bestimmung scheint es wohl zu sein, immer im richtigen Moment zu erscheinen", seufzte Barbara.

„Danke, aber mir scheint, du bist durchaus in der Lage gewesen, dich der Avancen dieses Edelmannes zu erwehren." Das Wort „Edelmann" konnte kaum spöttischer ausgesprochen werden. Friedrich legte seine Waffe ins Gras und zog Barbara an sich. „Wie sehr habe ich mich nach dir gesehnt!" Er küsste sie innig.

„Wie habe ich auf dich gewartet!" Barbaras Augen strahlten.

„Ich weiß nicht, was ich von eurem Unterschlupf halten soll", meinte Friedrich nach einer Weile. „Einerseits seid ihr gewissermaßen sicher, andererseits hat deine Mutter ausgerechnet bei den erklärtesten Feinden der lutherischen Bewegung Asyl gefunden."

„Ich weiß, es ist geradezu verrückt. Aber, auf der anderen Seite: Welcher Schutz könnte größer sein als der, sich im Lager von Herzog Georg zu befinden?"

„Da hast du vielleicht recht. Aber ungefährlich ist es trotzdem nicht. Der Fall eben zeigte es deutlich."

„Vor allem müssen wir dieser Familie jeden Tag ins Auge sehen. Nickel wird jetzt versuchen, uns das Leben so schwer wie möglich zu machen."

„Zumindest in deinem Falle könnten wir das verhindern."

„Wie das?"

„Indem wir heiraten. Und zwar schon jetzt."

Barbara schwieg verblüfft. Ihre Überraschung verwandelte sich in kaum verhüllte Freude, als Friedrich von der Aue sich galant vor ihr verneigte und sie noch einmal ganz formell bat, ihn zu ihrem Mann zu nehmen. Errötend versuchte sie sich zu fassen.

„Liebster Friedrich, du weißt, wie sehr ich mich danach sehne, die Ehe mit dir einzugehen. Aber wir hatten doch versprochen, zu warten, bis du deine Studien beendet hast. Vor allem meinem Vater ist sehr daran gelegen, dass sein Schwiegersohn in Lohn und Brot kommt."

„Besondere Umstände können schon einmal lang gehegte Pläne ins Wanken bringen. Aber natürlich hast du recht. Ich werde deine Eltern formell um Zustimmung bitten müssen. Dazu wäre es schön, wenn deine Mutter dich einmal hierhin begleiten könnte, damit ich es ihr selbst antragen kann. Denn ich darf mich auf keinen Fall im Schloss sehen lassen. Deinen Vater werde ich entweder brieflich anfragen – ich bin ja ohnehin Kurier zwischen deiner Familie, Einhard Auerbach und deinem Vater – oder ich werde versuchen, deinen Vater ausfindig zu machen und ihn persönlich zu sprechen."

Barbara schien durch ihr Kopfschütteln Bedenken zu zeigen.

„Was ist, Liebste, bist du damit nicht einverstanden?"

„Doch, natürlich. Allerdings gefällt es mir überhaupt nicht, dass du dich auf kurfürstliches Gebiet begeben willst, und dazu noch in die Nähe der Pest."

„Normalerweise nähme ich ein solches Risiko gern in Kauf. Aber du hast recht. Ich sollte mich lieber um euch hier kümmern. Wir müssen einen Weg finden, der zu einem anderen und besseren Zuhause für euch alle führt."

„Ach Friedrich, warum kann nicht alles einfacher sein?" Ohne eine Antwort abzuwarten, barg Barbara ihren Kopf an Friedrichs Brust.

25

Eine Woche darauf, spät in der Nacht, klopfte es kräftig an Auerbachs Tür. Der Regen, der den ganzen Tag niedergegangen war, hatte immer noch nicht nachgelassen. Vorsichtig und mit seinem Dolch in der Hand schlich Auerbach zur Tür und öffnete sie einen Spalt.

„Wer ist da?“ Sofort drangen Wind und Regen in den Flur.

„Ich bin’s, Leonhard“, antwortete die schwarze Gestalt von draußen.

„Wer ist da?“, schrie Auerbach, um gegen den Lärm des Windes anzureden.

Statt einer Antwort stieß der Gast mit einem heftigen Ruck die Tür auf, zwängte sich hinein und schloss augenblicklich hinter sich zu. Bevor er sich aber dem Hausherrn zudrehen konnte, spürte er den kalten Stahl des Dolches an seinem Hals.

„Keine falsche Bewegung! Und nun dreht Euch ganz langsam um!“

Ein Lächeln zog über Bernhardis Gesicht, als er sich folgsam umdrehte, die Kapuze vom Kopf zog und Auerbach ins Gesicht sah. Dieser stutzte kurz. Das Gesicht und die Augen schienen ihm wohlvertraut, aber die Länge des Haupthaares und der inzwischen ganz ansehnliche Bart verfehlten ihre Wirkung nicht. Aber dann erkannte Auerbach seinen Kollegen und Freund. Mit einer kräftigen und freudigen Umarmung begrüßten sich beide.

„Ich sehe, du lässt die nötige Vorsicht walten“, begann Bernhardi.

„Ich sehe, du hast sie gerade fallen lassen“, konterte Auerbach.

„Es musste sein. Ich habe dir etwas vorzuschlagen.“

„Du meinst wohl, ich hätte noch nicht genug Aufregung deinetwegen?“

„Sieh es am besten so. Aber willst du mich nicht in die gute Stube führen?“

„O ja, natürlich. Aber warte, ich will vorher die Fenster verdecken. Es ist nicht ausgeschlossen, dass ich observiert werde.“

Er entzündete eine Talglampe und hängte einige große dunkle Leinenstücke vor die Fenster. Dann bat er Bernhardi in das große Studierzimmer. „Bist du sicher, dass dir keiner gefolgt ist?“

„Nein, das kann ich leider nicht sein. Aber ich denke, wenn ein Versuch glückt, dich unbemerkt zu erreichen, dann dieser … zu dieser Zeit und bei diesem Wetter."

„Hoffen wir es."

Auerbach bot seinem Freund einiges zur Stärkung an. Bernhardi griff gern zu, aber vor allem konnte er seine Neugier kaum zügeln.

„Wie haben sich die Dinge an der Universität entwickelt?"

„Seltsam. Reinhardus ist äußerst geschickt. Du kennst ihn ja. Öffentlich geht er nicht auf die Gründe deines Verschwindens ein. Das heißt, er bezichtigt dich weder der Kumpanei mit den Lutherischen noch bringt er dich mit irgendwelchen hochverräterischen Aktionen in Verbindung. Er lässt sogar offen, ob du nicht schlicht das Opfer eines Überfalles geworden bist. Und dass deine Familie weggezogen ist, will er schon gar nicht kommentieren."

„Ganz der alte Fuchs. Sich nicht festlegen, aber im Hintergrund alle möglichen Informationen sammeln, mit deren Hilfe er einen Vorsprung vor allen anderen hat. Also immer genügend Zeit, sein Fähnchen rechtzeitig in den Wind zu drehen. Gibt es inzwischen einen Nachfolger für mich?"

„Bis jetzt noch nicht. Es laufen mehrere Bewerbungen, aber die werden sehr genau geprüft. Man will sich keinen dubiosen Gesellen einhandeln – und schon gar keinen, der mit den Wittenbergern sympathisiert. Das alles zu überprüfen, braucht Zeit. Aber ich nehme an, du hast dich nicht in Gefahr begeben, um die neuesten Nachrichten aus der Universität zu hören."

„Sicher nicht. Aber ich weiß, was ich jetzt tun muss. Seit du mir geschrieben hast, dass dein Versuch zum Nachbau des Sehgerätes gescheitert ist …"

„Aus Mangel an geeignetem Glas gescheitert ist", korrigierte Auerbach.

„Aus Mangel an geeignetem Glas gescheitert ist", wiederholte

Bernhardi und fuhr fort: „… seitdem weiß ich, dass es nur noch eine Möglichkeit gibt, die Sache voranzutreiben. Wir müssen hoffen, dass es den alten von saalfeldschen Apparat noch gibt. Und wir müssen versuchen, ihn zu finden … beziehungsweise *ich* muss versuchen, ihn zu finden."

„Ob du oder wir, das lassen wir mal offen. Aber weißt du auch, was du da vorhast? Weshalb willst du jetzt alles riskieren?"

„Weil ich schon zu viel riskiert habe. Mit der Konsequenz, dass ich meine Familie und mich bereits ins Unglück gestürzt habe. Auch wenn Elisabeth mich immer ermahnt, nicht von Unglück, sondern von Veränderung zu reden. Aber ohne sie und meine Kinder bin ich unglücklich. Deshalb gibt es nur noch den Weg nach vorn. Ich muss den Apparat finden. Dann kann ich die Richtigkeit dessen beweisen, was die alten Griechen – oder vielmehr *ein* alter Grieche – bereits vermutet haben und was dieser Kopernikus erneut behauptet hat. Wir können doch nicht so tun, als lebten wir weiter in der alten Welt mit alten Vorstellungen, die zudem noch falsch sind. Wir sind als Gelehrte doch der Wahrheit verpflichtet!"

„Du sprichst und denkst bereits wie dieser Luther", entgegnete Auerbach. „Und selbst wenn du Erfolg hättest, wie soll es dann weitergehen? Rechnest du nicht mit der Möglichkeit, dass die Kräfte, die Saalfeld vernichtet haben, noch am Werke sein könnten? Nach all dem, was vorgefallen ist?"

„Ich muss sein Werk, das so wichtig für uns ist, fortsetzen. Wenn nicht hier, dann anderswo. Und dann werde ich meine Familie nachholen."

Bernhardi versuchte, sich selbst Mut zuzureden. Auerbach spürte deutlich die Zwangslage, in der sein Freund sich befand. Darum versuchte er nicht mehr, ihm die Unmöglichkeit seines Vorhabens vor Augen zu führen. Er verstand, dass Bernhardi jetzt so handeln musste.

„Und wie willst du die Suche anstellen?", fragte er leise zurück.

„Wenn ich die letzten Zeilen von Saalfelds recht interpretiere, dann hat sein Sehapparat höchstwahrscheinlich das Kloster nie verlassen. Wenn es ihm schon gelungen ist, seine Aufzeichnungen zu retten, warum nicht auch den Sehapparat?"

„Du willst allen Ernstes in die Universität eindringen und nachsehen, ob in den spärlichen Fundamenten des alten Klosters, die in die Errichtung des Anbaus einbezogen wurden, sich noch der Apparat finden lässt? Überleg mal: Die Papiere waren in einem winzigen Beutel verwahrt – der ließ sich noch gut verbergen. Aber ein solcher Apparat dürfte doch eine ansehnliche Größe haben. Und der sollte unentdeckt geblieben sein? Bruder Remigius ist viel zu geldgierig gewesen, um sich solch eine Gelegenheit entgehen zu lassen. Schon bei der geringsten Vermutung hätte er einen wertvollen Fund für sich reklamiert. Außerdem: Glaubst du nicht, dass die Mächte, die von deinem Fund wissen und nun auch seine Brisanz kennen, nicht schon alles auf den Kopf gestellt haben?"

„Aber sie haben den Text erst nicht übersetzen können. Und so besteht die Hoffnung, dass sie diesen Apparat erst gar nicht gesucht haben. Ich weiß ja, wie unwahrscheinlich es ist, dass er sich noch dort befindet. Aber ich will auch diese Möglichkeit nicht ganz ausschließen. Wenn wir nichts finden würden, wäre alles umsonst gewesen. Und dass in den Wirren dieser Zeit das nötige Glas in ausreichender Güte nicht zu beschaffen ist, hast du ja selbst erlebt."

Auerbach zupfte nachdenklich seine spärlichen Barthaare. „Und dass du den Versuch gerade jetzt machen willst, ist natürlich auch kein Zufall. Es sind Ferien, und die Räume sind unbenutzt ..."

Bernhardi lächelte verschmitzt. „Dann lass uns überlegen, wie wir es am besten anstellen."

Auerbach ließ sich trotz der offensichtlichen Aussichtslosigkeit von Bernhardi anstecken. „Das heißt, du bist dabei?", fragte er erfreut.

„Kann ich sehenden Auges einen Freund ins Verderben rennen lassen? Einer muss doch auf dich aufpassen."

Beide prosteten sich zu, und dann begannen sie, lange ihre Köpfe zusammenzustecken.

Die nächste Nacht schien günstig für ihr Vorhaben. Der Himmel war wolkenlos und der zu drei Viertel beleuchtete Mond schien hell. Nachdem sich ihre Augen an die Dunkelheit gewöhnt hatten, fanden sie ohne eigenes Licht den Weg in die Räume der Universität.

Bernhardi und Auerbach verbargen sich gegen Mitternacht in der Nähe der Pforte, die als Eingang nur für die Professoren gedacht war, hinter einer mächtigen Ulme. Nachdem der Nachtwächter bei seiner Runde dort vorbeigekommen war, schlichen sie hintereinander zur Pforte, Auerbach schloss leise auf. Glücklicherweise war der Flur, den sie jetzt betraten, vom Mondlicht erhellt, sodass sie ihre Talglampe nicht entzünden mussten. Den Weg bis zum Eingang des neuen Gebäudeteils legten sie in gebückter Haltung zurück, um von draußen durch die hohen Fenster nicht als Schatten wahrgenommen zu werden. Erst als sie den Durchlass zu den Hörsälen des Anbaus erreicht hatten, richteten sie sich auf.

Auerbach entnahm seinem Schlüsselbund wieder den passenden Öffner und wollte die Klinke niederdrücken, als ein lautes knarrendes Geräusch ihn erstarren ließ. Die beiden sahen sich erschrocken an, aber kein weiteres Geräusch folgte. Bernhardi übernahm es, ganz langsam die Tür zu öffnen, sodass jegliches Knarren ausgeschlossen war. Beide schlüpften durch den schmalen Spalt und zogen die Tür genauso langsam hinter sich zu.

Ein langer Gang befand sich rechts vor ihnen. Links zweigte ein kurzer schmaler Flur ab, der zu einer kleinen Treppe führte, über die man in den Keller gelangte. Bernhardi überkam etwas Wehmut, als er die vertrauten Räume erblickte. Auerbach stieß ihn kurz an und deutete nach links. Vorsichtig stiegen sie die kurze Treppe hinunter. Unten erwartete sie eine verschlossene Tür. Auerbach brauchte eine Weile, bis er den passenden Schlüssel gefunden hatte, doch dann ließ sie sich völlig geräuschlos öffnen. Pechschwarze Finsternis schlug ihnen entgegen.

Jetzt waren sie froh, dass sie eine Talglampe dabeihatten, die sie mit einem Schwefelholz entzündeten. Ihr Licht erhellte nur einen kleinen Teil des lang gestreckten Raumes. Bernhardi blickte sich um. Die Bauleute hatten gute Arbeit geleistet. Die Überreste der alten Klosterfundamente waren so gut in den Neubau integriert, dass beides kaum zu unterscheiden war. Die Stelle, wo damals sein Fund gelegen hatte, war nicht mehr erkennbar. Zu dumm! Wo sollte er nach dem Sehapparat suchen?

„Wir müssen Stück für Stück die Wände und den Boden absuchen, ob uns irgendetwas auffällt", flüsterte Bernhardi seinem Freund zu.

Der nickte kurz und sie machten sich an die Arbeit. Es war mühsam: Das Mauerwerk war so solide gebaut, dass es keinerlei ersichtliche Nahtstellen oder Brüche gab. Kein Stein schien locker zu sein. Auch die Untersuchung des Bodens ergab kein Ergebnis, allerdings stapelten sich Berge von Büchern und Akten, seltsamen Geräten und altem Lehrmaterial auf hölzernen Regalen. Bernhardi sah ein, dass man den Raum komplett ausräumen müsste, wenn man systematisch nach etwas suchen wollte.

„Sei vorsichtig mit der Lampe! Wenn hier etwas anfängt zu brennen, sind wir verloren", warnte Auerbach. Bernhardi nickte und arbeitete sich weiter bis zum Ende des Raumes vor.

Schließlich gab er resigniert die Aussichtslosigkeit ihres Unterfangens zu.

„So lass uns den geordneten Rückzug antreten. Mir ist hier nicht ganz wohl“, schlug Auerbach leise vor.

Bernhardi nickte wieder. Sie hatten gerade die Mitte des Raumes erreicht, als sie einen dumpfen Schlag hörten, der aus dem Raum über ihnen kommen musste. Sofort löschten sie die Lampe.

„Das war der Professoreneingang“, flüsterte Auerbach.

Dann hörten sie schwere Schritte und eine tiefe Stimme rufen: „Hallo, ist da jemand?“ Die Stimme kam näher, sie schien genau über ihnen zu sein. „Hallo, ist da jemand?“

„Das ist unser Nachtwächter.“ Auerbach versuchte, keine Hektik aufkommen zu lassen.

„Wenn der uns hier findet, ist es aus“, meinte Bernhardi unruhig.

Die Schritte über ihnen entfernten sich etwas. Der Nachtwächter ging bis ans Ende des Anbaus und kontrollierte die Zugänge zu den Hörsälen.

„Da hat es mal wieder einer der Herren Professoren sehr eilig gehabt, nach Hause zu kommen. Nicht einmal mehr ordentlich abgeschlossen hat er.“ Vor lauter Freude, einen vermeintlichen Fehler bei den Gelehrten entdeckt zu haben, sprach der Wächter ziemlich laut. Dann bewegten sich seine Schritte in Richtung Kellertreppe. Die beiden hatten die Tür nur einen Spaltbreit offen gelassen, aber das reichte, um den Schein der Laterne des Nachtwächters bis ans Ende des Raumes leuchten zu lassen. Zugleich zeigte der Spalt dem Nachtwächter, dass auch diese Tür nicht verschlossen war. Langsam trat er in den Keller ein. Auch wenn er nicht ernsthaft glaubte, dass irgendeine hochgestellte Person anwesend war, rief er mehrfach laut: „Hallo, ist da jemand?“

Auerbach und Bernhardi zogen sich hinter ein dicht gefülltes

Regal zurück, während der Nachtwächter tatsächlich bis zum hinteren Ende des Kellers marschierte.

„Was sollen wir machen? Ihm eins überziehen?" Bernhardi war fast zu allem bereit.

„Das muss aber mit einem Male gelingen, sonst erkennt er uns", flüsterte Auerbach zurück. „Nur womit?"

„Er hat einen Helm auf, das gelingt uns nicht!" Bernhardi hatte seinen logischen Verstand wiedergefunden.

Mehr Zeit zu überlegen blieb ihnen nicht, denn der Nachtwächter war bereits auf dem Rückweg. Auerbach griff dennoch zu einem mächtigen Folianten, aber im letzten Moment fiel Bernhardi ihm in den Arm. Der Nachtwächter erreichte die Tür, drehte sich noch einmal um und verließ dann den Keller, nicht ohne die Tür ordentlich zu verschließen. Atemlos hörten die beiden, dass er es mit den anderen Türen genauso machte.

„Jetzt sitzen wir in der Falle. Ein recht hoher Preis für ein so erfolgloses Unternehmen." Auerbachs Kommentar war trocken und eindeutig.

„Wieso sitzen wir in der Falle?", fragte Bernhardi erstaunt. „Du hast doch die Schlüssel."

„Die nützen mir hier aber nichts. Man hat die Schlösser so verändert, dass sie nur noch von außen zu öffnen sind."

Bernhardi schluckte. „Sag, dass das nicht wahr ist!"

„Ist es aber. Kurz nach Fertigstellung des Anbaus wurden mehrmals Studenten entdeckt, die sich abends eingeschlossen hatten."

„Warum das?"

„Der gesamte Buchbestand der Universität ist hier eingelagert worden. Einen Teil findest du übrigens in diesem Raum."

„Ja, das weiß ich."

„Aber was du nicht weißt: Kurz nach deinem Verschwinden ist beschlossen worden, etwas gegen den Bücherklau zu unternehmen. Du weißt ja selbst, wie teuer die Werke der neuen

Schwarzen Kunst sind. Das weckt Begehrlichkeiten bei unseren Kandidaten. Und da man nicht verhindern konnte, dass die Studenten sich nach Vorlesungsschluss irgendwo verbergen, wollte man wenigstens verhindern, dass sie sich unbemerkt von hier entfernen können. Darum sind die Schlösser so verändert worden, dass sie nur von außen durch Befugte zu öffnen sind. Ich habe daher die Türen einen Spalt offen gelassen, aber ich hätte nicht gedacht, dass der Nachtwächter das bemerken würde."

Jetzt war Bernhardi völlig ratlos. Um ihn aufzumuntern, sprach Auerbach leise weiter.

„Was mir gerade einfällt: Unter den nächtlichen Besuchern war auch ein gewisser Maximilian Hartung. Ich glaube langsam, dass er genau wie wir nicht nach Büchern gesucht hat."

„Hmmm ... Dieser Hartung war uns ganz schön dicht auf den Fersen."

„Ja, allem Anschein nach ist er von der Organisation, die deine Entdeckung verhindern will, eingeschleust worden. Wenn dein Schwiegersohn in spe ihn nicht an seinen Mordplänen gehindert hätte, wärest du jetzt nicht hier. Sieh es also ganz positiv." Auerbach hatte wirklich die Ruhe weg.

„Und wenn wir morgen hier entdeckt werden? Es kommen immer noch einzelne Kollegen und benutzen die Bibliothek. Zu Beginn des nächsten Semesters fangen die Prüfungen an."

„Tja, wenn die Kollegen nicht kommen, kommt mit Sicherheit unser neuer Pedell. Er hat die Stelle erst zur Probe und ist deshalb besonders eifrig. Außerdem müssen wir damit rechnen, dass er von dem Nachtwächter über den nächtlichen Zustand des Gebäudes so bald als möglich unterrichtet wird."

Bernhardi krochen eisige Schauer über den Rücken. „Wie sollen wir aus dieser Sache bloß wieder herauskommen? Was können wir tun?" Sein Blick hatte etwas Flehentliches.

Je unruhiger Bernhardi wurde, desto gelassener wurde Auerbach. Fast schien es, als würde er der unglücklichen Situation mit einer gewissen Heiterkeit begegnen. „Was wir tun können? Gar nichts."

„Wie, gar nichts?"

„Wir warten ab, bis der Pedell uns öffnet. Wenn wir Glück haben, glaubt er uns die Geschichte, die ich ihm auftischen werde."

Kurz nachdem der Hahn aufdringlich den Morgen begrüßt hatte, hörten die beiden Eingeschlossenen, wie jemand mit einem klirrenden Schlüsselbund die Pforte und dann die einzelnen Türen öffnete. Als der Zugang zum Anbau an der Reihe war, traten dem verblüfften Pedell zwei freundlich lächelnde ältere Herrschaften entgegen, die ihm einen guten Morgen wünschten.

„Ah, Ihr seid es, Magister Auerbach."

„Jawohl, Reinhold. Ich habe hier einen lieben Kollegen von der Universität Köln zu Gast. Wir arbeiten an der gleichen philosophischen Fragestellung. Leider hatte er nur diesen einen Abend zur Verfügung, da er heute wieder zurückreisen muss. Also haben wir unser Arbeitszimmer hierher verlegt. Es hat sich gelohnt, unsere Erkenntnisse sind gewachsen. Aber trotzdem sind wir froh, nun wieder ans Tageslicht zu gelangen. Und bitte, teilt dem Nachtwächter bei nächster Gelegenheit mit, dass wir natürlich seine Rufe gehört haben. Aber wir waren so in unsere Arbeit vertieft, dass eine Störung alles hätte zunichtemachen können. Wir werden an geeigneter Stelle seine vorbildliche Pflichterfüllung zu erwähnen wissen. Genau wie Eure."

Der neue Pedell war so überrascht von Auerbachs überzeugendem Auftritt, dass ihm gar nicht einfiel, an der Geschichte könne etwas nicht stimmen. Außerdem machten beide Besucher einen sehr distinguierten Eindruck. So sahen keine Einbrecher aus. Zudem war Auerbach ihm von seiner Bewerbung um diese Stelle her bekannt.

„Dann kann ich unserem Nachtwächter ja alles erklären."

„Gewiss. Doch nun wünsche ich Euch einen angenehmen Tag." Damit entfernten sich beide gemächlichen Schrittes aus dem Universitätsgebäude.

26

Am frühen Morgen betrat Elisabeth Bernhardi die Kammer, die sich Barbara und Sophia teilten.

„Guten Morgen, ihr beiden", begrüßte sie ihre beiden ältesten Töchter.

„Guten Morgen, Mutter, bist du schon aufgeregt?" Barbara war selbst voller gespannter Unruhe, versuchte aber, sich nichts anmerken zu lassen.

„Ja, ich muss es zugeben, heute erwarte ich einen Tag voller freudiger Überraschungen." Nach kurzer Pause fügte Elisabeth hinzu: „Wir wollen heute einen guten Eindruck hinterlassen. Also versucht euch so gut herauszuputzen, wie es unter den Umständen hier möglich ist."

Barbara hätte diesen Rat gar nicht nötig gehabt. Denn immer, wenn einer von Friedrichs viel zu seltenen Besuchen anstand, bemühte sie sich, besonders schön auszusehen.

„Das gilt auch für dich, Sophia!"

Die so Angeredete knickste frech vor ihrer Mutter und grinste über das ganze Gesicht. Eigentlich war ihr die eigene Kleidung völlig egal, wenn sie nur bequem genug war, um damit alles Mögliche anzustellen. Im Grunde freute sich Elisabeth über Sophias selbstbewusstes Wesen, das sie oft an das Verhalten eines Knaben erinnerte, der ihr versagt geblieben war. Sophia zog sich in die kleine Kemenate zurück und Barbara nutzte die Gelegenheit, um ihrer Mutter ihre Wünsche anzuvertrauen.

„Sag, Mutter, ist es wirklich so klug, mit meiner Vermählung zu warten, bis Friedrich eine feste Anstellung als ausgebildeter Syndikus gefunden hat?"

„Es ist das Klügste."

Barbaras Hoffnung auf Zustimmung ihrer Mutter zu einem früheren Vermählungstermin sank schlagartig.

„Aber", fuhr Elisabeth fort, „ich habe mich auch schon gefragt, ob wir wirklich so lange warten sollten. Ich sehe, wie glücklich du mit Friedrich bist. Außerdem ist unsere Stellung hier in Strehla äußerst unsicher. Wir wissen nicht, wie genau wir observiert werden. Seit ihr Nickel Pflug klargemacht habt, dass sein Ansinnen dir gegenüber zwecklos ist, verhält er sich uns gegenüber sehr feindselig. Die Pflugs sind es nicht gewohnt, an der Ausführung ihrer Pläne gehindert zu werden. Glücklicherweise sind wir imstande, uns selbst zu versorgen, indem wir Kräuter suchen und Arzneien herstellen. Allerdings sind wir doch auf ihr Wohlwollen angewiesen, uns Unterkunft zu gewähren. Etwas muss geschehen. Ich habe lange darüber nachgedacht und auch deinem Vater bereits einige Andeutungen gemacht."

„Welche Andeutungen?"

„Dass es vielleicht nicht klüger, aber ratsamer wäre, wenn ihr beide so bald wie möglich den Bund der Ehe eingehen würdet."

Barbara konnte ihr Glück kaum fassen. Mit Tränen in den Augen fiel sie ihrer Mutter um den Hals.

„Na, Barbara, so glücklich?"

„Ja, so glücklich", konnte ihre Tochter nur flüstern.

Dann wurde Elisabeth wieder ernst. „Ich muss dir allerdings gestehen, dass ich eine Bitte an dich habe."

„Du eine Bitte an mich?"

„Ja, zunächst war ich bei der Entscheidung über einen früheren Hochzeittermin selber glücklich, weil ich dich damit aus der unmittelbaren Gefahr entlassen sehe, Barbara. Aber ich habe natürlich auch Verantwortung für Katharina, Sophia und unser Lenchen. Und so möchte ich dich etwas fragen, was mir schwerfällt: Kannst du dir vorstellen, dass wir in euer neues Haus, das noch zu finden sein wird, mit einziehen?" Bevor der verblüfften Barbara die Tragweite der Frage völlig klar geworden war, ergänzte Elisabeth: „Und kannst du dir vorstellen, wie Friedrich darauf reagieren wird?" Elisabeth sah ihrer Tochter in die Augen.

Erst nach einer Weile konnte Barbara mit geröteten Wangen eine Antwort geben.

„Du weißt, wie sehr es mich freuen würde, euch alle in meiner Nähe zu wissen! Dann wäre eine Hochzeit nicht, wie so oft, eine Trennung von den eigenen Lieben. Das wäre wunderbar. Ich glaube, auch Friedrich würde sich freuen."

„Na, sei mal nicht so voreilig. Du kannst noch nicht überblicken, wie das ist, wenn man nicht nur den Ehegatten, sondern gleichzeitig eine ganze Familie heiratet." Leise fügte sie hinzu: „Oder eine fast komplette Familie. Unter normalen Umständen würde ich niemals ein solches Ansinnen vortragen. Aber die Not zwingt mich dazu. Und ich hege die Hoffnung, dass dieser Zustand nicht zu lange dauern wird."

„Meine Zustimmung hast du auf jeden Fall. Und wie ich schon sagte, ich kann mir nicht vorstellen, dass Friedrich sich nicht darüber freuen wird. Allerdings hoffe ich sehr, dass er über seinen Schatten springt und überhaupt schon so bald heiraten will. Manchmal ist er zu stark an seine Prinzipien gebunden. Aber vielleicht kann ich das ja ändern."

„Noch nicht verheiratet und schon Erziehungsmaßnahmen?" Elisabeth schmunzelte.

Da flog die Tür der Kemenate auf und Sophia trat heraus. Elisabeth und Barbara verschlug es die Sprache. Da war keine Spur mehr von der lausbubenhaften Sophia, die sich normalerweise um alles kümmerte, aber nicht um ihre Kleidung. Einen Augenblick lang genoss sie die erstaunten Gesichter von Mutter und Schwester, die sie noch nie so herausgeputzt gesehen hatten.

„Was ist denn mit dir los? Du siehst ja fantastisch aus!" Barbara konnte sich nicht zurückhalten. Dann lachte sie drohend: „Du willst doch nicht um meinen Verlobten buhlen?"

Zunächst lachte auch Sophia, dann wurde sie ernst: „Nein, aber an diesem schönen und wichtigen Tag habe ich mich auch für Anna schön gemacht. Für mich ist sie heute ganz nah dabei, ich fühle es."

Während die beiden betroffen schwiegen, gewann das fröhliche und sprunghafte Naturell Sophias wieder die Oberhand. „Und zum Anlass unseres großen Familienausfluges werden wir den kleinen Handkarren mitnehmen und im Freien ein Fest veranstalten, das wir so schnell nicht mehr vergessen."

„Dann eile ich in die Küche, um ein paar gute Sachen aufzutreiben. Johanna, die Köchin, ist sehr nett und gegen eine kleine Aufmerksamkeit sicher bereit, uns unter die Arme zu greifen."

Gemeinsam brachen sie zu ihrer Wiese im Grünen auf, wie sie es manchmal taten, wenn sie ungestört von den Angehörigen der Pflugs sein wollten. Diesmal war die Vorfreude besonders groß. Nicht nur, dass Friedrich von der Aue dort unter den schattigen Bäumen erwartet wurde, nein, ein weiterer Gast würde ihnen heute Gesellschaft leisten. Alle waren in gespannter Erwartung.

Als sie die Wiese erreichten, wartete Friedrich dort bereits. Auch er hatte es sich nicht nehmen lassen, seine beste Kleidung anzulegen. Lächelnd empfing er die Frauen und alle begrüßten sich herzlich. Nachdem Friedrich sich versichert hatte, dass ihnen niemand gefolgt war, drehte er sich zum Wald hin und hob kurz die Hand.

Ein großer schlanker Mann trat aus dem Hain hervor und ging gemessenen Schrittes auf die versammelte Familie zu. Trotz des ungewöhnlichen Aufzugs und des vollen Bartes erkannte Elisabeth ihren Mann sofort. Stumm gingen sie aufeinander zu und umarmten sich so innig, dass sie gar nicht merkten, wie ihnen die Tränen über die Wangen rollten.

„Nun begrüß doch auch unsere Töchter", waren die einzigen Worte, die Elisabeth endlich flüstern konnte. Sogleich löste sich Bernhardi von seiner Frau und ging auf die Kinder zu, von denen nur Barbara ihn sofort erkannt hatte. Sophia, Katharina und Magdalena waren erst sehr irritiert über den fremden Mann, der ihre Mutter umarmte. Doch als Leonhard bei ihnen war und sie in den Arm nahm, erkannten sie ihn.

„Vater und ich müssen uns unter vier Augen über einige wichtige Angelegenheiten verständigen", erklärte Elisabeth den Kindern anschließend. „Bitte habt etwas Geduld und lasst uns eine Weile allein. Wir werden so bald wie möglich zurück sein, und dann haben wir Neuigkeiten für euch."

Unter den erstaunten Blicken aller Beteiligten fassten die beiden sich an den Händen und schritten auf den Waldrand zu. Im nächsten Moment waren sie verschwunden.

„Was war das denn?", entfuhr es Barbara.

„Sie haben lange Zeit nur spärlichen Briefverkehr gehabt und müssen sich wohl jetzt intensiver über ihre Pläne und Gefühle klar werden. Ich kann das gut verstehen", schaltete Friedrich sich ein.

„Du, Friedrich, ich muss mit dir sprechen", wandte Barbara

sich an ihren Verlobten und zog ihn ein Stück beiseite. Und dann erzählte sie ihm von dem morgendlichen Gespräch mit ihrer Mutter.

„Dann geht es bei dem Gespräch deiner Eltern sicher auch um uns.“ Friedrich blickte Barbara tief in die Augen. „Kannst du dir vorstellen, mich auch ohne Studienabschluss zum Mann zu nehmen?“

„Und kannst du dir vorstellen, mit meiner Mutter und meinen Schwestern in einem Hause zu leben?“, fragte Barbara kühn zurück.

„Ich glaube, es zu können, allerdings sollte es einen Bereich geben, der nur für uns gedacht ist.“

„Das können wir hoffentlich klären, wenn wir verheiratet sind und ein geeignetes Haus gefunden haben.“

„Allerdings wirst du dich mit einigem abzufinden haben.“

Barbara lachte kurz auf. „Das klingt ja wie eine Drohung!“

Friedrich antwortete halb ernst: „Ja, das ist es auch. Du wirst die erste Zeit mit einem Mann zusammenleben, der noch eine kleine Weile Student bleiben und von seinem Vater alimentiert wird … und der mit seiner Schwiegermutter um dich kämpft.“

„Na, da habe ich ja noch ein Wörtchen mitzureden“, lachte Barbara.

Friedrich wurde nun wirklich ernst. „Wir wissen allerdings noch nicht, wie die Umgebung darauf reagieren wird. Das sollte uns zwar egal sein, aber es könnte auch Schwierigkeiten geben. Und da ist noch etwas …“

„Was meinst du?“

„Wenn dein Vater wirklich wegen der Sache, die er entdeckt hat, getötet werden sollte, dann ist nicht auszuschließen, dass seine Familie besonders observiert wird.“

„Ja, deswegen müssen wir uns ja auch hier unter diesen Umständen treffen.“

„Ich meine, dann wird auch unser künftiges Haus unter Beobachtung stehen …"
„Das ist mir klar."
„… und wenn sie deines Vaters nicht habhaft werden können, könnten sie versuchen, Druck auf deine Familie und auf mich auszuüben."
Barbara seufzte tief. „Das alles ist mir nicht entgangen, und es erfüllt mich mit Sorge. Aber ich weigere mich, die Konsequenzen bis zu einem möglichen unglücklichen Ende zu bedenken. Lass uns doch erst einmal unser Glück genießen. Und ob wir uns später unter einen anderen Schutz begeben – das wird sich zeigen."
„Ich will dir keine Angst einjagen. Aber wir müssen uns den möglichen Gefahren stellen. Ich hoffe ja, dass es deinem Vater eines Tages gelingen wird, seine Entdeckung als das zu präsentieren, das es zu sein scheint: als eine der größten technischen und wissenschaftlichen Leistungen unserer Zeit. Wenn ihm das gelingt, brauchen wir uns darum nicht mehr zu sorgen. Aber bis dahin ist es noch weit, und es kann sein, dass sich dein Vater verrennt und wir auf ewig in einem Provisorium leben müssen. Aber ich ziehe ein Provisorium mit dir allen anderen endgültigen Lebensformen vor."
„Dafür liebe ich dich auch."

Eine gute Stunde später traten Elisabeth und Leonhard Bernhardi wieder aus dem Wald heraus und gingen auf ihre Angehörigen zu, die sie schon mit Ungeduld erwarteten. Als Barbara die Kleidung ihrer Mutter sah, erschrak sie erst, aber dann hielt sie sich glucksend die Hand vor den Mund. Elisabeths Kleidung war erkennbar nur notdürftig geordnet und selbst in ihrem langen, nun hochgesteckten Haar waren einige Überreste von Gras und Blumen zu erkennen, die sie bei dem Versuch, schnell den ursprünglichen Zustand wiederherzustellen, übersehen hatte. Auch Leonhard konnte eine gewisse Nachlässigkeit in seiner Kleidung nicht ganz verbergen. Aber die beiden waren bemüht, sich nichts anmerken zu lassen.

„Wir haben euch eine Entscheidung mitzuteilen", begann Bernhardi.

„Aber lasst uns doch erst einmal unsere mitgebrachten Vorräte austeilen", erwiderte Sophia. „Wir haben nämlich Hunger, und während ihr euch wohl im Gras ausgeruht habt, durften wir die feinen Sachen hier nicht anrühren." Ein erstes Anzeichen von Trotz war in ihren Augen unübersehbar.

„So machen wir es", bestätigte Leonhard. Sie breiteten ein großes Tuch auf dem Gras aus und legten die Lebensmittel darauf. Dann begannen sie in aller Ruhe zu speisen.

„Von wegen im Gras ausgeruht", flüsterte Barbara empört Friedrich zu, als sich die beiden etwas von den anderen entfernten, um eine weitere Flasche Rotwein aus dem Korb zu holen. „Die hatten keine Scheu, es wie die Tiere zu treiben. Und das in freier Natur. So wenig Schamgefühl hätte ich ihnen nie zugetraut!"

Friedrich musste sich beherrschen, nicht laut loszulachen. „Wie die Tiere? Sollte ich eine gewisse Prüderie bei dir bemerken? Aber nun mal im Ernst. Beide haben sich nach vielen aufregenden Erlebnissen lange nicht mehr gesehen. Dürfen sie sich da nicht nur mit ganzer Seele, sondern auch mit dem ganzen Körper aneinander erfreuen?"

„Ich, ich kann mir das nur nicht vorstellen", stotterte Barbara.

„Nur weil sie älter und zudem deine Eltern sind? Ich hoffe, wir werden uns später auch so aneinander freuen."

„Wen will ich da bloß heiraten?", seufzte Barbara gespielt.

„Noch hast du Zeit, es dir zu überlegen. Aber wenn du nicht mehr willst, hast du einen Menschen auf dem Gewissen."

„Ach, du gemeiner Kerl, bei dir hat man nie das letzte Wort."

„Das wirst du bald abstellen, nicht wahr?"

Als sie ihr gemeinsames Mahl beendet hatten, ergriff Bernhardi das Wort.

„Wie ihr wisst, haben Barbara und Friedrich vor, den Bund der Ehe einzugehen. Und es ist euch auch bekannt, dass wir alle damit sehr einverstanden sind. Die Absicht, diese Eheverbindung nach dem Abschluss von Friedrichs Studium vorzunehmen, hat sich infolge der besonderen Umstände leider als undurchführbar erwiesen."

Ein Raunen ertönte, die Überraschung war gelungen.

„Das soll nicht heißen, dass diese Ehe nicht zustande kommt. Im Gegenteil, die Ehe soll deshalb früher geschlossen werden. In Kürze, so hoffe ich, werden wir ein passendes Heim gefunden haben, in das nicht nur die Brautleute, sondern auch Elisabeth, Sophia, Katharina und Lenchen einziehen werden. Wie schade, dass ich selbst weder an der Hochzeit teilnehmen, noch mit in das Haus einziehen kann! Aber ihr versteht ... solange ich mich noch vor den Mordplänen meiner Gegner schützen muss ... Gott gebe, dass eines Tages in nicht allzu ferner Zukunft meine Familie wieder mit mir vereint sein wird."

Nun war alles gesagt. Die nächsten Stunden verflogen schnell, man genoss das seltene Beieinandersein.

Nachdem alle Pläne offengelegt waren, erzählte Leonhard Elisabeth von seinem nächtlichen Versuch, den alten Sehapparat ausfindig zu machen.

„Also hat es keinen Zweck mehr, ihn dort finden zu wollen?" Elisabeth fixierte Leonhard genau.

„Nein, selbst wenn er da noch verborgen wäre, müsste man den ganzen Kellerraum ausräumen, wenn nicht sogar den Gebäudeflügel abreißen.

Elisabeth schwieg. Plötzlich hatte sie einen Gedanken, der sie selbst überraschte. „Sag einmal, Leo, wie sieht üblicherweise ein Arbeitstag, oder besser gesagt, eine Arbeitsnacht bei den Sternkundigen aus?"

„Wenn es dunkel geworden ist und die Wolken aufreißen, dann nehmen sie ihre Instrumente und peilen damit die Sterne an. Sie vermessen deren Standorte und notieren ihre Ergebnisse. Ich kann dir jetzt nicht alle Instrumente aufzählen, die sie dazu benutzen, das wäre etwas für unseren Einhard ..."

„Das ist, glaube ich, auch gar nicht nötig. Viel wichtiger scheint mir: An welchen Ort gehen die Sternkundigen, um die Objekte ihrer Begierde zu studieren?"

„Soweit mir bekannt ist, suchen sie eine dunkle, erhöhte Stelle aus, um eine möglichst gute Sicht zu haben."

„Steigen sie auch auf Türme?"

„Gewiss, die sind am besten dafür geeignet, weil am wenigsten Hindernisse wie Bäume oder andere Gebäude im Weg sind."

„Hatte von Saalfeld unter Umständen Gelegenheit, einen erhöhten Standpunkt oder vielleicht sogar einen Turm aufzusuchen?"

„Nicht dass ich wüsste. Er war doch in einem Kloster."

„Wo ist denn der höchste Punkt in einem Kloster? Oder vielmehr: Was war denn vermutlich der höchste Beobachtungsort im alten Franziskanerkloster?"

„Das kann ich nicht sagen. Oder doch, Moment! Na klar: der Turm der Klosterkirche!"

Bernhardi war sprachlos. Da hatte ihn, den Professor für Logik, seine eigene Frau wie einen Schüler langsam mäandrierend auf die Wahrheit gestoßen, wie es selbst die alten Griechen nicht besser hätten machen können. „Du meinst ..."

„Ja, das meine ich. Und was das Beste an der Sache ist, das ist die Tatsache, dass genau dieser Kirchturm heute noch existiert. Wie du ja selber weißt, ist er als einziger – weil geweihter – Teil des alten Klosters nicht abgerissen worden. Er wird als Turm der Universitätskirche weitergenutzt. Warst du schon einmal oben?"

Bernhardi verneinte kopfschüttelnd. Dass er nicht selbst darauf gekommen war! Und wieder drückte er seine Frau an sich. „Irgendetwas machen wir falsch. Die klügsten Geschöpfe schließen wir von der Universität aus." Und er fuhr fort: „Ich war noch nicht oben. Aber so groß, wie der Turm ist, dürfte er hinreichend Platz für Observationen geboten haben. Hilft uns das jetzt wirklich weiter?"

„Ich glaube schon. Wenn er von da oben die Sterne observiert hat, kann es dann nicht sein, dass sich dieser Apparat, mit dem man entfernte Dinge nah sehen kann, noch immer dort befindet? Vielleicht hat er ihn einfach im Kirchturm gelassen."

„Warum sollte er das getan haben?"

„Weil es viel zu auffällig und gefährlich gewesen wäre, diesen Gegenstand ständig durch das Kloster zu tragen – an den Zellen der Brüder vorbei. Wenn er nur seinen normalen Beobachtungen nachging, setzte er sich ja keinerlei Verdacht aus. Also wenn er dort oben einen geeigneten Platz gefunden hat, um seinen Apparat sicher zu verwahren, dann ..."

„Dann müsste er sich noch finden lassen."

Elisabeth sah ihren erstaunten Mann an und fuhr fort: „Aber bitte, sei äußerst vorsichtig und besprich alles erst mit Einhard!"

Bernhardi spürte, wie wichtig ihm Elisabeths Hilfe bei seinen Vorhaben war. Bald müsste er wieder längere Zeit auf ihre Anwesenheit und ihre guten Ratschläge verzichten. „Genau das werde ich tun, meine kluge Schönheit."

Als sie sich später schweren Herzens voneinander verabschiedeten, bemerkte keiner von ihnen den jungen Mann, der sich von einem entfernten Gebüsch davonschlich, von dem aus er das Familientreffen aufmerksam verfolgt hatte.

27

Einhard Auerbach legte den abgenagten Hühnerknochen auf den Teller und blickte seinen Gast an. „Wirst du in Kemberg eigentlich nicht vermisst? Nicht dass ich dich loswerden will, es geht mir nur darum, dass wir keinen Verdacht erwecken sollten. Vor allem *du* bist in Gefahr."

Bernhardi schmunzelte. „Graf Wandsbeck hat mir großzügig Urlaub gewährt, und das schon am Anfang meiner Tätigkeit in seinem Hause."

„Wie das?"

„Die offizielle Version ist die, dass er mit seiner Familie für längere Zeit verreist, um wichtige Angelegenheiten zu klären."

„Und die inoffizielle?"

„Er hat schlicht Angst vor der Pest. Im benachbarten Wittenberg sind die meisten geflohen, denn wie mir zugetragen wurde, hat es bereits etliche Opfer der verfluchten Gottesgeißel gegeben. Der Lehrbetrieb ist eingestellt und die Universität praktisch nach Jena verlegt worden. Luther hat sich allerdings geweigert, die Stadt zu verlassen – nicht zum ersten Mal übrigens. Mögen wir erhört werden und die Pest bald verschwinden."

„Na ja, trotzdem will der Graf dich ja wohl halten. Alles in allem doch eine gute Perspektive."

„So kostspielig ist das für ihn nicht. Mein Gehalt für diese Zeit ist ausgesetzt – ich muss also von meinen Ersparnissen leben. Aber ich bin ja genügsam. Wie sieht es eigentlich mit Friedrichs Studienabschluss aus?"

„Er ist zwar nicht bei mir Kandidat, aber soweit er mir selbst berichtet hat, wird er im nächsten Frühjahr abschließen."

„Gut, dann kann er wenigstens Barbara bald standesgemäß versorgen."

„Hältst du die Planung der Hochzeit und das künftige Zusammenleben mit deiner Familie wirklich für eine gute Idee?"

„Nein, aber es ist die Lösung, von der wir alle profitieren. Wir mehr, Friedrich und Barbara weniger. Aber ich lebe von der Hoffnung, dass dieser Zustand bald vorüber ist. Am meisten betrübt es mich, dass ich bei der Hochzeit meiner lieben Tochter nicht dabei sein kann."

Das Gespräch verstummte eine Zeit lang. Beide schenkten sich noch etwas Wein ein und hingen ihren Gedanken nach.

„Du hast mir von Elisabeths Eingebung erzählt", wandte sich Auerbach wieder an Bernhardi. „Ich muss dir gestehen, dass ich schamrot geworden bin, nicht selbst darauf gekommen zu sein."

„Mir ging es ähnlich."

„Kann es sein, dass wir nur deshalb so langsam vorwärtskommen, weil wir so viele unserer Fähigkeiten ungenutzt lassen?"

„Langsam glaube ich das auch. Allein dadurch, dass wir nur fünfzig Prozent unserer geistigen Kapazitäten ausnutzen, indem wir das Geschlecht, das wir zwar das „schöne" nennen, aber nur als unvollkommene Ausgabe des Mannes ansehen, von den Wissenschaften ausschließen."

Bernhardi wurde zusehends munterer und fuhr fort: „Dann wollen wir doch mal sehen, ob sich Elisabeths Gedanke in die Tat umsetzen lässt. Nehmen wir die kommende Nacht?"

Auerbach ging das zu schnell. „Nicht so eilig! Ich frage mich, ob es überhaupt eine gute Idee ist, nachts damit anzufangen."

„Warum nicht?"

„Weil wir, wie du weißt, neuerdings einen sehr akkuraten Nachtwächter haben. Ich bin mir nicht sicher, ob er mir noch einmal eine solch abenteuerliche Geschichte abnehmen würde."

Das schien für Bernhardi kein Problem zu sein. „Er darf uns eben nicht noch mal erwischen."

Auerbach war noch nicht überzeugt. „Wie sollen wir das ausschließen? Immerhin brauchen wir eine Menge Licht, um gefahrlos nach oben zu steigen. Und oben können wir auch nicht im Dunkeln suchen. Man kann zwar vom Turm hervorragend weit sehen, nehme ich an, aber wir können genauso hervorragend selbst gesehen werden."

„Was schlägst du also vor?"

Jetzt hatte Auerbach die entscheidende Idee: „Wir machen es am Tage."

Bernhardi verstummte. „Am Tage? Bist du sicher? Wie sollen wir das anstellen? Und überhaupt … ist die Kirche während der übungsfreien Zeit nicht verschlossen?"

„Du bist doch sonst nicht um Ideen verlegen. Erstens: Wir brauchen nicht in die Kirche, um auf den Turm zu gelangen. Man hat damals, zur Zeit der Feuerwachen, einen separaten Eingang angebaut. Glücklicherweise liegt er ziemlich verborgen hinter Büschen und Bäumen, vielleicht ist er sogar schon ganz zugewachsen. Zweitens: Sind wir erst einmal im Treppenhaus, sollte es hell genug sein, um ohne Fackeln oder Lampen auszukommen. Dann sind wir von außen nicht zu erkennen. Und drittens: Es ist durchaus nichts Ungewöhnliches, wenn ein Magister sich tagsüber in der Nähe der Universität aufhält."

„Das klingt überzeugend. Kannst du an den Schlüssel gelangen?"

„Selbstverständlich. Während der Ferienzeit muss jeder der Kollegen eine Woche lang die Aufsicht über die Gebäude übernehmen. Rate mal, wer diese Woche dran ist …"

„Ich wollte, alle Rätsel wären so leicht zu lösen!"

Am frühen Nachmittag verbargen sich die beiden Magister unter dem vorgezogenen Dach eines stolzen Bürgerhauses in der Nähe des Kirchturms. Sie beobachteten eine Weile die Passanten. Bei dem warmen Spätsommerwetter hielten sich nicht viele Menschen auf dem Platz auf. Dann war der Augenblick gekommen. Als niemand mehr in der Nähe des Turmes zu sehen war, schritten Bernhardi und Auerbach mit festen Schritten auf den Außeneingang des Turmes zu. Er war tatsächlich hinter wucherndem Gestrüpp kaum zu erkennen und wurde zudem noch von einer großen Kastanie verdeckt.

Bernhardi drehte sich noch einmal um und stellte erleichtert fest, dass ihnen niemand gefolgt war. Auerbach zog unterdessen den rostigen Schlüssel aus seinem Wams und steckte ihn ins Türschloss. Zunächst blieben seine Versuche, ihn umzudrehen, ohne Erfolg.

„Verflucht!"

„Ruhig, Einhard, lass mich mal probieren!"

Bernhardi brauchte eine Weile, bis er endlich Erfolg hatte. Leider war ein lautes, knarrendes Geräusch nicht zu vermeiden gewesen, und so schauten sich beide erneut um, bevor sie sich ins Innere des Kirchturms begaben.

Sie schlossen die Tür hinter sich und blieben kurz stehen, bis ihre Augen sich an das dämmrige Licht gewöhnt hatten. Der Eingangsbereich war mit allerlei Gerümpel zugestellt. Der Staub, der auf allem lag, verriet ihnen allerdings, dass schon lange kein Mensch mehr diesen Raum betreten hatte. Das war ungemein beruhigend. Auerbach zeigte auf einen Durchlass im hinteren Bereich. Von dort aus führte eine enge Wendeltreppe nach oben. Die beiden nickten sich aufmunternd zu.

Zu ihrer Überraschung war es im Treppenbereich tatsächlich hell genug, um gefahrlos die Stufen zu betreten. An den Wänden waren schmale Öffnungen, durch die das Sonnenlicht hereinfiel. Sie stiegen nach oben, bis sie zu einer Holztür gelangten, die ihnen den Weg versperrte.

„Das muss der Eingang zum Glockenraum sein", meinte Auerbach. „Da es keine weiteren Schlüssel gibt, hoffen wir, dass die Tür offen ist." Mit einem kräftigen Ruck drückte er gegen das Holz. Die Tür klemmte zwar etwas, aber gab sogleich nach. Sie besaß überhaupt kein Schloss.

In dem kleinen Raum, den sie nun betraten, mussten sie sich noch vorsichtiger bewegen als vorher. Die hölzernen Schallleiter, die es früher rundum gegeben hatte, waren von Wind und Wetter so morsch geworden, dass kaum noch etwas von ihnen übrig geblieben war. Und so hatten die beiden Männer zwar eine gute Aussicht nach draußen, konnten aber genauso leicht von der Straße aus gesehen werden.

„Eins steht fest", sagte Auerbach, hinter den Mauern Schutz suchend, „von hier aus hat dieser Saalfeld keine Sterne beobachtet."

„Also weiter nach oben. Als Nächstes müssten wir die alte Feuerstation erreichen."

Nun ging es über eine hölzerne Stiege und durch eine Luke weiter nach oben. Als sie dort ankamen, staunten sie nicht schlecht über den Anblick, der sich ihnen nun bot. Auerbach pfiff leise durch die Zähne.

„Alle Achtung. Hier ist es aber gemütlich!"

In der Tat war deutlich zu erkennen, dass dies einmal der Wohnraum des Türmers gewesen war, der Alarm schlagen sollte, wenn er irgendwo ein Feuer entdeckte.

„Diesen Raum könnte von Saalfeld für seine Beobachtungen benutzt haben." Bernhardis Zuversicht stieg deutlich an.

„Ja, es ist alles wunderbar geeignet dafür."

Die beiden untersuchten die geräumige Stube. Zunächst ließ sich nichts finden, was mit den Beobachtungen von Saalfelds in Zusammenhang gebracht werden konnte, keinerlei Instrumente, keine alten Papiere. Selbst in der kleinen Nische, die ursprünglich wohl als Wohn- und Schlafbereich des Türmers gedient hatte, war außer ein paar Brettern und Kisten nichts Auffälliges zu bemerken.

„Schade. Bisher waren Elisabeths Gedanken ja brillant und

stimmig, wie gewohnt. Aber leider sieht die Wirklichkeit doch anders aus." Einhard Auerbach war schon kurz davor, die Unternehmung abzubrechen.

Diesmal war Bernhardi derjenige, der noch nicht aufgeben mochte. Sein Blick fiel auf den Boden des Raumes, wo eine grüne Matte lag, die schon ziemlich verschlissen aussah. Der letzte Besitzer hatte sich offenbar ein Mindestmaß an Behaglichkeit verschaffen wollen. Plötzlich kam ihm eine Idee. Er versuchte, die Matte anzuheben. Obwohl im Laufe der Jahre eine Menge Kerzenwachs und Fackelpech heruntergetropft war, ließ sich das Geflecht ohne Schwierigkeit vom Boden lösen und hochnehmen. Bernhardi wollte die Matte schon wieder zurücklegen, da unterbrach ihn Auerbach.

„Warte mal. Da!" Er deutete auf zwei eiserne Griffe, die in den Boden versenkt waren und dadurch kaum auffielen.

„Du meinst …?"

Auerbach nickte. Sie blickten sich kurz an, dann packte sich jeder einen Griff und gemeinsam nahmen sie die Bodenabdeckung hoch.

Das, was sie darunter zu sehen bekamen, ließ ihre Herzen höherschlagen. In der Bodennische stand eine längliche Holzkiste, die zweifellos schon ziemlich alt war. Die beiden Magister sahen sich freudestrahlend an. Bernhardi holte die Kiste hervor. Sie war mit einem winzigen Schloss gesichert.

„Warte mal!" Auerbach griff nach seinem Dolch, den er am Gürtel trug, und öffnete den Deckel. Das Innere der Kiste war mit weichem Leder ausgekleidet, das einen länglichen Gegenstand umhüllte.

Bernhardi nahm das Teil vorsichtig heraus. Ein Glücksgefühl durchströmte ihn. Das konnte nur der von saalfeldsche Sehapparat sein! Ein Ende der Röhre wurde von einer Glasscheibe verschlossen. Gegenüber, am schmalen Ende, saß ein wesentlich kleineres Glas. Als er Auerbach den Apparat in die Hände legen wollte, bemerkte er, dass das kleinere Ende des Rohres nicht starr war, sondern sich durch einen Schiebemechanismus bewegen ließ.

„Was ist das? Ist der Apparat defekt?"

„Das sieht mir nicht danach aus. Warte, wir werden das gleich an Ort und Stelle ausprobieren." Auerbach war ganz in seinem Element. Er nahm das Gerät zur Hand und öffnete einen der Fensterläden einen Spaltbreit. Dann nahm er das Rohr, hielt es an die Öffnung und schaute, durch die große Linse blickend, hinaus.

„Was siehst du?" Bernhardis Ungeduld wuchs ins Unermessliche.

„Vielleicht doch ein Werk Satans. Ich sehe etwas, aber kleiner als in Wirklichkeit. Das kann von Saalfeld doch nicht gemeint haben! Er hat doch von einer vergrößernden Wirkung gesprochen!"

„Zeig her!"

Auerbach übergab Bernhardi das Rohr. Dabei hatte dieser aber das dünnere Ende zuerst erwischt und hielt das Rohr nun in dieser Richtung aus dem Fenster. Eine Weile sprach er kein Wort.

„Was ist? Du hältst es doch verkehrt herum!"

„O nein, ich glaube, so herum ist es richtig. Schau selbst!"

Jetzt konnte sich auch Auerbach davon überzeugen, dass sie den lange gesuchten Apparat gefunden hatten. „Aha! Das bewegliche Ende erlaubt es, die Gegenstände genau zu fokussieren, wenn sie sich in unterschiedlichen Entfernungen befinden." Und dann fuhr er fort: „Es ist also wahr. Von Saalfeld hat die Wahrheit gesagt. Wir sind jetzt in der Lage, seine Aussagen und die des Kopernikus zu überprüfen!"

„Warte ab, wir müssen erst ausprobieren, ob die Sterne so gnädig sind, dass wir ihnen mit diesem Apparat etwas auf den Pelz rücken dürfen", gab Bernhardi zu bedenken.

Auerbach nickte stumm. „Aber wir können hier nicht abwarten, bis es Nacht wird."

Beide überlegten, wie sie mit dem neuartigen Apparat weiter verfahren sollten. Eins war ihnen klar: Sie mussten das Gerät in Sicherheit bringen.

Bernhardi bot an, es mit nach Kemberg zu nehmen und dort einige Beobachtungen zu machen. Schließlich hatte er noch eine weitere Idee: „Ich werde versuchen, an der Wittenberger Universität diesen Apparat vorzustellen. Vielleicht zeigt sogar Kurfürst Johann Interesse daran. Und dann … dann wird diese Entdeckung mit all ihren Konsequenzen nicht mehr aufzuhalten sein!" Bernhardi war ins Schwärmen geraten.

„Das scheint mir eine gute Idee zu sein, auch wenn du schon drei Schritte weiter bist als ich. Ich werde dir noch einige Lektionen in der Sternkunde verabreichen und dich in Kemberg vielleicht einmal besuchen, um mich von der Brauchbarkeit des Apparates mit eigenen Augen zu überzeugen. Aber ich warne dich: Noch ist die Wittenberger Professorenschaft wegen der Pest in Jena … Und ob Luther davon etwas wissen will, weißt du nicht. Außerdem müssen wir sehen, wer dort den Lehrstuhl für Astronomie innehat. Ob Kurfürst Johann es wagt, eine Erfindung zu promovieren, mit deren Hilfe einige kirchliche Dogmen angegriffen werden könnten, vermag ich nicht zu sagen. Er hat sehr kluge Berater."

„Spalatin zum Beispiel."

„Ja, und auch andere. Wir werden sehen. Vermutlich ist es die einzige Möglichkeit, die Sache weiter voranzubringen – für uns und für die Wissenschaft. Wenn es uns gelingt, außerdem noch diesen von Saalfeld zu rehabilitieren, dann war alles nicht umsonst."

Vorsichtig legten sie den Sehapparat zurück in die Kiste und nahmen sie mit nach unten. Dort angekommen, öffnete Bernhardi behutsam die Eingangstür und schaute sich genau um, bis er sicher war, dass sie den Turm unbemerkt verlassen konnten. Auerbach schlug vor, dass sie gleich zurück in seine Wohnung gingen, aber Bernhardi blieb stehen.

„Ich komme gleich nach … habe noch etwas Wichtiges zu erledigen." Bevor der überraschte Auerbach eine Frage stellen oder ihn zur Vorsicht mahnen konnte, war Bernhardi schon um eine Ecke verschwunden.

Die Friedhofspforte knarrte in den Angeln. Längst war auf dem Gottesacker direkt an der Kirche kein Platz mehr für neue Gräber, daher wurden die Toten der Gemeinde schon seit Jahren auf dem weitläufigen Gelände am Ortsrand beigesetzt. Der kleine Schuppen, in dem man die Leichen vor ihrer Beisetzung aufbahrte, war immer noch nicht durch eine richtige Kapelle ersetzt worden.

Bernhardi hatte auf dem Weg zum Friedhof eine Rose gepflückt. Er legte sie auf das Grab seiner Tochter und blieb noch einige Augenblicke schweigend davor stehen. Vergeblich versuchte er, seine Tränen zurückzuhalten. War nicht mit dem Tode seiner geliebten Tochter auch alles andere von ihm gegangen, von dem er geglaubt hatte, es habe Bestand?

Ruckartig drehte er sich um und verließ eilig den Friedhof. Dass ihm eine dunkel gekleidete Person folgte, bemerkte er nicht.

28

Wütend beugte sich Max von der Aue über den Brief. Was sein Sohn ihm da geschrieben hatte, erfüllte ihn mit Ärger und Sorge. Wie war es möglich gewesen, dass Friedrich ihm so entgleiten konnte? Hatte er nicht ausgerechnet dieses Nest für ihn ausgesucht, um Ablenkungen, mit denen die großen Universitätsstätten zu locken pflegten, bereits im Keime zu ersticken? Und nun teilte sein Herr Sohn ihm nicht nur seine Verlobung mit, sondern kündigte auch die kurz bevorstehende Hochzeit an! Noch vor dem Ende seines Studiums!

Aber nein, so schnell würde er seinen einzigen Sohn nicht verloren geben. Keines dieser lockeren Bauernmädchen sollte die Gelegenheit bekommen, sich an ihn heranzumachen. Dass Barbara Bernhardi eine Professorentochter war, hatte ihm Friedrich zwar nicht verschwiegen, aber das machte für den erregten Vater keinen Unterschied. Da plante er einen vorbildlichen Lebenslauf für seinen begabten Sohn – und schon kamen die niederen Triebe dazwischen!

„Da sei Gott vor!“, schimpfte er leise.

Es ist zwar nicht ratsam, in der ersten Wut zur Feder zu greifen und Dinge zu tun, die später nicht mehr rückgängig gemacht werden können, aber diese Situation erforderte eine Ausnahme. Max von der Aue begann zu schreiben.

Mein lieber Sohn!
Mit Entsetzen habe ich Deine Ankündigungen zur Kenntnis genommen. Ich ringe um die richtigen Worte, fürchte aber, sie zu verfehlen. Egal, es muss heraus. Wie wir uns einig waren, solltest Du zuerst Dein Studium erfolgreich beenden und dann eine Dir gemäße Anstellung suchen. Dann wäre ich Dir behilflich gewesen, eine

angemessene Partie, eine Tochter aus dem gehobenen Bürger- und Bildungsstand, mit Dir zu verehelichen. Ich wiederhole: Wir waren uns darüber einig!

Diese Abmachung war und ist die ganze Grundlage meiner Förderung Deiner Talente. Ich rate Dir, trotz meines Zornes, doch auch in väterlicher Liebe zu Dir, Deine Pläne zu ändern. Ich weiß aus eigener Erfahrung, wie schnell jugendlicher Übermut eine Verliebtheit konstatiert, die sich aber genauso rasch wieder abkühlt, wie sie begonnen hat, und sich als das erweist, was sie ist: eine unüberlegte Reizung der Triebe.

Leider bist du schon zur Tat geschritten und hast die Verlobung vollzogen. Das macht die Sache schwerer. Aber sie ist noch zurückzunehmen. Ich bin bereit, für die der Brautfamilie entstandenen Unkosten aufzukommen und die Schuld der Trennung auf mich (bzw. uns) zu nehmen. Weiterhin bin ich bereit, Dir Deinen Fehltritt zu verzeihen und Dich bis zum Abschluss Deiner Studien weiterhin großzügig zu alimentieren. Ich hoffe auf Deine Einsicht.

Falls Du aber gedenkst, in Deinem schändlichen Tun fortzufahren, dann werde ich Dir nicht nur meine Erlaubnis zur Hochzeit versagen, sondern auch Deine Alimentation einstellen.

So wähle nun. Ich erwarte Deine Antwort auf schnellstem Wege. Sollte sie nicht innerhalb zweier Wochen hier eintreffen, muss ich annehmen, dass Du meinem weisen Rat zuwiderhandelst. Mit den entsprechenden Folgen für Dich weißt Du ja nun zu rechnen. Aber ich bete und bitte für Dich, dass Du auf den rechten Weg zurückkehren mögest.

Dein sich um Dich sorgender Vater
Maximilian von der Aue

PS: Ich werde Erkundigungen über diese Familie Bernhardi einholen. Ein Gerücht ist mir zu Ohren gekommen, der Vater deiner „Braut" sei in dunkle Machenschaften verwickelt.

Max von der Aue überflog das Geschriebene noch einmal. Dann faltete er das Papier zusammen, versiegelte es sorgfältig und rief nach seinem Diener. Der Brief sollte mit äußerster Schnelligkeit befördert werden.

Über Strehla brauten sich dunkle Wolken zusammen. Die schwüle Luft hatte schon den ganzen Vormittag auf ein baldiges Gewitter hingedeutet. Im Speisesaal des Schlosses saßen, wie jeden Mittag, die Pflugs und die Bernhardis beim Essen zusammen. Ihre Mahlzeiten wurden in den letzten Tagen auffallend schweigsam eingenommen.

Nachdem die Schüsseln abgetragen worden waren und sich alle erheben wollten, wandte sich Andreas Pflug an Elisabeth.

„Verzeiht, wenn ich Euch damit belästige oder gar von Euren Geschäften abhalte, aber würdet Ihr mir eine kurze Audienz gewähren? Unter vier Augen?“

Elisabeth Bernhardi verstand es, ihre Überraschung zu verbergen. Schon der förmliche Ton und die Behauptung, sie hätte hier irgendwelche Geschäfte zu erledigen, erfüllten sie mit Argwohn. Jeder wusste, dass sie hier aus Großzügigkeit – man konnte auch sagen: aus Erbarmen – untergekommen waren. „Ja, was ist Euer Anliegen?“, fragte sie vorsichtig.

Andreas Pflug räusperte sich vernehmlich und wartete ab, bis Elisabeth ihre Töchter aus dem Raum geschickt hatte. Dann begann er: „Es ist in der Tat ein Anliegen, wenn auch eines – und das dürft Ihr mir glauben –, das mir außerordentlich schwerfällt, an Euch zu richten.“

„Nun, ich höre.“

„Leider ist es mir nicht mehr länger möglich, Euch zu beherbergen. Die Renovierungsarbeiten am westlichen Flügel des Schlosses, den Ihr bezogen habt, sind nun endgültig abgeschlossen. Er wird in den nächsten Wochen benötigt, um den Ratgebern Herzog Georgs eine stete Unterkunft für ihre Aufgaben anzubieten. Wie Ihr wisst, zähle ich auch zu jenem erlauchten Kreis. Herzog Georg hatte mich darum ersucht und, das will ich nicht verhehlen, mir einen Ausgleich für die entstehenden Kosten zugeteilt. Ich muss Euch daher bitten, Euch innerhalb von drei Wochen um ein anderes Domizil zu bemühen. Es tut mir aufrichtig leid, aber eine andere Möglichkeit sehe ich nicht."

In Elisabeths Augen blitzte es kurz auf. Sie hatte nicht im Mindesten vor, um ihre Bleibe zu kämpfen oder gar um Aufschub zu betteln.

„Fürwahr, kein Problem", antwortete sie trotzig. „Ich hätte Euch sowieso demnächst aufgesucht, um Euch mitzuteilen, dass wir Eurer Gastfreundlichkeit nicht länger bedürfen."

Erstaunt zog Andreas Pflug seine Augenbraunen nach oben. „Ach ja?"

„Wir haben eine neue Bleibe gefunden und werden Anfang nächster Woche dorthin umsiedeln."

„Hat das etwas mit Euren geheimen Treffen am Waldesrand zu tun?" Noch während Andreas Pflug die Worte zu Ende gesprochen hatte, wusste er, dass er einen Fehler gemacht hatte. Als Diplomat in herzoglichem Auftrag durfte er niemals sein Wissen oder seine Informanten preisgeben, wenn er nicht seine Handlungsvorteile aufs Spiel setzen wollte. Aber es war zu spät.

„So, Ihr spioniert uns also nach!" Während Andreas Pflug errötend nach einer Antwort suchte, sprach Elisabeth weiter: „Wie wir Euch niemals verheimlicht haben, ist Barbara mit einem jungen vornehmen Mann verlobt. Alleine um Euch aus allen Händeln herauszuhalten, die mit meiner Familie und vor allem mit dem Verbleib meines geliebten Mannes zu tun haben, wählten wir diesen Weg der Begegnung. Das ist alleine unsere Angelegenheit. Wir sind nicht Eure Leibeigenen, das merkt Euch wohl. Wir sind Euch zwar dankbar für das Asyl, das Ihr uns gewährt habt, aber es ergeben sich daraus für Euch keine weiteren Ansprüche. Weder für Euren Sohn Nickel, der sich in geradezu unverschämter Weise Barbaras zu bemächtigen gedachte, noch für alle anderen Angelegenheiten, die unsere Familie betreffen!"

So war Andreas Pflug noch nie angegangen worden – schon gar nicht von einer Frau. Er versuchte, seine Niederlage durch einen Angriff auszugleichen.

„Ihr irrt, wenn Ihr glaubt, ich würde zulassen, dass meine Hilfsbereitschaft schamlos ausgenutzt wird. Ich muss schon wissen, was die Hintergründe für die seltsamen Ereignisse sind, die Euch dazu veranlasst haben, hier Quartier zu nehmen. Also habe ich nicht nur das Recht, sondern bin auch verpflichtet, die Ursachen Eurer Flucht zu erforschen. Denn dass Ihr aus Gründen der Gefahr für Leib und Leben alleine aus Eurer Stadt verzogen seid, das glaube ich Euch nicht. Wenn Ihr schon in Verdacht steht, dass der hochgelobte Magister Bernhardi es mit den Lutherischen halten könnte, dann habt Ihr Euer Asyl schlecht gewählt. Herzog Georg wird diese Häresie niemals dulden und er hat dabei meine vollste Unterstützung. Wer war übrigens der bärtige Mann, der beim letzten Male dabei gewesen ist? Ihr schient recht vertraut miteinander."

„Ein guter Bekannter von Barbaras Verlobtem." Elisabeth musste Andreas Pflug unbedingt von diesem Besuch ablenken. „Ihr versucht, Euch Eure Sicht der Dinge zurechtzuträumen. Mir ist nicht erinnerlich, jemals zu den Lutherischen konvertiert zu sein. Ich habe noch nicht einmal irgendeine Schrift des Wittenbergers gelesen. Leonhard hätte es als Magister ebenfalls niemals zugelassen, die Lehren des Wittenbergers bei uns einzuführen. Aber lassen wir das. Da der Preis für das Unterkommen uns zu hoch ist, habe ich schon längst beschlossen, Eure Gastfreundschaft nicht länger in Anspruch zu nehmen. Eure Haltung bestärkt mich darin, unseren Abschied noch viel früher zu nehmen. Ich betrachte unser Gespräch als beendet."

Damit drehte sie sich um und rauschte den Gang entlang zu ihrer Stube.

Andreas Pflug starrte der entschwindenden Elisabeth nach. Er wusste nicht, welches Gefühl bei ihm die Oberhand gewinnen sollte – Verwunderung oder Zorn. Nicht nur die kirchliche Einheit, nicht nur das alte Weltbild, nein auch die Ordnung, dass die Weiber den Männern untertan sein sollten … Alles wurde mit einem Mal infrage gestellt.

„Ich glaube, ich habe dem Satan Einlass gewährt", murmelte er und ging nachdenklich in seine Stube.

„Was hat er gewollt?" Barbara und Sophia blickten ihre Mutter fragend an.

„Uns rauswerfen. Und dabei hat er noch zugegeben, uns nachspioniert zu haben."

„Oh, wie froh bin ich, das Schloss und die Pflugs verlassen zu können!", seufzte Barbara. „Wie gut, dass Friedrich ein so schönes neues Heim gefunden hat!"

„Du hast recht. Allerdings werden wir unseren Aufbruch von hier beschleunigen müssen. Und das heißt konkret: Da das Haus, das Friedrich gefunden, bereits bezugsfertig ist, werden wir alle dort einziehen, bevor Barbara und Friedrich sich das Jawort geben. Friedrich wird also zunächst noch nicht dort wohnen können, aber das ist ja nur für eine kurze Zeit. Wir müssen uns allerdings Gedanken machen, wie wir etwas Geld verdienen können. Das heißt, wir werden versuchen, eine Beschäftigung zu finden … Magdalena natürlich ausgenommen."

Barbara fügte eifrig hinzu: „Friedrich wird uns helfen. Sein Vater alimentiert ihn recht großzügig. Ich bin schon gespannt, meinen künftigen Schwiegervater kennenzulernen. Allerdings werde ich ihn wohl erst bei unserer Hochzeit zu Gesicht bekommen."

„Hoffen wir, dass sich alles so ergibt, wie wir es geplant haben. Ich werde mich jetzt um ein Fuhrwerk kümmern und natürlich das neue Haus besichtigen. Barbara, du begleitest mich, es wird ja bald *dein* Haus sein. Und Sophia, du hast in der Zwischenzeit ein Auge auf Katharina und Magdalena!"

Elisabeth und Barbara Bernhardi spazierten aus der Schlossanlage und machten sich auf den Weg in den Ort, um ein Pferdefuhrwerk zu suchen, wie Barbara vermutete.

„Ich weiß ja noch gar nichts von unserem neuen Haus", erklärte Barbara endlich.

„Und ich bin froh, dass du dir nichts hast anmerken lassen. Ich hatte nicht vor, den Pflugs auch nur den geringsten Triumph zu lassen, und musste deshalb ein bisschen schummeln. Glücklicherweise sehen deine Schwestern unsere Probleme zurzeit nur als interessante Abwechslung an, sie können den Ernst der Lage noch nicht richtig einschätzen. Hoffentlich ändert sich das nicht so schnell. Auch wir werden jetzt nur ein Fuhrwerk für die nächste Woche ordern. Da wir von Friedrich noch nichts gehört haben, habe ich meine Schwester in Leipzig gebeten, ob sie für uns eine geeignete Unterkunft besorgen kann. Ich bin mir sicher, dass sie etwas für uns finden wird, sie kennt die halbe Stadt. Das heißt aber auch, dass dein Verlobter wahrscheinlich mit einem Umzug in diese Stadt vorliebnehmen muss."

Barbara nickte bedrückt. Sie hatte sich den Umzug, verbunden mit der Hochzeit, als einen ersten Schritt zur Normalität erhofft und musste nun erkennen, dass es bis dahin noch ein weiter Weg sein würde. Dass sich Friedrich noch nicht gemeldet hatte, bedrückte sie zusätzlich.

Während sie sich dem Ortseingang näherten, bemerkten sie einen Reiter, der ihnen entgegenkam. Als er die beiden erreicht hatte, hielt er an und sprang vom Pferd.

„Schön, dass ich Euch hier antreffe, meine Damen. Dann

muss ich nicht bis zum Schloss. Hier ist ein Brief für die junge Frau Bernhardi." Er überreichte das Schriftstück an Barbara, verbeugte sich und wünschte den Damen einen guten Tag. Mit einem Satz schwang er sich wieder aufs Pferd und entschwand ihren Blicken.

„Na endlich, von Friedrich!" Barbaras Stimmung hatte sich in kürzester Zeit aufgehellt. „Ich wusste doch, dass man sich auf ihn verlassen kann."

„Bevor du weiter ins Schwärmen gerätst, solltest du vielleicht nachsehen, welche Neuigkeiten dein Verlobter für uns hat", holte ihre Mutter sie auf den Boden der Realität zurück.

„Welche Neuigkeiten er für *mich* hat!" Barbara hatte etwas vom Stolz ihrer Mutter geerbt. Sie öffnete das versiegelte Papier und begann zu lesen.

Elisabeth Bernhardi beobachtete ihre Tochter, und es blieb ihr nicht verborgen, dass sich auf deren Gesicht keine Fröhlichkeit einstellen wollte. Im Gegenteil, ihre Mimik verriet, dass es anscheinend nicht so gut um ihre Angelegenheiten zu stehen schien. Tränen waren in ihre Augen gestiegen.

„Was ist mein Kind?"

Schluchzend überreichte Barbara ihrer Mutter das Schreiben. Elisabeth atmete tief durch und begann zu lesen. Als sie geendet hatte, schwieg sie kurz, dann aber hatte ihre Tatkraft wieder die Oberhand gewonnen. Sie strich ihrer Tochter über das Haar.

„Mein Kind, es war ja nie ganz auszuschließen, dass von Friedrichs Verwandtschaft vielleicht Hindernisse zu erwarten wären. Nun sind sie eingetroffen. Du musst in Erfahrung bringen, wie Friedrich sich nun verhalten wird. Er ist ja, wie er dir mitgeteilt hat, nach Frankfurt gereist, um seinen Vater doch noch zu überzeugen. Was er dir von ihm geschrieben hat, lässt allerdings keine leichte Mission erwarten. So ist es mit der Liebe – die Momente der Bewährung kommen oft früher, als man denkt. Du musst jetzt abwarten, ob Friedrich den Kampf aufnehmen will oder kann. Insofern bist du in der glücklichen Lage, schon sehr früh feststellen zu können, was du ihm wert bist."

„In der glücklichen Lage? Ich bin alles andere als glücklich!"

„Ich weiß, aber es ist im Moment die einzige Weise, etwas Gutes darin zu sehen. Ich hoffe, ihr werdet beide gestärkt daraus hervorgehen. Aber leider betrifft es nicht nur euch, sondern uns alle. Wie du siehst, war meine Vorsicht nicht unbegründet. Meine Schwester kann mir noch sehr hilfreich sein. Lass uns jetzt das Fuhrwerk anmieten, und nächste Woche ziehen wir nach Leipzig um. Wenn es sein muss, bleiben wir zunächst ein paar Tage bei Ursula. Und dann, in zwei, drei Wochen, beziehen wir unser neues Heim ..."

Barbara bekam ihre Traurigkeit nicht so schnell in den Griff. Zu groß war ihre Enttäuschung. „Mutter, es tut so weh, alles immer nur über große Distanzen regeln zu müssen. In den letzten Wochen habe ich Friedrich immer nur für kurze Zeit sprechen können. Ich freue mich zwar unbändig über seine Briefe, aber wenn ich sie erhalten habe, spüre ich, wie wenig wir wirklich beieinander sein können. Wenn das so weitergeht, werde ich irgendwann einen Fremden heiraten."

„Mein Kind, ich weiß, es ist jetzt besonders schlimm für dich. Auch wenn es dich nicht tröstet, aber ich bin, was die Distanz angeht, in einer ähnlichen Lage wie du. Mit deinem Vater kann ich auch nicht mehr sprechen. Es ist sogar möglich, dass wir uns gar nicht mehr wiedersehen – und glaub mir, davor habe ich Angst! Trotzdem müssen wir uns jetzt erst um uns selber sorgen."

29

Aufmerksam beobachtete Leonhard Bernhardi den nächtlichen Himmel. Am Anfang war es für ihn sehr schwierig gewesen, sich zurechtzufinden, aber inzwischen hatte er schon etwas Übung bekommen. Magister Auerbach hatte ihm einen Satz einfacher Sternkarten überlassen, die die Orientierung erleichterten. Das schöne Frühherbstwetter hatte ihm ein paar klare Nächte hintereinander beschert, die er für die Beobachtung der Gestirne nutzte.

Ein zufriedener Ausdruck huschte über Bernhardis Gesicht, als er auf Anhieb das große Quadrat des Pegasus erkannte, das sich genau im Süden befand. Davon ausgehend, war es ihm möglich, auch die sich anschließende Andromeda und Perseus zu erkennen. Tief im Osten leuchtete im Kontrast zum restlichen Himmel ein heller rötlicher Stern, der Bernhardi auffiel. Ein Blick auf die Karte überzeugte ihn, dass es sich wohl um Aldebaran, das rote Auge des Stieres, handeln musste.

Bernhardi erinnerte sich, dass Auerbach ihm gerade dieses Sternbild eingeschärft hatte. Denn nordwestlich davon befinde sich einer der prächtigsten Sternhaufen des Himmels: die Plejaden, im Volksmund das Siebengestirn genannt. Schon seit langer Zeit sei diese Sternenansammlung als Augenprüfer genutzt worden. Je nach Güte des Augenlichts könne man sechs oder sieben Sterne erkennen, besonders scharfe Augen hätten es sogar auf über zehn gebracht. Obwohl die Luft in dieser Nacht sehr klar zu sein schien, gelang es Bernhardi nicht, mehr als sechs Sterne zu sehen. Er rieb sich die Augen und versuchte es erneut – vergeblich. Richte den Sehapparat auf die Plejaden und zähle die Sterne, die du damit siehst! Das hatte Auerbach ihm aufgetragen und das wollte er nun versuchen.

Er nahm den Apparat, überzeugte sich, dass er richtig ausgerichtet war, und versuchte dann, durch die Röhre einen Blick auf das Siebengestirn zu erhaschen. Aber die Röhre ließ nur einen winzigen Himmelsausschnitt erkennen; außerdem waren die Sterne sehr groß und neblig zu sehen. Bernhardi dachte erst, dass es ihm gelungen sei, die Sterne so nah zu sehen, dass sie nicht mehr wie Punkte erschienen – aber dann erinnerte er sich daran, dass sie bei ihrem Versuch auf dem Kirchturm auch die richtige Schärfe eingestellt hatten. Also versuchte er, mithilfe des beweglichen Teils des Rohres die Sterne so zu fokussieren, dass sie scharf und möglichst punktförmig zu sehen waren. Dann setzte er das Rohr erst einmal wieder ab.

Auf dem kleinen Holztischchen, das er im Garten aufgebaut hatte, lagen im Schein einer Lampe Tinte, Feder und einige Bogen Papier ausgebreitet. Bernhardi griff zur Feder und begann, das Gesehene aufzuzeichnen. Leider sei es ihm nicht gelungen, mehr als nur Punkte zu sehen, allerdings seien ihm die Sterne viel heller erschienen als mit dem bloßen Auge, so schrieb er nieder.

Dann begann Bernhardi erneut, die Plejaden zu suchen. Nach mehreren vergeblichen Anläufen kam ihm die Idee, den Sehapparat auf einem kleinen Buchstapel abzustützen – und endlich erreichte er sein Ziel. Was er nun zu sehen bekam, überwältigte ihn. Das ganze Gesichtsfeld war über und über mit Sternen ausgefüllt. Der Himmel schien von einem wunderbaren Glanz erfüllt. Bernhardi mochte sich von dem Anblick gar nicht losreißen.

„Großer Gott!“, entfuhr es ihm. „Die Himmel erzählen die Ehre Gottes …“ Bernhardi begann den neunzehnten Psalm zu rezitieren.

Er wusste nicht, wie lange er dagestanden hatte. Als seine Muskeln infolge der ungewohnten Haltung zu zittern begannen, brach er die Beobachtung ab. Er machte sich genaue Notizen über das Gesehene und packte dann den Apparat weg.

Zum Schluss blickte er noch einmal zum Himmel. Die Venus im Westen war bereits untergegangen. Bernhardi hätte nicht gedacht, dass sie so einfach zu erkennen wäre, aber ihre Helligkeit übertraf die aller anderen Sterne. Jupiter, der andere helle Wandelstern, befand sich in den Zwillingen, und damit zu niedrig für eine genaue Beobachtung. Sollte das Wetter noch einige Tage günstig bleiben, würde er die beiden Planeten genauer untersuchen können. Auerbach hatte ihn darum gebeten.

Jetzt musste Bernhardi sich erst einmal als Briefschreiber betätigen. Zuerst sollte Auerbach von seinen Ergebnissen erfahren, anschließend würde er sich an die Universität Wittenberg und an Kurfürst Johann wenden, um ihnen seine Entdeckung vorzustellen. Von deren Reaktion würde nicht nur seine Zukunft, sondern auch die seiner Familie und Freunde abhängen.

Der Gedanke an Elisabeth und die Kinder verdüsterte plötzlich sein Gemüt. Was war eine Wahrheit wert, die nur mit Leid und Tränen bezahlt wurde? Er war nicht der geborene Märtyrer, schon gar nicht auf Kosten seiner Familie! Wenn das der Preis der Wahrheit war, dann stieg er aus dem Geschäft aus.

30

Friedrich trat ans Fenster, das von schweren Brokatvorhängen eingerahmt wurde. Wie oft hatte er früher hier gestanden und den Kindern draußen zugesehen. Er hatte die Welt der Erwachsenen studiert und sich gefragt, was wohl einmal aus ihm werden würde. Sein Vater hatte gewünscht, dass er einen Beruf erlernte, mit dem er einmal seine Handelsfirma übernehmen konnte. Oder zumindest sollte er eine gute Stellung an einem Hofe oder in einer großen Kaufmannsgesellschaft bekleiden. Immerhin hatte Max von der Aue ihn nicht gezwungen, unter allen Umständen sein Nachfolger im Kontor zu werden.

Er hatte sich nach den Plänen seines Vaters zu richten, immerhin war er finanziell von ihm abhängig. Aber da Friedrich ohnehin keine klare Vorstellung hatte, was denn seine Profession sei, hatte er bisher nicht dagegen aufbegehrt.

Seitdem er Elisabeth Bernhardis Engagement für den Aufbau eines Schulwesens für Mädchen und Jungen kennengelernt hatte, war ihm erschreckend klar geworden, dass die Fürsten und Adligen gar kein Interesse daran hatten, der Bevölkerung zu mehr Bildung zu verhelfen. Was sollte ein Bauerntölpel oder eine Magd auch lesen, schreiben und rechnen können? Der Zusammenhang zwischen Elend und Bildung lag auf der Hand. Auch der große Krieg der Bauern gegen die Feudalherren vor zwei Jahren war nur möglich geworden, weil einige Gelehrte sich auf deren Seite geschlagen hatten. Zwar mit einem schrecklichen Resultat und auch zum Widerwillen Friedrichs – aber eine Besserung der Verhältnisse war letztlich nur möglich, wenn alle in etwa die gleichen Bedingungen im Leben vorfanden. Davon waren sie noch weit entfernt, zumal Männer ohnehin ganz andere Aufstiegschancen hatten als Frauen. Insgeheim musste Friedrich lächeln. Elisabeth, so dachte er, würde ihre Kollegen vermutlich in arge Bedrängnis bringen, wenn sie selbst an der Universität lehrte.

Und damit kehrten seine Gedanken zu Barbara zurück. Wie selten hatten sie sich in letzter Zeit gesehen! Es war ihm klar geworden, dass sein Glück ohne sie nicht zu verwirklichen war.

Vom Fenster aus sah Friedrich, wie sein Vater aus dem Wagen stieg und von seinem Diener empfangen wurde. Max von der Aue sah kurz zum Fenster hoch und schritt dann energisch aufs Haus zu. Kurze Zeit später erschien der Diener und teilte Friedrich mit, sein Vater erwarte ihn nun.

Friedrich atmete einmal kurz durch, fest entschlossen, sich nicht von seinem Weg abbringen zu lassen. Er stieg die breite Treppe hinunter und betrat das Empfangszimmer seines Vaters. Max von der Aue stand am Tisch. Erwartungsvoll blickte er seinem Sohn entgegen. Friedrich ging auf ihn zu, küsste ihm die Hand und verbeugte sich artig.

Der Vater umarmte ihn kurz. „Mein Sohn, gut, dass du gekommen bist. Du hast meinen Brief erhalten?“ Wie immer kam er direkt zur Sache.

„Ja, Vater. Und deshalb bin ich gekommen.“

„Wie war deine Reise?“

„Ohne Probleme. Die Wege scheinen sicherer geworden zu sein.“

„Gut. Was hast du mir zu sagen?“

„Dass wir über deinen Brief und deine Vorstellungen über meinen Lebensweg sprechen müssen.“

„Was gibt es da noch zu besprechen? Ich habe dir doch genau erklärt, wie ich mir deine Zukunft vorstelle. Du brauchst nur einzuwilligen – dann gibt es nichts mehr, was zwischen uns steht.“

Friedrich spürte, dass er einen schweren Gang vor sich hatte. „Wenn du nicht bereit bist, mich anzuhören … läuft dann alles darauf hinaus, dass ich entweder deine Forderungen zu erfüllen habe oder du mich verstößt? Sehe ich das richtig?"

„Ich hätte es anders ausgedrückt. Aber wenn du es so nennen willst, ja!"

„Ich brauche dich vermutlich nicht zu fragen, ob es dich interessiert, was mein Glück ausmacht?"

„Nein, das brauchst du wirklich nicht. Dein Glück, dein Glück ... Was verstehst du schon von Glück. Eine kurze Überwältigung durch die Gefühle, ein kurzes Aufwallen der Triebe, das ist alles, an das du denken kannst. Aber der Alltag? Keine ordentliche Anstellung, kein sicheres Einkommen, dazu ein Stall voller Kinder und eine Frau, die verhärmt ist von der täglichen Arbeit und Not. Schon bald wird sie nicht mehr die sein, die du einst gefunden zu haben meintest. Wer wirst du dann sein? Ein Nichts! Du wirst nicht einmal mehr in der Lage sein, deiner Frau das zu bieten, was du ihr einst versprochen hast! Kommt deine Barbara nicht aus einem Professorenhaus? Stellt sie dadurch nicht Ansprüche, die du ihr auf Dauer nicht erfüllen kannst? Ganz abgesehen davon, dass mit dieser Familie ja etwas nicht zu stimmen scheint ... der Vater auf der Flucht oder ermordet, die Mutter mit den Kindern ebenfalls in unsteter Wanderschaft begriffen? Erzähle du mir nichts von deinem Glück!"

Die Worte klangen hart und bitter. Was Friedrich wie ein Stich ins Herz fuhr, war die Erkenntnis, dass es tatsächlich nicht sicher war, ob sie unter diesen Umständen ihr Glück bewahren konnten. Wer wusste schon, was die Zukunft an Glück oder Ungemach bereithielt?

„In eine solche Lage kann ich aber erst dann kommen, wenn du mir deine Unterstützung entziehst. Noch ein Jahr, und ich werde meine Studien beendet haben. Das kann ich natürlich nicht, wenn ich meine Familie versorgen muss. Warum gewährst du mir nicht noch dieses eine Jahr, wenn du mich als

Syndicus in guter Anstellung sehen möchtest?" Geschickt hatte Friedrich den Ball zurückgespielt. Wenn er jedoch glaubte, dass sein Vater nun klein beigeben würde, hatte er sich getäuscht.

„Hier, lies!" Max von der Aue zog ein kleines Dokument hervor und hielt es seinem Sohn hin.

„Was ist das?"

„Lies es, du wirst schon darauf kommen!"

Friedrich nahm das Papier entgegen, entfaltete es und las.

Gnade und Friede in Christo zuvor!

Ihr, Max von der Aue, habt mich, Gregor von Schwalbach, kaiserlicher Hofrat, um eine Auskunft betreffs eines Leonhard Bernhardi, seines Zeichens Magister der Philosophie im herzoglichen Sachsen, angefragt. Wie Euch bereits bekannt ist, ist dieser Magister Bernhardi seit einigen Wochen unauffindbar. Auf ihn wurde ein Attentat verübt, das er nur knapp überlebt hat. Die Gründe für dieses Ereignis scheinen in seiner unstatthaften Beschäftigung mit der lutherischen Lehre zu liegen. Aber wie mir aus höchsten und geheimen Quellen zugetragen wurde, steckt hinter diesem Vorkommnis ein weiterer Anlass von höchster Priorität für das gesamte Reich. Es geht dabei um mehr als nur um Rechtgläubigkeit oder Häresie, und das wäre schon Grund genug, vor diesem Magister Bernhardi zu warnen.

Ich bin von höchster Stelle darauf hingewiesen worden, dass dieser Bernhardi im Begriff ist, einen Aufruhr zu verursachen, der die gesamte kirchliche und herrschaftliche Ordnung zerstören könnte. Es muss um jeden Preis verhindert werden, dass die Idee, mit der Bernhardi sich beschäftigt, ihren Weg in die Welt findet. Es ist nicht auszuschließen, dass Euer Sohn mehr von dieser Angelegenheit weiß, als wir ahnen. Deshalb wird nicht nur er, sondern auch der Rest der Familie Bernhardi seit geraumer Zeit genau observiert.

Die Angelegenheit ist von solcher Wichtigkeit, dass sowohl die Fürsten als auch der Kaiser zugestimmt haben, eine Organisation zu be-

auftragen, die mit allen Mitteln versuchen wird, das Bekanntwerden dieser teuflischen Ideen zu verhindern. Die Organisation wird im Geheimen operieren und muss sich nicht an geltendes Recht halten. Falls sich in naher Zukunft kein Erfolg bei der Vernichtung der satanischen Lehre und deren Verbreiter einstellt, werden alle, die mit diesem Bernhardi in Verbindung stehen und standen, einer peinlichen Befragung unterzogen und einem gerechten Urteil zugeführt.

Ich brauche Euch die Konsequenzen dieser Sachlage nicht vor Augen zu stellen. Ihr wisst selbst, wie Ihr Euch zu verhalten habt. Es hat meines ganzen diplomatischen Geschickes bedurft, um an diese Informationen zu kommen. Jeder, der sich mit dieser Sache beschäftigt, gerät in den Verdacht, darin verwickelt zu sein. Deshalb bitte ich Euch, mich mit diesbezüglichen Anfragen künftig zu verschonen.

Gegeben zu Speyer, den 5.10.1527
Gezeichnet: Gregor von Schwalbach

Friedrich war bleich geworden, als er den Brief gelesen hatte.

„Nun, was sagst du dazu?“

„Ist das der wahre Grund deiner Ablehnung?“

„Sagen wir mal, es ist kein unwichtiger. Aber einer, der das Fass zum Überlaufen gebracht hat. Ich verbiete dir nicht nur das Einheiraten in diese Familie, ich untersage dir auch jeden weiteren Kontakt zu ihr!“

„Dann ist jedes weitere Gespräch überflüssig.“

„Wie ich es dir bereits gesagt habe. Wie wirst du dich entscheiden?“

Statt einer Antwort lief Friedrich aus dem Raum. Eilig packte er seine Sachen zusammen und verließ ohne ein Abschiedswort sein Vaterhaus.

31

Einhard Auerbach runzelte überrascht die Stirn. Vor ihm auf seinem Arbeitstisch lagen Bernhardis Notizen ausgebreitet. Eigentlich war es ihm darum gegangen, mithilfe des neuartigen Sehapparats die Positionen der Gestirne, vor allem die der Wandelsterne, so genau wie möglich zu verfolgen. Daraus, so hoffte er, ließen sich Rückschlüsse ziehen auf die Frage nach dem Zentrum, um das die Himmelskörper kreisten.

Doch Bernhardis Beobachtungen enthüllten nie zuvor beschriebene Aspekte. Iovis, also Jupiter, war seinem Kollegen und Freund nicht wie ein Stern erschienen, sondern wie ein deutliches, unscharfes Scheibchen. Dies würde die schon lange existierende Vermutung stützen, dass die Fixsterne mit viel größerem Abstand als die Wandelsterne um die Erde liefen. Aber dann hatte Bernhardi in seinen Aufzeichnungen immer wieder in unmittelbarer Nähe des Planeten bis zu vier kleine Sternchen entdeckt. Manchmal war nur einer, ein anderes Mal waren zwei oder auch drei zu sehen. Sie schienen den Planeten regelrecht zu begleiten, denn sie folgten – das war Bernhardis sorgfältigen Aufzeichnungen sicher zu entnehmen – nicht dem Lauf der Sterne, sondern dem des Jupiter. Bernhardi hatte sich anscheinend nicht viel dabei gedacht, wohl aber die Bewegungen dieser kleinen Sterne über mehrere Tage akkurat aufgezeichnet.

Wenn es sich bei diesen kleinen Sternchen nicht um echte Sterne handelte, was ja ihre an Jupiter gebundene Bewegung nahelegte, so folgerte Auerbach nachdenklich, dann müsste es sich bei ihnen mit großer Wahrscheinlichkeit um Trabanten des Planeten handeln, die ihn umkreisten. Das wiederum wäre eine sensationelle Entdeckung. Denn dann wäre eine Hauptthese des Ptolemäus und der meisten alten Philosophen hinfällig geworden: nämlich dass die Erde der Mittelpunkt aller Bewegungen am Firmament sei. Zumindest im Falle des Jupiters wäre der Sachverhalt dann anders. Entweder gab es dann zwei Mittelpunkte – oder gar keinen! Wenn es aber keinen Mittelpunkt aller Bewegungen gäbe, so folgerte der nun hellwache Auerbach, dann würde man die Frage nach der Bedeutung der Erde unter dem Firmament neu stellen müssen.

Dies hätte sofort einsehbare Konsequenzen. Er erinnerte sich, dieses Thema schon früher einmal mit Bernhardi erörtert zu haben. Dann müsste untersucht werden, warum das entscheidende Heilsereignis, die Menschwerdung Gottes, an einem solchen dezentralen oder beliebigen Ort stattgefunden hatte. Würden sich derartige Erkenntnisse überhaupt mit der Heiligen Schrift vereinbaren lassen? Diesen Gedanken schob Auerbach sogleich unwirsch zur Seite. Die Heilige Schrift war doch ein Buch, in dem es um das Heil und die Erlösung des Menschen ging – und nicht um so etwas Profanes wie die äußere Beschaffenheit der Welt zu erklären. Selbst in den wunderbaren Erzählungen der Genesis hatte er nie den Eindruck gehabt, irgendein anderes Thema finden zu sollen, als das über den Menschen und sein Verhältnis zu Gott.

Die Häupter der Kirche mochten darin einen Angriff auf ihre unantastbaren Positionen sehen. Rechtfertigte das jedoch die gewaltsame Unterdrückung von Erkenntnissen über den wahren Zustand der Welt? Sollten die weltlichen Mächte tatsächlich Interesse daran haben, die Erde als zentralen Mittelpunkt des Universums zu betrachten – weil sich die weltliche Macht aus der geistlichen ableitete?

Auerbach nahm einen Schluck Wein. Dann kehrte er wieder zu Bernhardis Aufzeichnungen zurück. Seltsam, die Venus zeigte auf den Skizzen eine deutliche Sichelgestalt, ähnlich wie die des Mondes. So etwas hatte noch kein Mensch zuvor gesehen. Welche wunderbaren Entdeckungen würden dieser Erfindung noch zu verdanken sein?

Blitzartig überfiel ihn ein Gedanke, den er unbedingt festhalten musste. Er nahm ein neues Blatt Papier aus der Schublade und begann eine Skizze. Die Sonne stellte er in den Mittelpunkt und ließ Merkur und Venus auf kreisförmigen Bahnen um sie herumziehen. Als nächsten Planeten zeichnete er die Erde auf ihrer Bahn außerhalb des Orbits der Venus ein. Dann versuchte er darzustellen, welche Art von Beleuchtung der Venus in einem solchen System von der Erde aus zu erwarten wäre – je nachdem, wie die Himmelskörper zueinander standen. Und seine Idee bestätigte sich: Von der Erde aus gesehen müssten dann die inneren Planeten wie Merkur und Venus regelmäßig die gleichen Sichel- oder Phasengestalten zeigen, wie es beim Mond der Fall ist.

Und noch etwas müsste sichtbar werden: Die Größe der inneren Planeten wäre unterschiedlich zu erwarten, je nachdem, ob sie sich zwischen Erde und Sonne oder – von der Erde aus gesehen – hinter der Sonne befänden. Aber um das zu überprüfen, wären Beobachtungen über einen längeren Zeitraum nötig. Hoffentlich, seufzte Auerbach, würde ihnen diese Zeit geschenkt werden. Wenn sich dann zeigen sollte, dass es sich so verhielte wie in seiner plötzlichen Eingebung, dann wäre das mit der Behauptung des Kopernikus deutlich einfacher in Einklang zu bringen als mit dem komplizierten System von Epizykeln und Deferenten eines Ptolemäus oder seiner Epigonen. Ein wirklicher Beweis für die Lehre des Kopernikus wäre es zwar immer noch nicht, aber wieso sollte die komplizierteste Hypothese immer die richtige sein?

Jäh wurde er aus seinen Überlegungen gerissen, denn er hörte ein lautes Poltern an seiner Haustür. Eilig raffte er die Aufzeichnungen seines Freundes zusammen, verbarg sie in seinem Gewand, hastete aus dem Arbeitszimmer und öffnete die Tür. Laute Männerstimmen schlugen ihm entgegen.

„Eilt und bringt Eimer mit Wasser mit. Es brennt! Wir brauchen jede Hand!“

Und schon zogen die Männer weiter durch die Dunkelheit. Jetzt erst bemerkte Auerbach, dass auch die Glocken läuteten. Nicht als Ruf zum Gottesdienst, sondern als Feueralarm.

Der Magister mühte sich, dem Strom der Menschen zu folgen, was mit den zwei Eimern Wasser, die er eilends herbeigeschafft hatte, recht anstrengend war. Der Weg, den die Menge nahm, kam ihm bekannt vor. Und richtig, schon näherten sie sich dem Haus der Bernhardis, dessen Dachstuhl bereits lichterloh brannte. Es schien unmöglich, hier noch etwas retten zu wollen. Einzig das Übergreifen des Feuers auf die Nachbarhäuser musste verhindert werden.

Inzwischen hatte sich eine lange Kette gebildet. Immer neue Kübel mit Wasser wurden nach vorne weitergereicht. Auerbach war ein Glied in der Kette und arbeitete fieberhaft. Dabei hatte er Gelegenheit, seinen Gedanken freien Lauf zu lassen.

Dass dieses Feuer nicht zufällig ausgebrochen war, lag auf der Hand. Das Haus stand seit der Flucht der Bernhardis leer. Noch hatte sich niemand als Käufer dafür interessiert. Anscheinend wollten diejenigen, die dort schon einmal eingebrochen waren, ganze Arbeit leisten. Wenn sich noch irgendwelche Dokumente im Hause befunden hätten – jetzt wären auch sie vernichtet. Auerbach wurde bewusst, dass sich Bernhardi in höchster Lebensgefahr befand. Und auch er selbst würde nicht mehr lange als Unbeteiligter gelten.

Krachend stürzte der Dachstuhl des Hauses ein. Der Luftzug, der dabei entstand, schürte das Feuer erst recht an. Die Flammen schlugen hoch und vernichteten alles, was einstmals der Stolz der Professorenfamilie gewesen war.

32

Der Bote prüfte, ob sein dick geschnürtes Bündel sicher in der Satteltasche verstaut war. In den letzten Wochen hatte er immer genügend Post zu besorgen gehabt. Er war dankbar dafür, denn seine Familie konnte die Einkünfte gut gebrauchen – immerhin waren sie zu sechst.

Vor allem, seit dieser neue Gelehrte in ihre Gegend gezogen war, hatte die Nachfrage nach zuverlässiger Beförderung von Korrespondenz deutlich zugenommen. Nun sollte er sogar Post an die Universität in Wittenberg und an den Hof des Landesfürsten bringen. Das würde seiner Reputation sehr zugutekommen. Und diesen Ruf war er bereit zu verteidigen.

Deshalb war er äußerst verärgert, als ihm drei Reiter in vollem Galopp entgegenkamen und ihn zum Anhalten zwangen. Noch bevor er seine Waffe ziehen konnte, zielte bereits die scharfe Klinge eines leichten Schwertes in Herzhöhe auf seine Brust.

„Das würde ich an Eurer Stelle bleiben lassen!“, sprach ihn eine dunkel gekleidete Person an.

Sofort ließ der Bote seine Klinge zurückfallen. „Was wollt Ihr von mir? Ist das ein Überfall?“

„Nennt es lieber eine freundliche Einladung.“

„Ich pflege Einladungen dieser Art nicht anzunehmen.“

„Dann werdet Ihr Eure Gewohnheit für eine kurze Weile ändern müssen. Zeigt uns Eure Post!“

„Den Teufel …“ Er kam nicht dazu, den Satz zu Ende zu sprechen, da der zweite Reiter ihn mit einem Hieb zu Boden warf. Sofort richtete der Dritte seine Lanze auf ihn. Da er dieser Behandlung keine Argumente entgegenzusetzen hatte, verhielt er sich ruhig. Auch von den dreien war kein weiteres Wort mehr zu hören. Der Erste war von seinem Pferd gesprungen und hatte sich die Satteltasche des Boten gegriffen. Er leerte sie kurzerhand auf den Boden aus. Dann hielt er inne.

„Welche Post ist aus Kemberg? Von einem gewissen Magister Stolzig?"

Da sich die Lanze bedrohlich seinem Hals näherte, zeigte der Bote stumm auf die versiegelten Dokumente.

„Na, ich wusste doch, dass wir einen Weg finden, unseren Besuch nicht unerfreulich beenden zu müssen." Mit diesen Worten ergriff der erste Reiter die Schriftstücke und verstaute sie unter seinem Wams. „Verzeichnet diesen Besuch freundlichst als einen kleinen Betriebsunfall." Er überreichte dem verblüfften Boten ein Säckchen mit Münzen und sprengte mit seinen Begleitern davon.

Es dauerte eine Weile, bis dieser sich so weit beruhigt hatte, dass er seinen Weg fortsetzen konnte. Wie er den Überfall allerdings seinem Kunden erklären sollte, wusste er noch nicht.

In dem dunklen Saal hatten sich die Mitglieder des Rates der großen Hüterin versammelt. Am Ende des Tisches wartete ein Mann, dessen Gesicht weitgehend von einer Kapuze verhüllt war. Als Ruhe einkehrte, erhob er sich.

„Wie ihr wisst, haben wir endlich Fortschritte gemacht. Wir kennen den Aufenthaltsort dieses Bernhardi und wissen, dass er bereits das Werk des großen Verblenders fortführt. Aber wir werden seiner habhaft werden und ihn dann unschädlich machen. Zuvor wird er uns noch verraten, wer sonst alles von diesen finsteren Werken weiß."

Eine Stimme erhob sich aus der Runde: „Stimmt es, dass Bernhardi im Besitz dieses Teufelsinstrumentes ist?"

„Jawohl. Und somit haben wir die Gelegenheit, auch dieses endlich den Flammen zu übergeben."

„Wie habt Ihr ihn ausfindig gemacht?"

„Das geschah schnell. Wir brauchten nur die Laufwege der Post zu verfolgen, die von der Familie Bernhardi in Strehla aufgegeben wurde."

„An wen ging die Korrespondenz?"

„An Magister Auerbach von der hiesigen Universität. Häufig auch an einen gewissen Friedrich von der Aue und an einen Karl Stolzig. Letzterer hat sich als Bernhardi herausgestellt!"

Eine weitere Person meldete sich zu Wort: „Und wenn es ihm inzwischen gelungen ist, Kontakt mit dem Hof aufzunehmen?"

„Dann werden wir den Kurfürsten überzeugen, dass wir Schaden von seinem Hofe und seinem Ruhm abgewendet haben. Er wird keine Gelegenheit erhalten, vor uns irgendetwas in dieser Sache zu unternehmen. Einen zweiten Fall Luther wird es nicht geben."

„Pah, mit welchem Ruhm schmückt sich denn der Kurfürst? Etwa dem, die ketzerischen lutherischen Lehren zu schützen und zu verbreiten?"

„Dies ist keine Angelegenheit, die allein den Glauben betrifft. Die Grundlage unserer gesamten christlichen Lebensordnung ist bedroht. Darum ist nicht nur die Kirche, sondern auch der weltliche Arm gefordert. Unsere Aufgabe war es bisher, Rom zurückzuhalten und den Kaiser und die Kurfürsten anzutreiben, dass sie in dieser Sache etwas unternahmen. Voller Genugtuung wage ich zu behaupten, dass wir somit in der Lage sind, den kurfürstlichen Aktivitäten in dieser Angelegenheit zuvorzukommen. Gegen Papst und Kaiser wird er sich nicht stellen können – wie im Falle Luthers. Denn wir können uns auf die Verteidigung aller unserer Werte berufen.

Sollte der Papst aber einen eigenen Weg beschreiten wollen, werden wir ihn im Namen des Kaisers und der Fürsten daran hindern. Nichts kann uns also abhalten, so zu verfahren, wie wir wollen, wenn es uns nur gelingt, diese Verblendung ein für alle Male zu vertilgen."

Der letzte Redner ließ nicht nach. „Und wie wollen wir vorgehen, wenn Kurfürst Johann oder die Universität zu Wittenberg von Bernhardis Ansinnen erfahren und dass er ihnen durch uns entzogen wurde?“

„Ein Hinweis auf das Wirken der großen Hüterin wird genügen.“

Es meldeten sich keine weiteren Mitglieder zu Wort.

„So kommen wir zum letzten Akt. Bernhardi wird gefangen genommen, dann wenden wir die erprobten Mittel an, um seine Mitwisser in Erfahrung zu bringen. Graf Hohenstein hat uns dazu seine Burg zur Verfügung gestellt. Diesen Ort wird Bernhardi nicht mehr lebend verlassen.“

„Wie verfahren wir mit seiner Familie?“, meldete sich ein Mitglied der großen Hüterin zu Wort.

„Alles Weiber, das walte der Teufel! Aber wir wollen uns ja nicht mit der Inquisition vergleichen … obwohl man, das muss ich zugeben, von ihr einiges lernen kann. Wir werden sie außer Landes bringen und ihnen deutlich machen: Sobald sie etwas über dieses Teufelsgerät in Umlauf bringen, wird man sie selbst der Hexerei bezichtigen. Das dürfte genügen. Wir brauchen uns nicht die Hände schmutzig zu machen. Ich komme jetzt zur Ausführung unserer Pläne …“

Nach einer weiteren guten Stunde verließ der Rat der großen Hüterin durch eine Nebentür unauffällig das Haus.

33

Langsam machte sich seine Erschöpfung auch körperlich bemerkbar. Friedrich von der Aue war seit Tagen nicht mehr zur Ruhe gekommen. Die lange Reise nach Frankfurt und zurück hatte er größtenteils ohne Schlaf zugebracht. Nach seiner Rückkehr in die Universitätsstadt wollte er sich zunächst etwas ausruhen, um dann die nötigen Entscheidungen zu treffen. Aber selbst diese Ruhe war ihm nicht vergönnt.

Die Ursache dafür war der Besitzer des Hauses, in dem sein Vater für ihn ein Studentenzimmer ausgesucht hatte. Otto Meinhard war ein guter und langjähriger Freund seines Vaters. Friedrich hatte zu ihm immer ein gutes Verhältnis gehabt, denn er ließ ihm alle Freiheiten. Aber nun trat er Friedrich in den Weg.

„Guten Abend, Herr von der Aue."

„Nanu, warum so förmlich?"

Ohne auf seine Frage einzugehen, sprach Meinhard weiter. „Wie war Euer Besuch zu Hause in Frankfurt?"

„Ja, darüber werde ich noch mit Euch zu sprechen haben. Der Besuch verlief bedauerlicherweise sehr unglücklich. Ich muss damit rechnen, dass mein Vater meine Unterstützung einstellt, und das betrifft wohl auch den Betrag, den er für meine Unterbringung an Euch erstattet."

Meinhard runzelte die Stirn und redete weiter: „Tja, Euer Vater hatte mich schon vor Eurer Abreise nach Frankfurt von seinen Absichten unterrichtet. Es geht mich ja nichts an, aber ich vermute, dass ihm Eure Beziehung zur Tochter der Bernhardis ein Dorn im Auge ist. Er hatte mir geschrieben, dass er seine Unterstützung einstellen wird, falls Ihr Euch ihm widersetzen würdet. In dem Falle bat er mich, Euch aus meinem Haus zu weisen."

Friedrich hatte gedacht, am Ende der Finsternis angekommen zu sein. Aber darin sah er sich nun getäuscht. Sein Vater hatte ganze Arbeit geleistet.

„Und was gedenkt Ihr nun zu tun? Werdet Ihr Euch seinen Anweisungen unterwerfen?“

Friedrich war zwar müde, aber er konnte nicht umhin, seine Worte so zu wählen, dass der ganze Despotismus seines Vaters deutlich zum Ausdruck kam. Der versteckte Appell an Meinhard, sich Friedrichs Vater nicht zu unterwerfen, blieb jedoch ungehört.

Otto Meinhards Stimme klang nun schroffer: „Ich unterwerfe mich niemandem, außer dem Herrgott und dem Kaiser. Euer Vater und ich sind jahrelang gemeinsam durch dick und dünn gegangen. Uns verbindet viel. Keiner hat dem anderen etwas vorzuschreiben. Und wir respektieren unsere gegenseitigen Wünsche. Daher bitte ich Euch, Eure Stube zu räumen. Ich gebe Euch allerdings zwei Wochen Zeit, damit Ihr Euch nach einer neuen Bleibe umsehen könnt. Gute Nacht, Herr von der Aue.“ Ohne eine Antwort abzuwarten, kehrte Meinhard in sein Gemach zurück.

Langsam betrat Friedrich seine Kammer. Ohne sich seiner Kleidung zu entledigen, warf er sich aufs Bett. Trotz seiner großen Erschöpfung konnte er lange nicht einschlafen. Die Sorge, wie sein Leben nun weiter verlaufen sollte, machte ihm zu schaffen. Ein Gespräch mit Barbara, ja sogar mit Elisabeth Bernhardi, war unumgänglich.

Zum ersten Mal seit seiner Jugend bereitete ihm das Alleinsein ernsthafte Schwierigkeiten. Er nahm sich vor, gleich am nächsten Morgen nach Strehla zu reiten.

Nickel Pflug, der mit zwei Knechten zusammenstand, drehte sich überrascht um, als der Reiter in den Hof des Schlosses einbog. Friedrich brachte sein Pferd zum Stehen, stieg ab und ging auf die drei zu.

„Guten Tag, die Herren."

Nickel Pflug musterte den Studenten. Seine Stimme klang höhnisch: „Ach, der Herr Kavalier ist wieder da. Kann es sein, dass Ihr vergeblich kommt? Eure Herzensdame ist abgereist, ohne Euch Bescheid gesagt zu haben. Gehört sich so was? Ich habe ja gleich durchschaut, zu welcher Sorte Weiber sie gehört ... Da sollte man die Finger von lassen. Aber Ihr braucht wohl mehr Zeit, um diese zweifelhafte Familie zu durchschauen!"

Friedrich wollte sich auf ihn stürzen, aber er wurde von den beiden Knechten an den Armen gepackt und zurückgerissen. So umklammert, konnte er sich nicht mehr rühren.

„Und jetzt greift Ihr auch noch unbescholtene Bürger an, die wegen ihrer Gastfreundschaft nichts als Ärger haben. Da wird man sich ja noch wehren dürfen."

Mit diesen Worten schlug Nickel auf den wehrlosen Friedrich ein. Schon beim ersten Hieb in die Magengegend sackte er zusammen, aber Nickel traktierte ihn mit weiteren Schlägen. Das Letzte, was Friedrich vor der Bewusstlosigkeit wahrnahm, war ein Schlag, der ihn genau auf den Kopf traf.

„Was ist hier los?" Andreas Pflug wirkte ungehalten.

„Nichts, Vater. Wir haben nur unser Schloss gesäubert."

„Wer ist das?"

„Der Galan dieser Bernharditochter."

„Schickt ihn dahin zurück, wo er hergekommen ist!"

„Jawohl, Vater." Zu den Knechten gewandt, rief Nickel: „Hebt ihn aufs Pferd und treibt es zurück. Wir haben für diese Sendung keinerlei Verwendung mehr."

Nur wenige Handgriffe später trabte das Pferd mit dem ohnmächtigen Friedrich aus dem Schlosshof hinaus.

In der kleinen Leipziger Wohnung war es still geworden. Die drei jüngsten Töchter hatten sich in ihre Stube zurückgezogen, die sie teilen mussten. Barbara, die mit ihrer Mutter das andere Zimmer bewohnte, schossen die Tränen ins Gesicht.

„Wieso meldet sich Friedrich nicht?“, schluchzte sie. „Ich habe ihm doch schon vor über einer Woche mitteilen lassen, wo wir uns aufhalten.“

„Friedrich ist auf einer langen Reise. Da kommt es schnell zu Verzögerungen“, versuchte Elisabeth sie zu trösten.

„Sind die Weiber in Frankfurt hübsch?“

„Barbara!“

„Ich meine doch bloß. Es muss doch einen Grund geben, warum er sich nicht meldet.“

„Den wird es mit Sicherheit geben. Vielleicht hat der Bote deine Nachricht auch nur vergessen. Es gibt viele Wirtshäuser an der Strecke …“ Sie machte eine längere Pause, dann seufzte sie auf. „Es gibt leider noch ein Problem, das wir lösen müssen.“

„Ich weiß. Das Geld.“

„Genau. Auch ich habe von meinem Liebsten, der dein Vater ist, schon ungewöhnlich lange nichts mehr gehört. Ich befürchte, dass er in Schwierigkeiten steckt. Niemals würde er uns sonst so lange ohne Unterstützung lassen. Und da Friedrich als Vermittler im Moment ausfällt, müssen wir uns selber helfen. In der nächsten Woche werde ich eine Anstellung als Erzieherin und Lehrerin für adlige Mädchen antreten. Und auch du musst jetzt zu unserem Lebensunterhalt beitragen.“

Barbaras Augen blitzten: „Wie kannst du nur an den Mammon denken, wenn Vater vielleicht in Gefahr ist?“

Als Leonhard Bernhardi zu sich kam, war es stockfinster und er sah die Hand vor Augen nicht. Doch als er die Hände bewegen wollte, merkte er zu seiner Bestürzung, dass seine beiden Handgelenke mit Ketten an die Wand gefesselt waren.

Was war geschehen? Er versuchte sich zu erinnern, aber die

Schmerzen in seinem Kopf hinderten ihn daran. Erst langsam kamen die Erinnerungen zurück ...

Er war zu Hause gewesen. Etwa um die Zeit, zu der er einen Boten bestellt hatte, war ein heftiges Klopfen an der Wohnungstür zu hören gewesen. Arglos hatte er die Tür geöffnet, und bevor er wusste, wie ihm geschah, war er von zwei Männern überwältigt worden. Sie hatten ihn niedergestoßen, seinen Kopf in einen alten, stinkenden Sack gesteckt und ihn dann fürchterlich verprügelt. Das Letzte, was er noch mitbekommen hatte, waren die Worte: „Und hier also ist das Teufelswerkzeug!" Vermutlich hatten sie den Sehapparat gefunden und mitgenommen. Von da an wusste er nichts mehr. Er fror und war hungrig und durstig.

Langsam gewöhnten sich seine Augen an die Dunkelheit. Ganz klein schien der Raum, in dem er sich befand, aber nicht zu sein. Durch eine vergitterte Luke konnte er Sterne erkennen. Die Luft war klar und kalt. Ein Teil des Raumes wurde durch ein Gitter abgetrennt, in dem sich eine Tür befand. Jenseits des Gitters stand ein alter, roh gezimmerter Tisch, der irgendwie zu einem Verhör einzuladen schien. Bernhardi begriff, dass es sich hier durchaus um die letzte Station seines Lebens handeln konnte.

Er seufzte resigniert. Offensichtlich war es ihm nicht gelungen, seine Wiederentdeckung rechtzeitig öffentlich zu machen und sich damit selbst zu schützen. Sie mussten wohl schon lange hinter ihm her gewesen sein.

Ob er Elisabeth und seine Töchter je wiedersah? Wie mochte es ihnen gehen? Waren sie in Sicherheit? Um sie sorgte er sich mehr als um sich selbst. Einzig die Frage, wie schmerzhaft er vom Leben zum Tode gebracht werden sollte, machte ihm zu schaffen.

34

Einhard Auerbach runzelte die Stirn. Dass Bernhardi gelegentlich längere Pausen in seiner Korrespondenz einlegte, war nicht weiter verwunderlich. Aber jetzt waren schon mehrere Wochen vergangen, seit er von seinem Kollegen Nachricht erhalten hatte.

Und nun hielt er diesen Brief in seinen Händen. Er stammte von Elisabeth Bernhardi. Sie teilte ihm mit – und das war der eigentliche Anlass zur Sorge –, dass auch sie bereits längere Zeit keine Nachricht von Leonhard erhalten habe. Sie fragte an, ob er Informationen von ihm habe, und bat ihn, es ihr mitzuteilen, sollte er etwas Neues in Erfahrung bringen. Da Auerbach inzwischen Elisabeth gut einschätzen konnte, entging ihm der verzweifelte Unterton ihrer Zeilen nicht. Es schien ernst zu sein. Sehr ernst.

Auerbach wollte nicht mehr tatenlos zusehen, wie das Schicksal seinen Lauf nahm. Elisabeths verzweifelte Anfrage erinnerte ihn an seine eigene Vergangenheit, als er von seiner geliebten Gefährtin Abschied nehmen musste. Und so wollte er sich wenigstens noch einmal für seinen Freund nützlich machen und nach Leonhard Ausschau halten.

Er legte seinen wärmsten Mantel an, denn der Winter hatte in diesem Jahr früh Einzug gehalten. Mehr aus Gewohnheit griff er nach seinem Langdolch, allerdings hatte er nicht die Absicht, sich ernsthaft in ein Gefecht einzulassen. Wie immer lieh er sich ein gutes Pferd und machte sich ohne Eile auf den Weg nach Kemberg. Die eisige Luft verschlug ihm erst den Atem, aber dann spürte er, wie sie auch seine Gedanken klärte.

Am Abend traf er an seinem Ziel ein. Bernhardi hatte ihm den Weg zu seinem Asyl genau beschrieben. Und da der Ort nicht besonders groß war, hatte er bald die richtige Wohnung entdeckt. Er sprang von seinem Pferd und stapfte die wenigen Schritte bis zur Pforte durch den hohen Schnee. Auf sein vorsichtiges, dann aber energisches Klopfen erhielt er keine Antwort. Er trat einige Schritte zurück und versuchte zu erkennen, ob irgendwo eine Lichtquelle zu sehen war. Aber alles blieb dunkel.

„Wen sucht Ihr?"

Überrascht drehte Auerbach sich um und blickte in die harten Gesichter von zwei vermummten Männern. Er reagierte schnell. „Ich will zum Grafen Wandsbeck. Wer seid Ihr?"

Die beiden sahen sich kurz an. Dann öffnete der eine seinen Mantel. Unter der Kleidung hielt er eine Armbrust verborgen.

„Es ist bekannt, dass der Graf seit Längerem verreist ist und erst im Frühling zurückkehren wird." Mit diesen Worten wollte er seine Waffe auf Einhard Auerbach richten. Der jedoch hatte das Spiel durchschaut. Er stieß den Bewaffneten so heftig zu Boden, dass sein Begleiter vor Überraschung erstarrte. Im Nu war Auerbach auf sein Pferd gesprungen und hatte ihm die Sporen gegeben. Er blickte sich kurz um und bemerkte, wie die beiden Männer sich anschickten, ihm zu folgen. Dass sie auch Pferde dabeihatten, war ihm vorher gar nicht aufgefallen.

Auerbach war kein geübter Reiter. Zusätzlich erschwerten die winterlichen Verhältnisse einen ordentlichen Ritt. Die vereisten Wege ließen einen wirklich schnellen Galopp nicht zu. Er musste mit ansehen, wie die beiden Verfolger immer mehr aufholten.

Bevor sie ihn an einer Weggabelung erreichten, rief einer der Verfolger: „Bleibt stehen und ergebt Euch in Euer Schicksal!"

Genau das aber hatte Auerbach nicht vor. Er riss sein Pferd herum und versuchte, so gut es eben ging, nach rechts abzubiegen. Für kurze Zeit vergrößerte sich der Abstand zu seinen Verfolgern wieder. Der eine wollte schon fluchend hinterher, da hielt ihn der andere zurück.

„Warte!“ Er nahm die Armbrust zur Hand, zielte genau und drückte ab.

Der Bolzen traf Auerbach mit solcher Wucht in den Rücken, dass er vom Pferd stürzte. Die Attacke war so überraschend gekommen, dass er kaum einen Schmerz verspürte. Er sank in den kalten Schnee. In der kurzen Zeit, die ihm noch vergönnt war, glaubte er seine geliebte Frau bei sich zu haben, die ihn mit ihrer Wärme umfing.

Dann kam rasch der Tod.

35

Mürrisch und ratlos blickte Dr. Reinhardus auf die Papiere, die vor ihm auf dem Schreibtisch ausgebreitet lagen. Jetzt hatte seine Universität schon den zweiten Verlust an Lehrpersonal in diesem Semester zu beklagen. Wie sollte er die beiden ersetzen? Zugegeben, sie waren nicht die großen Zugpferde gewesen, die von weit her Studenten anlockten, aber sie waren als grundsolide Magister bekannt und beliebt gewesen, von denen die Studenten alles lernen konnten, was sie brauchten. Und zuverlässig waren sie gewesen. Zuverlässig? Na ja, im Falle Bernhardis stimmte das nur bedingt. Aber wie oft hatte man sich da schon getäuscht. Er war offenbar tiefer in die lutherischen Umtriebe oder in sonstige Machenschaften verstrickt gewesen, als alle ahnten. Wie gut, dass er dieser Sorgen um den Ruf seiner Universität nun enthoben war. Die Kollegen bedauerten zwar den Verlust, fragten aber auch nicht weiter nach.

Jemand klopfte zaghaft an der Tür. Der Rektor versuchte

seine Autorität dadurch zu steigern, dass er den Klopfenden eine Weile warten ließ. Dann erst rief er energisch: „Entrate! – Herein!“

Als Friedrich eintrat, glaubte Reinhardus seinen Augen nicht zu trauen. War dieser ramponierte junge Mann wirklich der stolze Friedrich von der Aue? In der Tat, er war es.

„Ihr habt mich zu Euch bestellt, Eure Magnifizenz?“

„Ja. Ich habe mit Euch zu sprechen. Aber sagt, was ist Euch passiert?“

„Ich konnte einem unfriedlichen Handel nicht ausweichen.“

„Es ziemt sich nicht für unsere Studenten, vor allem für die im fortgeschrittenen Semester, nachts die einschlägig bekannten Schankwirtschaften aufzusuchen. Dauernd müssen wir uns mit den Auseinandersetzungen von Studenten mit Handwerksburschen und Bauern beschäftigen.“

„Ich werde es mir merken.“ Friedrich hatte nicht das geringste Bedürfnis, Reinhardus über den wahren Grund seines ramponierten Aussehens zu informieren. „Habt Ihr mich deswegen zu Euch befohlen?“

„Nein, das war nicht der Grund. Wie Ihr wisst, sind zwei Eurer Professoren, bei denen Ihr Eure Prüfungen ablegen wolltet, nicht mehr an unserer Universität. Ihr solltet Euch, und das ist mein guter Rat, entweder nach Leipzig oder Erfurt oder an eine andere Lehranstalt begeben, an der Ihr Eure Studien vollenden könnt.“

„Wie Ihr wisst, studiere ich beide Rechte im Hauptfach. Die artistischen Künste gehören nur am Rande dazu. Außerdem ist da ja noch Magister …“

Harsch wurde er unterbrochen. „Gut, dann muss ich deutlicher werden. Der verschollene Magister Bernhardi steht in dem Verdacht, sich der lutherischen Sektiererei angeschlossen zu haben. Das ist nicht nur ein Affront gegenüber unserem Herzog, sondern richtet sich auch gegen die Vertreter Roms.

Es grenzt an Landesverrat. Wie bekannt ist, habt Ihr eine intensive Beziehung zu einer Tochter aus dem Hause Bernhardi, ja Ihr habt sogar erwogen, diese zu ehelichen. Unter diesen Bedingungen seid Ihr für unsere ruhmreiche Universität untragbar geworden, sodass ich Euren Ausschluss aus der Matrikel verfügt habe. Ich habe es bisher unterlassen, meine Kollegen an den anderen Universitäten über Eure engen Beziehungen zu Ketzern und Landesverrätern zu unterrichten. Solltet Ihr mit meiner Maßnahme nicht einverstanden sein, werde ich dies allerdings nachholen müssen. Ihr wisst, was das bedeutet!"

Friedrich nahm die Worte seines Rektors mit stoischer Ruhe zur Kenntnis. Er hatte ohnehin nicht mit einem erfreulichen Ausgang dieser Begegnung gerechnet.

„Ja, meine akademische Laufbahn ist dann beendet."

„Noch bevor sie begonnen hat … Also, wie werdet Ihr Euch verhalten?"

„Da ich keine andere Wahl zu haben scheine, werde ich noch heute diese Universität verlassen."

„Gut. Ihr dürft Euch entfernen."

Langsam drehte sich Friedrich um und verließ den Raum. Seine Schritte hallten auf den Steinfliesen des Flures noch lange durch das Haus.

Reinhardus beglückwünschte sich zu dem Gespräch. Er hatte mit mehr Schwierigkeiten gerechnet. Lächelnd zerknüllte er in seiner rechten Faust einen Brief. Er hatte dem Willen Maximilians von der Aue entsprochen.

Leonhard Bernhardi hatte Mühe, eine für ihn erträgliche Position zu finden, bei der ihn die Ketten nicht zu sehr ins Fleisch schnitten. Bis jetzt wurde er besser behandelt, als er gehofft hatte. Dass er nur einmal am Tag etwas Wasser und ein paar ranzige Brotkrumen bekam, nahm er hin. Gegen die Kälte, die sich inzwischen deutlich verschärft hatte, half auch die stinkende, vor Dreck strotzende Leinendecke kaum, die man ihm überlassen hatte. Aber er war klug genug, durch sein ruhiges Verhalten keine Schläge oder Schlimmeres zu provozieren. Der Knecht, der ihm einmal am Tag die wenigen Bissen brachte und den Kübel leerte, war immer äußerst wortkarg. Fast schien er eine gewisse Scheu vor ihm zu haben.

Nach einer Woche hatte Bernhardi mit Schwierigkeiten zu kämpfen, auf die er nicht gefasst war. Die körperliche Schwäche hätte er noch ertragen, aber die Einsamkeit hier unten machte ihm schwer zu schaffen. Die Zeit legte sich wie Blei auf sein Gemüt, seine Gedanken drehten sich wie ein Mühlrad und er fürchtete, wahnsinnig zu werden.

Jetzt erwies sich der Vorrat an Texten, die er mühelos auswendig beherrschte, als Labsal. Täglich rezitierte er die Psalmen oder hielt vor einem imaginären Publikum eine seiner Vorlesungen. Zwischendurch probierte er leise murmelnd aus, wie er einem Vertreter des Kurfürsten oder der Universität seine Entdeckung schmackhaft machen konnte.

Endlich, nach zehn Tagen, näherte sich eine größere Anzahl von Personen seinem Verlies. Der Knecht, noch scheuer und demütiger als sonst, ging voraus und öffnete mit einem großen Schlüssel die vergitterte Tür. Dann trat er wieder in den Hintergrund und wartete.

Drei Männer, die dunkel gekleidet waren und ihre Gesichter mit Kapuzen verhüllt hatten, traten vor Bernhardi. Einer ergriff barsch das Wort.

„Ihr wisst, warum Ihr hier seid?“

„Nein, aber ich hege die Zuversicht, es bald von Euch zu erfahren.“ Völlig unvermutet erhielt Bernhardi einen Schlag mit der flachen Hand ins Gesicht. Blut tropfte aus seinen Mundwinkeln.

„Was wagt Ihr Euch!“

Ein Anflug von Lächeln huschte über das Antlitz des Mannes, der ihn gerade noch geschlagen hatte. „Behaltet Eure Drohungen für Euch. Sie werden Euch hier nichts nützen. Ihr seid nicht mehr der hochgelehrte Magister und Doktor der Philosophie, sondern ein unbedeutender Wurm. Einer, der den Fehler gemacht hat, sich mit dem Teufel einzulassen. Wer hat noch Kenntnis von Schwarzen Künsten?"

„Ich betreibe keine Alchemie!"

„Ihr betreibt Schlimmeres! Was wissen Eure Frau und Eure Familie von Eurem frevelhaften und schändlichen Tun? Ich rate Euch gut, mir nichts zu verbergen. Morgen bekommt Ihr die Instrumente gezeigt. Ich habe keinen Grund, sie nicht in Anwendung zu bringen."

Der Gedanke, dass auch seine Familie betroffen sein könnte, war für Bernhardi schlimmer als die Androhung der Folter.

„Meine Familie weiß überhaupt nichts von dem, was ich untersucht habe. Seit wann können Weiber Griechisch?"

„Ihr werdet es Ihr schon auf Deutsch gesagt haben." Nach diesen Worten packte der Frager Bernhardi am Hals und drückte zu. „Was wissen Euer Weib und Eure Kinder?"

Bernhardi gelang es kaum noch, den Kopf zu schütteln. Kurz bevor er glaubte, dass ihm die Sinne schwanden, ließ der Frager los. Sofort sank Bernhardi auf das Stroh zurück. Er konnte kaum sprechen. Da seine Hände angekettet waren, hatte er dem Griff nichts entgegenzusetzen gehabt.

„Nichts!", röchelte Bernhardi. „Ich habe nur erzählt, dass ich an einem Text arbeite, vermutlich von einem unbekannten griechischen Philosophen." Er röchelte und schluckte erneut. „Meine Frau interessiert sich nicht für solche Sachen. Glaubt Ihr etwa, meine Töchter?" Der Magister betete inständig, dass seine Argumente plausibel klangen. Wenn auch nur eine der dunklen Gestalten Elisabeth kannte, dann hatte er sich jetzt schon lächerlich, ja völlig unglaubwürdig gemacht.

„Wir lassen sie überwachen. Bei dem kleinsten Verdacht, dass sie von Eurem Teufelswerkzeug auch nur erzählt, wird eine Eurer Töchter sterben. Sollte der Verdacht dann immer noch bestehen, ist es um ihrer aller Leben geschehen."

Leichenblass starrte Bernhardi sein Gegenüber an. Er nickte.

„Wer hat noch Kenntnis von der Ungeheuerlichkeit?"

„Niemand. Ich bin noch lange nicht so weit, dass ich verstehen und prüfen könnte, ob es sich um eine Legende handelt, ob das Instrument brauchbar ist oder alles nur blühende Fantasie. Weshalb werde ich verfolgt und misshandelt, nur weil ich tue, wozu ich Magister geworden bin?"

„Wäret Ihr Magister geblieben und hättet Euch an die festen göttlichen Wahrheiten gehalten, so wäret Ihr jetzt noch in einem Hörsaal zu finden. Aber Eure Briefe geben Anlass zu anderen Annahmen. Nein, sie beweisen sogar, dass Ihr Euch in den Dienst Satans gestellt habt. Egal, das spielt jetzt auch keine Rolle mehr. Da seht Ihr unsere Fürsorge um Euch. Dieser Sorge seid Ihr von nun an enthoben. Ihr werdet dem Schicksal von Saalfelds folgen."

„Was für ein Schicksal? Keiner weiß von seinem Lebensweg."

„Spielt hier nicht den Einfältigen! Aber damit Ihr Euch auf Euer Schicksal besser vorbereiten könnt: Er ertrank zufälligerweise beim Bade. Ein unvorsichtiger Diener hatte sich dann nicht ausreichend um die Aufbahrung gekümmert. So ist leider sein Leichnam zusammen mit der Unterkunft, in der er aufgebahrt wurde, verbrannt."

Die Worte waren so zynisch gesprochen, dass Bernhardi nicht lange über die wahren Abläufe zu spekulieren brauchte. Warum von Saalfeld allerdings die Gnade zuteilwurde, zuerst ertränkt und dann verbrannt zu werden, das hätte er gern gewusst.

„Ich will ein ordentliches Gericht!" Er bemühte sich, mit fester Stimme zu sprechen, was ihm angesichts der Umstände jedoch nicht gelingen wollte.

„Ihr habt jedes Recht auf ein Gericht verwirkt. Ihr bekommt kein Gericht, sondern ein Urteil. Genießt Eure letzten Stunden und bereut!“

Bernhardi wollte unter allen Umständen verhindern, dass sein dunkles Gegenüber den Kontakt mit ihm abbrach. „Und wenn ich widerrufe … öffentlich … und das Instrument den Flammen übergebe?“

„Diese Geduld und Gnade ist uns schon zweimal übel gedankt worden. Jeder Widerruf und jede Abmachung wurde gebrochen. Ihr würdet nicht anders handeln. Und jetzt: Büßt!“

Mit einem kräftigen Tritt in den Unterleib verabschiedete sich der Häscher. Die Männer verließen die Zelle.

Auf der steilen Treppe nach oben kam ihnen Graf Hohenstein entgegen. „Nun, war der Gefangene geständig?“

„Er brauchte nichts mehr zu gestehen. Wir brauchen nicht einmal mehr die Instrumente anzuwenden. Ich werde dem Hohen Rat berichten und der wird das Urteil fällen. Wie es lautet, wissen wir alle. Dann werde ich Euch ein letztes Mal besuchen und Ihr seid dieses Problem endgültig los.“

„Mein Herr, ich habe Euch meine bescheidene Unterkunft zur Aufbewahrung des Täters zur Verfügung gestellt. Damit habe ich mein Versprechen und mein Bemühen um die gute Sache eingehalten. Mehr dürft Ihr von mir nicht verlangen. Als Gegenleistung erwarte ich auch etwas …“

Der Angeredete zog eine Augenbraue hoch. „Und das wäre?“

„Die Vollstreckung des Urteils darf nicht hier stattfinden. Für die Öffentlichkeit, die – wie Ihr ja wisst – ihre Ohren an den Wänden hat, möchte ich nicht das Geringste mit diesem Weltverschwörer zu tun gehabt haben. Und auch nicht mit der Vollstreckung eines geheimen Urteils auf meinem Besitz. Mein Ruf darf in dieser Zeit keinen Schaden nehmen.“

„Wollt Ihr Euch dem Willen der großen Hüterin widersetzen?“

„Nein, aber ich erwarte ein gegenseitiges Geben und Nehmen. Do ut des. Oder soll ich den Eindruck bekommen, nur ein Spielball von Mächten zu sein, die im Finstern einsame Entscheidungen fällen?"

Nun klang die Stimme des Anführers der kleinen Untersuchungsdelegation schon versöhnlicher: „Natürlich sollt Ihr das nicht. Wir wissen Eure Unterstützung dankbar zu schätzen. Ich werde Euer Anliegen dem Hohen Rat wohlwollend unterbreiten. Guten Tag." Damit ließen sie den Grafen und seinen Knecht stehen und begaben sich auf den Weg nach draußen.

Der Graf wandte sich an seinen Diener: „Na, Christian, da hat der Mensch aber auf einmal Kreide gefressen, was?"

Christian nickte nur stumm.

36

Elisabeth versuchte, ihre Gedanken zu ordnen. Nicht nur von Leonhard hatte sie keine Nachricht mehr erhalten, auch Einhard Auerbach hatte auf ihre Anfrage nicht geantwortet. Was war passiert? Sie spürte, dass sie handeln musste. Dabei kämpfte sie mit Ihrer Verantwortung den Kindern gegenüber, die sie nicht schutzlos allein lassen konnte, und ihrem Willen, Leonhard zu helfen – wenn er überhaupt noch lebte. Sie wusste allerdings nicht, wie das möglich wäre.

Sie brauchte Zeit, aber die hatte sie nicht. Täglich verbrachte sie mehrere Stunden mit der Erziehung von Töchtern aus gutem Hause – ein Dienst, der sie zu ihrer Überraschung beliebt und unabkömmlich gemacht hatte. Jetzt schon um Urlaub zu bitten, schien ihr zu verwegen.

Ein zaghaftes Klopfen an der Tür unterbrach ihre Gedanken.

„Ja bitte?“

Die Tür wurde geöffnet und Friedrich von der Aue trat herein.

„Friedrich! Wie schön, dich zu sehen!“ Elisabeths Miene hellte sich auf. Seit der Verlobung mit Barbara waren sie zum vertrauten Du übergegangen. „Wie hast du hierher gefunden?“

Zögernd, aber froh, seine künftige Schwiegermutter gefunden zu haben, begann Friedrich zu reden: „Man hat mir in Strehla unsanft zu verstehen gegeben, dass ihr nicht mehr dort seid. Ich gestehe, schon der Verzweiflung nahe gewesen zu sein. Als letzte Hoffnung blieb mir deine Schwester in Leipzig. Leonhard hatte mir berichtet, dass ihr dort schon einmal Zuflucht gefunden hattet. So habe ich sie aufgesucht. Nachdem ich sie überzeugen konnte, in guter Absicht zu euch unterwegs zu sein, hat sie mir euren Aufenthaltsort verraten. Sehr weit wohnt ihr ja nicht auseinander. Bitte richte deiner Schwester bei deiner nächsten Begegnung mit ihr aus, dass sie richtig gehandelt hat.“

„Ja, das werde ich gerne tun. Was gibt es für Neuigkeiten?“

Friedrich berichtete ausführlich vom Stand der Dinge und beschönigte auch nicht das Zerwürfnis mit seinem Vater.

„So ist der liebe Auerbach auch verschwunden – und du bist plötzlich enterbt und kein Student mehr?“

„So ist es. Nun bin ich als Schwiegersohn keine gute Partie mehr.“

„Du solltest mich kennen und, verzeih mir, nicht so töricht reden. Wenn Barbara mit dir glücklich ist, dann wird sie es auch ohne viel Geld oder eine gehobene Stellung sein. Aber geh doch eine Kammer weiter … Du wirst dort sicherlich schon erwartet. Und ich bitte dich heute Abend noch um ein Gespräch, denn ich brauche deinen Rat.“

„Ich soll dir raten? Das dürfte mir gegenüber der klügsten Frau, der ich je begegnet bin, schwerfallen."

„Geh nur zu Barbara! Auch die anderen werden sich freuen, dich zu sehen."

Elisabeth hatte Mühe, sich Friedrichs Charme zu entziehen. Er sollte nicht merken, wie gut ihr die kleine Schmeichelei gerade jetzt tat.

Nach dem gemeinsamen Abendbrot bat Elisabeth Friedrich und Barbara zu sich in die Kammer.

„Gestatte mir die Frage, wovon du jetzt zu leben gedenkst."

„Mutter!" Barbara war es peinlich, wenn Friedrich so examiniert wurde.

„Lass nur gut sein, Barbara. Deine Mutter hatte mir vorhin versichert, dass ihr ein vermögender Schwiegersohn nicht so wichtig ist."

Elisabeth hob amüsiert ihre Stimme: „Ich frage auch nicht aus Besorgnis um meine Tochter, sondern weil ich in Erfahrung bringen möchte, ob du es dir leisten kannst, mir einige Tage zu Diensten zu sein."

Barbara hielt sich erschreckt die Hand vor den Mund. Auch Friedrich wusste einen Moment lang nichts zu erwidern, so sehr hatte Elisabeth ihn verblüfft.

„Keine Angst, ich will nicht seine Qualitäten als Ehemann testen. Ich habe ein heikles Unterfangen vor und benötige dazu die Unterstützung meiner Töchter und die handfeste Hilfe meines zukünftigen Schwiegersohnes."

Friedrich hatte sich als Erster wieder gefasst. „Selbstverständlich wird es mir eine Freude sein, dir meine Hilfe anzubieten. Allerdings habe ich im Moment selbst einige Schwierigkeiten, mein Leben neu zu ordnen. Aber das kann auch warten. Vielleicht fängt die neue Ordnung ja jetzt bereits an? Um auf deine Eingangsfrage zurückzukommen: Ich habe meinen Bestand an Büchern zur Jurisprudenz veräußert. Dabei ist ein nettes

Sümmchen zusammengekommen. Ich war selbst verblüfft, was mein bisheriges Studium gekostet hat. So werde ich mich wohl erst in ein paar Wochen nach einer Erwerbstätigkeit umsehen müssen."

„Wärest du bereit, mich an deine alte Wirkungsstätte zu begleiten?"

„Ja, in aller Zucht. Aber wozu?"

„Vielleicht könnten mir deine vielfältigen Kontakte zu den ehemaligen Kommilitonen nützlich sein. Ich möchte in Erfahrung bringen, was mit meinem Mann und Auerbach geschehen ist. Und, falls sie noch am Leben sind, wo sie sich befinden."

Friedrich überlegte kurz. „Ja, ich bin dabei. Ich habe auch schon eine Idee, wie das zu schaffen wäre. Ich muss dich aber bitten, mich finanziell ein wenig zu unterstützen, wenn das möglich ist. Wir brauchen zwei Unterkünfte."

Plötzlich sprang Barbara auf und lief schluchzend aus dem Zimmer. Elisabeth eilte ihr sofort hinterher. Als sie ihre Tochter in einer Ecke kauernd und hemmungslos weinend fand, stellte sie sich neben sie und strich ihr über den Kopf. Doch Barbara ließ sich kaum trösten.

„Das ist ungerecht!", schluchzte sie. „Wochenlang habe ich Friedrich nicht gesehen und kaum ist er hier, nimmst du ihn mir wieder weg."

„Ich verstehe dich ja. Ich verstehe dich sogar sehr gut. Aber ich nehme ihn dir nicht weg."

„Ich sehe doch, wie er dich verehrt."

„Barbara, bitte, ich könnte seine Mutter sein. Wenn ich ihn in Anspruch nehme, dann hat das völlig andere Gründe. Als Weib habe ich nur sehr eingeschränkte Möglichkeiten, deinen Vater zu suchen. Friedrich kennt die Universität und viele Kommilitonen. Außerdem schickt es sich nicht, als Frau alleine zu reisen. Das würde die Aussicht auf Erfolg zunichtemachen. Nur so kommen wir noch weiter."

„Ich weiß es ja, aber es ist so ungerecht." Barbara schlug mit den Fäusten gegen die Wand.

„Was in der Welt ist gerecht? Barbara, ich kann dir nicht versprechen, dass dein Leben leicht sein wird. Ich kann dir nicht versprechen, dass dich kein Unglück ereilen wird. Aber eines kann ich dir versprechen: dass du und deine Schwestern das Liebste sind, was ich im Leben habe, und dass ich alles tun werde, um euch eine gute Begleiterin ins Leben zu sein. Dazu gehören manchmal auch unangenehme Entscheidungen." Nach kurzem Zögern fuhr sie fort: „Und ich habe eine große Aufgabe für dich."

Barbara drehte sich mit tränennassen Augen ihrer Mutter zu. „Was denn?"

„Ich möchte, dass du mich während meiner Reise vertrittst. Ich habe dich bereits empfohlen und meine Brotgeber sind einverstanden damit. Kannst du dir vorstellen, diese Arbeit zu übernehmen?"

„Aber ich weiß doch gar nicht, ob ich geschickt dazu bin?"

„Genau das wirst du dann ausprobieren können." Sie strich ihrer Tochter über das Haar. „Wenn ich nicht wüsste, dass du dafür sehr begabt bist, hätte ich den Vorschlag gar nicht gemacht."

„Jetzt will ich aber mit Friedrich zusammen sein."

„Ja, das sollst du."

Kalt fegte der Wind durch die menschenleeren Gassen der Universitätsstadt. Lediglich in der beliebten Schenke „Zum Bären" deuteten bewegte Schatten hinter den Butzenscheiben und vielfältiges Stimmengewirr an, dass nicht die ganze Bevölkerung sich in die heimischen Stuben zurückgezogen hatte.

Friedrich von der Aue, in einen warmen Pelz gehüllt, hatte vor dem „Bären" gestanden und eine Weile überlegt. Nun schritt er entschlossen durch die Tür. Sogleich umgaben ihn heftige Wortgefechte. Er wurde nicht sofort erkannt. Das lag nicht nur an seiner winterlichen Vermummung, er hatte auch sein Aussehen verändert, indem er sich statt seines kleinen Schnauzers einen Vollbart hatte stehen lassen – sehr zum Unwillen Barbaras.

„Was darf's sein?“ Der Wirt hatte seinen neuen Gast schon bemerkt.

„Eine Kanne Einbecker.“

„Kommt sofort!“

Als Friedrich den schäumenden Krug in der Hand hielt, blickte er sich um. Viele Gesichter der jüngeren Gäste kamen ihm bekannt vor, es waren fast alles Studenten der Universität. Sie schienen ihn jedoch nicht zu erkennen. In einer Ecke saßen die Handwerksburschen für sich und beobachteten argwöhnisch das Verhalten der Studenten. Plötzlich flog die Tür wieder auf und eine Gruppe Stadtsoldaten erschien mit drohender Gebärde. Sofort fragte der Wirt nach ihren Wünschen.

„Jetzt nicht, später vielleicht. Wir sind noch im Dienst.“ Der Anführer war ein richtiges Raubein. Er war es gewohnt, dass man seinen Befehlen gehorchte. „Benehmen sich Eure Gäste?“

„Wie Ihr seht.“

„Na gut, dann bis später.“ Und so schnell, wie sie gekommen waren, verschwanden die Stadtsoldaten wieder.

„Richtig lustig wird es erst nach Mitternacht. Aber da lässt sich keiner von denen mehr blicken.“ Der Wirt hatte halb zu sich und halb zu Friedrich gesprochen, der sich immer noch in der Nähe des Ausschanks befand.

Er nickte dem Wirt zu, dann hatte er unter den Studenten endlich den gefunden, nach dem er Ausschau gehalten hatte. „Hallo, Arnulf!“

„Ja, wer seid Ihr?“ Der Angesprochene wusste den Frager zunächst nicht einzuordnen.

„Friedrich von der Aue.“

„Ach, du bist es?“ Erstaunt blickte er in das veränderte Gesicht seines ehemaligen Kommilitonen. „Was willst du von mir?“

„Ich muss dich sprechen. Aber unter vier Augen.“

„Bist du verrückt? Jeder weiß von deinem Rausschmiss hier … und dass du es faustdick hinter den Ohren hast. Ich werde mein Renommee nicht durch dich in den Dreck ziehen lassen. Ich rate dir: Lass dich nicht mehr in meiner Nähe blicken!“

„Als Tutor, der dich in die Universität und bei den Professoren eingeführt hat, war ich dir wohl gut genug?“

„Je höher die Nase, desto tiefer der Fall. Und jetzt troll dich!“

„Du wirst mich gleich wieder los sein. Vorher sagst du mir aber, was mit Maximilian Hartung los war.“

„Den Teufel werde ich!“

„Wenn es dir lieber ist, dass ich dich in aller Öffentlichkeit in eine Schlägerei verwickle, dann schweig nur weiter!“

„Du verd…“

„Also, was ist mit Hartung gewesen?“

„Er ist tot.“

„Das ist mir bekannt. Aber warum? Die Hintergründe?“

„Keine Ahnung.“

Plötzlich zog Friedrich sein Gegenüber am Wams zu sich heran. Arnulf Gehren fühlte eine kalte Klinge unterhalb seines Herzens. „Immer noch keine Ahnung?“

Arnulf überlegte kurz. „Ich weiß es wirklich nicht, auch wenn du mich hier in die Öffentlichkeit zerrst. Ich hatte kaum Kontakt zu ihm.“

„Hat er etwas von einem geheimen Auftrag erzählt?“

„Mir nicht. Nur Andeutungen hat er gemacht. Ich wollte es auch gar nicht wissen. Er war unberechenbar. Aber es war praktisch, mit ihm zusammen hier von dir eingeführt zu werden. Aber Oskar Windig – mit dem hatte er intensiven Kontakt.“

„Wo finde ich den?“

„Der ist genauso ein feiner Pinkel wie du. Der hat es nicht nötig, in einer Burse unterzukommen. Er wohnt in dem kleinen Gasthaus an der Stadtmauer."

„‚Zum Lamm?'"

„Ja."

„Wenn du mich belügst, bist du genauso schnell hier weg wie ich. Das verspreche ich dir."

Friedrich ließ den verängstigten Gehren los, trank sein Bier aus und verließ das Gasthaus.

Kurze Zeit später klopfte es an der Tür von Oskar Windigs Stube.

„Herein!"

Friedrich von der Aue trat langsam ein und blickte in Windigs überraschtes Gesicht.

„Friedrich, du?"

„Du hast mich schnell erkannt."

„Warum denn nicht, so ein bisschen Wald im Gesicht hindert mich nicht, die Person zu erkennen."

„Ich muss mit dir reden."

„Was gibt es?"

„Es geht um Maximilian Hartung."

Sofort versteinerte sich Windigs Gesicht. „Dazu kann ich dir nichts sagen."

„Wirklich nicht? Bist du sicher, dass du nicht dabei warst, als er ums Leben gekommen ist?"

Oskar Windig sprang auf und griff zu seinem Degen. „Noch so eine Behauptung, und du wirst mich kennenlernen!"

„Damit kommst du mir sehr entgegen. Ich will dich nämlich auch gerade näher kennenlernen." Friedrich wirkte äußerlich ruhig, aber innerlich war er zu einer handfesten Auseinandersetzung bereit. In ihm sprühte es nur so vor Lust, endlich das nachzuholen, was ihm in seiner Kindheit und Jugend immer verwehrt geblieben war, nämlich sich auch einmal ordentlich zu schlagen.

„Raus hier!"

Jetzt zog Friedrich auch seine Waffe und richtete sie auf Windig. „Ganz ruhig. An deiner Stelle wäre ich nicht so vorlaut. Sobald man mich hier bei dir findet, ist es aus mit deiner Karriere."

„So wie mit deiner?"

„Wahrscheinlich noch schlimmer, denn du hast Beziehungen zu gefährlichen Mächten, das wird nicht unentdeckt bleiben." Er sah Windigs Degen und fuhr fort: „Es ist ganz einfach. Wir fechten das jetzt aus. Bleibe ich hier liegen, so wirst du erklären müssen, wieso du mich getötet hast. Damit bist du mehr als verdächtig, an einer dunklen Sache – meiner oder deiner – beteiligt zu sein. Bleibe ich übrig – und ich rate dir, meine Degenkunst nicht zu unterschätzen –, dann haben dir deine finsteren Freunde auch nicht helfen können."

Oskar Windig stutzte und überlegte kurz. Dann steckte er seine Waffe weg. „Was willst du?"

„Nun, ich brauche eine Auskunft. Du sollst mir nur erzählen, wo Magister Bernhardi sich aufhält."

„Wie kommst du darauf, dass ich das weiß?"

Damit war das Gespräch an einem kritischen Punkt angelangt. Im Grunde genommen hatte Friedrich außer einem vagen Verdacht keinerlei Anhaltspunkte, ob dieser Oskar Windig wirklich so tief wie Maximilian Hartung in die Sache verstrickt war. Aber er war die letzte Hoffnung, das herausfinden zu können. Friedrich entschied sich zu einer List.

„Weil du der Verbindungsmann zwischen dem Rektor und der geheimnisvollen Macht bist, die versucht, Bernhardis Entdeckung zu verhindern. Und wenn du jetzt meine Frage nicht beantwortest, weiß morgen die ganze Stadt davon!"

Oskar Windig lief knallrot an. Friedrich hatte ins Schwarze

getroffen. „Woher … weißt du das?“ Windig geriet ins Stammeln.

„Auch ich stehe hinter einer Organisation, und wir haben mehr Möglichkeiten, als ihr wahrhaben wollt. Es nützt gar nichts, einige von uns beseitigen zu wollen. Also, zum letzten Mal: Wo ist Magister Bernhardi?“

Windig antwortete leise: „Auf der Burg Hohenstein … wenn er noch lebt.“

„Sieh an, es geht doch. Du hast dich richtig entschieden. Wenn ich dir einen letzten persönlichen Rat geben darf, dann versuche dich von nun an herauszuhalten. Ich fürchte, das ist die einzige Möglichkeit, wenn du nicht nur deine Karriere, sondern auch dein Leben behalten willst. Denke an Hartung! Wir haben hier mehr als nur einen Informanten. Sobald du auch nur irgendjemandem von meinem Besuch erzählst, ergeht eine Mitteilung an den Herzog und an die Universität. Hast du verstanden?“

Windig nickte nur kurz.

Friedrich steckte den Degen wieder an seinen Platz zurück und verließ eilig das „Lamm“. Er war sehr zufrieden. Eigentlich hatte er gar nicht so sehr gelogen, nur *seine* Organisation hatte einen bekannten Namen: die Bernhardis.

Ein letztes Mal klopfte er an diesem Abend an eine Tür. Elisabeth öffnete ihm.

„Friedrich, wie schön, dich wohlbehalten wieder hier zu sehen. Warst du erfolgreich?“

„Ja, sehr sogar.“

„Dann lass uns zur Sache kommen.“

Friedrich berichtete ausführlich von den Ereignissen des Abends. Gemeinsam überlegten sie, wie sie vorgehen könnten. Es war schon spät, als er das Haus wieder verließ.

37

Der lange Saal hatte sich gefüllt. Ungefähr zwanzig dunkel verhüllte Männer waren um den Tisch versammelt, auf dem in der Mitte ein kleiner Kasten lag. Diesmal war es nicht ganz so frostig im Raum wie bei den letzten Sitzungen, denn man hatte die riesige Feuerstelle mit Scheiten bestückt und angeheizt. Der Vorsitzende am Kopf des Tisches wartete, bis das leise Raunen verebbt war. Dann ergriff er das Wort.

„Ihr habt den Bericht erhalten. Ich fasse noch einmal zusammen: Der Anlass der Beunruhigung, Bernhardi, ist gefangen gesetzt. Er ist geständig und hat sich sogar, wie mir unser Abgesandter erklärte, zu einem Widerruf und der eigenhändigen Zerstörung des Teufelswerkzeuges bereit erklärt. Seine Verzweiflung scheint groß zu sein, wenn er glaubt, mit so einem unsinnigen Vorschlag durchzukommen. Wir können uns also ein peinliches Verhör ersparen. Bevor wir weiter voranschreiten, hat mein Gesandter Euch etwas mitzuteilen. Bitte!"

Eine groß gewachsene Gestalt erhob sich.

„Wir Ihr wisst, hat Graf Hohenstein uns seine Burg angeboten. Ich habe das Verhör, von dem unser Vorsitzender sprach, durchgeführt. Da es mir nicht gestattet worden ist, das Urteil, von dem wir ja alle wissen, wie es lauten wird, höchstpersönlich sofort zu vollstrecken, sollte also gleich ein einstimmiges Urteil gefällt werden. Ich bitte dabei noch einmal zu bedenken, dass alle früheren Versuche, die an diesen Machenschaften Beteiligten zum Schweigen zu verpflichten, fehlgeschlagen sind. Sie mussten zum Schweigen gebracht werden. Also dürfte das Urteil klar sein. Graf Hohenstein hat in diesem Zusammenhang eine Bitte geäußert. Er wünscht, nein, er verlangt eine Vollstreckung des Urteils außerhalb seines Anwesens. Er steckt in komplizierten diplomatischen Verhandlungen und möchte keinesfalls, dass seine Beteiligung an dem Unternehmen bekannt wird oder dass aus einem anderen Grund ein Makel auf seinen Leumund fällt. Ansonsten ist er der großen Hüterin wie immer treu ergeben. Ich denke, angesichts der Verdienste, die der Graf für unsere gute Sache erworben hat, sollten wir dem Wunsch entsprechen."

„Fürchtet der feine Herr um seine saubere Weste?" Ein kleiner rundlicher Teilnehmer war aufgesprungen.

„Lassen wir die Animositäten!" Der Vorsitzende unterbrach den beginnenden Streit mit harscher Stimme. „Der Reihe nach. Wer stimmt zu, Bernhardi an Leib und Leben zu bestrafen, sodass er weiterhin nicht mehr im Dienste des Satans sein schändliches Treiben ausüben kann?"

Das Ergebnis war einstimmig.

„Wer stimmt dafür, dass Bernhardi zu diesem Zweck an eine andere Stelle verbracht wird?"

Rund zwei Drittel der Teilnehmer hoben zögerlich die Hand.

„Dann bleibt die Frage, wo dieses zu geschehen hat."

Niemand rührte sich oder bot sein eigenes Anwesen an.

Jetzt erhob der Gesandte seine Stimme: „Wenn ich einen Vorschlag machen darf?"

„Ja, bitte!"

„Ich biete mich an, mit einigen zuverlässigen Leuten Bernhardi aus dem Verlies zu entfernen. Nicht weit von Graf Hohensteins Anwesen ist ein Wald. Dort wird sich eine geeignete Stelle finden lassen."

Die Anwesenden schienen froh, mit diesem Vorschlag der eigenen Verantwortung enthoben zu sein, und stimmten mit einmütigem Kopfnicken zu.

Wieder ergriff der Vorsitzende das Wort: „Dann ist das geklärt. Ihr werdet so bald als möglich Vollzug melden. Die Familie wird weiterhin beobachtet, auch wenn keine sonderliche Gefahr mehr von ihr ausgehen dürfte. Lediglich die Rolle des künftigen Schwiegersohnes bleibt unklar. Deshalb werden wir auf ihn besonders zu achten haben. Bisher hat er im Zusammenhang mit der teuflischen Apparatur gar nichts unternommen. Entweder kennt er sie nicht – oder er interessiert sich nur für die Tochter.

Mir ist bekannt, dass einige unter Euch auch ihn lieber tot als lebendig sähen. Wir müssen aber Nutzen und Gefahr abwägen. Solange er uns nicht gefährlich wird, ist es besser, ihn leben zu lassen. Dann gibt es auch keine öffentlichen Untersuchungen. Und sein Vater ist bekanntlich nicht ohne Einfluss. Wir haben uns verpflichtet, möglichst unsichtbar zu wirken. Und dabei soll es auch bleiben. Eine letzte Sache gibt es aber noch zu erledigen ..."

Bei den letzten Worten hatte sich die Aufmerksamkeit der Zuhörer gesteigert. Alle reckten den Hals, als der Vorsitzende das Kästchen in seine Hände nahm, das auf dem Tisch lag. Langsam öffnete er es, zog eine Röhre hervor und hielt sie hoch.

„Hiermit übergebe ich dich, du Werkzeug des Satans, deiner gerechten Strafe." Er schleuderte den Apparat ins Feuer, das hinter ihm im Kamin loderte. „Eine gerechte Ketzerstrafe für Mensch und Sache." Mit einem lauten Knacken zerbarst das Gerät.

Das Feuer wurde noch zwei Tage am Brennen gehalten, dann streute man die Überreste mit der Asche in den nahe gelegenen Fluss.

Der kleine Wagen rollte bis vor das Burgtor. Ein bewaffneter Knecht trat aus dem Schatten heraus und fragte nach dem Begehr der Angekommenen. Auf dem Kutschbock saß ein vornehm gekleideter junger Mann.

„Gott zum Gruße!"

„Wer seid Ihr und was wünscht Ihr?" Der Knecht war weder

ein Freund ausgewählt höflicher Worte noch an einem längeren Dialog interessiert.

„Die vornehme Dame, die ich bis hier zu begleiten das Vergnügen hatte, wünscht den Herrn Grafen in einer dringenden Angelegenheit zu sprechen."

„Wer ist sie?"

„Gräfin Bernhardstein."

„Nie gehört."

„Es erwartet sicherlich niemand, dass Ihr den gesamten Adel des deutschen Landes kennt." Friedrichs Stimme wechselte von höflicher Zurückhaltung zu bestimmter Festigkeit.

Der Knecht gab sich nun großmütig. „Ich habe heute meinen guten Tag, deshalb werde ich versuchen, Euch anzumelden. Wenn es mir der Graf böse auslegt, werdet Ihr mich kennenlernen. Ihr wartet hier so lange!"

Der Knecht entfernte sich.

Friedrich stieg ab und öffnete die Kutschentür. „Hoffentlich ist unsere Reise nicht hier schon zu Ende. Wer ist dieser Graf Hohenstein eigentlich?"

„Wir wollen uns nicht so schnell entmutigen lassen. Dieser Graf spielt eine besondere Rolle bei der Vermittlung zwischen dem Adel und der kaiserlichen Verwaltung. Ein richtiger Emporkömmling. Aber einer mit dem richtigen Riecher. Keiner Seite richtig verpflichtet und darum für alle unangreifbar. Schon seine Vorgänger haben es verstanden, sich mit Geschick unentbehrlich zu machen. Und so haben sie es geschafft, aus einfachen Verhältnissen stammend bis in den Adelsstand erhoben zu werden. Wie mir zugetragen wurde, bemüht sich der Graf gerade um eine feste Position am kaiserlichen Hof. Das könnte für uns vorteilhaft sein, denn er wird alles daransetzen, um seinen Leumund so gut wie möglich zu erhalten."

„Das kann sich aber auch gegen uns wenden", gab Friedrich zu bedenken. „Wenn er uns nicht vorlässt, haben wir keine andere Möglichkeit, deinem Gatten zu helfen. Erstürmen können wir dieses Gemäuer nicht."

„Ich hoffe doch, allerdings nicht mit Gewalt. Zunächst einmal glaube ich nicht, dass der Graf uns abweist. Er muss erst erkennen, wen er da vor sich hat. Und da er den Namen Bernhardstein noch nie gehört hat, wird er sich, so meine Hoffnung, erst einmal Klarheit verschaffen wollen."

Friedrich von der Aue pfiff leise durch die Zähne. „Du legst einen Mut und eine Entschlossenheit an den Tag, dass es einem schon unheimlich werden kann."

„Willst du deinen Entschluss, mich zur Schwiegermutter zu erwählen, noch einmal überdenken?"

„Sicher nicht, aber ich fürchte, es wird noch eine Weile dauern, bis dieser glückliche Umstand eintreten wird."

Der Knecht kam schnaufend zum Wagen zurück. „Ihr habt heute außergewöhnlich viel Glück. Der Graf lässt bitten – Ihr könnt das Tor passieren. Euer Knecht kann in der Wachstube so lange auf Euch warten, bis die Audienz beendet ist. Ihr folgt mir dann zum Grafen."

Friedrich entging nicht, wie sich für den Bruchteil einer Sekunde ein Lächeln in Elisabeths Gesicht zeigte. Dann stieg er auf und lenkte den Wagen in den Innenhof.

Während er sich in der Wachstube aufwärmte, begleitete der Knecht Elisabeth, die heute ihre beste Garderobe trug, bis zu einer Doppeltür. Er klopfte.

„Herein!"

„Mein Herr, die Gräfin Bernhardstein."

Der Graf hatte sich von seinem Platz erhoben. „Tretet ein, gnädige Frau!"

Elisabeth Bernhardi versuchte, so souverän wie möglich zu wirken. Hier also wohnt die Bestie, die meinen Mann gefangen hält, dachte sie. Dann trat sie ans andere Ende des Tisches, wo der überraschte Graf seinen Gast ausgiebig fixierte.

„Wer seid Ihr? Ich habe Euren Namen zu meinem großen Bedauern noch nicht gehört."

„Das könnt Ihr auch nicht. Denn verzeiht ... Unter meinem richtigen Namen hättet Ihr mich nicht eingelassen."

Die Gesichtszüge des Grafen versteinerten sich. „So erdreistet Ihr Euch, unter falschen Angaben vor mir zu erscheinen! Wer seid Ihr dann?"

„Elisabeth Bernhardi."

Für einen Moment war der Graf in Gefahr, die Fassung zu verlieren. Erst nach einigen Augenblicken hatte er die Beherrschung zurückgewonnen. „Was wollt Ihr von mir und warum betreibt Ihr dieses Komödienspiel?"

Elisabeth lächelte herausfordernd. „Ihr wisst, wer ich bin, auch wenn Ihr mich noch nie gesehen habt. Immerhin habt Ihr die Ehre, meinen geliebten Mann unter fadenscheinigen Vorwänden und vermutlich unter äußerst unangenehmen Begleiterscheinungen hier zu beherbergen."

„Wie kommt Ihr auf eine solche ungeheure Behauptung? Ich kenne weder Euren Mann noch Euch!"

„Graf Hohenstein. Ich habe meine Maske fallen lassen und spiele mit offenen Karten. Seid ein Mann und tut dasselbe. Nicht nur ich weiß, dass Ihr Leonhard Bernhardi in Haft haltet. Wollt Ihr endlich das Possenspiel beenden?"

Otto von Hohenstein war wütend und beeindruckt zugleich. So eine Frau war ihm noch nicht begegnet. Elisabeth Bernhardi war trotz ihrer vierzig Jahre noch von einer natürlichen, kühlen Schönheit, die ihn faszinierte, ohne dass er es zugeben mochte.

Da er schwieg, sprach Elisabeth einfach weiter. „Ich deute Euer Zögern als Einsicht in die Tatsache, dass Ihr Euch, aus welchen Gründen auch immer, zu dem Büttel einer Einrichtung gemacht habt, die beabsichtigt, das zu vernichten, was mein Mann unter großen Mühen ans Tageslicht gebracht hat. Wenn Ihr das zulasst, seid Ihr nicht nur Mittäter bei einem

Verbrechen gegen einen Unschuldigen, nein, Ihr macht Euch auch schuldig, die Wahrheit zu unterdrücken. Das könnt Ihr zwar tun, aber ich schwöre Euch, dann schreien die Steine!"

Der Graf rang um seine Fassung. Er wusste nicht warum, aber das Auftreten dieser Frau hatte ihn bis ins Innerste getroffen. Es war ihm, als ob seine ganze Existenz, die immer aus Taktieren in höchster Vollendung bestanden hatte, in einem neuen Licht erschien. Und das, was da erhellt wurde, war alles andere als schmeichelhaft für ihn.

„Woher wisst Ihr vom Aufenthaltsort des Gefangenen?"

„Ich weiß es, das muss Euch genügen. Und nicht nur ich bin in Kenntnis gesetzt. Es nützt Euch also gar nichts, mich ebenfalls verschwinden zu lassen."

Graf Hohenstein strich sich über den schmalen Oberlippenbart. Diese Frau stellte alle seine glänzenden Pläne mit einem Mal infrage. „Ihr werdet mir auch nicht verraten, wer sonst noch alles um diese Sache weiß?"

„Sicher nicht."

Er blickte sie durchdringend an. „Und wenn es wieder eine List ist?"

„Ihr müsst entscheiden, ob Ihr das Risiko eingeht, an eine List zu glauben."

„Was wollt Ihr jetzt von mir?"

„Ich will die Freiheit für meinen Mann."

„Das habe ich nicht zu entscheiden."

„Wenn der große Graf Hohenstein nicht einmal in seinem eigenen Haus die Freiheit hat, zu entscheiden, wird das am kaiserlichen Hof sicherlich mit Verwunderung aufgenommen werden. Außerdem solltet Ihr Euch genau überlegen, wie viel Macht Ihr denjenigen zugestehen wollt, die das hier zu verantworten haben. Wer regiert hier: Ihr oder ein Haufen selbst ernannter Weltenretter?"

Elisabeth hatte Wort für Wort immer wieder neue Nadelstiche gesetzt, die wie feurige Pfeile in das Selbstbewusstsein des Grafen eindrangen. Ohne es zu ahnen, hatte sie dabei eine Stelle getroffen, die Otto von Hohenstein in letzter Zeit ohnehin zu schaffen machte. Natürlich war ihm aufgefallen, dass die große Hüterin immer eigenständiger und unabhängiger von Kaiser und Rom, ja auch von Wittenberg taktierte. Sie hatte sich zu einer Macht im Staate entwickelt, die keinerlei Kontrolle von außen zuließ. Sein Versuch, die Hinrichtung Bernhardis an einen anderen Ort außerhalb seiner Burg zu verlegen, war bis jetzt das einzige Zugeständnis gewesen, das er erhalten hatte.

„Ich kann Euch nicht helfen. Die Macht über den Gefangenen habe nicht ich. In drei Tagen wird er am frühen Morgen von hier weggeführt. Ich weiß nicht wohin und will es auch nicht wissen. Ich kann ihn nicht von hier entkommen lassen, das wäre mein politisches Ende. Also werde ich ihn bis dahin wohl verwahren müssen. Es sei denn, Ihr versuchtet, meine Burg zu erstürmen."

„Ihr könnt anscheinend noch spotten. Nun, das muss ich ertragen. Ihr gebt also meinen Mann nicht frei?"

„Wie ich schon sagte, das kann ich nicht. Seid froh darüber."

„Froh? Seid Ihr von Sinnen?"

„Durchaus nicht. Es tut mir fast schon leid, Eurem Wunsche nicht entsprechen zu können. Denn dafür hätte ich eine Gegenleistung erwartet."

„Eine Gegenleistung? Nun, da Ihr nicht bereit seid, mir zu folgen, erübrigt es sich ja wohl, darüber zu spekulieren."

„Ja, leider. Ich hätte mir gerne das Vergnügen gegönnt, Euch noch besser kennenzulernen, als das bei unserem Gespräch möglich war. Was werdet Ihr also tun?"

Elisabeth hatte sofort begriffen, was der Graf sich als Gegenleistung vorgestellt hatte. Sie wusste keinen Ausweg mehr, aber sie schwor sich, diese Verschwörung gegen sie und ihre Familie publik zu machen.

„Das werdet Ihr in Kürze erfahren." Mit diesen Worten drehte sie sich um und verließ den Saal. An der Wachstube rief sie nach Friedrich, der sich inzwischen gestärkt hatte. Sofort sprang er auf und kam ihr entgegen.

„Warst du erfolgreich?"

„Nein, aber lass uns gehen. Ich möchte diesen Ort so schnell wie möglich verlassen."

Als der Wagen aus dem Hof herausgefahren war, bat sie Friedrich, am Wegesrand anzuhalten. Dann erzählte sie ihm von dem Gespräch und wie es ausgegangen war.

„Friedrich, ich weiß jetzt nicht mehr weiter. Was meinst du?"

„So, wie du mir die Sache geschildert hast, sieht es doch gar nicht so schlecht aus."

„Wie bitte? Fängst du jetzt auch noch an zu spotten?"

„Niemals käme mir das in den Sinn. Aber fassen wir doch einmal zusammen. Erstens. Der Graf hat dich empfangen. Zweitens. Der Graf hat zugegeben, in die Sache verstrickt zu sein und deinen Mann gefangen zu halten. Drittens. Wir wissen, wann dein Mann hier weggeführt wird. Viertens. Wir leben noch."

„Sehe ich recht, oder werden deine Ansprüche bescheidener?"

„Nein, durchaus nicht. Aber wir können immer noch handeln."

„Wie denn? Willst du die Burg erstürmen? Mit einer Handvoll ehemaliger Studienfreunde, die dir noch ergeben sind? Ich bitte dich! Oder willst du den Gefangenen auf dem Weg zu seinem nächsten Verlies befreien? Womöglich gegen eine Gruppe Landsknechte, die dir kampferprobt gegenübersteht?"

„Das ist wahrlich ein Problem. Aber wir haben noch drei Tage. Und die werde ich nutzen. Ich habe sogar schon eine Idee."

„Darf ich sie wissen?"

„Nein, jetzt noch nicht. Ich fürchte, es wird schon schwer genug, meine Freunde zu überzeugen, auch wenn sie für einen Spaß sicherlich zu haben sind. Allerdings wird es nicht ungefährlich sein. Deshalb überlass jetzt alles Weitere mir. Ich habe noch viel vorzubereiten … Ach, noch etwas: Besitzt du gewisse Dinge, die die Frauenzimmer für ihre Schönheit benutzen?"

„Wie bitte?"

„Ich meine Puder, Pulver, Farbe und dergleichen, mit denen sich die Weiber herauszuputzen pflegen."

„Ich kann so etwas besorgen. Willst du die Landsknechte vielleicht durch Liebesdienerinnen von ihrer Aufgabe ablenken?"

„Nicht ganz. Es gibt etwas, das den Verstand genauso schwinden lässt wie die Minne."

„Du denkst dabei hoffentlich nicht an Barbara. Was ist es also, das genauso unberechenbar ist wie die Liebe?"

„Die Angst."

38

Leonhard Bernhardi wäre wieder eingedöst, wenn die Ketten an seinem Handgelenk ihm nicht ständige Schmerzen bereitet hätten. Plötzlich hörte er, wie mehrere Personen die Treppe zu seinem Verlies herunterpolterten.

„Öffnet!" Ein kräftiger und gar nicht mehr junger Mann, dessen Stimme erkennen ließ, dass er das Befehlen gewohnt war, trieb den Knecht des Grafen zur Eile an.

Eingeschüchtert fand dieser endlich den richtigen Schlüssel und öffnete die vergitterte Tür. Während die sechs in Landsknechtuniformen gekleideten Wachen vor der Tür warteten, trat der Anführer in die Zelle und baute sich vor Bernhardi auf.

„Seid Ihr gekommen, mir einen guten Morgen zu wünschen? Verzeiht, wenn ich Euch nicht standesgemäß begrüßen kann, aber wie Ihr seht, bin ich in meiner Beweglichkeit zurzeit etwas eingeschränkt." Bernhardi wusste selbst nicht, woher sein leiser Anflug von Ironie kam. Er war sich im Klaren darüber, dass seine Zeit abgelaufen war.

Der Anführer des Bewachungstrupps sah mitleidig auf ihn herab. „Und vor so jemand soll die Welt sich fürchten?" Kopfschüttelnd überprüfte er die Ketten. „Macht ihn los!"

Als der Knecht die Fesseln gelöst hatte, wollte der Landsknecht ihn erneut fesseln, um ihn abführen zu können. Aber Bernhardi sank sofort in sich zusammen, zu gefühllos waren seine Gliedmaßen geworden. Der Anführer winkte kurz seinen Leuten, von denen zwei in die Zelle kamen und Bernhardi an den Armen packten. Seine Hände wurden auf dem Rücken gebunden. Er wehrte sich nicht.

Die Treppe hoch musste Bernhardi fast getragen werden. Oben angekommen, führten sie ihn auf den Hof, wo ein zweispänniger Wagen bereitstand. Der Anführer des Transports stieg auf den Kutschbock – sein Kampfschwert lag griffbereit neben ihm. An seinem Gürtel steckte ein halblanger Dolch, der im Nahkampf eine furchtbare Waffe sein konnte. Neben ihm nahm ein weiterer Begleiter Platz, während sich die fünf anderen auf ihre Pferde schwangen.

„Los!"

Zuerst setzten sich drei Reiter vor dem Wagen in Bewegung, dann folgten der Wagen und die beiden anderen. Otto von Hohenstein beobachtete vom Fenster aus, wie sich der Trupp in Richtung Wald auf den Weg machte. Fast hätte er sich gewünscht, dass Bernhardis Frau doch noch einen Weg gefunden hätte, ihren Mann aus dieser Lage zu befreien. Andererseits blieb ihm noch die Unsicherheit, ob diese ungesetzliche Hinrichtung nicht irgendwelche Folgen hatte. Wer weiß, wie weit Elisabeth Bernhardi die Öffentlichkeit für sich gewinnen konnte. Aber das war ja eher ein Problem der großen Hüterin – und nicht mehr seins.

Eine Stunde waren sie schon den Hohlweg entlanggefahren. Der Anführer des Trupps schaute sich nach einer geeigneten Stelle um, an der er seinen Gefangenen endlich beseitigen könnte. Da hörten sie plötzlich Stimmen, die lauter wurden – es musste sich um eine Schar Männer handeln. Weil der Weg eine Biegung machte, konnte man sie allerdings noch nicht sehen.

„Achtung!"

Sofort griffen alle zu den Waffen. Allerdings sahen sie keinen Anlass zur Besorgnis, denn für einen Überfall verhielten sich die Unbekannten viel zu auffällig. Was den Anführer stutzig machte, war die Tatsache, dass es sich bei den Stimmen nicht um aggressives Geschrei, sondern um Klagen handelte. Und dann sah man sie ... Den vorderen Reitern gefror das Blut in den Adern.

In schwarze Lumpen gekleidet und mit halb ins Gesicht gezogenen Kapuzen, die aber dennoch die furchtbaren Eiterbeulen nicht verbergen konnten, näherte sich ihnen ein gutes Dutzend Männer. Sie hielten die Hände erhoben, geifernd und um Hilfe bettelnd.

„Habt Erbarmen! Habt Erbarmen mit uns! Gebt uns zu essen und zu trinken!"

Ohne eine Antwort abzuwarten, versuchten sie sich dem Wagen zu nähern. Einer von ihnen stürzte und lag zuckend und röchelnd am Wegesrand. Das war zu viel!

„Die Pest! Sie haben die Pest!" Die drei vorderen Reiter sprengten los und jagten in panischem Schrecken davon. Die Eskorte hinter dem Wagen, bleich von dem Schauspiel, das sich ihnen bot, stob in die entgegengesetzte Richtung davon.

„Bleibt hier, ihr Memmen!“ Der Anführer ließ sich nicht so leicht schrecken – aber es half ihm nichts. Auch sein Begleiter auf dem Kutschbock sprang ab und gab Fersengeld. Sein Pferd, das noch hinten am Wagen angebunden war, ließ er zurück.

„Verfluchte Feiglinge!“ Der Anführer tobte, aber er war nun allein. Egal, dann würde er sich eben mit dem Schwert gegen die Meute verteidigen. Aber bevor er seine Waffe ziehen konnte, hörte das Heulen und Jammern plötzlich auf und die Siechen entpuppten sich als junge, durchaus gesunde Männer, die mit Langdolchen und Kurzschwertern bewaffnet waren. Sie stürzten sich auf ihn und zerrten ihn vom Wagen herunter. Allerdings hatten es die Angreifer schwer, den bärenstarken und kampferprobten Mann zu überwältigen, doch schließlich stieß ihm einer der ehemals Pestkranken seinen Dolch in den Rücken. Mit einem unterdrückten Schmerzenslaut ließ er sich fallen.

„Er wird es schon überleben.“ Friedrich von der Aue schob seine Kapuze zurück und öffnete von hinten die Plane des Wagens. Bernhardi erbleichte. Er hatte den vorgetäuschten Überfall noch nicht durchschaut.

„Keine Sorge, zukünftiger Schwiegervater, unsere Larven sehen aber auch zu echt aus.“ Friedrich wischte sich seine blauschwarzen Eiterbeulen aus dem Gesicht. „Eure werte Gattin hat ganze Arbeit geleistet. Aber wir müssen uns beeilen, sonst war alles umsonst.“

Bernhardi war so verdattert, dass er nichts erwidern konnte. Sie schnitten seine Fesseln durch und eilten durch unwegsames Gelände stolpernd weiter, bis sie an eine Lichtung kamen, wo einige Pferde angebunden waren. Auch ein Bach war vorhanden, in dem sie sich waschen und in normale Menschen zurückverwandeln konnten.

„Habt Dank, liebe Freunde, das hätte schwieriger sein können.“ Friedrich von der Aue war über den schnellen Erfolg selbst überrascht.

„Keine Ursache! Es wurde Zeit, dass wir es den großen Hansen einmal zeigen."

Die Studenten grinsten breit. Nach der gefährlichen Aktion waren Friedrichs Kommilitonen außerordentlich gut gelaunt.

„Dann wisst ihr ja auch, auf wessen Kosten ihr Euch demnächst im Wirtshaus schadlos halten könnt!"

„Darauf kannst du dich verlassen."

Friedrich half dem völlig entkräfteten Bernhardi in den Sattel. Langsam ritten sie in ihre Herberge zurück. Bei aller Wiedersehensfreude musste sich Bernhardi doch erst eine Ruhepause gönnen, bevor er Fragen beantworten und neue Pläne schmieden konnte.

In kluger Voraussicht hatte Elisabeth einige Kleidungsstücke und die Waffen ihres Mannes mitgenommen. Nachdem er ein Bad im Zuber genommen und seinen Vollbart abrasiert hatte, war wieder eine gewisse Ähnlichkeit mit dem früheren Leonhard Bernhardi zu erkennen. Danach hatten sie sich viel zu erzählen.

Bernhardi sagte nachdenklich: „Was ich nicht verstehe, ist, weshalb ich keine Antwort vom Kurfürsten oder seiner Kanzlei erhalten habe. Und auch keine Nachricht aus Wittenberg … Wie soll ich das deuten?"

„Es gibt da nur zwei Möglichkeiten", meinte Elisabeth. „Entweder, und das ist wohl der wahrscheinlichere Sachverhalt, die Räte des Kurfürsten haben kein Interesse gehabt und die Sache beiseitegelegt. Schließlich steht der Reichstag zu Speyer bevor – und da gibt es gewiss dringendere Probleme zu erörtern. Oder aber …"

„Oder die Briefe sind nicht angekommen", unterbrach Leonhard seine Frau.

Elisabeth zog ihre Augenbrauen hoch. „Weshalb sollten ausgerechnet beide Briefe nicht ihren Adressaten erreicht haben?"

„Tja, das weiß ich leider auch nicht so genau. Es sei denn,

wir müssten annehmen, dass ich schon länger beobachtet worden bin. Aber das halte ich für sehr unwahrscheinlich. Meine Tarnung, so glaube ich wenigstens, war gut genug, um meine wahre Identität zu verbergen."

„Das glaube ich auch. Allerdings dürfen wir auch diese Möglichkeit nicht außer Betracht lassen. Und das heißt – verzeih, wenn ich es so deutlich sage: Du solltest deine Entdeckung oder die Erfindung erst einmal zurückstellen, bis wir alle in Sicherheit sind. Zwar haben wir einen Vorsprung, aber man wird den Umständen deiner Befreiung nachgehen. Und dann, fürchte ich, wird man kurzen Prozess machen."

Bernhardi nickte. „Du hast recht. Wie immer. Also lasst uns sofort nach Leipzig aufbrechen."

„Wir müssen noch mehr tun."

Leonhard sah seine Frau erstaunt an. „Was denn noch?"

„Wir müssen nicht nur Leipzig, sondern Sachsen und Kursachsen so schnell wie möglich verlassen. Ich kann unsere Kinder nicht dieser Gefahr aussetzen."

Für einen Moment schwieg Leonhard. Dann nickte er. „Du hast wieder recht. Allerdings sind unsere Mittel inzwischen sehr begrenzt. Und von Friedrich ist auch keine Hilfe zu erwarten. Sein Vater hat rigoros jede Beziehung zu ihm abgebrochen und ihn praktisch verstoßen."

„Ach ja, Friedrich." Elisabeth Bernhardi seufzte. „Wir haben ihm eine ganze Menge zu verdanken. Durch uns ist auch er in Schwierigkeiten geraten."

„Na ja, dass er Barbara erwählt hat, liegt in seiner Verantwortung." Leonhard ließ einen Anflug von Heiterkeit erkennen.

„Auch, dass er für dich schon zum zweiten Mal sein Leben riskiert hat?"

„Ja, so hart es klingt, auch das. Und dafür bin ich ihm äußerst dankbar. Unser Wunsch bleibt ja bestehen: Er möge unser Schwiegersohn werden."

Während Elisabeth nickte, glaubte Leonhard bei seiner Frau eine winzige Gemütsregung zu verspüren, die ihn verunsicherte. War da ein Hauch von Bewunderung über Elisabeths Antlitz gehuscht, als das Gespräch auf Friedrich kam?

„Ja. Deshalb müssen wir ihn überzeugen, dass es besser für ihn ist, ebenfalls die Gegend zu verlassen. Ich weiß nicht, was mit Barbara sein würde, wenn ihm etwas zustieße."

Elisabeth bemühte sich, äußerst sachlich zu reden. Sie hatte es gelernt, ihre Gefühle zu beherrschen.

„Also brechen wir gleich auf. Wir werden an Friedrichs Unterkunft vorbeikommen und ihn fragen, ob er uns begleiten will. Am besten verzichten wir auf einen Wagen und reiten selbst. So sind wir wendiger und können uns auf veränderte Situationen besser einstellen."

Sie schnürten ihre Habe zusammen und räumten die Stube. Der Wirt ließ sich die Zeche bezahlen und bot an, ihnen Pferde auszuleihen, was die Familie gerne annahm.

Nach wenigen Hundert Metern hielten sie vor Friedrichs Herberge an. Aber seine Stube war verschlossen. Der Wirt verwies sie auf den „Guten Hirten", ein beliebtes Lokal im Ort.

Beim Betreten der Gastwirtschaft empfing sie trotz der frühen Stunde fröhliches Stimmengewirr und das Klappern der Kannen und Becher. An einem Tisch entdeckten sie Friedrich, der mit anderen jungen Männern zusammensaß. Als er die Ankömmlinge bemerkte, stand er auf.

„Verzeiht, wenn ihr mich nicht in der Herberge vorgefunden habt. Ich bin meinen Kommilitonen noch etwas schuldig …"

„Eigentlich müsste ich mich dem anschließen", sagte Leonhard. „Immerhin haben sie mir das Leben gerettet. Aber ich hoffe, es später einmal gebührend nachholen zu können. Friedrich, es eilt, und wir machen uns auf den Weg nach Leipzig. Wir raten dir, dass auch du diesen beschaulichen Ort verlässt. Denn es dauert gewiss nicht lange, und unsere Häscher werden zurückkehren. Auch von Leipzig werden wir bald wieder aufbrechen müssen." Stockend fügte Bernhardi hinzu: „Und Barbara kommt dann mit uns."

Friedrich überlegte kurz. Dann nickte er: „Reitet nur voran. Ich verabschiede mich noch von meinen Kameraden. Dann werde ich mit euch nach Leipzig und mit Barbara bis an das Ende der Welt gehen. Zieht schon los, ich werde Euch bald einholen."

Die Bernhardis ritten in gemächlichem Tempo auf einem wenig begangenen Weg Richtung Leipzig. Gelegentlich blieben sie stehen und umarmten sich zärtlich. So lange waren sie getrennt gewesen. Aber die Gefahr war noch nicht gebannt, sie mussten sehr vorsichtig sein. Und so zuckte Leonhard unwillkürlich zusammen, als er hinter sich die Hufe eines galoppierenden Pferdes bemerkte. Mit der rechten Hand an der Waffe drehte er sich um. Doch dann nickte er Elisabeth entspannt zu.

„Unser Schwiegersohn in spe ist im Anmarsch. Wo hat er nur so gut das Reiten gelernt?"

„Friedrich ist in vielen Künsten bewandert."

Leonhard schaute seine Frau verwirrt an, dann begrüßte er den jungen Mann, der sich zu ihnen gesellt hatte.

Mit einer kurzen Verbeugung erwiderte Friedrich den Gruß. Dann wurde er ernst und wandte sich an Leonhard: „Leider habe ich keine guten Nachrichten. Der vermisste Magister Auerbach ist tot. Meine Kommilitonen haben es vor einigen Tagen erfahren. Sein Leichnam wurde mit einem Bolzen im Rücken unweit Kemberg aufgefunden."

Bernhardi schluckte und konnte die Tränen nur schwer zurückhalten. „Kemberg sagst du? Dann war er auf dem Weg zu mir. Dabei müssen sie ihn erwischt haben."

„Wie kann man einem so liebenswürdigen Magister etwas so Schreckliches antun?", mischte sich Elisabeth zornig ein.

„Aus dem gleichen Grunde wie bei mir." Bernhardis Stimme war hart geworden.

„Man hat auch sein Haus auf den Kopf gestellt", fuhr Friedrich fort. „Nur durch die Aufmerksamkeit der Nachbarn konnte verhindert werden, dass es ganz niederbrannte. Nicht alle Bürger sehen immer nur eingeschüchtert zu, das lässt hoffen. Aber, Leonhard, wie gedenkst du, mit deinem Wissen umzugehen? Ich meine mit der Erfindung … Darf so etwas der Öffentlichkeit vorenthalten werden?"

„Ich weiß es nicht. Im Moment haben wir andere Sorgen. Wir müssen das Land verlassen. Und selbst dann wissen wir nicht, ob die Nachstellungen aufhören. Außerdem habe ich für eine große Familie zu sorgen. Und ich denke, wir sollten die Vermählung Barbaras mit einem gewissen Friedrich von der Aue nicht mehr allzu lange aufschieben. Erst wenn alles wieder in ruhige Bahnen gelenkt ist, kann ich mich dieser Sache widmen. Noch ist sie nicht vergessen … allerdings könnte es dazu kommen, wenn sie mich doch noch töten. Es gibt ja keinerlei Aufzeichnungen mehr, und auch die Übersetzung des Manuskriptes existiert nur noch in meinem Kopf. Von dem Apparat selbst ganz zu schweigen."

Friedrich überlegte eine Weile, dann sagte er: „Darf ich einen Vorschlag machen?"

„Wir sind für jeden guten Rat dankbar", kam Elisabeth ihrem Mann zuvor.

„In Augsburg gibt es die bekannte Kaufmannsfamilie Welser. Mit dem Sohn des jetzigen Eigentümers, Bartholomäus – er heißt genau wie sein Vater –, verbinden mich viele gute Erinnerungen. Mein Vater hatte früher intensive Geschäftsbeziehungen zu dieser Kaufmannsfamilie. Ich habe ihn oft auf seinen Reisen nach Augsburg begleitet. Mit Bartholomäus dem Jüngeren bin ich immer noch gut befreundet. Falls mein Vater seinen Bannstrahl noch nicht bis Augsburg geschleudert hat, sehe ich eine Möglichkeit, dort einen Neuanfang zu wagen."

Sie ritten in der kalten Winterluft schweigend nebeneinanderher. Dann ergriff Leonhard wieder das Wort. „Was meinst du, Elisabeth? Vielleicht ist Friedrichs Vorschlag tatsächlich geeignet, einen Neuanfang zu wagen. Ich denke allerdings an die Kinder, die dann schon wieder aus ihrer gewohnten Umgebung gerissen würden."

Elisabeth seufzte. „Die Kinder werden sich so oder so an ein vagabundenhaftes Leben gewöhnen müssen. In Leipzig können wir nicht mehr bleiben, und ich ahne schon, dass auch Augsburg, wenn es uns wirklich glücken sollte, dort Fuß zu fassen, nur eine vorübergehende Station sein wird. Die Organisation, die uns verfolgt, arbeitet zwar langsam, scheint aber vor keiner Grenze haltzumachen. Sie haben uns auf herzoglichem und auf kursächsischem Gebiet aufgespürt. Warum sollten sie vor den Toren einer Reichsstadt stehen bleiben?"

Zu Friedrich gewandt, fuhr sie fort: „Wenn Leonhard einverstanden ist, werden wir deinem Vorschlag zustimmen. Da wir uns hier nicht lange aufhalten dürfen, brechen wir am besten schon morgen nach Augsburg auf. Ich hoffe nur, dass sich das mit deinen Plänen vereinbaren lässt!"

Friedrich nickte nachdenklich. „Ich habe keinen Grund, hier länger zu verweilen. Außerdem gehöre ich an die Seite Barbaras. Unsere Wege haben sich schicksalhaft miteinander verbunden und ich bin dankbar dafür."

Leonhard stimmte dem zu. „Ich hätte mir zwar nicht vorstellen können, in meinem Alter noch einmal auf Wanderschaft zu gehen, aber das Leben läuft nicht immer nach unseren Plänen. Wir können es nur annehmen und uns dem Herrn empfehlen." Er blickte Friedrich in die Augen und fuhr fort: „Wenn ich mich recht entsinne, war auch Luther vor etlichen Jahren zu einem Verhör vor dem Legaten Cajetan nach Augsburg geladen. Er sollte widerrufen, hat aber den Widerruf verweigert, genau wie drei Jahre später in Worms. Vielleicht gibt es daher in Augsburg auch die Möglichkeit, weiter die Werke des Wittenberger Mönchs zu studieren."

Er machte eine Pause und versuchte, entschlossen zu wirken. „Ich habe nicht vor, die römische Kirche zu verlassen, allerdings scheint es mir kaum möglich zu sein, diesem Luther zu widersprechen. Sollte ich allerdings weiterhin durch seine Schriften und durch sein Verhalten überzeugt werden, wer weiß, vielleicht werde ich dann nicht nur die äußere Heimat wechseln, sondern auch die innere."

Friedrich wusste noch mehr zu berichten. „In Augsburg soll schon die Kommunion unter beider Gestalt gefeiert worden sein."

Leonhard blickte ihn erstaunt an. „Mit Hostie und Kelch? Das wird für Aufregung und Ärger sorgen. Wir leben in einer unruhigen Zeit."

Jetzt erwachte in Friedrich wieder der Schalk. „Na, aber auch in einer interessanten Zeit. Aufbruch allenthalben. Und wir sind mitten dabei."

Spät am Abend erreichten sie ihr Ziel in Leipzig. Als die drei Flüchtlinge klamm vor Kälte von den Pferden stiegen, wurde schon die Haustür aufgerissen. Barbara, gefolgt von ihren Geschwistern, stürzte sich auf die Ankömmlinge. Als Leonhard seine Töchter sah, konnte er die Tränen nicht länger zurückhalten. Barbara erging es genauso, als sie Friedrich umarmte. Nur Elisabeth gab ihre Gefühle nicht zu erkennen.

Die Nacht verbrachten alle zusammen in dem geräumigen Wohnhaus, das Elisabeth für sich und die Kinder angemietet hatte. Eigentlich hatte Friedrich sich formvollendet verabschieden wollen, aber als er sich anschickte, seine kleine Herberge aufzusuchen, wurde er von Leonhard zurückgehalten.

„Friedrich, der Ritt war anstrengend und die Ereignisse, in die wir verwickelt waren, haben alle unsere Kräfte in Anspruch genommen. Wir wissen auch nicht, wie viele gemeinsame Tage uns noch vergönnt sind. Wir bitten dich – und ich bin sicher, dass du, Elisabeth, einverstanden bist –, hier bei uns zu übernachten."

„Aber es ist keine Kammer mehr frei, wie ich bemerken konnte."

„Das ist auch nicht erforderlich. Barbara und du, ihr habt euch sicher viel zu erzählen, und so ist es für alle am besten, wenn du heute bei ihr übernachtest."

Friedrich wusste vor lauter Überraschung erst gar nichts zu erwidern, aber dann rangen der Wunsch und die Schicklichkeit einen harten Kampf miteinander aus. Einen Moment lang hatte Leonhard befürchtet, dass sein Angebot, der Liebe endlich einen Raum zu gewähren, von seiner Frau als Verkupplung missdeutet werden könnte und dass sie mit heftigem Widerstand reagieren würde. Aber nichts dergleichen geschah.

„Auch ich möchte, dass die Liebenden zueinander finden", wandte sich Elisabeth an Friedrich. „Zu oft seid ihr beiden getrennt gewesen. Leonhard hat recht. Wir wissen alle nicht, was uns der nächste Tag bescheren wird. Es soll eure ganz besondere nachträgliche Feier zur Verlobung sein."

Friedrich gewann langsam seine Fassung zurück. Die Bernhardis, so, wie er sie kannte, hatten auf Höflichkeit und schickliches Verhalten immer großen Wert gelegt. Wenn sie ihn jetzt aufforderten, etwas zu tun, was gegen jede moralische Anforderung an künftige Brautleute verstieß, dann wussten sie genau, was sie taten. Dass die beiden auch noch unabgesprochen den gleichen Gedanken geäußert hatten, imponierte ihm gewaltig.

„Ich danke euch für euer Vertrauen, das ihr mir gegenüber erweist. Ich bitte jedoch zu bedenken, dass nichts gegen den Willen Barbaras geschehen darf. Wir wollen ihr die Entscheidung überlassen. Wenn sie dazu bereit ist, so soll dies heute unsere verspätete Verlobungsfeier und bereits ein Stück frühe Hochzeit sein."

Elisabeth nickte und rief Barbara zu sich. Als diese vom Inhalt des soeben geführten Gesprächs erfuhr, fiel sie ihren Eltern und Friedrich um den Hals.

„Ja, ich will."

39

Am nächsten Morgen hielt ein großes Fuhrwerk vor Bernhardis Wohnung. Pieter Gropius sprang mit elegantem Schwung vom Kutschbock. Da seine Ankunft nicht unbemerkt geblieben war, wurde er von der ganzen Familie begrüßt. Als Letzter näherte sich Friedrich von der Aue.

„So, da wären wir, liebe Schwägerin. Der müsste groß genug sein für euch alle und euren Hausrat."

„Na ja, so viel ist uns nicht geblieben. Wir haben fast nur noch das, was wir auf dem Leibe tragen. Dafür reicht der Wagen allemal."

„Darf ich dir Friedrich von der Aue vorstellen, Barbaras Verlobten", meldete sich Leonhard zu Wort.

Mit einem kräftigen Händedruck begrüßte Pieter Gropius das neue Familienmitglied. „Erfreut, Euch kennenzulernen. Meiner Frau Ursula seid Ihr ja bereits einmal begegnet. Allerdings unter etwas dramatischen Umständen."

„Sehr erfreut auch meinerseits. Ich hoffe, wir finden eine Gelegenheit, uns näher kennenzulernen – nicht nur in solch notvollen Zeiten." Friedrich meinte es ernst. Da seine eigene

Familie ihm nicht die Wärme und Geborgenheit gab, die er sich immer so sehnlichst gewünscht hatte, war ihm die Einbindung in Barbaras große Familie äußerst willkommen.

Pieter Gropius wandte sich an Elisabeth und Leonhard: „Da ist noch etwas: Gestern hatten wir spät abends Besuch von einem vornehm gekleideten Unbekannten. Er fragte, ob wir etwas über euren Aufenthalt wüssten. Auf meine Nachfrage hin behauptete er, von der Universität zu sein, im herzoglichen Auftrag unterwegs. Angeblich wollte er wissen, wohin er die Hinterbliebenenalimentation für die Familie des Magisters Bernhardi zu senden habe. Mir kam das schlicht wie ein Vorwand, wenn nicht gar wie eine Lüge vor. Ich habe ihm gesagt, dass wir nichts über euren Verbleib wüssten und deshalb auch schon in großer Sorge seien. Ich hoffe, das war richtig so."

Elisabeth und Leonhard Bernhardi sahen sich einen Moment lang in die Augen.

„Du hast es genau richtig gemacht. Keiner darf wissen, wo wir uns befinden. Aber dass sie so schnell unsere Fährte aufnehmen, erfüllt mich mit Sorge."

Leonhard Bernhardi runzelte die Stirn. Die kurze Zeit ihres unbeschwerten Glücks war schon wieder vorbei. Mit fester Stimme sagte er: „Kommt, wir laden unsere Habseligkeiten auf und reisen so schnell wie möglich ab."

Als Pieter sich von der Familie verabschiedet hatte, nahm er Leonhard noch einmal beiseite: „Hier, wir haben noch etwas für euch gesammelt. Es war alles, was wir in der Eile auftreiben konnten. Es wird euch hoffentlich nützlich sein." Damit steckte er seinem Schwager einen Beutel zu, den dieser in seinem Wams verschwinden ließ.

„Danke, das werden wir euch nie vergessen. Ich hoffe, wir können euch später etwas von eurer Wohltat zurückerstatten."

Wortlos nickte Pieter allen noch einmal zu, dann band er sein Pferd los, das er hinten am Wagen mitgeführt hatte, und schwang sich auf den Sattel. „Wenn ihr den Wagen nicht mehr braucht, so schickt ihn mir irgendwann wieder zurück.“ Dann galoppierte er los.

Leonhard sah Elisabeth ernst an. „Sie haben also nicht aufgegeben. Werden wir jemals Ruhe finden?“

Elisabeth zuckte mit den Schultern. „Hier jedenfalls nicht. Also los.“

Drei Wochen dauerte ihre Reise, die sie über Gera, Plauen, Weiden, Regensburg, Ingolstadt schließlich nach Augsburg führte.

Als der Wagen in die Stadt einrollte, erregten sie kaum Aufmerksamkeit in der allgemeinen Betriebsamkeit. Leonhard sah sogleich, dass Augsburg wohl ein bedeutendes Zentrum der Buchdruckerkunst sein musste. Überall gab es kleine und große Läden, in denen Händler die Erzeugnisse der Schwarzen Kunst feilboten. Auch die vielen Fuhrwerke, die voll beladen durch die Gassen rumpelten, waren ein ungewohnter Anblick.

Friedrichs Gesicht strahlte, als er die Wege und Gassen wiedererkannte, die ihm in seiner Jugend so vertraut gewesen waren.

„Hier sind die Fugger zu Hause!“ Ehrfürchtig folgten alle Blicke Friedrichs ausgestrecktem Arm. „Und hier, unter der Linde am Brunnen, haben wir früher die wildesten Streiche ausgeheckt!“

Barbara war überrascht. „Ich kann mir nur schwer vorstellen, dass du früher einmal ein Rabauke warst …“

„Ja, es kam auch nur selten vor. Aber das waren sicher nicht die unglücklichsten Momente in meiner Jugend.“

„Und dort, seht mal, da ist das Haus der Welser!“ Das stattliche Gebäude konnte zwar nicht mit den florentinischen Palästen der Medici konkurrieren, aber durch seine Größe und funktionale Nüchternheit unterstrich es den Eindruck eines soliden Unternehmens.

Elisabeth sah sich gezwungen, Friedrich an ihre gegenwärtige Lage zu erinnern. „Verzeih, Friedrich, aber sollten wir uns nicht zunächst eine geeignete Herberge suchen? Dann hast du immer noch Gelegenheit, uns dein Paradies vorzustellen …“

„Ach ja, verzeiht, ich beende sofort meinen Ausflug in die Vergangenheit. Früher war das ‚Goldene Lamm‘ eine gute Herberge. Wir versuchen es am besten zuerst dort. Es ist zwar nicht gerade preiswert, aber ich hoffe, dass wir dort nicht zu lange bleiben müssen. Ich muss heute noch feststellen, ob Bartholomäus schon über unsere Ankunft informiert ist. Dann ergibt sich vielleicht eine Gelegenheit, dauerhaft Logis und Arbeit zu finden.“

Friedrich hatte das „Goldene Lamm“ bald gefunden. Jetzt, am Ende des Winters, war die Stadt nicht so überfüllt mit Händlern und Kaufleuten wie im übrigen Jahr. Die Herberge konnte noch genügend freie Räume anbieten. Als sie alles abgeladen und ihre Unterkunft bezogen hatten, wandte sich Friedrich an Barbara.

„Hast du Lust, mich zu begleiten? Ich will zu Fuß durch die Stadt – und wenn möglich auch Bartholomäus besuchen. Vielleicht können wir schon mit guten Nachrichten zurückkommen.“

„Eigentlich bin ich sehr müde. Aber mit dir die Stadt zu erkunden ist mir eine große Freude.“

„So lass uns denn aufbrechen.“

„Ich sage nur den Eltern Bescheid.“

Es dämmerte schon, als sie an der Pforte des welserschen Handelshauses standen. Kräftig pochte Friedrich an die Tür. Knarrend wurde von innen geöffnet.

Friedrich schaute sich verwundert um. Es hatte sich einiges hier verändert. Früher war es vom Tor nicht weit bis zu den privaten Räumlichkeiten der Kaufmannsfamilie gewesen. Nun aber wurden sie in einen Empfangsbereich geführt, der vom restlichen Teil des Hauses völlig abgetrennt war.

Ein raubeinig wirkender junger Mann sprach die beiden an: „Wer seid Ihr und was wünscht Ihr?"

„Gestatten, Friedrich von der Aue und meine Verlobte Barbara. Ich bin ein alter Freund von Bartholomäus Welser. Bartholomäus dem Jüngeren, natürlich. Ich habe ihm mein Kommen bereits schriftlich angezeigt und wünsche ihn in einer dringenden Angelegenheit zu sprechen."

„Ihr seid ein alter Freund des jungen Welser? Dann wundert es mich aber, dass Euch anscheinend nicht bekannt ist, dass beide Welser, Vater und Sohn, nicht hier sind. Sie befinden sich auf einer Reise nach Venedig und werden erst in einigen Monaten zurückerwartet."

Ein Fausthieb hätte keine größere Wirkung haben können als diese Nachricht. Bedrückt rang Friedrich um Worte. „Dann … dann verzeiht unser Erscheinen. Von dieser Reise hatte ich keine Meldung."

Der Torhüter brummte etwas in seinen Bart, dann geleitete er die beiden nach draußen. Hinter ihnen schlug die schwere Tür zu.

Friedrich seufzte. „Jetzt sind wir gänzlich auf uns selbst angewiesen. Ich hatte gehofft, mit Unterstützung der Familie Welser würde alles etwas einfacher werden … Aber es hilft nichts, lass uns ins ‚Goldene Lamm' gehen und deine Eltern unterrichten. Vielleicht haben sie eine Idee, wie unsere nächsten Schritte aussehen können." Er hakte Barbara unter und versuchte, etwas Heiterkeit zu verbreiten: „Darf ich die edle Frau von der Aue in ihr Heim geleiten?"

Auch Barbara gewann ihr Lächeln zurück und beide machten sich auf den Weg in die Herberge.

Im Gastsaal des ‚Goldenen Lammes' hatte sich Familie Bernhardi bereits zu Tische begeben. Leonhard erhob sich, als er den künftigen Schwiegersohn mit seiner Tochter eintreten sah.

„Oh, schon zurück? Verzeiht, wenn wir gewusst hätten, wie schnell euer Ausflug beendet sein würde, hätten wir mit dem Mahl noch gewartet."

„Das macht nichts. Leider waren wir nicht gerade erfolgreich."

„Setzt euch doch zu uns. Bestimmt seid ihr hungrig." Die Bernhardis rückten zusammen. Mit leiser Stimme berichtete Friedrich von ihrem vergeblichen Versuch, die Familie Welser aufzusuchen.

„Da müssen wir uns eben in Geduld fassen und erst einmal versuchen, selbst für unser Auskommen zu sorgen." Leonhard Bernhardi versuchte, ruhig zu wirken.

„Hast du schon eine Idee, wie wir das anfangen können? Ich kenne sonst keinen hier in der Stadt, dem ich uns empfehlen könnte."

„Ich könnte beim Rat der Stadt vorstellig werden und um eine Hauslehrerstelle bei einer angesehenen Familie bitten."

„Das klingt gut."

Friedrich schien überzeugt, doch Elisabeth widersprach. „Mit Verlaub, das halte ich für keine so gute Idee, wenigstens im Moment noch nicht. Ich habe mich beim Wirt etwas kundig gemacht. Hier in Augsburg scheinen einige Vertreter einer seltsamen Sekte Fuß fassen zu wollen. Sie predigen eine erneute Taufe, die nach Bekehrung und Erleuchtung die einzig gültige sei. Ein gewisser Hans Denck, der wohl ein Anführer dieser Gruppe war, scharte einige Anhänger um sich. Sogar eine große Zusammenkunft verschiedener Täufergruppen, wie sie genannt werden, fand letztes Jahr hier statt. Der Rat ist sehr gespalten, ob er diesem Treiben Einhalt gebieten soll. Auch die Anhänger der lutherischen Lehre, die hier in Augsburg eine nicht zu unterschätzende Macht geworden sind, bekämpfen diese Gruppen energisch."

„Religionsgezänk!“, fiel Leonhard Elisabeth unwirsch ins Wort. „Was haben wir damit zu schaffen?“

Elisabeth blieb ganz ruhig. „Leider eine ganze Menge. Wenn du dich beim Rat vorstellst, so werden sie genau prüfen, wo du herkommst und wes Geistes du bist. Und dann werden die Umstände unserer Flucht herauskommen. Die Folgen kannst du dir denken. Falls nicht, ich male sie dir gerne weiter aus: Wir werden als unsichere Kantonisten in Glaubensfragen wahrscheinlich abgelehnt. Womöglich verdächtigt man uns sogar noch, wir seien Anhänger dieser kopernikanischen Lehre. Solche Schwierigkeiten wird der Rat sich nicht aufladen wollen. Hinzu kommt noch eine weitere Gefahr: Wir könnten für unsere Verfolger eine Spur legen, sodass sie uns auch hier leicht aufspüren.“ Elisabeth hatte leise gesprochen, sie waren nicht die einzigen Gäste.

Beschämt musste Leonhard erkennen, dass seine Frau deutlich weiter gedacht hatte als er.

Elisabeth ließ nicht locker. „Und unter welchem Namen sollen wir uns hier bekannt machen?“ Leonhard zuckte bei jedem Wort zusammen, das er von seiner Frau zu hören bekam. Dann sagte er leise: „Die übereilte Abreise hat uns nicht die Zeit gelassen, die wir gebraucht hätten, um unser weiteres Vorgehen zu überdenken. Aber die Dinge sind so, wie sie nun einmal sind. Ich schlage vor, wir werden unsere Identität verändern, ein neuer Name wird uns schon einfallen, und dann werden wir sehen, wie wir hier Fuß fassen können.“

Friedrich meldete sich zu Wort. „Wir sind alle müde und noch benommen von den Ereignissen der letzten Tage. Es bringt nichts, Entscheidungen erzwingen zu wollen. Wir wollen uns erst zur Ruhe begeben und morgen mit klarer Vernunft das Weitere bedenken.“

40

Als Leonhard Bernhardi am nächsten Morgen die Hauptgasse entlangging, spürte er die ersten Anzeichen des Frühlings. Die Luft war ungewöhnlich mild – verglichen mit der bitteren Kälte in den letzten Wochen.

Er dachte an seinen Rundgang durch Magdeburg, wie er dort neugierig die Auslagen der Buchhändler examiniert hatte und an einigen Werken einfach nicht vorübergehen konnte. Wenn nur seine Geldbörse etwas besser gefüllt gewesen wäre! Auch hier staunte er über die verlegerischen Aktivitäten – für eine Stadt ohne Universität wurde eine erstaunliche Vielfalt angeboten.

Vor einem größeren Laden blieb er stehen. Die Schriften, die er in der Auslage sah, weckten in ihm Begehrlichkeiten, aber er musste sein Geld jetzt zusammenhalten. Trotzdem betrat er das Geschäft und sah sich um. Der vertraute Geruch von bedrucktem Papier und schweinsledernen Einbänden ließ sein Gelehrtenherz höherschlagen.

„Was darf es sein?" Ein alter Herr mit schütterem Haar kam auf ihn zu.

„Ich sah Euer Geschäft und konnte der Verlockung nicht widerstehen."

„Seid Ihr fremd hier?"

„Ja, ich bin gestern erst angekommen."

„Und wie gefällt Euch Augsburg?"

„Ich hatte noch keine Gelegenheit, viel von der Stadt zu sehen. Aber Euer Angebot gefällt mir."

„Was interessiert Euch? Hier sind die großen Philosophen, sogar in Griechisch und Latein, dort sind Herbarien versammelt, und da hinten findet Ihr Werke des neuen Glaubens …"

Er zeigte mit seinem dürren Finger in verschiedene Ecken seines Ladens.

Bernhardi murmelte leise vor sich hin: „Neuer Glaube, neue Wissenschaft ... Wie steht es damit in Augsburg?“

„Gut, sehr gut sogar. Alles vorhanden und wohlfeil zu haben. Hier zum Beispiel.“ Der Alte ging zu einem Regal und zog einen schmalen Band heraus. „*Deutsche Messe und Gottesdienstordnung*. Erst letztes Jahr erschienen. Wie Ihr vielleicht wisst, von Martin Luther. Oder hier, ebenfalls von Luther: *Ob man vor dem Sterben fliehen möge*. Alles noch ganz frisch, von letztem Jahr. Selbstverständlich habe ich hier auch Widerlegungen Luthers, ganz römisch.“

„Ihr seid sehr geschäftstüchtig.“

„Man muss leben.“

„Habt Ihr auch etwas von den artistischen Fächern?“

„Aber natürlich. Ihr seid ein Gelehrter? Was ist Eure Passion? Die Philosophie, die Mathematik, die Alchemie oder gar die Astrologie?“

„Ich bin vielfältig interessiert. Habt Ihr Werke des Domherrn zu Frauenburg?“

„Von wem?“

„Nikolaus Kopernikus.“

„Verzeiht, mir ist der Name nicht bekannt. Aber wenn Ihr wollt und einige Tage hier in der Stadt verweilt, werde ich Erkundigungen einholen.“

„Ich danke Euch für Euer Erbieten. Vielleicht kann ich später darauf zurückkommen.“ Bernhardi wollte schon den Rückzug antreten, als ihm noch etwas einfiel. „Sagt, braucht Ihr vielleicht Hilfe bei Eurem buchhändlerischen Geschäft?“

„Sucht Ihr Arbeit?“

„Sagen wir, ich würde mich gern etwas nützlich machen. Und mit Verlaub, ich kenne mich ganz gut aus mit den Werken antiker und zeitgenössischer Schriften. Hier könnte ich meiner

Leidenschaft nachgehen. Eurem Umsatz wird es sicher nicht schaden." Kaum hatte Bernhardi diese Worte ausgesprochen, zweifelte er an seinem Verstand. Was hatte ihn geritten, so ein Ansinnen einem wildfremden Menschen vorzutragen?

Der alte Buchhändler blickte Bernhardi erstaunt an. „Tja, das tut mir sehr leid. Aber mein Geschäft ernährt kaum mich und meine Frau. Hier in Augsburg wird zwar eine Menge gedruckt, aber leider nur sehr wenig verkauft. Wir haben hier ja keine Universität und so geht das meiste in die umliegenden Gegenden. Aber die Druckereien, die kommen mit ihrer Arbeit kaum nach. Vor allem mangelt es ihnen an kompetenten Lektoren, die etwas von der Sache verstehen. Ein befreundeter Drucker hat mir kürzlich noch geklagt, wie viele Erzeugnisse er wieder einstampfen musste, nur weil der Tor von Setzer und Leser keine Ahnung hatte, was er druckte, und das Werk, das er vorbereiten sollte, derart verstümmelte, dass es unbrauchbar geworden war."

„Steht es so?"

„Ja. Versucht es bei dem Meister Frohnau. Mit den besten Empfehlungen von mir. Er hat in der Stellmachergasse seine Werkstatt, Ihr werdet ihn leicht finden."

„Ich danke Euch für den guten Rat."

Damit verließ Bernhardi das Geschäft. Dann stutzte er. Was war ihm an dem Mann aufgefallen? Da fiel es ihm wieder ein: Der Buchhändler trug Augengläser. Kurz entschlossen kehrte er wieder in das Geschäft zurück. „Verzeiht, ich habe noch etwas vergessen."

Der alte Mann blickte Bernhardi über den Rand seiner dicken Gläser an. „Habt Ihr Euch doch noch entschlossen, ein Buch zu kaufen?"

„Später, ja. Aber ich habe bemerkt, dass Ihr Augengläser tragt."

„Ja, leider sind meine Augen trübe geworden. Die Buchstaben verschwimmen mir vor den Augen. Das ist für einen Buchverkäufer nicht gerade von Vorteil. Und so habe ich mich entschlossen, diese neuartigen Gläser, leider zu einem immensen Preis, zu erwerben. Damit werde ich Euch nun nicht aus Versehen das kanonische Recht statt Luthers *Von den guten Werken* verkaufen."

„Da bin ich aber froh." Bernhardi versuchte, auf den Spaß einzugehen.

„Leider habe ich mir im Laufe der Jahre auch die Augen verdorben. Als Magister hatte ich viel zu lesen, und das oft im trüben Schein einer rußigen Öllampe. Könnt Ihr mir sagen, wo ich mir solche Augengläser hier anfertigen lassen kann?"

„Am Ende der Stadt, neben dem Fischerhäuschen. Da hat der Opticus seine Werkstatt. Fragt nur nach ihm, man wird es Euch zeigen. Aber Vorsicht, wie gesagt, der Herr verlangt einen ordentlichen Preis dafür."

„Danke, ich werde mich erkundigen. Aber nun endgültig einen guten Tag."

Bernhardi verließ das Geschäft erneut. Er hatte keinesfalls die Absicht, sich neue Augengläser anfertigen zu lassen. In ihm war der alte Forscherdrang wieder erwacht.

Zuerst hatte er aber noch ein anderes Problem zu lösen. Er erkundigte sich bei einem eilig dahinziehenden vornehmen Händler nach der Stellmachergasse. Und tatsächlich, die gesuchte Straße lag nicht weit von dem Buchladen entfernt. Die Druckerwerkstatt von Meister Frohnau war leicht zu finden.

Entschlossen betrat Bernhardi das kleine Gebäude. Innen war es dunkel, es roch nach Papier und Druckerschwärze. Da vorne in der Werkstatt niemand zu finden war, ging Bernhardi einen Flur entlang, der in einen größeren Raum mündete.

Mit Lederschürze und Hut bekleidet, kam ihm der Besitzer der Werkstatt entgegen. Er hatte gerade an einer großen Druckerpresse gearbeitet. Seine zwei Gesellen, die mit Papier und einem Setzkasten beschäftigt waren, beachteten den Besucher gar nicht.

„Wenn Ihr mir ein Buch zum Druck anbieten wollt, könnt Ihr Euch sofort wieder entfernen."

Meister Frohnau schien kein Freund langer und höflicher Worte zu sein. Bevor Bernhardi etwas antworten konnte, erklärte er: „Ihr seht mir aus wie ein gelehrter Mann. Also werdet Ihr ein Buch verlegt haben wollen. Aber wie Ihr seht, habe ich zu wenig Hilfe … nur meine beiden Gesellen, und das sind tumbe Köpfe. Vorige Woche ist mein Korrektor weggelaufen, er hatte wohl etwas mit einer Bürgerstochter angefangen und musste nun das Weite suchen. Seitdem kann ich hier alles alleine machen. Allein die Schriften und Gegenschriften zum lutherischen Glauben übersteigen meine Möglichkeiten bei Weitem! Dabei werden sie einem förmlich aus der Hand gerissen."

So wortkarg war Meister Frohnau anscheinend doch nicht.

„Das ist ja bedauerlich, vor allem, wenn – wie man hört – dieser Luther noch nie ein Honorar für seine Schriften verlangt hat. Ihr seid Meister Frohnau, nicht wahr?" Bernhardi versuchte geschickt, die Aufmerksamkeit Frohnaus auf ein lukratives Geschäft zu lenken.

„Ja, und wer seid Ihr?"

„Leonhard Faber, ehemaliger Magister der Philosophie."

Dies war schon sein zweites Pseudonym! Es ging ihm erstaunlich leicht und selbstverständlich über die Lippen.

„Wieso ehemalig? So alt seid Ihr doch noch nicht?"

„Neid, Missgunst und Engstirnigkeit haben mir den freien Forscherwillen gewaltig eingeschränkt. Man sollte seinen Geist nicht zu sehr einpferchen lassen. Da bleibe ich lieber ein freier Mann und verdiene mir meinen Unterhalt anderswo."

„Ihr seid doch nicht ein Anhänger dieses Denck oder Huts?"

„Gott bewahre!"

„Wenn Ihr ein ehemaliger Magister seid, könnt Ihr sicher Latein?"

„Selbstverständlich. Auch mit gewissen Kenntnissen des Griechischen kann ich aufwarten."

„Und Ihr seid gewohnt, viel zu schreiben und zu lesen?"

Bernhardi triumphierte innerlich. Er hatte Frohnau genau auf seine Fährte gesetzt. „Allerdings."

„Könntet Ihr Euch vorstellen, bei mir als Korrektor anzufangen?"

„Das kann ich durchaus, allerdings habe ich meinen Preis."

„Wenn der nicht so unverschämt ist, wie die Frechheit meiner Gesellen, werden wir uns schon einigen. Vielleicht können wir dann die Produktion und den Verkauf endlich einmal anschieben."

„An mir soll es nicht liegen. Wann kann ich anfangen?"

„Von mir aus sofort."

„Sagen wir lieber: ab morgen."

„Einverstanden!" Mit einem Handschlag verabschiedeten sie sich voneinander. Da wird Elisabeth nicht nur staunen, sondern sich hoffentlich wieder einmal freuen, dachte Bernhardi bei sich. Aber er hatte noch einen weiteren Gang durchzuführen.

Der Weg zum alten Fischerhäuschen war mühsam, aber schließlich erreichte Bernhardi sein Ziel. Das Gebäude, dessen Dach tief nach unten gezogen war, lag dicht am Ufer des Lechs. Daneben befand sich ein weiteres kleines Gebäude, das wie ein Stall aussah. Er klopfte an die Tür des Fischerhäuschens und erhielt von dem alten Fischer die Bestätigung, dass es sich bei dem stallartigen Nachbargebäude um die Werkstatt des Opticus handle.

Zu Bernhardis Überraschung öffnete ihm dort ein junger Mann.

„Ihr wünscht?"

„Gestatten, Faber. Ich bin noch nicht lange in Augsburg und habe in Erfahrung gebracht, dass Ihr eine Werkstatt betreibt, in der Ihr Lese- und Sehhilfen herstellt."

„Was man so alles hört. Ja, benötigt Ihr eine Verstärkung für Eure Augen?"

„Nein. Und ich hoffe, das bleibt noch eine Weile so. Ich interessiere mich aber für bestimmte Gläser, die ich für einige Versuche brauchen könnte."

„Welche Versuche?"

Bernhardi hütete sich, etwas von seinen wahren Absichten preiszugeben.

„Ich, oder besser: Ein Freund und Kollege von mir unternimmt alchemistische Versuche. Dabei hat er mir mitgeteilt, dass er bestimmte Gläser höchster Reinheit benötigt. Und da es kaum wirklich brauchbares Glas gibt, hat er mich gebeten, hier in Augsburg nach solchem zu suchen."

„Ich habe noch nie gehört, dass man für die Alchemie Gläser braucht ... Aber wenn er es so will und dafür bezahlt ... Von welcher Beschaffenheit sollen denn die Gläser sein? Ihr habt Glück, gerade habe ich aus Venedig eine Sendung unterschiedlichster Gläser erhalten. Seitdem die Welser und Fugger hier in Augsburg so erfolgreich sind, ist es leichter, Geschäftsbeziehungen ins Ausland zu unterhalten."

„Habt Ihr Gläser, die in konvexer und konkaver Weise geschliffen sind?"

„Nein, die müsste ich erst anfertigen. Wie groß soll ihr Durchmesser sein?"

Bernhardi gab die Größe an und mahnte erneut zu höchster Qualität. „Es dürfen möglichst keine Schlieren oder andere Trübungen im Glas sein."

„Hm ... Das ist aber leider die Hauptschwierigkeit beim Anfertigen von Lesesteinen oder Augengläsern. Selbst bei kleineren Durchmessern als den von Euch gewünschten.

Sogar im venezianischen Glas ist selten eine solche Reinheit zu finden."

„Was ist an Kosten zu erwarten?"

„Wenn es mir gelingt, diese Dinge in der gewünschten Güte auszuführen, werdet ihr nicht unter zwanzig Goldgulden davonkommen."

Bernhardi schwindelte bei dem Gedanken. „Verzeiht, das wird die Möglichkeiten meines Freundes vermutlich übersteigen. Da werde ich noch einmal Rücksprache nehmen müssen."

„So tut das. Kann ich bis dahin mit etwas anderem dienen?"

„Danke, nein. Aber eine Sache interessiert mich doch noch."

„Und die wäre?"

„Wieso hat es Euch mit Eurer Werkstatt so weit außerhalb der Stadt verschlagen?"

Der Opticus lächelte wissend. „Ihr seid nicht der erste Kunde, der besonders reines Glas verlangt. In der Stadt mit ihrem Schmutz und Staub – dazu noch dem Ruß aus den Kaminen im Winter – verdirbt mir das Glas. Schon feinste Körnchen können beim Schleifen die Oberfläche zerkratzen. Hier am Lech ist die Luft reiner und ich kann ungestört arbeiten."

„Dann danke ich Euch. Wir werden hoffentlich später noch ins Geschäft kommen."

Beschwingt legte Bernhardi den Weg zu seiner Herberge zurück. Vielleicht war ja nun ein Neuanfang gemacht.

„Nun, warst du erfolgreich? Du bist lange fort gewesen." Elisabeth konnte es kaum erwarten, zu erfahren, ob die Bemühungen ihres Mannes zum Ziel geführt hatten.

Obwohl es überhaupt nicht so gemeint war, empfand Leonhard die zweite Bemerkung als kleinen Vorwurf. Da er sich aber noch in guter Stimmung befand, beschloss er, sie zu ignorieren. „Ab morgen habe ich Arbeit als Korrektor beim Drucker Frohnau."

„Das ist ja erfreulich. Wird die Arbeit ordentlich entlohnt?"

„Wir haben noch nicht darüber gesprochen. Allerdings war er einverstanden, dass ich meinen Preis wert bin. Endgültig werde ich das morgen klären. Und wie ist es euch hier ergangen?" Seinen Besuch beim Opticus hatte Leonhard noch gar nicht erwähnt.

„Es geht so, der Wirt ist recht zugänglich. Er könnte dringend Hilfe in der Küche gebrauchen, denn eine seiner zwei Mägde ist ihm abhandengekommen."

„Abhandengekommen?"

„Ja, wahrscheinlich irgendeine persönliche Angelegenheit. Auf jeden Fall habe ich mich angeboten, ihm auszuhelfen."

„Du als Küchenmagd?"

„Wir können es uns leider nicht erlauben, besonders wählerisch zu sein. Außerdem hat sich Barbara dieser Aufgabe angenommen. Sie sei noch jung und es mache ihr nichts aus, hat sie gesagt. Ich wollte es nicht zulassen, aber seitdem das Weib faktisch verheiratet ist, kann ich ihr kaum noch etwas auftragen." Die letzten Worte stattete sie mit dem ihr eigenen ironischen Unterton aus.

„Dann habe ich die Zeit genutzt, um mir die Stadt anzusehen. Sophia, Katharina und Lenchen wollten ebenfalls ihre neue Heimat kennenlernen, sie haben mich begleitet. Vor allem Magdalena scheint es hier zu gefallen, aber auch die anderen sind neugierig auf das, was die große Stadt zu bieten hat."

„Das ist doch erfreulich. Ich hatte schon befürchtet, der häufige Ortswechsel der letzten Monate würde einen ungünstigen Einfluss auf die drei haben."

„Das wird sich wohl erst später zeigen. Übrigens – ganz planlos war unser Spaziergang nicht."

„Wenn du das so sagst, wird es auch so sein. Welches Ziel hattet ihr denn?"

„Ich habe mich nach den Hospitälern erkundigt. Das Heilig-

Geist-Spital ist anscheinend eine sehr bekannte und auch gar nicht kleine Anstalt. Ich habe mir erlaubt, es mit meinen Jüngsten zu besuchen."

„Warum das? Ich denke Lenchen geht es viel besser?"

„Leonhard, wo bist du mit deinen Gedanken?"

„Entschuldige, ich vermute, du hast dort Arbeit gesucht?"

„Richtig. Das Heilig-Geist-Spital ist hauptsächlich von Pfründnern bewohnt. Du weißt schon: nicht ganz mittellose Leute, die Geld für das Spital angelegt haben und von den Zinsen dort im Alter versorgt werden. Natürlich gibt es auch noch eine kleine Krankenstube. Man hat mir dort eine Arbeit in Aussicht gestellt, nachdem ich eine kleine Probe meiner Kräuterapotheke dort abgegeben habe. Nächste Woche darf ich für eine karge Entlohnung dort anfangen. Besser als nichts. Sophia und Katharina sind alt genug, um Pflichten im Haushalt zu übernehmen."

„Meine Frau als Hospitalsmagd …"

„Hast du einen besseren Vorschlag? Auch ich habe keinen mit Druckerschwärze verschmierten Korrektor geheiratet."

Bernhardi seufzte. „Hast du schon etwas von Friedrich gehört?"

„Nur dass er bisher noch keinen Weg gefunden hat, sich und seiner Frau eine goldene Zukunft zu bauen."

„Das wird schon werden." Bernhardi redete sich selbst Mut zu. Allerdings war ihm klar geworden, dass er seine Hoffnung auf den Erwerb der von ihm so sehnlichst gewünschten Gläser und damit auf den Nachbau des saalfeldschen Sehapparates erst einmal begraben konnte.

Sorge bereitete ihm auch die ungewöhnliche Bissigkeit Elisabeths. Der frühere Witz und die Leichtigkeit in ihren Äußerungen waren verschwunden. Hatte es etwas mit seinem Verhalten zu tun? War Elisabeth nicht doch unglücklich über die Entwicklung, die ihr Leben in den letzten Monaten genommen hatte?

Bernhardi nahm sich vor, abends, wenn die Familie von ihrem Tagwerk zurückgekommen war, ausgewählte Abschnitte aus der Bibel oder Passagen aus den Werken antiker Dichter vorzulesen. Texte, die von der Flüchtigkeit der Welt handelten und daran erinnerten, wie wenig doch in den eigenen Händen lag.

Gleich am Anfang seiner Tätigkeit in der Druckerwerkstatt fand Bernhardi eine Ausgabe des Neuen Testaments in der Übersetzung Martin Luthers. Ein ganzes Paket war übrig geblieben, das für den Handel in Köln bestimmt gewesen war, jedoch auf Anweisung des dortigen Erzbischofs storniert wurde.

Als Meister Frohnau sein Interesse bemerkte, bot er ihm an, ein Exemplar mitzunehmen – als Angeld auf das erste Gehalt. Dankbar griff Leonhard zu. Von nun an begannen die abendlichen Lesestunden bei den Bernhardis mit Abschnitten aus dem Neuen Testament in der Übersetzung Martin Luthers.

41

Binnen weniger Wochen wendete sich die finanzielle Lage der Familie Bernhardi zum Besseren. Sie war nun in der Lage, eine größere Wohnung anzumieten und für sich einzurichten. Nur Barbara und Friedrich mussten sich in Geduld fassen. Die Ehe konnten sie formell nicht eingehen, denn dann hätten sie ihre wahre Identität preisgeben müssen. Die andere Möglichkeit – unter einem falschen Namen zu heiraten – war für beide nicht akzeptabel. So lebten sie in der Wohnung der Bernhardis wie ein Ehepaar, während sie sich in der Öffentlichkeit weiterhin als ledig ausgaben.

Kummer bereitete Barbara auch ihre Tätigkeit im „Goldenen Lamm". Es war nämlich keineswegs so, dass ihre Vorgängerin einfach „abhandengekommen" wäre. Nein, sie hatte sich den Zudringlichkeiten des Wirtes durch Flucht entzogen. Nach einer gewissen Eingewöhnungszeit betrachtete der Wirt nun auch Barbara als leichte Beute. Als sie dies Friedrich gestand, war der außer sich vor Wut und wollte den Mann zur Rede stellen.

„Bitte lass es! Unternimm nichts!"

„Soll ich dich diesem Hund aussetzen?", knurrte Friedrich wütend.

„Nein, natürlich nicht. Aber wo bleibt deine Besonnenheit? Der Wirt dieses bekannten Hauses hat einflussreiche Freunde im Rat. Die könnten uns gefährlich werden, wenn es ihnen einfallen sollte, Erkundigungen über uns einzuziehen, um dem Wirt einen Gefallen zu tun."

„Deswegen bist du noch lange kein Freiwild."

„Sicher nicht. Ich bin ihm aber ebenfalls bereits ‚abhandengekommen'."

„Du hast die Arbeit verlassen?"

„Heute Morgen, ja. Und ich werde mich noch heute auf die Suche nach etwas Besserem machen."

Friedrichs Zorn ebbte langsam ab und er nahm Barbara in seine Arme. „So ist es bei dir wie bei mir. Meine erste Tätigkeit als Zimmermannsgehilfe stand ja auch unter keinem guten Stern. Meine Hände sind für solche Arbeit nicht geschaffen."

Barbara lachte wieder. „Du bist ja auch nicht Jesus. Aber als Kaufmannsgehilfe mit juristischen Kenntnissen hast du dich nun nützlich gemacht. Auch bei dir war es beim ersten Mal einfach nicht das Richtige!"

„Du wirst genauso klug wie deine Mutter."

„Ich bin aber Barbara. Was hast du denn da in deinem Wams." Barbara versuchte nach dem Stück Papier zu greifen, das aus der Tasche von Friedrichs Wams herausragte. Der aber drehte sich lachend zur Seite, sodass sie ins Leere griff.

„Das ist nichts für neugierige Weibsleute."

„Bin ich etwa ein neugieriges Weibsstück?" Barbara versuchte eine provozierende Pose einzunehmen, konnte aber nicht ernsthaft bleiben. „Nun sag schon, was ist es?"

Friedrich sammelte sich wieder und holte einen Brief, denn als solcher entpuppte sich das Papier, hervor und zeigte ihn ihr. „Da, damit wollte ich dich überraschen."

Barbara entfaltete den Brief und begann zu lesen. Dann gab sie ihn Friedrich zurück.

„Was heißt das für uns?"

„Nun, zunächst einmal, dass Bartholomäus mich nicht vergessen hat. Dann, dass er in wenigen Tagen wieder hier in Augsburg sein wird. Und – aber nur vielleicht –, dass sich für uns bald einiges ändern könnte."

„Wäre das gut für uns?"

„Aber Barbara, warum so furchtsam? Genau deswegen sind wir doch hierher nach Augsburg geflohen. Nun könnte sich unser Geschick zum Besseren wenden. Sobald ich von seiner Rückkehr höre, besuche ich ihn."

„Dann lass uns hoffen, dass seine Ankunft sich nicht verzögert. Wie hat dich dieser Brief überhaupt erreicht? Bartholomäus Welser kennt doch deinen jetzigen Aufenthaltsort gar nicht."

„Ich hatte ihm damals geschrieben, falls ich noch keine feste Unterkunft hätte und er abwesend wäre, sollte er die Post an mich einfach beim Empfang des Hauses hinterlegen lassen. Und genau das hat er glücklicherweise auch getan. Ich habe regelmäßig an der Pforte nachgefragt – und heute war ich erfolgreich."

„Ein glücklicher Gedanke!"

„Ja, und ich werde jetzt gehen und die Nachricht deinen Eltern überbringen."

„Warte, ich begleite dich."

Elisabeth und Leonhard Bernhardi nahmen die Meldung mit gemischten Gefühlen auf.

„Das ist schön zu hören", ergriff Elisabeth das Wort, „vielleicht bringt uns die Rückkehr des jungen Welser wirklich weiter. Aber solange das unklar ist, sollten wir uns bemühen, aus eigenen Kräften unser Leben zu meistern. Was meinst du Leonhard?"

„Ja, das sehe ich genauso. Vor allem müssen wir es vermeiden, Aufsehen zu erregen. Leider wissen wir nicht, ob unsere Verfolger nach unserer Flucht aufgegeben haben oder ob wir weiter mit Nachstellungen rechnen müssen."

Nachdenklich klang der Abend aus.

Wenige Wochen später klopften Barbara und Friedrich erneut an die Pforte des welserschen Anwesens. Diesmal wurden sie ohne Hindernisse eingelassen. Beide hatten ihre beste Kleidung angelegt, aber dennoch empfanden sie deutlich, dass sie eine ganz andere Welt betraten – obwohl sie selbst nicht aus ärmlichen Verhältnissen stammten. Die Pracht, die sich vor ihren Augen entfaltete, übertraf alles, was ihnen bisher begegnet war. Die beiden blickten sich fasziniert um, während ein Diener sie durch die Flure führte. Die Wände waren mit Gobelins und edlen Kristallspiegeln verziert.

„Das ist hier ja wie bei einem König." Barbara bemühte sich, im Flüsterton zu sprechen.

„Warst du schon einmal bei einem König?"

„Natürlich nicht, aber ich habe früher immer davon geträumt, als Prinzessin an einen Königshof zu kommen."

„Da muss aber etwas schiefgelaufen sein …", gab Friedrich schmunzelnd zurück. Er war bemüht, sich von dem Glanz nicht beeindrucken zu lassen.

„Na ja, du bist doch mein Märchenkönig."

„Aber ein König ohne Land, wie mir scheint."

„Von Land war ja auch nie die Rede."

„Ganz die Mutter, immer das letzte Wort."

„Psst, ich glaube, wir sind da." Sie standen vor einer mit Schnitzereien verzierten Tür. Der Diener klopfte.

„Herein!"

Hinter ihnen wurde die Tür wieder verschlossen. Die beiden blickten sich staunend in dem großen Raum um. Überall hingen Teppiche und Spiegel, es gab ein kleines Regal, auf dem sich Geschäftsbücher stapelten. Auf drei großen Tischen lagen viele dicht beschriebene Papierrollen. Bartholomäus Welser der Jüngere erhob sich und kam freudig lächelnd auf die beiden zu. Höflich verbeugte er sich mit einem Handkuss vor Barbara, dann umarmte er Friedrich.

„Welche Freude, dass wir uns endlich einmal wiedersehen. Und die Schönheit, die dich begleitet, ist vermutlich deine Gattin?"

„So ist es. Darf ich dir vorstellen: Barbara."

Noch einmal verbeugte sich Bartholomäus formvollendet. „So nehmt doch Platz, ich hoffe, euch gefällt unser kleines Anwesen."

„Kleines Anwesen? Mit Verlaub, ich habe noch nie einen solch prächtigen Palast gesehen."

Bartholomäus lächelte. „Na ja, gegenüber dem, was wir in den letzten Wochen in Venedig gesehen haben, ist das hier noch bescheiden zu nennen. Falls ihr einmal nach Florenz kommt, müsst ihr euch die Herbergen der Medici einmal anschauen. Dagegen ist das hier eine lausige Krämerfiliale."

„Das kann man noch überbieten?" Barbara waren die Worte ohne Nachdenken aus dem Herzen geglitten.

„Gnädigste, wenn ich einmal das unverschämte Glück haben sollte, eine Dame zu freien, die Euch gleicht, dann hätte sie Besseres verdient als das hier."

Während Barbara noch gegen das Erröten ankämpfte, meinte Friedrich: „Ich bin gewiss, dass du dein Glück noch finden wirst. Ohne dein Zuhause schmälern zu wollen, jede auch noch so bescheidene Hütte wird durch die Liebe zu einem Palast, der schöner glänzt als alles Gold der Welt."

„Friedrich ... noch ganz der Alte!"

Bartholomäus strahlte. Und zu Barbara gewandt fügte er hinzu: „Ihr müsst gut auf Euren Gatten aufpassen. Mit seiner poetischen Ader wird er noch so manches Damenherz erweichen ... Aber so nehmt doch endlich Platz! Ich werde für eine kleine Erfrischung sorgen."

Er zog an einem Band, woraufhin der Diener erschien und den Auftrag entgegennahm. Als er kurz darauf mit einem kleinen Karren zurückkehrte, auf dem Trinkgefäße, Kannen und Gebäck standen, griffen alle herzhaft zu.

„Ich gestehe, dass mir die Gründe eures Umzugs nach Augsburg noch nicht ganz einleuchten", begann Bartholomäus das Gespräch. „Was ist geschehen?"

Friedrich bemühte sich, das gestörte Verhältnis zu seinem Vater als Grund anzuführen.

„Mein Vater, du kennst ihn ja, ist mit meiner Verbindung zu Barbara nicht einverstanden gewesen. Als ich mich weigerte, meine Verbindung zu ihr zu lösen, hat er seine Drohung wahr gemacht und mir alle Unterstützung versagt. Selbst meine Studentenwohnung musste ich aufgeben."

Bartholomäus, trotz seiner Jugend erstaunlich reif und gewandt, blickte Friedrich in die Augen: „Friedrich, ich glaube, du verschweigst mir etwas. Warum ist dein Vater denn so energisch gegen eure Verbindung?"

Friedrich fasste die wichtigsten Ereignisse der letzten Zeit kurz zusammen.

Bartholomäus nickte. „Aber weshalb seid ihr nach Augsburg gekommen? So viele Meilen entfernt man sich doch nicht von seinen täglichen Verrichtungen, auch wenn die Braut nicht genehm ist. Bist du in gefährliche Händel oder gar in einen Aufruhr verwickelt?"

Friedrich blickte kurz Barbara in die Augen. Sie nickte.

„Du hast recht, Bartholomäus, ich kann es auf Dauer ja doch nicht verbergen. Aber der Aufruhr ist in der Wurzel keiner gegen irgendeine Obrigkeit. Der Grund scheint in einer Entdeckung zu liegen, die mein Schwiegervater gemacht hat. Diese Entdeckung ist nicht verborgen geblieben und hat finstere Machenschaften auf den Plan gerufen, die uns alle in Lebensgefahr gebracht haben. Deswegen der weite Weg hierher. Du bist die letzte Hoffnung für uns gewesen."

„Hat die Verfolgung etwas mit der neuen lutherischen Lehre zu tun?"

„Eigentlich nicht. Allerdings kam mein künftiger Schwiegervater nicht umhin, schon aus Gründen der Wahrheitssuche sich mit den Lutherschriften zu beschäftigen. Er hat einiges in diesen Schriften entdeckt, das schlichtweg nicht geleugnet werden darf."

„In Sachsen ist das wohl etwas anders als hier. Wie ihr vielleicht schon gehört habt, stehen Teile unseres Stadtrates der neuen lutherischen Lehre und Predigt aufgeschlossen gegenüber. Luthers Haltung im Bauernkrieg gefällt ihnen zwar nicht, zeigt aber, dass er keinen Aufruhr gegen die Obrigkeit will. Hier würde euch im Moment keine Gefahr drohen – der Kaiser ist weit weg und der letzte Reichstag zu Speyer ließ die Lutherischen ja gewähren."

„Wie bereits angedeutet ... Wir halten die Glaubensfrage in unserem Falle auch für einen Vorwand," antwortete Friedrich.

„Aber wenn Rom nicht die Ursache eurer Bedrängnis ist, wer dann?"

Friedrich räusperte sich. „Genau das ist der Punkt. Es gibt anscheinend eine Macht, die unabhängig von der Obrigkeit und der römischen Kirche in unser Leben eingreift. Und ich hege den Verdacht, dass diese Organisation sowohl den Segen der Kirche als auch der höchsten Obrigkeiten hat."

„Auch den des Kaisers?"

„Auch den des Kaisers."

Bartholomäus verstummte eine Weile, dann begann er wieder zu sprechen: „Friedrich, du weißt, dass wir vom Hause Welser ebenso wie die vom Hause Fugger einen sehr guten Kontakt zum Kaiser pflegen."

„Er ist ja auch deren größter Schuldner!" Barbara konnte es nicht unterlassen, darauf hinzuweisen.

„Allerdings, verehrte Frau von der Aue. Aber das Leben ist ein ‚do ut des'. Ich gebe, damit du gibst. Der Kaiser wiederum garantiert dafür unsere Handelsprivilegien. Und was besonders interessant ist: Wir haben den Fuß überall da, wo es neue Ländereien und Bodenschätze gibt. Für unsere Interessen ist das kein unvorteilhafter Handel."

Bartholomäus wandte sich wieder Friedrich zu: „Jetzt komme ich zu dem heiklen Punkt unseres Gesprächs. Du hattest in deinem Brief gefragt, ob ich eine Möglichkeit sähe, euch beim Neuanfang zu helfen. Wenn der Kaiser wirklich eure Verfolgung zulässt, wird es schwierig sein, euch offen zu unterstützen. Ich nehme an, ihr seid unter falschem Namen in der Stadt."

„Ja, zu unserem Schutz."

„Das verstehe ich. Aber die Frage ist, wie weit dieser Schutz reicht beziehungsweise wie lange er anhält. Während unserer Venedigreise sind mir einige Gerüchte zu Ohren gekommen, die auf euren Fall passen könnten. Ich muss ernsthaft darum bitten, mir zu erklären, ob da eine Verbindung zu eurer Flucht vorliegt."

„Gewiss, wie lautet das Gerücht?"

„Ein gewisser Graf Hohenstein, der im Dienste des Kaisers steht, hat einen Aufrührer in seinem Verlies beherbergt. Das wurde ihm hoch angerechnet und sollte sowohl seinem Ruhm dienen als auch seine Treue zum Kaiser bestätigen. Allerdings verweigerte er die Vollstreckung des Urteils an dieser Person innerhalb seiner Burgmauern. Das sollte er allerdings noch bereuen. Denn nachdem der Gefangene weggeführt worden war, wurde dieser von einer Bande von Gesindel befreit. Dem Ruf des Grafen war diese Befreiung – vielleicht war es auch eine Entführung – sehr abträglich. Bis hin zum Kaiser bekam er die allgemeine Verärgerung zu spüren. Die einzige Möglichkeit, seine Position am kaiserlichen Hofe zu halten, besteht darin, dass er diesen Fehler gewissermaßen wiedergutmacht. Und das wird er auch, denn er ist vom Ehrgeiz besessen. Überall im Reich lässt er seine Beziehungen spielen. Er wird versuchen, das zu erreichen, was den Häschern nicht gelungen ist, nämlich den Aufrührer und die an der Flucht Beteiligten aufzuspüren und ihnen, wie er sagt, einen qualvollen Tod zu bereiten. Meine Frage lautet also: Ist dieser Aufrührer identisch mit deinem Professor – oder anders ausgedrückt: identisch mit Eurem Vater, gnädige Frau?"

Bartholomäus bewies, dass er trotz seiner Jugend ein erfolgreicher Geschäftsmann war. Seine Beziehung zu Friedrich ließ ihn keineswegs die Interessen seines Handelshauses vergessen.

Barbara und Friedrich sahen sich kurz an und nickten.

„Gut, dass ihr ehrlich seid. Nur so kann ich versuchen, euch zu helfen. Leider drängt die Zeit, denn zweifellos werden die Leute des Grafen Hohenstein sich auch hier nach euch erkundigen."

„Darum unser Inkognito."

„Verlasst euch nicht zu sehr darauf. Man wird alle Neuankömmlinge überprüfen wollen. Außerdem seid ihr auffällig."

„Auffällig? Wir?" Die Verliebten hatten mit allem gerechnet, nur nicht damit, dass sie in irgendeiner Weise auffallen könnten.

Bartholomäus Welser lächelte: „Du, Friedrich, sprichst keinen hier üblichen Dialekt. Du kannst deine Frankfurter Wurzeln nicht verleugnen. Und Ihr, verehrte Barbara, bewahrt vorzüglich den sächsischen Zungenschlag."

Betroffen schauten sich die beiden an. Mit wenigen Worten hatte Bartholomäus ihre gerade wiedergewonnene Zuversicht auf ein neues Leben zunichtegemacht.

„Was rätst du uns also?" Friedrich konnte seine Niedergeschlagenheit nicht verbergen.

„Noch scheint keine unmittelbare Gefahr zu bestehen. Ich kann euch aber nicht offen helfen. Allerdings werde ich meinem Vater das Problem vortragen. Verhaltet euch weiterhin möglichst unauffällig. Zu gern hätte ich Euren Vater, werte Barbara, und seine Gedanken selbst kennengelernt. Das geht aber nicht, ohne unseren Ruf zu gefährden. Darum wartet bitte ab, bis ich euch Neuigkeiten vermelden kann."

Eine Weile herrschte Schweigen im Raum. Doch dann deutete Bartholomäus auf die Köstlichkeiten, die vor ihnen standen.

„Nun greift doch zu und erfrischt euch. Lasst euch durch die Dinge, von denen wir nicht wissen, wie sie sich entwickeln, nicht das Leben verfinstern. Vor allem, da ihr euch doch noch in dem jungen Eheglück befindet ..."

„Ich weiß wirklich nicht, wo wir unser Leben beschließen werden", seufzte Friedrich.

Bartholomäus schenkte allen Wein in die Becher. „Vom Beschließen eurer Wege kann ja wohl noch keine Rede sein. Im Gegenteil, wenn ich euch beide so ansehe, dann keimt in mir die Hoffnung, dass die Vernunft und der Drang nach freier Betätigung des Geistes sich eines Tages durchsetzen werden."

Barbara ergriff das Wort: „Ich bin zwar nur ein Weib, aber auch ich habe gelernt, wie es in der Geschichte zugeht. Zu Hause haben wir gemeinsam viel von den alten Lateinern und Griechen gelesen. Ich kann nirgendwo in der Geschichte und in den Deutungen der Zeitläufe so etwas wie den Durchbruch zu einem goldenen Zeitalter entdecken. Es geht immer gleichzeitig vorwärts und rückwärts. Allen Errungenschaften stehen genauso viele Barbareien gegenüber. Die Geschichte ist genauso zerrissen wie die menschliche Natur, die diese Geschichte hervorbringt. Ist nicht der furchtbare Aufstand der Bauern vor drei Jahren wieder der beste Beweis? Da bricht sich eine neue, helle Sicht des Glaubens Bahn, und alle, Befürworter wie Gegner der lutherischen Lehre, überboten sich an Grausamkeiten bei der Niederschlagung des Aufstands!"

Friedrich und Bartholomäus blickten sich überrascht an. Der junge Welser gewann als Erster seine Sprache wieder.

„Ihr analysiert die Welt und kommt zu einem zwiespältigen Ergebnis, verehrte Barbara. Wie es scheint, sollte man mehr auf die praktische Vernunft achten, repräsentiert durch Euer Geschlecht. Zur hohen Politik werde ich mich nicht äußern. Ich bin den Geschäften verpflichtet, und da müssen Kompromisse eingegangen werden."

„Spielen die Fragen der Moral und nach dem, was richtig und falsch ist, denn gar keine Rolle?"

„Nur innerhalb der Spielregeln, die den Handel bestimmen."

„Die Regeln des Handels sind aber nicht vom Himmel gefallen. Sie werden von denen gemacht, die davon leben und profitieren wollen. Man kann sie ändern."

Bartholomäus' Züge verhärteten sich. „Durchaus, werte Frau von der Aue. Wenn ich allerdings diese Regeln dem Aspekt der Moral und des Guten – Ihr meint ja wohl das Gute für die Allgemeinheit –, wenn ich die Regeln also diesem Aspekt unterordne, dann werden innerhalb kürzester Zeit meine Kontore in aller Welt geschlossen sein."

Barbara ließ nicht locker. „Wahre Moral sollte immer den Anspruch haben, Allgemeingültigkeit zu erlangen."

Friedrich blickte Barbara mit einer Mischung aus Bitte und Verzweiflung an.

„Aber verehrter Herr Bartholomäus, lassen wir die Sophisterei. Wenn ich schon die Gelegenheit habe, Einblick in ein so erfolgreiches und berühmtes Handelshaus zu erhalten, dann muss ich Euch einfach bitten, uns etwas von Euren weiten Geschäftsbeziehungen zu zeigen."

Dank Barbaras Charme war die aufkommende Verstimmung augenblicklich beendet. Bartholomäus Welser bat die beiden, ihm in den Nachbarraum zu folgen. Dieser war etwas kleiner, aber nicht weniger prächtig ausgestattet. Ringsum an den Wänden hingen Stiche von Landschaften und Karten. In der Mitte des Raumes standen als Blickfang zwei große Kugeln, die an verzierten hölzernen Gestellen befestigt waren. Bartholomäus konnte seinen Stolz kaum verbergen, als er die überraschten Gesichter seiner Gäste bemerkte.

„Hier seht ihr das Kleinod unseres Hauses. Es sind zwei Globen. Einer stellt, wie ihr unschwer seht, unsere Erde dar. Tretet nur näher heran."

Barbara und Friedrich näherten sich dieser Kugel, die fast so groß war wie sie selbst.

„Wie ich feststelle, seid Ihr der Wissenschaft doch nicht feind. Immerhin ist die Erde bei Euch schon eine Kugel." Barbara hatte es wieder verstanden, eine versöhnliche Stimmung zu erzeugen.

„Auch hier ist der praktische Nutzen nicht zu bestreiten, wenn wir abschätzen müssen, welche Wege unsere Schiffe zurückzulegen haben. "

„Wie ich sehe, ist sogar die Neue Welt aufgenommen worden." Friedrich war überrascht.

„Ja, soweit wir sie kennen. In einigen Jahren werden wir sie hoffentlich viel genauer darstellen. Es könnte sogar sein, dass das Haus Welser daran nicht unbeteiligt ist."

„Was meinst du damit?"

„Oh, noch ist nichts spruchreif, aber ich kann vielleicht bald Näheres vermelden."

Barbara betrachtete den zweiten Globus, der einen prächtig ausgeschmückten Sternenhimmel zeigte. „Wie schön der Himmel zu sehen ist!"

„Ja, nicht wahr? Selbst wenn die Sterne hinter Wolken verborgen sind, hier kann man sie immer sehen."

„Schade, dass diese wunderschönen Gestalten wie die Andromeda oder der Perseus am Himmel nicht so prächtig in Erscheinung treten. Wir sehen sie ja nur als Sternkonstellationen. Aber dafür funkeln die Sterne in der Natur prächtiger."

„So ist es."

Der Himmelsglobus erinnerte Friedrich wieder an seinen Schwiegervater und die Wissenschaften. Er konnte nicht so vorbehaltlos staunen wie Barbara, die alles Neue begeistert aufnahm.

Bartholomäus zeigte seinen Gästen auf dem Globus die wichtigsten Handelsorte seines Hauses und erklärte ihnen auch, was dort umgeschlagen wurde. Beim Abschied erwähnte er noch einmal, dass er seinen Vater um Rat fragen würde. Dann würden sie wieder von ihm hören.

Als Friedrich und Barbara Hand in Hand zu ihrer Wohnung zurückgingen, fragte Barbara leise: „War dir meine Bemerkung peinlich?"

Friedrich zögerte. „Ja, das muss ich gestehen. Wenn du nicht das Thema abgebogen hättest, wäre es wohl unser letzter Besuch bei Bartholomäus gewesen."

„Dann scheint eure Freundschaft recht oberflächlich zu sein."

„Na ja, wir haben als Kinder gemeinsam einiges erlebt. Aber du hast recht, wir haben uns alle weiterentwickelt."

„Ich finde nichts dabei, wenn er mir offen sagt, dass er seine Moral nach den Geschäftsinteressen richtet. Das ist wenigstens ehrlich. Ob es auch richtig ist, muss er mit sich selbst ausmachen."

„Er hat es dir anscheinend auch nicht übel genommen. Warten wir ab, was er für uns tun kann."

„Bis dahin müssen wir selbst etwas für uns tun." Barbara lächelte geheimnisvoll.

42

In der Druckerstube war die Luft stickig und es roch nach Farbe und Blei. Bernhardi hatte sich in eine Ecke zurückgezogen und kontrollierte die Manuskriptvorlagen, die Meister Frohnau zur Korrektur vorbereitet hatte.

Von Vorlagen für Flugblätter, in die aufwendige Holzschnitte eingearbeitet werden mussten, bis hin zu umfangreichen mehrbändigen Ausgaben von griechischen Schriftstellern in lateinischer Übersetzung war nahezu alles vertreten. Meister Frohnau bemerkte aus dem Augenwinkel, wie Bernhardi Ordnung in die Vorlagen zu bringen suchte.

„Mit dem Aristoteles ist es nicht so eilig. Momentan gehen die aktuellen Schriften viel besser. Hier habe ich etwas, mit dem wir auf einen guten Verkauf rechnen können."

Er warf Bernhardi ein schmales Bändchen zu. Neugierig las dieser den Titel: *Von der Wiedertaufe an zwei Pfarrherrn. Ein Brief Martin Luthers.*

„Interessant, aber was sollen wir hier damit? Das Werk ist ja bereits in Wittenberg gedruckt worden."

„Ihr müsst noch einiges über das Geschäftsgebaren lernen. Wir drucken es hier einfach nach. Die Nachfrage ist groß, mehrere Händler haben mich schon bestürmt, ihnen das Buch zu besorgen."

„Aber das ist doch …“

„… üblich“, ergänzte Frohnau. Als er in Bernhardis zweifelndes Gesicht blickte, lächelte er zum ersten Mal.

„Ihr müsst wissen, verehrter Faber, wir tun damit ein gutes Werk. Seitdem sich von Wittenberg der neue Glaube ausbreitet, ist der Bedarf an Austausch groß. Ständig entstehen neue Rotten und Sekten und keiner weiß mehr, was richtig ist und was nicht. Den meisten genügt ein Richterspruch aus Rom nicht mehr, um anzuerkennen, was gilt. Sie wollen selbst Klarheit erlangen und müssen es wohl auch. Denkt nur an die Lage der Stadträte. Sie müssen entscheiden, was sie hier zulassen sollen oder nicht. Und sie sind nicht mehr bereit, willige Agenten Roms zu sein. Von der hohen Politik gar nicht erst zu reden. Nun hat sich von Oberdeutschland ausgehend eine Gruppe gebildet, die auch schon hier in Augsburg rege missionierte. Ich glaube, die wollen, dass jeder wahre Christ sich mit vollem Bewusstsein und mit Verstand zum Herrn bekennt – und dann erst die Taufe begehrt. Die alte Säuglingstaufe sei ungültig, behaupten sie. Sie lassen sich also erneut taufen. Der Rat ist sich nicht einig, wie er darauf reagieren soll, und hat bei den Buchhändlern nachgefragt, ob es denn schon schriftliche Stellungnahmen oder Gutachten zu dieser Sache gibt. Und siehe da, der große Luther hat wieder etwas geschrieben. Und zwar das, was ihr jetzt in den Händen haltet. In Wittenberg sind sie mit dem Druck ausgelastet, aber sie bringen zu wenige Exemplare hervor. Also tue ich doch nichts anderes, als im Sinne der Sache Gottes zu handeln. Ich sorge dafür, dass immer mehr Leute in die Lage versetzt werden, besser urteilen zu können.“

„Und Ihr sorgt gleichzeitig für Euer Auskommen.“

„Richtig. Aber vergesst nicht, es ist nicht nur mein Auskommen.“

Bernhardi begriff, dass das, was an den Universitäten gelehrt wurde, und die Spielregeln in der Welt da draußen zweierlei Dinge zu sein schienen.

„Und was soll als Druckort angegeben werden? Doch nicht etwa Augsburg?"

„Natürlich nicht. Wittenberg. Steht doch auch in Eurem Exemplar, oder nicht?"

Frohnau bemerkte, wie Bernhardi zögerte. „Was habt Ihr denn noch für Bedenken? Ich ändere doch nichts an dem Text. Viel schlimmer ist es, was einige Kollegen machen. Manche geben nämlich gefälschte Werke heraus, die dem Autor schaden. Wir hingegen vermehren deren Ruhm."

Bernhardi hatte keine andere Wahl, als den Arbeitsauftrag zu akzeptieren.

„Das Werk ist schnell durchgesehen, es wurde ja bereits einmal korrigiert. Heute Nachmittag kann es in den Druck." Dann, nach einer Weile, kam ihm noch ein Gedanke. „Verlegt Ihr auch Werke, die sich mit der Astronomie beschäftigen?"

„Gern. Aber da gibt es keinen großen Bedarf. Hin und wieder lege ich ein wenig von Ptolemäus auf. An neueren Sachen gibt es meist nur Tabellenwerke. Wartet … Irgendwo muss ich noch etwas von einem gewissen Regiomontan haben, wie Melanchthon ihn nennt."

Frohnau zog ein kleines Bändchen aus einem Stapel Druckvorlagen heraus.

„Aha: *Kalendarium magistri Joannis de monteregio viri peritissimi*. Ein Tabellenwerk, das die Stellung der Sterne und Planeten für verschiedene Örter angibt. Ich verstehe ja nichts davon, Ihr könnt es Euch gern ansehen. Ansonsten, wie gesagt, gibt es nichts Neues, von dem ich wüsste. Die Nachfrage ist nicht groß."

„Von einem gewissen Kopernikus habt Ihr noch nichts gehört?"

„Nein, ist mir da etwas entgangen?"

„Nein, sicher nicht. Ich begebe mich jetzt an die Korrektur."

„Ja, tut das. Wir dürfen nicht unsere Zeit mit Gerede vertrödeln." Frohnau war wieder in seinen mürrischen Ton zurückgefallen.

Während der Drucker seine Gesellen mit groben Worten zur Arbeit antrieb und Bernhardi sich in die Manuskripte vertiefte, betrat ein älterer, vornehm wirkender Herr das Druckhaus. Als er in der Vorhalle niemanden bemerkte, ging er mit ruhigen Schritten auf den hinteren Werkstattraum zu. Bernhardi, der zufällig in diese Richtung blickte, beschlich ein ungutes Gefühl, ohne dass er sagen konnte, warum. Es war zu spät für ihn, sich unbemerkt hinwegzustehlen. So stellte er sich, als sei er ganz in seine Arbeit vertieft, und drehte dem Gast den Rücken zu. Nebenbei vergewisserte er sich, dass sein im Wams verborgener Langdolch griffbereit war.

Der Fremde betrat nun vollends die Werkstube und sprach Meister Frohnau an, der unschwer als Meister zu erkennen war: „Gott zum Gruße, wackerer Meister, laufen die Geschäfte gut?"

„Und wenn, was interessiert es Euch?"

Bernhardi bemerkte amüsiert, dass der grobe Ton Frohnaus anscheinend nicht nur ihm galt.

„Allerdings interessiert es mich. Ich visitiere im Auftrag der freien Reichsstädte den Handel und die Ordnung in den Städten. Es ist in diesen seltsamen Zeiten ein wichtiges Anliegen, zu prüfen, ob nicht die öffentliche Ordnung durch Unruhestifter und Querulanten behindert wird."

„Und was wollt Ihr dann von mir?" Frohnaus Ton war in ein Knurren übergegangen. Ohne eine Antwort abzuwarten, fuhr er fort: „Glaubt Ihr, hier findet Ihr Spieße und Kanonen? Seht Euch um, nichts als Druckerschwärze, Lettern und Papier."

„Die Waffen des Teufels sind subtil, sehr subtil sogar. Er kämpft nicht nur mit Schwert und Kanonen, wie der Müntzer, sondern oft weit wirksamer mit Feder und Tinte. Und damit wären wir auch bei dem Grund, warum ich die hiesigen Druckerwerkstätten aufsuche. Erlaubt Ihr mir einen Blick auf Eure Waren?"

„Und wenn nicht?" Frohnaus Ton wurde keinen Deut freundlicher.

„Dann werdet Ihr diesem Dokument zufolge vor den Stadtrat geladen und ich werde in Begleitung weniger freundlicher Herren untersuchen lassen, was sich hier so alles befindet."

Der Fremde zog ein mehrfach gesiegeltes Dokument aus der Tasche und hielt es Meister Frohnau vor die Nase. Bernhardi versuchte, den Gast aus den Augenwinkeln zu beobachten. Seine Ahnung hatte ihn nicht getäuscht. Wer der Fremde auch wahr, er konnte ihm und seiner Familie gefährlich werden.

„Macht, was Ihr wollt, und haltet mich nicht von der Arbeit ab." Frohnau ließ den Fremden stehen und wandte sich wieder seinen Gesellen zu.

„Na seht Ihr, wir werden uns schon einig."

Während der Eindringling die fertiggestellten Bücher und Flugblätter in die Hand nahm, darin blätterte und zugleich die Arbeitenden genau musterte, war außer der Druckerpresse kein Geräusch zu hören. Während der Inspektion näherte er sich auch Bernhardi.

„Wie lange sind denn Eure Angestellten schon bei Euch?"

„Lange genug!"

Bernhardi bemühte sich, ruhig zu bleiben. Wenn Meister Frohnau erzählen würde, dass er erst vor einigen Wochen hier aufgetaucht war, dann würde er sich überprüfen lassen müssen. Ihm war klar, dass dieser Kontrollbesuch mit seiner Flucht in Verbindung stand … oder wenigstens stehen konnte. Aber Frohnau dachte gar nicht daran, mehr zu berichten als nötig.

„Na, und was habt Ihr Euch hier vorgenommen?" Diese Frage des Fremden galt Bernhardi.

„Ich habe mir vorgenommen, meine Arbeit als Korrektor zu tun. Unser Meister ist hier sehr freundlich, deshalb hat er wohl nicht nach Eurem Namen gefragt. Ich bin aber neugierig, das ist nun mal Teil meines Berufes. Also: Wer seid Ihr?" Bernhardi war über sich selbst erschrocken. Nun hatte er erst recht die Aufmerksamkeit des Fremden auf sich gelenkt ... etwas, das er doch um jeden Preis vermeiden wollte.

Der Besucher schüttelte den Kopf: „Reicht Euch mein Dokument nicht? Dann will ich nicht so unhöflich sein, Euch im Unklaren zu lassen, wenn Ihr auch mit meinem Namen nichts verbinden werdet, da ich in kaiserlichen und adligen Gesellschaften zu verkehren pflege. Gestatten: Albert von Glessen, Edelmann im besonderen Auftrag und mit besonderen Vollmachten. Habt Ihr vielleicht von Gerüchten gehört, die Euch bedenklich schienen, oder von Anliegen, durch Eure Kunst die öffentliche Sicherheit zu gefährden?"

„Nein."

„Wäret Ihr dann so freundlich, mir Euren Namen zu verraten, dieses Recht darf ich doch nun auch für mich in Anspruch nehmen."

„Leonhard Faber."

„Ich danke Euch. Aber nun werde ich den Fleiß hier an diesem Orte nicht weiter hindern und mich empfehlen. Einen guten Tag." Der Fremde verschwand so lautlos, wie er gekommen war.

Da Bernhardi nicht wusste, ob Frohnau ihn mit Absicht geschützt hatte oder ob er den Fremden nur schnell hatte loswerden wollen, bedankte er sich nicht bei ihm. Der Drucker schien das auch nicht erwartet zu haben.

„Jetzt geht die Schnüffelei auch hier schon los", murmelte Frohnau.

„Und alles angeblich nur, um es den Bürgern wohlergehen zu lassen", ergänzte Bernhardi.

„Ich hoffe nur, dass Ihr nicht der Grund für seinen Besuch

wart. Sonst werde ich auf Eure Dienste verzichten müssen. Ärger mit den Behörden ist nicht gut fürs Geschäft."

„Ich wüsste nicht, womit ich mich verdächtig gemacht haben sollte. Es sei denn, es ist schon verboten, die Wahrheit auszusprechen. Aber selbst das ist schon lange her. Ich versichere Euch, dass ich Eurem Geschäft nicht schaden werde. Im Gegenteil, wir wollen doch mal sehen, ob die Werkstatt nicht noch mehr abwirft. "

„Aber nicht, wenn wir hier rumstehen und Maulaffen feilhalten. Frisch ans Werk!"

43

„Was der Besuch in Frohnaus Werkstatt zu bedeuten hat, scheint mir klar zu sein."

Leonhard hatte Elisabeth von dem Besuch des bedrohlich wirkenden Gastes in der Druckerei berichtet. Doch seine Frau blickte ihn skeptisch an. „Für mich reimt sich das noch nicht. Graf Hohenstein kann unmöglich jeden größeren Flecken im Reichsgebiet kontrollieren. Außerdem greift er damit in die freie Gerichtsbarkeit zumindest der Reichsstädte ein. Ich kann mir nicht vorstellen, dass die Räte und Magistrate ihm überall freie Hand lassen."

„Er hat aber gute Beziehungen zum kaiserlichen Hof. Und die Reichsstädte sind eben nur dem Kaiser verpflichtet. Da gibt es schon Gemeinsamkeiten. Im Übrigen ist die Zahl der Reichsstädte überschaubar. Ich mache mir große Sorgen."

„Dann überlege doch einmal", warf Elisabeth ein. „Zwar ist

dieser Graf nicht alleine, sondern hat sich zum Büttel einer Organisation gemacht, die anscheinend das ganze Reich kontrollieren will und vielleicht sogar auch kann. Wenn es so ist, dann steht es sehr schlecht für uns. Aber auf der anderen Seite hat er unendlich viel zu tun, wenn er alle Druckereien der Städte kontrollieren will. Für mich ist es ein Zeichen von Hilflosigkeit, wenn schon die Buchwerkstätten überprüft werden. Dich, oder besser uns, scheinen sie nicht zu finden. Also konstruieren sie die Möglichkeit, dass du deine Entdeckung vielleicht publizieren willst. Aber wenn du das tun wolltest, müsstest du es nicht vom Reichsgebiet aus tun. Du könntest die Sache auch in Frankreich, den Niederlanden oder sonst irgendwo in Auftrag geben und wärst relativ sicher. Warum glauben sie, dass sie mit dieser Aktion Erfolg haben?“

„Ich weiß es wirklich nicht. Aber die gezielte Suche in einer Druckerwerkstatt stimmt mich nachdenklich. Sollten meine Häscher vielleicht doch ihre Informanten haben?“

„Das schränkt aber die Zahl der infrage kommenden Personen stark ein.“

„Inwiefern?“

„Weil uns hier niemand von früher kennt. Der Einzige, der mit uns und Augsburg in Verbindung gebracht werden kann, ist …“

„… Friedrich, unser Schwiegersohn. Und der fällt ja wohl erst einmal aus, nicht zuletzt darum, weil er sich in diesem Falle selber gefährden würde.“

Bernhardi überlegte kurz. „Da bleibt nur noch der junge Welser. Wie Friedrich berichtete, hat er sich ihm offenbart.“

„Wenn Friedrich dieses Vertrauen zu Welser aufbringt, sollten wir es auch tun. Kann es nicht einfach nur ein Zufall sein?“

„Gott gebe es. Für mich aber ist die kurze Zeit der Ruhe vorbei.“

„Inwiefern?“

„Ich habe lange über die vergangenen Ereignisse nachgedacht. Wir sind immer noch die Einzigen, die von dieser Entdeckung wissen. Sie darf nicht verloren gehen, vor allem nicht, weil sich die Schlinge um uns wieder enger zuziehen könnte. Und ich habe vor, sie der Welt zu offenbaren. Wenn ich auch das Sehgerät nicht nachbauen kann – andere werden es können. Und dazu brauchen sie nur Kenntnis von der Funktionsweise beziehungsweise vom praktischen Prinzip. Ich werde also versuchen, die saalfeldsche Entdeckungsgeschichte zu veröffentlichen – und zwar unverschlüsselt! Denn wer weiß, ob nochmals jemand den Text entschlüsseln könnte."

„Und dabei denkst du an Meister Frohnau."

„Genau."

„Damit stürzt du uns ins Unglück. Dann müssen wir wieder die Flucht ergreifen."

„Vielleicht nicht."

„Wie willst du das verhindern?"

„Meister Frohnau hat mich auf eine glänzende Idee gebracht. Anhand unautorisierter Nachdrucke von Lutherschriften hat er mir gezeigt, dass es gängige Praxis ist, alles Mögliche auch unter falscher Ortsangabe zu drucken. Außerdem brauchen wir die Sachen ja nicht hier zum Verkauf anzubieten. Eine kleine Reise, ein wenig Neugierde wecken, ab und zu etwas unters Volk verteilen, das wird sich finden lassen. Du hast es eben doch selbst ausgesprochen. Allerdings kostet es nicht gerade wenig. Meister Frohnau weiß, was er verlangen kann. Aber all das ist noch preiswerter, als sich die Gläser für das Sehgerät zu beschaffen."

Elisabeth runzelte nachdenklich die Stirn. „Das heißt, die Ungewissheit und die Angst werden wieder bei uns einziehen. Ich weiß nicht, ob ich das noch einmal auf mich nehmen will."

„Darüber müssen wir uns klar werden. Ich weiß nur, dass ich diese Entdeckung doch nicht mit ins Grab nehmen kann.

Es beschäftigt mich, es brennt in mir und lässt mich nicht zur Ruhe kommen. Kann es sein, dass wir ab einem bestimmten Punkt getrennte Wege gehen müssen?"

„Wo bleibt deine Verantwortung für die Familie?"

„Ich weiß, ich weiß, aber die Spannung will mich manchmal zerreißen. Fast scheint es mir, als hätte ich Verantwortung vor der Weltgeschichte zu übernehmen. Und daran, verstehst du, will ich nicht scheitern!"

„Niemand sollte die Verantwortung für die Weltgeschichte allein auf sich nehmen. Du bist kein Atlas."

Bernhardi schwieg. Er wusste nichts mehr zu antworten.

Elisabeth entließ ihn nicht aus der Verantwortung. „Du scheinst aber auch nur deine eigenen Sorgen zu sehen. Bitte vergiss nicht, dass auch ich mich in einer völlig neuen Lage zurechtfinden muss. Nicht nur Annas Tod, auch unsere abenteuerliche Flucht oder die Unsicherheit, als wir so lange nichts von dir hörten … All das hat mich viel Kraft gekostet. Und mein Ziel, die Bildung für die Kinder – vor allem für die Mädchen – zu verbessern, ja sie überhaupt erst zu ermöglichen, ist von heute auf morgen unerreichbar geworden. Es sollte doch die große Aufgabe meines Lebens sein. Außerdem habe ich mit einem Schlage alle meine Freundinnen und Bekannten verloren, mit denen ich Kontakt hatte. Und jetzt auch noch die Trennung von dir?"

Leonhard Bernhardi hatte Tränen in den Augen. „Verzeih, Elisabeth. Es stimmt ja alles, was du sagst und gegen mich vorbringst. Ich habe kein Recht, noch mehr von dir und den Kindern zu verlangen. Es muss, ja es wird sich noch ein anderer Weg finden lassen. Vielleicht muss die Welt noch etwas warten, bis sie reif für die neuen Entdeckungen und deren Konsequenzen ist. Ich werde alles, was mit der Erfindung des neuen Apparates zu tun hat, in einem Buch zusammentragen. Keine Sorge, kein Buch für den Druck. Und ich werde es so einrichten, dass die Aufzeichnungen – unverschlüsselt – nach meinem Tod in die Hände derer gelangen, die seines Inhaltes würdig sind. Ja, jetzt wird es mir klar … So soll es sein."

Elisabeth schaute Leonhard etwas weniger durchdringend an. „So kann es gehen. Aber nur, wenn man uns auch lässt."

Bernhardi nickte. „Hoffentlich bleibt es bei dem einen Besuch bei meiner Arbeit."

Elisabeth nutzte das Stichwort Arbeit, um das Thema zu wechseln. „Übrigens, ich hatte heute eine interessante Begegnung mit der Oberin des Spitals."

„Erzähl!"

„Während ich im Kräutergarten einige Pflanzen auswählte, kam die Oberin, Schwester Brunhilde. Sie sprach mich darauf an, wie erfreut sie sei, dass ich mich als Pflege- und Hilfskraft so gut eigne. Die meiste Zeit verbringe ich ja mit der Versorgung der Pfründner und ein wenig nur im eigentlichen Spitalsaal mit der Krankenpflege. Brunhilde berichtete mir, wie zufrieden die Patienten mit mir und meiner Medizin seien. Ich könne damit rechnen, für die neue Stelle einer leitenden Schwester vorgesehen zu werden. Das Spital hat sich nämlich so sehr erweitert, dass zusätzliche Kräfte eingestellt werden müssen. Ich solle diese dann anleiten und beaufsichtigen, versicherte sie mir. Du kannst dir denken, dass ich solche Dinge gerne gehört habe. Anschließend habe ich der Oberin einen von mir vorbereiteten Zettel überreicht."

„Was stand darauf?"

„Ich habe Vorschläge unterbreitet, wie man den Spitalsgarten verändern müsste, um viel mehr nützliche Pflanzen zu ziehen. Bis jetzt ist die Auswahl an Kräutern zu gering, um die vielen Gebrechen, die mir im Spital begegnen, auch wirksam behandeln zu können. Wie du siehst, war mein Studium von Schriften der heiligen Hildegard nicht umsonst."

„Und wie hat die Oberin darauf reagiert?"

„Wenn es eine Möglichkeit gab, noch mehr in ihrer Achtung zu steigen, dann ist mir das mit meinen Vorschlägen sicherlich gelungen."

„Wann kann denn alles umgesetzt werden?"

„Schon bald! In den nächsten Tagen soll der Stiftungsrat tagen, und wenn der zustimmt, könnte ich gleich beginnen. Wenn es sich so entwickeln sollte, werden auch meine Einkünfte steigen. Ich vermute, man will verhindern, dass ich mich abwerben lasse."

„Das ist ja großartig! Ich freue mich sehr für dich und für uns." Leonhard umarmte seine Frau kräftig.

Diesmal wehrte sie sich nicht.

44

Noch lange dachte der Opticus über den Besuch des seltsamen Mannes nach, der ihn vor Wochen in seiner Werkstatt aufgesucht hatte. Am merkwürdigsten war ihm der Wunsch des Gastes erschienen, große reine Gläser mit zwei unterschiedlichen Wölbungen zu schleifen. Dass der Gebrauch dieser gewünschten Gerätschaft etwas mit Alchemie zu tun haben sollte, hatte er ihm nicht geglaubt. Aber wie ein Scharlatan war der Fremde auch nicht aufgetreten.

Also beschloss der Opticus, selbst das Geheimnis des leider nicht zustande gekommenen Handels zu erforschen. Viel Ahnung konnte sein Kunde von der Materie und der Kunst des Gläserschleifens nicht gehabt haben. Sonst hätte er gewusst, wie aussichtslos es war, optische Gläser in der von ihm gewünschten Größe und Reinheit auch nur zu beschaffen, geschweige denn zu bearbeiten. Die genaue Beschreibung, die der Fremde seinem Wunsch beigefügt hatte, konnte jedoch auch nicht der bloßen Fantasie entstammen – das war völlig klar. Kein Unbedarfter wusste, dass für die Herstellung von Brillen und Sehsteinen konvexe und konkave Schliffe erforderlich waren.

Glücklicherweise gab es in Augsburg eine ganze Reihe vermögender Kunden, die sich für ihre abnehmende Sehkraft die teuren Brillengläser leisten konnten. Deshalb hatte der Opticus immer genug Arbeit. Er hatte eine Vielzahl von Gläsern in seiner Werkstatt vorrätig, aus denen er nach einer gewissenhaften Bearbeitung die Wünsche seiner Kunden bediente.

Eines Abends, nachdem er seine tägliche Arbeit beendet hatte, war er noch einmal zu den Gläsern gegangen und hatte versucht, aus seinen Beständen zwei einigermaßen brauchbare Stücke herauszusuchen. Endlich hatte er zwei schöne Exemplare gefunden. Sie waren nicht einmal halb so groß, wie der Fremde verlangt hatte, aber für einen Versuch müssten sie ausreichen. Also beschloss der Opticus, sie nach der Beschreibung des Kunden zu bearbeiten.

Er brauchte mehrere Abende dazu. Seine Werkstatt war so ausgelastet, dass er schon mit dem Gedanken gespielt hatte, sich einen Gesellen zu leisten, der ihm in der noch jungen Kunst der Brillenherstellung zur Hand gehen konnte. Aber da er selbst ein schwieriger Mensch im Umgang mit Zeitgenossen war, verrichtete er sein Handwerk lieber alleine.

Eines Abends dann war es so weit. Er hielt die beiden kleinen Gläser in seinen Händen und freute sich, dass ihm wirklich saubere und nicht durch Brüche oder Unreinheiten verdorbene Stücke gelungen waren.

Was konnte der Fremde nur mit den Gläsern beabsichtigt haben? Der Opticus nahm die konkav gewölbte Linse und hielt sie über die Seite eines gedruckten Buches. Nichts Besonderes.

Auch die konvexe Linse ergab nur die bekannte Wirkung. Behutsam legte er die beiden wohlgeratenen Linsen nebeneinander in eine kleine, mit Samt ausgeschlagene Schachtel und verschloss sie.

Nachts in seinem Bett lag der Opticus noch lange wach und grübelte weiter über den Sinn der Gläser nach. Aber er fand keine Lösung. Schließlich fiel er in einen unruhigen Schlaf. Im Traum erschien ihm der Fremde, höhnisch lachend und spottend. Dabei hielt er ihm zwei golden eingefasste Glaslinsen von ungeheurer Größe vor das Gesicht. Als der Opticus im Traum erschreckt zurückweichen wollte und abwehrend seine Hand nach dem Arm des Fremden ausstreckte, ließ dieser plötzlich die Gläser fallen und verschwand. Im Traum gelang es dem Opticus gerade noch, die beiden Gläser aufzufangen. Er legte sie übereinander in eine mit Edelsteinen verzierte Schatulle. Als er diese verschlossen hatte, zerfiel die Schatulle zu Staub.

Am nächsten Morgen fühlte sich der Opticus wie gerädert. Der unruhige Schlaf hatte ihm keine Erholung gebracht. Was hatte er noch geträumt? Die Schatulle hatte sich aufgelöst? Erschrocken ging er zu der kleinen Schachtel, in der er die Gläser verstaut hatte. Zu seiner Erleichterung befand sie sich noch genau da, wo er sie hingelegt hatte. Auch die beiden Linsen befanden sich darin.

Aber halt! Irgendetwas in seinem Traum war anders als in der Wirklichkeit. Natürlich war es keine wertvolle Schatulle, darum kreisten die Gedanken des Opticus auch gar nicht. Aber es fiel ihm ein, dass er im Traum die Gläser übereinander in das Kästchen gelegt hatte, nicht nebeneinander, so wie hier.

Das brachte ihn auf eine Idee. Er nahm die beiden kleinen Linsen aus der Schachtel und legte sie übereinander. Dann versuchte er, durch die doppelte Linse etwas zu erkennen. Aber das brachte kein brauchbares Ergebnis. Er versuchte es mit verschiedenen Distanzen der Linsen zu seinen Augen, aber noch immer konnte er keinen Nutzen darin sehen. Gerade wollte er die beiden Linsen wieder zurücklegen, indem er in jede Hand eine Linse nahm, da bemerkte er aus dem Augenwinkel etwas Besonderes. Was war das? Einen Moment lang hatte er durch beide Linsen gleichzeitig gesehen, als er sie zufällig genau in einer Linie gehalten hatte – aber diesmal hatten die Gläser nicht aufeinander gelegen, sondern sich in einem gewissen Abstand voneinander befunden. In dem Moment war es ihm, als hätte er die Gegenstände an der Wand – ein Kerzenhalter und ein Becher – viel größer gesehen als mit dem bloßen Auge.

Sofort wiederholte der Opticus die Anordnung. In der linken ausgestreckten Hand hielt er die konvexe Linse und in seiner Rechten die konkave. Er führte diese Anordnung mit der konkaven Linse an sein Auge und nahm erstaunt wahr, dass tatsächlich die Gegenstände, die er anvisierte, deutlich größer erschienen. Er konnte es nicht fassen, was er da sah. Einzig die Schwierigkeit, beide Linsen in richtigem Abstand freihändig zu halten, beendete sein Experiment.

Er setzte sich auf den einzigen wackligen Stuhl, der sich in seiner Werkstatt befand. Unzählige Gedanken schossen ihm durch den Kopf. Wenn man mit so einer Anordnung ferne Dinge näher sehen konnte, dann wäre es auch möglich, Dinge früher zu sehen, als es sonst üblich war. Ferne Schiffe zum Beispiel oder einen anrückenden Feind. Welche Vorteile ergäben sich aus dieser Erkenntnis? Doch dann beruhigte er sich wieder. Noch war es ja nicht so weit. Er musste erst eine Vorrichtung bauen, die beide Linsen in einer exakt ausgerichteten Weise miteinander verband. Am besten schien ihm dazu eine Röhre geeignet, die an ihren Enden durch die besagten Linsen verschlossen wurde.

Er griff zur Feder, holte ein Stück Papier aus einer Ecke und versuchte, die Apparatur zu skizzieren, wie er sie sich vorstellte.

Mit wenigen Strichen zeichnete er die vermutete Länge der Röhre, gemessen nach seinen freihändigen Versuchen. Zufrieden legte er die Feder zur Seite und lehnte sich zurück. In seiner Fantasie sah er sich bereits ein Patent auf diese Anordnung beantragen … Sein Geschäft würde damit in der ganzen Welt eine einzigartige Stellung einnehmen … Und der zu erzielende Gewinn würde ihn unendlich reich machen.

Während der Opticus sich seinen Visionen hingab, fiel ihm ein, dass die Wirklichkeit längst nicht so weit war wie seine Vorfreude. Erst musste er ein gebrauchsfertiges und funktionierendes Muster des Apparates herstellen.

Aber da gab es noch ein anderes Problem. Letzten Endes hatte ja der Unbekannte ihn mithilfe seines Traums auf den richtigen Gedanken gebracht. Da der Fremde die Gläser in einer ungewöhnlichen Größe haben wollte, konnte das nur heißen, dass dieser in der Entwicklung des Apparates schon weit fortgeschritten war. Offenbar konnte er nur die geeigneten Linsen nicht bekommen … Der Opticus schmunzelte. Er war dazu in der Lage und es würde ihm gelingen. Allerdings wäre es durchaus möglich, dass der Fremde sein Glück anderswo versuchte oder gar vor ihm ein Patent beantragte. Das würde er unter allen Umständen verhindern. Er musste ihn aufspüren, bestimmt war er noch in der Stadt. Unter Umständen musste er den Fremden zum Schweigen bringen, falls er sich seinen Plänen entgegenstellte. Sein Blick fiel auf den Dolch, den er beim Ausgang stets unter dem Wams trug. Die rasiermesserscharfe Klinge hatte noch nie ihre Wirkung verfehlt.

Einige Tage später war es so weit. Liebevoll berührte der Opticus die stabile Pappröhre, an deren Enden er die Linsen eingefügt hatte. Er hatte es sich untersagt, schon während des Zusammenbaus einen Blick durch das Gerät zu werfen – den Triumph wollte er sich für den Schluss aufheben.

Nun trat er in den zur Flussseite gelegenen Teil des Gartens und hob die Röhre an seine Augen. Aber wie groß war seine Enttäuschung: Er sah das gegenüberliegende Ufer des Lech zwar größer, aber doch so verschwommen, dass sich eine Benutzung des Rohres nicht lohnen würde. Resigniert ging er zurück in seine Werkstatt. Sollte alle Arbeit und die damit verbundenen Hoffnungen vergebens gewesen sein? Wieder setzte er das Rohr an sein rechtes Auge und visierte einige Gegenstände an der gegenüberliegenden Wand. Alles schien ihm nun klar und ganz nahe vor Augen zu stehen. Was stimmte hier nicht?

Der Opticus legte sein Instrument zur Seite und griff nach zwei kleinen Linsen gleicher Bauart, die noch aus dem ersten Versuch stammten. Nach einiger Zeit hatte er das Rätsel gelöst. Je nachdem, in welcher Entfernung sich der Gegenstand befand, den er betrachten wollte, mussten die Linsen zueinander verschoben werden. Dann bekam er ein scharfes Bild. Erleichtert legte er die Röhre auf den Tisch. Er musste also seine Konstruktion in der Weise verändern, dass die Linsen verschiebbar angebracht wurden. Diesmal fiel ihm sogleich eine Lösung für das Problem ein. Er würde eine zweite Röhre für die Konkavlinse bauen und diese so in die erste Röhre hineinstecken, dass sie darin verschiebbar war. Eilig machte er eine Skizze, wie diese zweite Röhre beschaffen sein sollte, und stellte das erforderliche Material zusammen.

Am Nachmittag des folgenden Tages war alles bereit. Mit Herzklopfen trat der Opticus in seinen Garten und visierte das gegenüberliegende Flussufer. Und diesmal stimmte alles: Scharf und groß hatte er die Kopfweiden vor Augen, die am Fluss standen. Er entdeckte sogar einige Krähen, die man mit bloßem Auge nicht sehen konnte. Jetzt bin ich so weit, dachte er bei sich und ging wieder ins Haus. Eine unbändige Freude erfüllte ihn. Doch als er in seine Werkstatt kam, standen plötzlich zwei dunkel gekleidete Männer vor ihm, die er nicht kannte.

„Wer seid Ihr, und warum dringt Ihr hier bei mir ein wie die Diebe?", fragte er erschrocken. Eilig versuchte er, das neue Instrument hinter seinem Rücken zu verbergen. Den beiden Besuchern war es jedoch nicht entgangen.

„Verzeiht", antwortete der ältere der beiden Eindringlinge mit kühler Höflichkeit, „wir sind nicht eingedrungen, sondern haben freundlich und lange an Eurer Pforte geklopft. Da niemand öffnete, man uns aber berichtet hatte, dass Ihr um diese Zeit anwesend seid, wollten wir uns vergewissern, dass wir uns keine Sorgen um Euch machen müssen."

„Soso, ich bin also immer hier. Wie Ihr seht, trifft das doch nicht immer zu. Was wünscht Ihr? Gibt es Bedarf an Sehgläsern?"

„Nein, den gibt es nicht."

„Was wünscht Ihr dann?"

„Einige Auskünfte."

„Auskünfte?"

„Ja. Stimmt es, dass Ihr Eure Gläser aus dem Ausland bezieht?"

„Nicht alles Glas, einiges kommt auch aus den Werkstätten des Landes. Wenn es sich aber um besondere Qualität handeln soll, scheint mir das venezianische Material am besten geeignet. Wollt Ihr mir Konkurrenz machen?"

„Beantwortet nur meine Fragen. Habt Ihr vor einigen Wochen eine besonders gute Ware angefordert und erhalten – besser, als man sie eigentlich für die Herstellung von Sehhilfen für die Augen braucht?"

Jetzt wurde der Opticus vorsichtig. Irgendetwas stimmte mit seinen Besuchern nicht. Der zweite Gast hatte noch kein Wort gesprochen. Sein unbewegtes Gesicht ließ keinerlei Regung erkennen. Er war wohl hauptsächlich zum Geleit des anderen bestellt, was man an seiner Bewaffnung erkennen konnte.

„Ich bin niemandem über meine Geschäftsbeziehungen Rechenschaft schuldig."

„Uns schon."

„Weshalb?"

„Wir kommen im Auftrag eines einflussreichen Grafen. Und hinter dem steht eine noch einflussreichere … sagen wir mal: Interessengemeinschaft. Der Kaiser und Rom haben uns autorisiert. Niemand darf uns in unseren Untersuchungen behindern." Er zog ein zusammengerolltes Dokument aus der Tasche, dessen viele Siegel sehr eindrucksvoll waren.

Der Opticus warf einen kurzen Blick darauf. „Ich wüsste nicht, was ich mit diesen Kreisen zu schaffen habe. Meine Abgaben entrichte ich pünktlich."

„Überlasst es uns, warum wir Euch befragen. Aber seid versichert, entweder Ihr antwortet jetzt vollständig und wahrheitsgemäß, und das würde ich Euch raten, oder …"

„Oder was?"

„Oder wir nehmen Euch mit und zeigen Euch andere Instrumente, als Ihr sie hier in Eurer Werkstatt vorfindet. Und seid gewiss, wir werden sie auch anwenden."

Der Opticus merkte, dass an der Entschlossenheit der beiden nicht zu zweifeln war.

„Ja, ich habe dieses Glas bestellt und erhalten. Woher wisst Ihr davon?"

„Wir unterhalten ebenfalls gute Beziehungen. Und zwar zu Personen, die mit Venedig in regem Kontakt stehen. Aber ich stelle hier die Fragen. Also: Wozu benötigt Ihr dieses Glas aus Venedig?"

„Nun, um die Qualität meiner Waren zu verbessern. Die Konkurrenz ist überall. Und ich will mich vergrößern."

„Also nur zur Herstellung von Augengläsern?"

„Und für Lesesteine."

„Ihr wollt mich auf den Arm nehmen. Was habt Ihr da vor uns zu verbergen versucht?"

„Ich weiß nicht, was Ihr meint."

„Hinter Eurem Rücken!“

„Ihr redet im Wahn!“

Der Ältere nickte seinem Begleiter kurz zu. Ohne Vorwarnung schlug er dem Opticus mit einer solchen Wucht ins Gesicht, dass dieser rückwärts taumelte und – nachdem er vergeblich versucht hatte, sich am Arbeitstisch festzuhalten – zu Boden ging. Das Rohr fiel ihm dabei aus der Hand und rollte über den unebenen Boden.

„Ach sieh einmal an. Was haben wir denn da!“ Mit einem schnellen Griff hatte der Sprecher das Instrument aufgehoben. Mit Blut in seinen Mundwinkeln versuchte der Opticus, zu retten, was noch zu retten war.

„Das ist eine neue besondere Sehhilfe, die ich konstruiert habe. Das ist mein Eigentum. Gebt es wieder zurück!“

„Er stellt schon wieder Forderungen.“ Eine kurze Zeit war es still. Dann ergriff der Besucher wieder das Wort. „Ich nehme an, Ihr wollt uns nicht verraten, von wem Ihr dieses ... sagen wir ... Instrument habt?“

„Ich habe es selbst ersonnen.“

„Das, verehrter Meister, glauben wir Euch nicht. Aber sei es, wie es sei, es kommt auf dasselbe heraus.“

Der Ältere nickte wieder dem anderen zu. Daraufhin zog der Begleiter seinen Degen und machte einen plötzlichen Schritt auf den überraschten Opticus zu. Bevor dieser eine abwehrende Geste machen konnte, hatte die Klinge ihn durchbohrt. Nach einem kurzen Röcheln lag er leblos auf dem Boden.

Der Angreifer nahm ein Stück Papier, das auf dem Tisch gelegen hatte, und wischte seine Klinge sauber. Anschließend zerknüllte er das Blatt und warf es ins Kaminfeuer. Die Konstruktionszeichnung, die der Opticus darauf angefertigt hatte, war ihm entgangen.

„Er ist also hier!“ Der Anführer hatte diese Worte leise gemurmelt.

„Wer?“
„Magister Bernhardi, der Sohn des Teufels.“
„Was sollen wir jetzt tun?“
„Wir übergeben das Haus mit seinem Inhalt den Flammen.“

45

„Hast du es als Schande oder Tragödie empfunden, dass ich keinen Knaben geboren habe?“ Elisabeth schaute ihrem Mann fest in die Augen.

Leonhard Bernhardi legte seinen Arm um ihre Schultern. „Aber nein, das weißt du doch. Ich bin stolz auf unsere Töchter, die sich alle so wie ihre Mutter entwickeln: klug, gebildet und schön. Du und die Kinder, ihr seid mir die höchste Belohnung und ein Zeichen, dass der Herr seine Gunst noch nicht von uns genommen hat.“

„Aber warum lässt er uns dann ein so unstetes Leben führen?“

„Mein alter Freund Einhard hat immer gesagt, Gottes Gunst bestehe nicht darin, uns vor dem Übel zu bewahren, sondern dass wir mit dem Übel besser leben lernen. Für einen nicht gerade übermäßig frommen Mann eine erstaunliche Ansicht, wie ich finde. Und je länger ich über den Satz nachdenke, desto mehr scheint er mir die Wahrheit zu treffen.“

„Die Kenntnis der Wahrheit hat ihn nicht vor einem frühen Tod bewahrt.“

„Eben, darin bestätigt sich ja seine Wahrheit. Ich muss oft an ihn denken. Trotz seines Schicksalsschlages hat er sich nicht fallen lassen, sondern hat sich sein Leben, so gut es ging, eingerichtet. Was würde ich darum geben, wenn ich noch einmal mit ihm über alles sprechen könnte."

„Beim Jüngsten Gericht werden wir viel zu erzählen haben." Elisabeth meinte das durchaus ernst. „Aber bis dahin wirst du mit mir vorliebnehmen müssen. Hast du die neueste Kunde schon vernommen?"

„Welche meinst du? Dass Barbara Mutterfreuden entgegensieht, wissen wir bereits."

„Nein, ich meine das große Feuer."

„Es hat gebrannt? Wo?"

„Draußen in der Nähe des Flusses. Glücklicherweise, denn sonst wäre die Stadt in Gefahr geraten."

Leonhard Bernhardi atmete tief durch. Eine dunkle Ahnung stieg in ihm auf. „Weiß man, um wessen Haus es sich handelte?"

„Ich weiß nur, dass dort ein Mechanicus oder Opticus wohnte und ums Leben gekommen ist."

„Ein Opticus."

„Du wusstest es schon?"

„Nein, aber ich kannte den Opticus, der da draußen gewohnt hat."

„Willst du damit sagen, dass du versucht hast, bei ihm Hilfe für den Nachbau des Sehapparates zu erhalten?" Elisabeths Stimme war hart und laut geworden.

Leonhard Bernhardi schluckte. Jetzt gab es kein Zurück mehr. Er nickte.

„Und davon hast du mir kein Sterbenswörtchen gesagt?"

Bernhardi nickte wieder. „Ich wollte dich nicht beunruhigen."

„Das ist dir aber wunderbar gelungen. Was hat dich getrieben, uns so in Gefahr zu bringen?"

„Die Sache hat mich einfach nicht losgelassen. Wie kann man denn leben, wenn man das verschweigt, was einen unendlich umtreibt?"

„Du bist schwach, Leonhard, sehr schwach. Aber was schlimmer ist, du hast dich mir nicht anvertraut. Und uns alle in Gefahr gebracht."

„Aber wieso denn? Der Opticus hat doch niemals wissen können, wozu ich seine Hilfe brauchte."

„Glaubst du? Nicht alle Menschen sind so einfältig, wie du annimmst, nur weil du ein Magister bist. Ich bin sicher, dass sein Tod sehr wohl mit allen bisherigen Versuchen zu tun hat, die saalfeldsche Erfindung zu vernichten."

„Was spricht dafür?"

„Das Feuer."

„Das Feuer?"

„Man verfolgt dich und uns, weil du eine Entdeckung gemacht hast, die von einflussreichen Mächten als dämonisch angesehen wird und mit allen Mitteln verhindert werden soll. Der weltliche Arm und Rom arbeiten Hand in Hand. Sie sehen die Gefahr, dass sich die gesamte Weltordnung auflösen könnte und damit auch ihr Einfluss. Nur in einer Sache sind alle einer Meinung."

„Und die wäre?"

„Die Abwehr der Bedrohung des Glaubens. Da würden vielleicht sogar die Lutherischen mitmachen."

„Das kann ich mir nicht vorstellen."

„So, kannst du das nicht? Glaube ja nicht, dass der inzwischen weitverbreitete neue Glaube nicht auch Fanatiker hervorgebracht hat. Es sind alles nur Menschen."

„Aber noch einmal: Wieso spricht das Feuer für eine Verbindung zwischen meiner Entdeckung und dem Tod des Opticus?"

„Weil Feuer die Strafe für Ketzerei ist. Denk doch einmal nach: Unser Haus wurde abgebrannt, als man unser nicht mehr habhaft werden konnte. Das Haus von Einhard sollte ebenfalls ein Raub der Flammen werden – glücklicherweise haben wache Bürger das noch verhindert. Und jetzt das Anwesen des

Opticus. Wollte man nur irgendwelche Spuren beseitigen, dann wäre das nicht nötig gewesen. Das Feuer war mehr als nur eine Vernichtung. Es war eine Warnung vor der Ketzerei."

Leonhard schwieg eine Weile, dann sagte er leise: „Angenommen, du hast recht. Dann ist man uns vermutlich dicht auf den Fersen, oder?"

„Das ist zu befürchten. Der seltsame Besucher in deiner Druckwerkstatt bedeutet ebenfalls nichts Gutes. Und wieder ist alles, was wir hier aufgebaut haben, umsonst gewesen."

Leonhard sprang auf. „Wir müssen Friedrich und Barbara warnen."

„Allerdings! Aber ob wir uns selbst noch schützen können, weiß ich nicht."

Er beruhigte sich wieder und versuchte, seine Gedanken zu ordnen. „Noch scheinen sie uns nicht zu kennen, das ist unser Vorteil. Eine erneute Flucht würde sie erst recht auf unsere Fährte bringen. Also sollten wir lieber hierbleiben, uns unauffällig verhalten und versuchen, in der Stadt Schutz zu bekommen. Wenn wir den Magistrat nur davon überzeugen könnten, diese Machenschaften hier nicht zuzulassen!"

Elisabeth schaute ihn fragend an. „Wie willst du sie dazu bringen?"

„Genau das, meine Liebe, will ich herausfinden."

Friedrich von der Aue blickte von seinem Stehpult auf. Johannes Geyer, der Besitzer des Wollhandelsgeschäfts, bei dem er kurz nach seiner Ankunft in Augsburg eine Anstellung erhalten hatte, betrat die Schreibstube. Wie es sich für einen führenden Händler seines Gewerbes gehörte, war er in eine vornehme Garderobe gekleidet. Mit dem prachtvollen, pelzbesetzten Mantel stellte er seinen Reichtum und seine Bedeutung in der Stadt zur Schau.

„Guten Morgen, die Herren!"

Nicht nur Friedrich, sondern auch die anderen Angestellten

und Schreiber begrüßten ihn ehrfürchtig: „Guten Morgen, Herr Ratsherr Geyer!"

Dann schritt Geyer zu seinen Angestellten und fragte jeden nach seiner Arbeit. Schließlich war Friedrich an der Reihe. „Na, wie laufen die Geschäfte?"

„Sehr gut, bis auf diesen Handel hier." Friedrich hielt Geyer mehrere Schreiben vor die Augen.

„Was ist das?"

„Petrus Leyendeck aus Köln weigert sich, die geforderte Summe in voller Höhe zu bezahlen."

„Patrizierpack!" Geyer schnaubte verächtlich. „Was gibt er als Grund an?"

„Er behauptet, seine Ware sei mit großer Verzögerung und in minderwertiger Qualität bei ihm eingegangen, und erlaubt sich deshalb, nach gutem Brauch die Forderung zu kürzen."

„Was erlaubt er sich! Noch nie hat minderwertige Ware meine Manufakturen verlassen!", schnaubte Geyer und lief rot an. „Das ist Euer Ressort, Herr von der Aue, Ihr wisst ja, was Ihr juristisch dagegen zu unternehmen habt."

Friedrich hatte zwar keinerlei Erfahrung mit solchen Fällen, aber er nickte und versuchte, so souverän wie möglich zu wirken. „Selbstverständlich. Er erhält ein Schreiben, in dem seine Pflicht zur vollen Begleichung der ausstehenden Summe angemahnt wird. Ansonsten werden die Zunftherren ein Wörtchen miteinander zu reden haben. Immerhin haben die einen sehr kurzen Weg zum Reichskammergericht. Ich denke, das sollte genügen. Aber wir können zur Sicherheit noch eine Abschrift des Gütezertifikats beifügen, das bezeugt, dass die Ware in bestem Zustand Euer Kontor verlassen hat."

Geyers Gesicht hellte sich merklich auf. „Gute Arbeit, gute Arbeit! Ich denke, das sollte genügen. Hoffentlich muss ich meiner Drohung nicht Taten folgen lassen."

„Warum nicht?"

„Weil es im Magistrat zurzeit schwer ist, in irgendeiner Sache Übereinstimmung zu erhalten. Ich weiß nicht, was los ist, aber in den letzten Jahren war es einfacher, die Stadt zu regieren."

„Vieles hat sich verändert."

„Jawohl. Und das sehe nicht nur ich ungern. Daher bin ich mir gar nicht sicher, ob ein Zunftbescheid von hier ausgehen wird. Einige sehen es vielleicht mit einer gewissen Schadenfreude, wenn man meinem Geschäft Knüppel zwischen die Beine – oder besser gesagt: Fuhrwerke – wirft."

„Darf ich bezüglich des Magistrats eine Frage an Euch richten?"

„Nur zu."

„In Religionssachen scheint der Rat ja tolerant zu sein. Man duldet die neue Predigt in der Stadt."

„Ja, wir wollen, dass die alten römischen Gesellen sich verdammt noch mal anstrengen. Sollen die doch endlich mal ihren Hintern hochkriegen und zeigen, dass sie besser predigen können als die Lutherischen. Bisher sind sie den Beweis schuldig geblieben."

Friedrich von der Aue beneidete insgeheim die Bürger der Stadt Augsburg. Während sich in der kleinen Universitätsstadt alle nach den Anordnungen des Herzogs richten mussten, entschieden die Bürger hier frei und ohne Bevormundung durch eine Obrigkeit. Selbst den Wünschen des Kaisers widersetzten sie sich, denn sie ließen den neuen Glauben gewähren.

„Das halte ich für ein Beispiel einer weisen Stadtregierung. Allerdings irritiert mich etwas. Während der Suche nach Literatur in einer Druckerwerkstatt wurde ich Zeuge einer Durchsuchung, die angeblich von höchster Stelle angeordnet worden sei. Man wollte sich überzeugen, dass keine verbotenen Werke hergestellt werden. Das scheint mir aber im Widerspruch zu der Toleranz in Religionssachen zu stehen …"

Mühsam hatte Friedrich das Gespräch in die von ihm gewünschte Richtung gelenkt. Nach seinem letzten und beunruhigenden Gespräch mit dem Schwiegervater hatte er ihm versprochen, etwas über die Politik des Magistrats in Erfahrung zu bringen. Dann würden sie die Gefährdung, in der sie sich befanden, besser abschätzen können. Und so bediente er sich nicht ganz der Wahrheit, indem er Bernhardis Erlebnis als sein eigenes ausgab.

Geyer kratzte sich am Kopf. „Tja, ich kann jetzt nicht den Lauf unserer Sitzungen ausplaudern. Aber in der Tat gibt es neuerdings Übergriffe einer vom Kaiser und der Kirche tolerierten Gesellschaft. Allerdings legitimieren sie sich mit der Bewahrung von Glaube und Ordnung im Reich. Das ist schon ein gewichtiger Grund, der von einigen meiner Ratskollegen durchaus akzeptiert wird. Sozusagen eine Inquisition in der Inquisition. Beunruhigend ist für mich, dass hier regimentliche und kirchliche Interessen gebündelt auftreten."

„Warum beunruhigend?"

„Weil man sie dadurch nicht so leicht auseinanderbringen kann, wie es sonst üblich ist, um ihnen etwas die Hörner zu stutzen."

„Ich sehe, ich muss noch vieles lernen. Die städtischen Verhältnisse sind nicht mit denen auf dem Lande zu vergleichen. Will denn der Rat den Einfluss dieser sogenannten Gesellschaft beschneiden?"

„Einflussreiche Kräfte, die noch in der Mehrheit sind, wollen sich diese autonome Gerichtsbarkeit nicht gefallen lassen. Ich befürchte aber, dass sie über kurz oder lang diesen Leuten das Feld überlassen müssen. Der Druck wird immer größer. Immerhin will die Stadt sich ja trotz aller eigenen Wege dem Kaiser gegenüber als loyal erweisen. Aber jetzt geht wieder an Eure Arbeit! Auch ich habe noch anderes zu tun, als Maulaffen feilzuhalten."

Damit entzog sich Ratsherr Geyer weiteren Fragen. Nachdenklich schaute Friedrich ihm hinterher. Die Dinge, die er in Erfahrung gebracht hatte, trugen nicht gerade zu seiner Beruhigung bei.

Später, in der Herberge, hatte Leonhard den Ausführungen Friedrichs gelauscht. Nun suchte er herauszufinden, ob dem Magistrat ein Zusammenhang zwischen dem Feuer und dem zunehmenden Einfluss der neuen Gesellschaft bewusst geworden war.

„Was hört man über den Brand im Hause des Opticus?“, fragte er seinen Schwiegersohn.

Friedrich zögerte. „Ich habe überall versucht, mitzuhören und aufzuschnappen, wenn die Gespräche auf der Straße sich darum drehten. Aber alle Leute scheinen von einem Unglück auszugehen. Größer als die Angst, es könnte sich dabei um einen Mord gehandelt haben, ist wohl die Sorge der Reichen in der Stadt, von wem sie nun ihre Sehhilfe beziehen sollen. Denn zurzeit gibt es keinen mehr, der solche Arbeiten ausführen könnte. “

Bernhardi kratzte sich am Kinn. „Das heißt, es ist ihnen gelungen, ungehindert ihren Plänen nachzugehen. Das ist nicht gut. Ich glaube, du solltest doch noch einmal mit dem jungen Welser sprechen. Vielleicht kann er uns besser raten, was wir tun sollen.“

„Ja. Ich werde es noch einmal versuchen. Am besten gehe ich diesmal allein, denn ich habe das Gefühl, dass Barbara ihn beim letzten Mal verärgert hat. Sie ist manchmal sehr direkt.“

„Woher hat sie das bloß?“ Bernhardi schmunzelte. „Du kennst ja deine Schwiegermutter.“

46

Friedrich von der Aue hatte gerade das geyersche Kontor verlassen, da hörte er, dass ihm leichte Schritte folgten und immer näher kamen. Plötzlich drehte er sich um und merkte, dass es sich bei der Person um eine Frau handeln musste. Sie trug einen langen dunklen Mantel mit hochgezogener Kapuze, sodass er ihr Gesicht nicht erkennen konnte.

„Sucht Ihr mich?“, fragte er mit fester Stimme. „Kann ich Euch zu Diensten sein?“

Die Frau kam dicht an ihn heran und zog die Kapuze zurück.

„Barbara! Was ist geschehen?“

„Nicht hier!“ Sie ergriff die linke Hand ihres Mannes und zog ihn in eine dunkle Seitengasse hinein.

„Mein Gott, du bist ja ganz aufgelöst!“

Barbara versuchte, ihrer Stimme nicht die große Unruhe anmerken zu lassen, die sie ergriffen hatte. Sie atmete einmal tief durch und begann hastig zu reden.

„Friedrich … Als ich eben mit meinen Geschwistern, auf die ich, wie du weißt, ja aufpassen sollte, da Mutter im Hospital heute lange zu tun hat, also, als ich eben mit ihnen nach Hause kommen wollte, sah ich von Weitem mehrere Männer vor unserem Haus warten. Glücklicherweise war ich noch so weit entfernt, dass sie mich nicht bemerkt haben. Ich verbarg mich hinter einer Mauer und konnte sehen, wie einer der Männer den anderen anscheinend den Befehl gab, sich um das Haus zu verteilen. Sofort war mir klar, dass dies nichts Gutes bedeuten konnte. Ich wusste nicht, was ich tun sollte, aber die Angst um meine kleinen Schwestern hat mich sofort in das Hospital getrieben. Dort habe ich sie Mutter wieder in die Obhut gegeben. Sie ist sehr verzweifelt und hat Angst, dass mein Vater nach

Hause kommen könnte und ihnen in die Falle geht. Dich habe ich jetzt gerade noch warnen können … Ach, was wird nun aus uns werden?“

Barbara begann zu schluchzen und konnte kein Wort mehr hervorbringen.

„Wir müssen in die Druckerwerkstatt!“

Friedrich nahm seine Frau fest an der Hand und zog sie mit sich. Atemlos erreichten sie das Haus des Meisters Frohnau. Kein Licht war hinter den schmutzigen Scheiben zu sehen. Mit der Faust schlug Friedrich an die Tür. Es blieb still. Nichts rührte sich. Friedrich überlegte kurz. „Hier ist niemand mehr. Ich muss nach Hause … retten, was zu retten ist.“

Barbara schrie auf. „Nein, das darfst du nicht!“

„Ich muss. Keine Sorge, ich werde alle Vorsicht walten lassen. Aber du gehst jetzt ins Spital zu deiner Mutter. Dort bleibt ihr, bis ich euch abhole!“

„Abholen? Aber wohin denn?“

„Zu Bartholomäus. Er ist der Einzige, der uns jetzt noch Schutz gewähren kann. Er muss uns aufnehmen.“

Barbara antwortete nicht mehr. Sie nickte nur schluchzend.

„Schaffst du es alleine zum Spital? Ich darf keine Zeit mit einem Umweg verlieren, wenn es nicht ohnehin schon zu spät ist …“

Barbara nickte stumm.

Friedrich küsste Barbara und riss sich dann von ihr los.

Bernhardi bemerkte die Männer nicht, die das Haus umstellt hatten. Zu gut hielten sie sich verborgen. Als er die Tür öffnete, hörte er jedoch ein Geräusch hinter sich. Er drehte sich um. Da kam ein Mann von großer und kräftiger Statur auf ihn zu.

„Guten Abend. Wollt Ihr zu mir?“

Der Fremde zögerte einen Augenblick. „Wenn Ihr Friedrich von der Aue seid, dann ja.“

„Das tut mir leid. Ich bin Leonhard Faber." Instinktiv ahnte Bernhardi, dass er besser gar nicht erst erwähnte, dass Friedrich mit ihnen im Hause wohnte.

„Dann tut es mir leid, Euch belästigt zu haben." Aus der Stimme des Fremden klang Enttäuschung heraus. Er drehte sich um und verschwand in der Finsternis.

Bernhardi betrat das Haus und wunderte sich, dass weder seine Familie noch Friedrich anwesend waren. Er stieg die Stufen nach oben und öffnete die Tür zu seiner Wohnung. Dann verschloss er die Tür von innen und zündete eine Lampe an.

Im Gebüsch vor dem Haus entspann sich ein hektisches Gespräch.

„Wer soll denn sonst hier wohnen? Wir haben doch seine Adresse."

„Ich weiß es nicht. Aber das war nicht von der Aue. Er war älter und benutzte auch nicht den Frankfurter Akzent."

Einer der drei Anführer der Gruppe grübelte etwas. „Vielleicht haben wir ja noch viel mehr Glück, als wir erhofften."

„Wieso?"

„Wir suchen doch nicht nur den verhinderten Studenten."

„Du meinst …"

„Genau, vielleicht haben wir einen noch viel größeren Fisch im Netz. Wir müssen das Netz nur herausholen, dann werden wir ja sehen."

„Er ist oben, hinter dem Fenster ist ein Lichtschein zu sehen."

„Unsere Leute stehen an jeder Seite des Hauses. Er kann nicht entkommen."

„Dann los!"

Atemlos erreichte Friedrich das Haus, in dem die beiden Familien wohnten. Er hielt sich hinter einer Mauer verborgen und gab sich Mühe, selbst nicht entdeckt zu werden. Ohnmächtig vor Wut musste er mit ansehen, wie drei Männer dabei waren, die Haustür mit Gewalt zu öffnen. Rund um das Haus hielten sich weitere Gestalten auf, die nach und nach aus ihrer Deckung traten und nach oben schauten. Einige waren mit einer Armbrust bewaffnet.

Friedrich fröstelte. Er wusste genau: Hier konnte er sich kein solches Husarenstück leisten wie damals, als er seinen Schwiegervater aus der Hand der Häscher befreite. Tränen rollten ihm über die Wangen. Er war zu hilflosem Zusehen verdammt.

Mit einem gewaltigen Krachen zerbarst die schwere Eichentür. Bernhardi, der sich im oberen Stockwerk aufhielt, hörte es deutlich. Entschlossen griff er zu seinem Degen und zu einem Langdolch. Dann löschte er die Lichter und näherte sich vorsichtig dem Fenster. Unten hatten die Männer Fackeln entzündet. Also war auch eine Flucht durchs Fenster aussichtslos.

Schon polterten die Eindringlinge an die erste Tür, die sie erreichen konnten. Das war die Wohnung von Barbara und Friedrich. Offenbar hatten die Männer das erleuchtete Fenster nicht der richtigen Wohnung zuordnen können. So gewann Bernhardi einige Sekunden, in denen er fieberhaft überlegte. Wieder zerbarst eine Tür.

„Hier ist niemand!"

„Weiter, die nächste!"

Nur noch eine Tür trennte Bernhardi von seinen Häschern. Er musste sich wohl mit seinem Schicksal abfinden. „Aber einen guten Streich will ich noch führen", murmelte er, als er seinen Degen zog.

Er musste sich eingestehen, dass er das Spiel verloren hatte. Und vielleicht war er sogar schuld daran, dass eine wertvolle Entdeckung wieder dem Vergessen anheimfiel. Denn er hatte es nicht geschafft, sie systematisch zu beschreiben, geschweige denn ein Werk darüber für den Druck vorzubereiten. Es war ihm nicht gelungen, das Erbe Saalfelds anzutreten und ihm Gerechtigkeit widerfahren zu lassen. Außerdem hatte er das Glück seiner Familie zerstört. Und jetzt würde er dafür bezahlen …

Plötzlich fiel sein Blick auf den Kamin, der die eine Seite der Wohnung ausfüllte. Zugleich wurde mit rasender Wut auf seine eigene Wohnungstür eingedroschen. Er saß in der Falle.

Friedrich drückte sich fest an die Mauer. Tatenlos musste er mit ansehen, wie die Häscher ihr Werk fortsetzten. Ihr Lärm dröhnte in seinen Ohren. Doch was er als Wut der Angreifer zu hören glaubte, löste sich in ein wildes Geschrei auf, das von der Straße zu kommen schien. Und dann – nach einer kurzen Bewegung des Kopfes – sah er sie: Bewaffnete Stadtsoldaten, Büttel und aufgebrachte Handwerksburschen, die Knüppel, Schwerter und Degen in den Händen hielten, zogen in Richtung des überfallenen Hauses.

Die Armbrustschützen ließen verwirrt ihre Waffen sinken und sahen zu ihrem Anführer hinüber. Dieser hatte nur wenig Zeit für eine Entscheidung. Wenn er auf die Menge zu schießen befahl, würde es Tote geben. Sein Plan, Bernhardi und Friedrich von der Aue dingfest zu machen, ließe sich so nicht mehr verwirklichen, denn sein Auftraggeber hatte ihm äußerste Diskretion befohlen. Einen öffentlichen Konflikt wollte er unbedingt vermeiden. Trotzdem hatte er geglaubt, einmal die Muskeln spielen lassen zu können.

„Rückzug!“

Den Belagerern vor dem Haus gelang es nur durch unverzügliche Kehrtwendung, dem aufgebrachten Mob zu entkommen. Die Eindringlinge im Innern des Hauses kamen nicht so glimpflich davon. Einer wurde erstochen, die beiden anderen wurden schwer misshandelt und gefangen genommen. Unter Johlen und Pfeifen brachte man sie ins Stadtgefängnis.

Friedrich konnte es fast nicht glauben. Er eilte auf den Anführer der Stadtsoldaten zu. „Das war Rettung in allerletzter Sekunde. Wem habe ich das zu verdanken?"

Als er in das erstaunte Gesicht des Hauptmanns blickte, gab er sich zu erkennen. „Ich bin Friedrich von der Aue. Ich wohne in diesem Hause. Und eine weitere Familie. Wie es aussieht, wollten sie zu uns ..."

Der Hauptmann nickte. „Da werdet Ihr uns einiges erklären müssen. Morgen, auf der Wachstube. Was Eure Rettung hier angeht: Ein sehr aufdringliches Weib hat uns zum Handeln gebracht. So etwas ist mir auch noch nicht begegnet. Aber lassen wir das. Wir dulden hier weder Aufruhr noch Eingriffe in unsere Stadtrechte. Von wem auch immer. Jetzt kümmert Euch aber um Euren Mitbewohner!"

Friedrich von der Aue nickte und ging auf das Haus zu. Vor dem Eingang hockte Bernhardi. Er war kaum ansprechbar, aber als er Friedrich erblickte, leuchteten seine Augen auf.

„Das war knapp!"

Bernhardi nickte kurz. „Ich glaube, ich bin langsam zu alt für so was."

Als Friedrich antworten wollte, hörte er, dass hinter ihm gerufen wurde. „Friedrich! Vater!"

Barbara fiel Friedrich um den Hals. „Ihr lebt!"

„Ja, aber es war knapp." Friedrich versuchte, sich von ihr zu lösen. „Warst du es, die die Stadtwehr alarmiert hat?"

Barbara nickte. „Ich konnte euch doch nicht eurem Schicksal überlassen. Allerdings wollte mir der Wachhabende erst nicht glauben. Er meinte, ein aufgebrachtes und überdrehtes Weib vor sich zu haben. Ersteres stimmte allerdings. Als er immer noch nicht handeln wollte, habe ich ihm damit gedroht, dass der Syndicus des Herrn Geyer in Lebensgefahr sei."

„Danke für die Beförderung." Friedrich konnte zum ersten Mal wieder lächeln.

„Und da Stadtrat Geyer praktisch sein Vorgesetzter ist, war das sehr förderlich für seinen Antrieb, zu Hilfe zu eilen."

„Du hast uns gerettet."

Barbara wunderte sich selbst, dass sie auf einmal so vernünftig und nüchtern sein konnte wie ihre Mutter. „Nein, nur vorerst. Auch hier können wir nicht mehr bleiben. Wir müssen schnell eine Lösung finden, denn was die Häscher mit Lärm nicht geschafft haben, wird ihnen auf leisen Sohlen gelingen. Wir sind enttarnt."

„Wir holen Elisabeth und die Kinder ab und bitten bei Bartholomäus um Asyl!" Friedrichs Stimme wurde ernst.

Auch Leonhard fand seine Stimme wieder. „Meinst du, er wird für Personen und Sachverhalte, die er gar nicht richtig kennt, den Ruf seines Handelshauses riskieren?"

„Völlig unbekannt sind wir ihm ja nicht, stimmt's, Barbara? Und, lieber Schwiegervater, ich habe ihm alles über uns erzählt. Das war die Bedingung, um seine Unterstützung zu erhalten."

„Dann lass es uns versuchen."

47

„Und woher wussten Eure Häscher, wo Ihr wohnt?" Der junge Bartholomäus Welser hatte seine Überraschung angesichts des nächtlichen Besuchs überwunden und bewirtete seine Gäste.

„Weil mein Schwiegersohn es nicht für nötig befunden hatte,

seinen alten Namen abzulegen." Bernhardi konnte nicht umhin, auf diesen Leichtsinn Friedrichs hinzuweisen.

„Das war in der Tat unvorsichtig. Wie ich erfuhr, hat Graf Hohenstein, nachdem sich die Anzeichen verdichtet hatten, dass Ihr in Augsburg seid, alles Mögliche versucht, um herauszufinden, wo genau Ihr Euch aufhaltet. Und es ist ihm ja gelungen."

Jetzt meinte Leonhard, Friedrich entlasten zu müssen. „Nicht nur Friedrich war leichtsinnig. Die eigentliche Schuld an dem ganzen Unglück trage wohl ich. Inzwischen weiß ich, dass mein Besuch beim Opticus ein Fehler war. Denn dadurch habe ich eine Spur gelegt, die letzten Endes die Häscher auf uns aufmerksam gemacht hat."

„Ich bin erfreut, dass Ihr Euch über Euer Handeln im Klaren seid, Magister Bernhardi, so darf ich Euch wohl anreden?"

„Selbstverständlich."

Bartholomäus Welser schritt zu dem Fenster, das mit schweren Brokatstoffen zugehängt war. Dann drehte er sich um und blickte die Versammelten nachdenklich an. „Eure Rettung habt ihr dem Umstand zu verdanken, dass die Stadt – und damit meine ich vor allem den Stadtrat –, also dass die Stadt es nicht zulassen will, dass irgendwelche Organisationen an Recht und Ordnung vorbei eine Art Selbstjustiz betreiben. Wie du, Friedrich, von meinem Ratskollegen Geyer bereits erfahren hast, sind nicht alle im Rat einer Meinung. Das Wort des Kaisers hat auch hier Gewicht. Aber lassen wir das. So wie es aussieht, seid Ihr permanent in Gefahr. Und wenn ich Euch, hochverehrte Frau Magister Bernhardi, Euren Mann und Eure wohlgeratenen Töchter hier bei mir sehe, kann ich nicht umhin, Euch meine Unterstützung zu gewähren, soweit es in meiner Macht steht."

Elisabeth schien einen außerordentlichen Eindruck auf den jungen Welser gemacht zu haben.

„Ich sagte, soweit es in meiner Macht steht. Leider reicht diese nicht aus, um Euch dauerhaft vor Nachstellungen zu schützen. Wie ich Friedrich versprochen habe, habe ich die Angelegenheit mit meinem Vater erörtert, der leider wieder in Geschäftsdingen unterwegs ist. Ich möchte Euch etwas zeigen."

Bartholomäus zog an einem geflochtenen Band, das an der Wand hing. Ein Diener erschien und der junge Welser flüsterte ihm einen Befehl zu. Der Diener entfernte sich, um kurz darauf mit einer Pergamentrolle zu erscheinen.

„Danke. Und nun tretet hinzu."

Neugierig näherten sich die Erwachsenen dem Dokument. Der Hausherr entrollte es vorsichtig und gewährte seinen Gästen Einsicht.

Leonhard hatte das Schriftstück als Erster überflogen. „Ein Asiento. Von unserem Kaiser höchstpersönlich!"

Elisabeth runzelte die Stirn. „Was, bitte, Leonhard, ist ein Asiento?"

Bartholomäus kam ihm mit der Antwort zuvor. „Ein Generalvertrag. Darin wird festgehalten, dass es uns aufgrund unserer Verdienste für Kaiser und Reich erlaubt wird, in der Neuen Welt Kolonien zu erschließen und wirtschaftlich zu nutzen. In der Neuen Welt liegt die Zukunft. Wie Ihr wisst, besitzt unser Kaiser Karl als spanischer König ein großes, neu gewonnenes Land. Eine dieser Ländereien – Klein Venedig oder auch Venezuela genannt – ist Gegenstand dieses Asiento. Wir haben noch weitere Verträge abgeschlossen, von denen wir mit Stolz sagen können, dass sie unseren Einfluss in diesen Regionen vergrößern werden. Schon in wenigen Wochen laufen die ersten Schiffe unserer Gesellschaft aus. Es werden neben Bau- und Kaufleuten, Soldaten und Materialien auch geeignete Bürger gesucht, die mithelfen sollen, die neuen Ländereien zu kolonialisieren."

Elisabeth durchschaute als Erste den Zusammenhang. „Und

Ihr wollt uns dadurch retten, dass wir diese Reise ins Ungewisse mitmachen sollen!"

„Dort wäret Ihr in Sicherheit und könntet einen unbeschwerten Neuanfang wagen. Niemand würde von Eurer Ausreise wissen. Und vor allem würde Euch niemand mehr wegen dieser Entdeckung verfolgen, wenn Ihr Euch dort Zurückhaltung auferlegt. Mehr Zurückhaltung als bisher. Ihr erhaltet sämtliche Privilegien, derer es bedarf, um einen guten und ungefährdeten Anfang zu wagen. Ihr wäret sogar in unseren Diensten und stündet damit unter einem besonderen Schutz. Ihr müsst nicht schon heute Nacht eine Entscheidung treffen, aber allzu lange kann ich Euch hier keinen Schutz gewähren. Ich schlage vor, Ihr bedenkt dieses Angebot, so lange seid Ihr meine Gäste. Ich wünsche Euch jetzt eine gute Nacht. Mein Diener wird Euch Eure Kammern zeigen." Bartholomäus zog noch einmal an dem geflochtenen Band und verließ den Raum.

Alle schauten sich betreten an, selbst die Kleinsten begriffen, dass in diesen Stunden über ihr weiteres Schicksal entschieden wurde.

„Ich will nicht in die Neue Welt." Barbara hatte ihre Fassung wieder verloren. „Mein Kind soll hier geboren werden."

Elisabeth nahm ihre Tochter in den Arm. „Wir werden das morgen in aller Ruhe besprechen. Ich hege auch keine Neigungen, in die Fremde zu ziehen."

Am nächsten Tag kamen Friedrich und Leonhard erst spät von einer weiteren Unterredung zurück. Leonhard ergriff als Erster das Wort und schilderte den Stand der Planungen.

„In vier bis sechs Wochen sollen wir aufbrechen. Als Erstes hätten wir eine beschwerliche Reise nach Lissabon vor uns, nur gemildert durch die Tatsache, dass wir mit einer großen welserschen Wagenkolonne mitreisen. Eine starke bewaffnete Eskorte würde uns begleiten – das gibt Sicherheit. In Lissabon warten dann drei Schiffe auf uns, die gemeinsam nach Klein Venedig aufbrechen. Wir brauchten nur Ja zu sagen."

„Ich kann das nicht!" Barbara hielt verzweifelt eine Hand über ihren Bauch, der allerdings von der Schwangerschaft noch nichts erkennen ließ.

Friedrich legte beruhigend seinen Arm um sie. „Zusammen können wir alles schaffen. Oder wenigstens fast alles."

„Was ist, wenn wir von unbekannten Krankheiten heimgesucht werden. Ich habe gehört, dass dort ein neuartiges Fieber herrscht, das die Menschen schwachsinnig werden lässt!"

„Schwachsinnige haben wir hier schon genug – auch ohne das neue Fieber!" Leonhard konnte sich einen sarkastischen Seitenhieb nicht verkneifen.

„Es kommen auch Ärzte mit auf unsere Reise. Mehr können wir hier ja auch nicht tun." Friedrich versuchte mit allen Mitteln, Barbara aufzumuntern.

Leonhard schaute seine Frau durchdringend an. „Was meinst du, Elisabeth?"

Elisabeth hatte die ganze Zeit geschwiegen. Auch am Tag zuvor hatte sie mit Leonhard nicht über die neue Situation gesprochen. Doch jetzt ergriff sie das Wort.

„Ich fürchte, wir haben keine große Wahl. Wenn wir mit den Kaufleuten aufbrechen, müssen wir vielleicht nur einmal eine Gefahr auf uns nehmen. Die Unbilden der Seefahrt sind vermutlich nicht zu unterschätzen. Aber ich gehe davon aus, dass der spanische Statthalter am Ziel alles tun wird, um uns einen sicheren Neubeginn zu ermöglichen. Leider gibt es kaum Nachrichten aus der Neuen Welt, auf die wir uns stützen können. Den euphorischen Berichten der Ausbeuter glaube ich nicht … Trotzdem, auch wenn man eine unbekannte Gefahr nicht einer bekannten vorziehen sollte: Die bekannte Gefahr verbietet es uns, noch länger hierzubleiben. Ich mache mir allerdings immer noch Sorgen."

Leonhard war überrascht. „Welche denn?"

„Wir werden in ein Land kommen, in dem die römische Kirche das uneingeschränkte Sagen hat. Das muss uns nicht weiter beunruhigen, aber du, lieber Leonhard, müsstest dich in Bezug auf deine Entdeckung völlig zurückhalten. Selbst wenn dir das gelingen sollte – du wirst keine Lektüre des Wittenbergers mit dir führen können … Du wirst keinerlei Sympathie seinen Lehren gegenüber bekunden können. Wie ich dich kenne, wirst du damit deine Schwierigkeiten haben. Schon bisher hast du es nicht geschafft, aus deinem Herzen eine Mördergrube zu machen, wie dieser Luther es so schön auf Deutsch gesagt hat."

Leonhard kratzte sich an seinem Kopf. Daran hatte er noch gar nicht gedacht. Wieder bewunderte er die Weisheit seiner Frau. „Ich werde es lernen müssen."

„Was mir ebenfalls Sorge bereitet, ist die Verantwortung unseren Kindern gegenüber. Werden sie uns eines Tages vorwerfen, mit ihrem Leben und ihrer Zukunft leichtfertig umgegangen zu sein?"

Da meldete sich Sophia zu Wort. Sie hatte sehr wohl die Bedrängnis ihrer Eltern und deren Sorge um die gemeinsame Zukunft verstanden. „Ich freue mich auf alles Neue, was uns begegnet. Ich habe schon einiges über die Neue Welt gehört."

Lächelnd sahen sich Elisabeth und Leonhard an. „Ja, wenn das so ist!", riefen sie fast gleichzeitig. Nur Barbara war nicht zu überzeugen.

Der Familienrat wägte noch eine Zeit lang das Für und Wider einer solchen Umsiedlung ab. Dann wurde, trotz aller Zweifel, das Angebot der Welsers angenommen. Sie bereiteten sich auf ihr neues Leben vor.

Epilog

Nach mehreren Monaten Reise erreichten die Bernhardis mit ihrem Schwiegersohn Venezuela. Leonhard Bernhardi wirkte dort erfolgreich als Lehrer und Organisator der neu gegründeten Gemeinwesen. Ihm waren noch fünfzehn glückliche Jahre vergönnt, bevor er starb. Bis zuletzt hatte er das Geheimnis um das Fernrohr bewahrt. Seine Frau überlebte ihn um drei weitere Jahre. Alle Töchter heirateten in der Neuen Welt und gründeten eigene Familien.

Mit dem Rücktritt von Kaiser Karl V. verloren die Welser 1556 ihre Statthalterschaft über Venezuela. Friedrich von der Aue kehrte mit Barbara wieder nach Europa zurück. Von da an verliert sich ihre Spur. Ihre Hoffnung, dass sich die Wahrheit und das Wissen ihren Weg durch die Geschichte bahnen, hat sich jedoch erfüllt.

Zur Geschichte einer Erfindung

Wann ist das Fernrohr erfunden worden? Der genaue Zeitpunkt liegt für die Wissenschaftsgeschichte immer noch im Dunklen. Allgemein wird davon ausgegangen, dass das Linsenfernrohr kurz nach 1600 in den Niederlanden erfunden wurde. Allerdings waren schon Jahrhunderte vorher brauchbare Brillen entwickelt worden. Die vergrößernde Wirkung der Gläser dürfte ihren Herstellern nicht entgangen sein. So ist es durchaus möglich, dass die Entwicklung des Fernrohrs eine längere Geschichte hat, als bis heute bekannt ist.

Seit einem ersten Patentersuchen aus dem Jahre 1608 wird in der Literatur häufig der Name *Hans Lippershey* (um 1570–1619) als Erfinder genannt. Bald darauf erfuhr *Galileo Galilei* von diesem Instrument und baute wenig später ein erstes wirklich brauchbares Exemplar. *Galilei* war übrigens einer der Ersten, die das Fernrohr auf den Himmel richteten. Seit dieser Zeit trat das Fernrohr seinen Siegeszug um die Welt an.

Die kleine Universitätsstadt an der Elbe ist fiktiv. In dem Roman gehört sie zum Territorium Herzog Georgs des Bärtigen, dem Gegner des sächsischen Kurfürsten Friedrich III., genannt der Weise. In Wirklichkeit hätte der Herzog eine solche Universität vielleicht gerne gesehen, da er mit der Leistung der katholischen Theologen in seiner Universitätsstadt Leipzig nicht immer zufrieden war. Aber eine Konkurrenz im eigenen Land und vor allem die Finanzierung einer zweiten Universität wären eher unwahrscheinlich gewesen. Somit sind alle Personen der Universität sowie alle Angehörigen und Freunde der Familie Bernhardi frei erfunden. Das Gleiche gilt auch für alle Personen, mit denen sie es im Guten wie im Schlechten zu tun bekamen.

Alle erwähnten historischen Ereignisse, die die Reformation und die Schriften Luthers betreffen, bis hin zur Pest in Wittenberg, sind historisch belegt. Die Pflugs in Strehla hat es wirklich gegeben, nur die entfernte Verwandtschaft zu den Bernhardis habe ich ihnen angedichtet. Auch den Generalvertrag des Kaisers mit den Welser über die Nutzung und Ausbeutung der neuen spanischen Kolonien, die sich im Gebiet des heutigen Venezuela befanden, hat es wirklich gegeben.

Horst Schoch

Personen des Romans

Historische Personen

Kaiser Karl V. (1500–1558), ab 1519 Kaiser des Heiligen Römischen Reiches

Herzog Georg III., genannt „der Bärtige“ (1471–1539), Herzog von Sachsen, Gegner der lutherischen Lehre

Friedrich III., genannt „der Weise“ (1463–1525), Kurfürst von Sachsen, Gründer der Universität Wittenberg und Unterstützer Luthers

Johann, genannt „der Beständige“ (1468–1532), Kurfürst von Sachsen, Nachfolger Friedrichs des Weisen und Förderer Luthers

Martin Luther (1483–1546), Reformator

Andreas Pflug (1480–1542), Amtmann und Rat Herzog Georgs des Bärtigen, jüngerer Bruder von Caesar Pflug

Caesar Pflug (1450/55–1524), Landes- und Appellationsrat in Diensten Herzog Georgs des Bärtigen

Erasmus von Rotterdam (1466/67–1536), Humanist, in späten Jahren Gegner Luthers

Philipp Melanchthon (1497–1560), Humanist, Reformator und engster Mitarbeiter Luthers

Aristoteles (384/3–322/21), griechischer Philosoph

Gabriel Biel (1430–1495), Philosoph und letzter Vertreter der Scholastik

Georg Spalatin (1484–1545), Berater Friedrichs des Weisen

Nikolaus Kopernikus (1473–1543), Astronom, Domherr zu Frauenburg

Johannes Denck (1500–1527), Wiedertäufer
Hans Hut (1490–1527), Wiedertäufer
Die Fugger, fürstliches und gräfliches Geschlecht, seit 1368 in Augsburg. Finanziers Karls V.
Die Welser, altes Augsburger Patriziergeschlecht

Fiktive Personen

Leonhard Bernhardi, Magister der philosophischen Fakultät der Universität. Liest überwiegend im Bereich Logik und Ethik. Verheiratet und Vater von fünf Töchtern
Elisabeth Bernhardi, Ehefrau von Leonhard und ruhender Mittelpunkt der Familie
Barbara (15), Anna (13), Sophia (12), Katharina (9) und Magdalena (5) – Töchter von Leonhard und Elisabeth Bernhardi
Herzog Arnulf, Gründer der kleinen Universität (Schauplatz der Handlung)
Friedrich von der Aue, Student beider Rechte
Max von der Aue, Vater Friedrichs von der Aue
Dr. Einhard Auerbach, Kollege Bernhardis an der philosophischen Fakultät der Universität, liest über Mathematik und Astronomie
Brunhilde, Ordensschwester und Leiterin des Augsburger Spitals
Johannes von Cleve, Prior des neuen Franziskanerklosters
Reinhard Eccius, Vorsteher des adligen Damenstiftes „Zur seligen Jungfrau“
Leonhard Faber, Deckname von Leonhard Bernhardi
Wilhelm Fabricius, Handelsreisender
Meister Frohnau, Drucker in Augsburg
Arnulf Gehren, Student, drittes Semester Jurisprudenz

Friedrich Gesenius, Händler
Johannes Geyer, Tuchhändler und Stadtrat in Augsburg
Albert von Glessen untersucht in Diensten des Grafen Hohenstein
Ursula Gropius, Schwester von Elisabeth Bernhardi
Pieter Gropius, Schwager von Elisabeth Bernhardi
Maximilian Hartung, Student, drittes Semester Philosophie
Dr. Caspar Heinrich, ältester Kollege an der philosophischen Fakultät der Universität
Heinrich, als Kutscher angestellt bei Gesenius
Otto von Hohenstein, Graf und Burgbesitzer in der Nähe von Kemberg
Johanna, Köchin bei den Pflugs
Kaspar Jungheinrich, Landwirt
Bruder Konrad, 81 Jahre alt, Franziskaner
Dr. Martens, Medicus und Hausarzt der Bernhardis
Nickel Pflug, fiktiver Enkel Nickel Pflugs, des Eisernen, des Vaters von Andreas und Caesar Pflug
Dr. Samuel Praetorius (†), ehemaliger Lehrer von Elisabeth
Dr. Andreas Praetorius, Sohn von Samuel Praetorius, Anwalt
Dr. Reinhardus, Professor beider Rechte und Rektor der Universität
Reinhold, Pedell
Bruder Remigius, Stellvertreter von Prior Johannes von Cleve
Gregor von Schwalbach, Kaiserlicher Hofrat, Beauftragter Johannes von Cleves
Karl Stolzig, Deckname von Leonhard Bernhardi
Johannes Treber, Faktotum und Diener bei den Bernhardis
Graf Wandsbeck, Landadliger in der Umgebung Wittenbergs
Dr. Wenzel, Professor für Theologie an der Universität
Oskar Windig, Student, viertes Semester Medizin